Top 10
Judith + Vitus BRODKORB
Top 6
Muggi KLEIN
Top 2
Hamed EL SAYED
Top 3
Ute + Horst NEUHOLD

Margarita Kinstner

Papaverweg 6

Margarita Kinstner

Papaverweg 6

Roman

Leykam

Gefördert durch:

SCHREIBERE
Literaturpreis Steiermärkische SPARKASSE

Bundeskanzleramt

Layout + Satz: Medienfabrik Graz GmbH, 8020 Graz
Covergestaltung: Peter Eberl, www.hai.cc, unter Verwendung eines Bildes von Hannes Puntigam
Druck: Christian Theiss GmbH, St. Stefan im Lavantal
Gesamtherstellung: Leykam Buchverlag
ISBN 978-3-7011-8106-3
www.leykamverlag.at

Für Hannes

I

1

An einem Morgen Anfang September (es ist ein Freitag, kurz nach neun Uhr) biegt ein anthrazitfarbener Audi A6 in die kleine Gasse und hält auf dem Besucherparkplatz des Wohnhauses mit der Hausnummer 6.

Die Gegend wirkt wie aus früheren Zeiten, so ruhig ist es hier. In den Vorgärten der Einfamilienhäuser klettern Prunkwinden und Rosen die Maschendrahtzäune hoch, in den Staudenbeeten blühen blaue, zartrosa und pinke Hortensien. Dichte Hecken braucht es hier keine, man vertraut einander, hat nichts zu verbergen, lässt die Blicke der anderen zu.

Auch zwei Mehrfamilienhäuser gibt es in der Gasse. Eines ganz oben, auf Nummer 2, das andere, mit der Hausnummer 6, befindet sich in etwa der Mitte der Gasse. Weiter unten spuckt ein Apfelbaum seine Früchte auf den Gehsteig, wo sie nicht lange liegen bleiben werden, denn hier achtet man noch auf Sauberkeit. Laub und Früchte werden am Papaverweg ebenso schnell beseitigt wie im Winter der Schnee.

Im Haus mit der Nummer 5 – einem Einfamilienhaus aus den Fünfzigern – tritt der sechsundachtzigjährige Oskar Zimmermann ans Küchenfenster. Es ist der letzte Tag des Sommers, schon kann man den Regen ahnen, den der Wettermoderator in den Nachrichten angekündigt hat. Der letzte schwüle Morgen, in wenigen Minuten wird die ersehnte Abkühlung kommen, auf die Oskar seit Wochen hofft.

Draußen knirschen die Autoreifen auf dem Kies. Dann verstummt der Motor und überlässt die Bühne wieder dem Vogelgezwitscher. Seltsam, denkt Oskar, der den Wagen sofort erkennt. Was macht denn der Sucht hier?

Seitdem der Immobilienmakler einen Subunternehmer hat (und das sind jetzt auch schon bald vier Jahre), kommt er nur noch selten in die Gasse. Die Wohnungen am Papaverweg 6 bringen nicht genügend Provision, als dass sich Herbert Sucht persönlich um die Besichtigungstermine kümmern will.

Oskar wendet den Blick wieder ab und geht (wie er es ursprünglich vorgehabt hat) in die Speis. Er ist spät dran mit dem Frühstück, weil er bereits einmal, sehr früh am Morgen, aufgestanden ist und sich dann nochmals schlafen gelegt hat. Ein Rat seines Schwiegersohnes. Jan ist Psychologe. Dass er sich nicht lange mit Wiedereinschlafversuchen quälen, sondern lieber gleich aufstehen soll, hat er Oskar empfohlen, das schlage weniger aufs Gemüt.

Als sich Oskar kurz nach vier Uhr an seinen Küchentisch gesetzt hat, hat noch nicht einmal bei den Bosićs Licht gebrannt.

Die Bosićs sind jene Mieter im Haus gegenüber, die als Erste aufstehen. Auch heute wurden die Rollos der linken Dachgeschoßwohnung um vier Uhr dreißig hochgezogen. Zehn Minuten nach fünf stieg Herr Bosić in seinen weißen Toyota, seine Frau kam zwanzig Minuten später aus dem Haus, um zur U-Bahn zu gehen. Danach war es in der Gasse wieder still. Oskar hörte den Vögeln zu, döste ein wenig vor sich hin und schrieb ein paar Zahlen in das Sudoku. Kurz nach halb sieben trat dann der Mann mit dem Haarknödel auf seinen Balkon. Zündete sich eine Zigarette an und starrte auf das Dach seines schwarzen Geländewagens. Noch während er rauchte, wurden in der mittleren Erdgeschoßwohnung die Fenster geöffnet. Oskar hob die Hand zum Gruß, um dem Ägypter zuvorzukommen. Wenn Hamed El Sayed am Morgen lüftet, winkt er stets zu Oskar hinüber, und Oskar winkt, wenn er es rechtzeitig sieht, zurück – ein Ritual, das die beiden seit fast zwei Jahren vollführen.

Gegen sieben Uhr fielen Oskar die Augen wieder zu. Also verschob er das Frühstück auf später, stieg die Treppen hinauf, schlüpfte aus seiner Weste und legte sich in sein Bett. Zwei Minuten später sprang er wieder auf (sofern man die schnellstmögliche Aufstehbewegung eines Sechsundachtzigjährigen als Springen bezeichnen kann), lief die Treppen hinunter (Schlurfgeräusche), sah nach, ob die Kaffeemaschine ausgeschaltet war, und stellte fest, dass er sogar den Stecker gezogen hatte. Also füllte er für den Kater eine Schüssel mit Futter (wenn er schon hier war) und stieg abermals die Treppen hoch. Schob die blickdichten Seitenvorhänge, die seine verstorbene Frau vor mehr als dreißig Jahren genäht hatte, vor die Fenster, setzte sich auf das Bett, streifte die Hausschuhe von den Füßen, seufzte, kroch unter die Decke und schloss die Augen.

Als er wieder aufwachte, war es dreiviertel neun.

Jetzt steht er in der Speis und blickt auf die Gläser mit der Marmelade, die ihm seine Tochter auf die Regalbretter geschlichtet hat. Apfel mit Zimt und Koriander, Marille mit Marzipan, Zwetschken mit Walnüssen und Bitterschokolade, Birne mit Rosmarin. Kreationen seines Schwiegersohnes Jan (dem Psychologen). Oskar wählt ein Glas Quittengelee, darin sind nichts als Quitten und ein Schuss Quittenlikör (»Zwecks der Haltbarkeit«, wie Jan behauptet). Er greift nach dem Glas und schnappt sich beim Hinausgehen eine der Mineralwasserflaschen. Bleibt mit der Strickweste am Haken für die Schaufel hängen, stößt bei der Rückwärtsbewegung mit dem linken Ellenbogen gegen die Türschnalle und öffnet ganz automatisch die linke Hand, worauf das Marmeladeglas auf den Steinboden fällt und zerbricht. Ein Splitter springt ab und landet hinter dem Staubsauger.

Himmel, Arsch und Zwirn!

Er lässt das kaputte Glas, aus dem jetzt das Gelee quillt, liegen und stellt die Mineralwasserflasche auf die Küchenanrichte. Holt das Brot aus dem hölzernen Kasten und greift nach dem Schneidbrett. Legt es auf die Anrichte und stellt sich abermals ans Fenster.

Der Makler steht noch immer neben seinem Audi. Gerade bindet er sich etwas um den Kragen seines weißen Hemdes – nein, keine Krawatte, es ist ein grünes Trachtenbändchen. Sodann öffnet er die hintere Wagentür, holt einen beigen Leinenjanker vom Rücksitz, schlüpft hinein, zieht ein Taschentuch aus dem linken Jackensack, hustet, schnäuzt sich, hustet abermals und spuckt den Schleim ins Papier. Steckt das Taschentuch wieder weg, beugt sich nochmals ins Innere seines Wagens und holt eine schmale Mappe hervor. Streicht sich mit der freien Hand über die kahle Stelle am Hinterkopf, richtet sich auf und wirft die Autotür zu. Ein kurzer Blick auf die Fassade des Wohnhauses, dann fischt er die Fernbedienung aus der Tasche seiner Bluejeans und drückt mit dem Daumen auf den Knopf. Die Zentralverriegelung des Audi gibt einen kurzen Fiepton von sich, der Makler verschwindet hinter der Hecke. Wenn Oskar sich nicht täuscht, wird sein Kopf in spätestens einer Minute im Dachgeschoß auftauchen. Oskar weiß, dass die Wohnung mit der Nummer 10 seit Ende Mai leer steht.

Er lässt den Blick zu den Fensterreihen wandern. Im ersten Stock, hinter der zweiten Scheibe von links, sitzt die junge Lebensmittelretterin vor dem Computerbildschirm. Alice heißt sie. Ein liebes Mädchen, wie Oskar findet, und sehr gescheit. Die restlichen Fenster der Reihe sind noch hinter blickdichten Außenrollos versteckt. Im Dachgeschoß steht der Mann mit dem Haarknödel hinter der Balkontür und glotzt herüber. Als sein Blick den von Oskar streift, huscht er rasch zur Seite. Oskar schüttelt den Kopf. So ein Angsthase!

Jetzt endlich wird die Glastür der rechten Dachgeschoßwohnung geöffnet. Der Makler tritt auf den Balkon, beugt sich über das Geländer, blickt auf den Parkplatz und richtet sich wieder auf. Rückt sein Trachtenbändchen zurecht, streicht sich abermals über den Hinterkopf und schaut in den Himmel. Als Oskar seinem Blick folgt, bemerkt er die dickbauchigen schwarzen Regenwolken, die sich von Osten her über die Dächer schieben. Noch ist der nahende Wetterumschwung nicht mehr als eine Vorahnung. Noch riecht es im Zimmer nach Schwüle, Schweiß und eingetrocknetem Katzenfutter.

Oskar nimmt die Hand vom Vorhang. Hebt die Schale mit den Fleischresten hoch und rümpft die Nase. Dann holt er die Küchenrolle aus dem Schrank und zieht aus einer der Schubladen einen Plastiksack. Draußen grollt der erste Donner.

Er wischt das Futter mit dem Küchenpapier in den Sack, dann geht er in die Speis und hebt das kaputte Glas sowie den Splitter auf. In seinem Bauch grummelt es ähnlich laut wie draußen. Er stellt den Plastiksack ins Eck und beschließt, sich später um die klebrige Stelle auf dem Boden zu kümmern. Jetzt will er erst einmal in Ruhe frühstücken. Als er an die Küchenanrichte tritt, stellt er fest, dass er denselben Gedanken schon einmal gehabt haben muss.

Seltsam, denkt er. Ich kann mich gar nicht daran erinnern, dass ich das Brot herausgeholt habe.

Er hebt die Augenbrauen und kratzt sich im Ohr. Schüttelt den Kopf, öffnet die Besteckladе, holt das gezackte Messer heraus und schneidet sich eine Scheibe vom Brot herunter.

2

Ein zweistöckiges Wohnhaus am östlichen Stadtrand Wiens.

Die Adresse: Papaverweg 6.

Früher (ach, früher!) sind hier noch die Gänse gelaufen.

Früher (ach, früher!) war hier alles irgendwie besser – flüstern die Erinnerungen der Alten.

Alice Winter, die sechsundzwanzigjährige Mieterin von Top 4, sitzt jeden Morgen an ihrem Laptop. Von ihrem Fenster aus kann sie direkt auf die Gasse und den Parkplatz schauen.

Auch jetzt blickt sie seit Minuten aus dem Fenster. Vorhin hat sie den Makler dabei beobachtet, wie er in sein Taschentuch gespuckt und sich seine Trachtenjacke angezogen hat. Jetzt zerplatzen auf dem Dach des Audi die ersten Regentropfen.

Alice greift nach der Kaffeetasse neben der externen Tastatur und denkt an Susa und Tom. Schade, dass sie beiden weggezogen sind. Aber natürlich, mit dem Kind wäre es zu kompliziert geworden. Viel zu eng und zu hellhörig sind sie, die Wohnungen am Papaverweg 6.

Der Kaffee ist kalt und zu süß. Alice rümpft die Nase. Als sie die Tasse wieder abstellt, fällt ihr ein dunkelblauer Renault Twingo auf, der sich von rechts vor ihr Fenster schiebt und am Zaun gegenüber stehen bleibt. Das Brummen des Motors verebbt, kurz darauf schält sich aus dem Inneren des Wagens eine Frau in Alices Alter. Sie trägt Jeans und einen hellen Sommerpulli, ihr langes, braunes Haar hat sie zu einem dicken Zopf geflochten. Sie wirft die Autotür zu, sperrt ab, stützt sich am Dach ihres Wagens ab, bückt sich, schlüpft aus dem rechten Schuh und schüttelt ihn. Während der Bewegung fällt ihr

Zopf zur Seite und baumelt ein paar Zentimeter über dem Gehsteig. Die Frau zieht den Schuh wieder an, richtet sich auf und läuft dann, mit beiden Händen über dem Kopf, auf das Haustor zu. Alice hört die Gegensprechanlage summen. Eine Sekunde darauf geht alles im Prasseln des Regens unter.

Zur selben Zeit, am anderen Ende des Ganges, liegt der siebenunddreißigjährige Peter Lindner in seinem Bett und schläft. Aus eben diesem Grund hört er weder das Fiepen der Zentralverriegelung noch die Schritte des Maklers, die in der Wohnung über ihm auf dem Laminatboden klappern. Auch vom Trommeln des Regens bekommt er nichts mit. Wenn der Jugendarbeiter schläft, sind seine Ohren stets mit Wachs verstopft. Nichts und niemand darf in seinen Schlaf dringen, nicht die Menschen und auch nicht die Sonne (die nun ohnehin nicht mehr scheint). Das pralle Leben (das Laute und das Helle) erträgt Peter erst nach der zweiten Tasse Kaffee. Deswegen sind seine Rollos auch an diesem Morgen fest verschlossen. Da das Jugendzentrum seine Türen erst nachmittags öffnet, kann er es sich leisten, lange zu schlafen.

Dennoch. Hätte er aus dem Fenster geschaut und das Auto des Maklers erkannt, hätte er den blauen Renault Twingo mit dem Kindersitz darin entdeckt, hätte er die Chance gehabt, ein weiteres Mal einzugreifen.

Ein winziger Moment nur. Ein Augenblick der Unachtsamkeit, geschuldet der frühen Uhrzeit, schon stehen alle Signale auf Grün.

3

Wie eine fette Seegurke wälzt sich das dunkle Band von Ost nach West, grummelt und rülpst und verdaut die Reste der ohnehin nicht sehr kräftigen Vormittagssonne. Jetzt ist er da, der Wettersturz, den der Nachrichtensprecher seit Tagen angekündigt hat.

Oskar dreht das Deckenlicht an und streift sich die blauen Gummihandschuhe über die Hände. Dann greift er nach dem Mikrofasertuch, hält es unter den Wasserstrahl und wringt es aus. Bevor er damit über die klebrige Stelle in der Speis fährt, stellt er sich ans Fenster. Draußen hat nun heftiger Regen eingesetzt, und auch der Sturm hat an Stärke zugenommen, hart peitscht er die Äste der Fichte hin und her. Hoffentlich bricht keiner ab und fällt auf den kleinen Renault, der vor seinem Zaun geparkt hat. (Seit wann steht der überhaupt hier?)

Seit Monaten wartet Oskar nun schon auf die Genehmigung der Stadt, die Fichte fällen zu dürfen. Die ganze Sache ist einfach lächerlich! Da sitzen die jungen Beamten, die seine Enkelkinder sein könnten, in ihren Büros und entscheiden über jeden Bereich seines alten Lebens, lassen ihn nicht einmal den Baum fällen, dessen Wurzeln er vor sechzig Jahren eigenhändig in die Erde gesetzt hat. Wer wird die Verantwortung übernehmen, wenn er auf das Dach stürzt? Oder gar einen Menschen erschlägt? (Ist nicht auch Ödön von Horváth damals?) Werden die, die ihm das Fällen aus Naturschutzgründen versagen, zu seinen Gunsten aussagen? Von wegen. Ganz allein wird er sich vor Gericht verantworten müssen, vielleicht sogar wegen fahrlässiger Tötung. Mit sechsundachtzig noch ins Gefängnis, weil er einen Menschen auf dem Gewissen hat.

Er seufzt und beobachtet die Schatten hinter den Fenstern im Dachgeschoß. Muss an das junge Paar denken, das bis zum Sommerbeginn in der Wohnung gewohnt hat. Oskar hat die sommersprossige Susa und ihren Mann gemocht. Obwohl, Mann ist das falsche Wort, sie sind ja nicht verheiratet gewesen. »Mein Freund«, hat Susa gesagt, und Oskar hat schmunzeln und an seine verstorbene Frau denken müssen. Mit einem Freund geht man Tretbootfahren, mit einem Freund zieht man kein Kind groß, hätte Ella gesagt.

Er betrachtet den Renault genauer. Nun ist er sich doch sicher, dass er vorhin noch nicht hier gestanden ist. Stimmt es, was seine Enkeltochter behauptet? Wird er schwerhörig? Normalerweise fällt ihm auf, wenn jemand vor seinem Haus hält.

Vielleicht liegt es ja bloß am Geräusch des Regens. Oder am Wind.

Er kneift die Augen zusammen. Der Wagen ist alles andere als neu, auch ist er nicht gepflegt. Der blaue Lack ist zerkratzt, die Stoßstange verbogen, und in der Beifahrertür entdeckt Oskar sogar eine Beule. Er schiebt den Vorhang ein Stück weiter zur Seite, greift sich an den Ellenbogen und rubbelt die schmerzende Stelle. Seine Nase berührt nun fast die Fensterscheibe.

Was ist denn das auf dem Beifahrersitz? Doch nicht etwa …

»Aber die können doch keine Frau mit einem kleinen Kind dort oben einziehen lassen!«, ruft er und dreht den Kopf zur Seite, ganz so, als stünde tatsächlich jemand neben ihm und könnte Antwort geben.

Doch da ist niemand.

Ella ist tot und Luise auch.

4

Eine halbe Stunde später beobachtet Alice, wie der Makler in den Audi steigt und die Gasse wieder verlässt. Sie rümpft die Nase. Ein schmieriger Kerl ist das. Aber diese Typen werden auch noch schauen, denkt sie, irgendwann wird es diese Kapitalistenschweine nicht mehr geben. In was für einer verkehrten Welt lebt sie eigentlich, dass Typen wie der fünfmal so viel verdienen wie ein Bäcker oder eine Supermarktangestellte? Was macht er schon? Fährt in seinem schicken Audi durch die Gegend, spaziert durch fremde Wohnungen und kassiert eine saftige Provision nach der anderen. Nicht einmal einen Angestellten leistet er sich, das wäre wenigstens eine gute Tat, aber nein, er lässt Mirko die Drecksarbeit auf Werkvertragsbasis machen. Mirko darf die Fotos aufnehmen (Weitwinkelobjektiv und Lichtstrahler), Mirko darf die Leute durch die Wohnungen führen und sich den Mund fusselig reden, und danach darf er zittern und hoffen. Wenn er etwas an die Frau, den Mann, die Familie gebracht hat, bekommt er den kleineren Teil der Provision.

Seltsam. Normalerweise kommt der Sucht nur, wenn Frau Reiter nach ihm verlangt. Aber das Auto der Eigentümerin, der acht der insgesamt zehn Wohnungen im Haus gehören, steht nicht auf dem Parkplatz.

Ist Mirko krank? Oder hat er endlich (endlich!) den Mut gehabt und dem Sucht gesagt, was er von ihm hält? Hat er etwas Besseres gefunden? Eine fixe Anstellung?

Vor einem dreiviertel Jahr traf Alice Mirko Čolaković zufällig auf der Straße. Grüßte ihn freundlich und tauschte ein paar nette Worte mit ihm aus, worauf er sie überredete, etwas trinken zu gehen. Und da sie ohnehin Liebeskummer wegen

Henrik hatte, folgte sie ihm bereitwillig in das nahe gelegene Gasthaus, bestellte ein Glas Bier und hörte Mirko zwei Stunden lang beim Jammern zu. Und ja, beinahe hätte er es geschafft, ihr ein schlechtes Gewissen einzureden, weil sie ihre Wohnung ganz ohne seine Hilfe gefunden hatte.

Nachmieter gesucht, kein Makler!, hatte die Überschrift gelautet. Die Mieterin hatte die Fotos mit der Kamera ihres Handys aufgenommen und auf *willhaben.at* geladen. Ehrliche Fotos waren das gewesen, ganz ohne überbelichtete Weitwinkeloptik. Und auch der Text war ein einfacher gewesen. Keine Rede von »Single-Hit« oder »Traumobjekt mit Cityanbindung«. Keine Metaphern, keine anschaulichen Geschichten, in denen die Morgensonne geschlossene Lider küsst. *Nette, kleine Wohnung mit guter Raumaufteilung!*, hatte Alices Vormieterin geschrieben, und genau nach einer solchen Wohnung hat Alice damals gesucht.

An jenem Nachmittag, an dem Mirko ihr sein Herz aus- (und das Bier seinen Rachen hinunter-) schüttete, erfuhr Alice (ohne dass sie danach gefragt hatte) alles über seine prekäre Situation. Von seiner Frau und seiner fünfjährigen Tochter, von seiner Stelle im Elektro-Reparaturzentrum und der Kündigung wegen Mitarbeiterabbaus. Dass er danach keinen Job mehr gefunden habe, weil kaum noch jemand seine Haushaltsgeräte reparieren lasse, dass er schließlich das Inserat von »Herbert« in der Zeitung entdeckt und sich gedacht habe, dass das doch etwas sein könnte für ihn. Eine neue Chance. Als Selbstständiger wäre er sein eigener Herr, dann müsste er nicht mehr kriechen und sich auch nicht mehr beim AMS anstellen. Wie er sich gefreut habe, als »Herbert« sich für ihn entschied. Dass er damals ja noch keine Ahnung gehabt habe, dass der Sucht (»Der Arsch!«), nur einen Trottel brauche, der für ihn den Laufburschen spielt.

»Suche Idioten, der sich seinen WIFI-Kurs und die Sozialversicherung selbst bezahlt, Honorar nur bei Erfolg!«, ätzte Mirko und hinterließ Spuckeflecken auf der Tischplatte. »So hätte die Anzeige damals lauten müssen!«

Jetzt läuft er sich die Füße wund, von einem Single-Hit zum nächsten, von einem Familien-Wohntraum zum anderen, während sich »Herbert« (natürlich sind sie vom ersten Handschlag an per Du gewesen) um die lichtdurchfluteten Penthousewohnungen mit freiem Blick auf den Sternenhimmel kümmert. Mirko fährt von hier nach dort, von dort nach drüben und von drüben nochmals über eine Bezirksgrenze, und wenn er Glück hat, kommt am Ende des Monats eine vierstellige Summe heraus.

»Die Honorarnoten sehen ja nicht einmal so schlecht aus, aber am Ende frisst die Sozialversicherung dann alles weg«, sagte Mirko, als er ein weiteres Bier für sich bestellte und Alice ihm mit beiden Händen zu verstehen gab, dass sie selbst keines mehr trinken wolle.

»Warum meldest du dich nicht arbeitslos und suchst dir etwas Neues?«, schlug sie vor. »Lass dir das doch nicht gefallen!«

Mirko sah sie nur stumpf an. »Weißt du, wie das ist, wenn du den ganzen Tag zu Hause rumhockst und deine Frau arbeiten geht? Ich hab meinen Stolz. Das ist nicht viel, aber besser als nichts.«

Seitdem versteckt sie sich, wenn er kommt. Seit die Wohnung im Dachgeschoß leer steht, ist er ein paarmal hier gewesen. Alice mag Mirko nicht mehr über den Weg laufen, seine Hilflosigkeit macht sie wütend. »Komm endlich raus aus deiner Opferhaltung!«, würde sie ihn gern anschreien, aber sie weiß, dass sie kein Recht dazu hat. Vielleicht stimmt es, was er ihr vorwirft. Dass sie keine Ahnung vom »echten Leben dort draußen« hat. Was tut sie schon? Versteckt sich hinter einem großen Bildschirm und bloggt über Naturkosmetik, umweltfreundliche Putzmittel und saisonale Küche. Dazwischen wäscht sie sich die Haare mit Erde und Apfelessig, kocht vegane Bolognese und Eintöpfe aus gerettetem Gemüse, zerhackt Kastanien, schaut Dokumentationen auf YouTube und stöbert in den Blogs der anderen.

Als sie Mirko an jenem Nachmittag vorgerechnet hat, dass das bedingungslose Grundeinkommen durchaus finanzierbar sei, dass es eines Systemwechsels hin zu einer Mikrosteuer bedürfe, dass man endlich anfangen müsse, umzudenken, weil die Vollbeschäftigung für alle in Zeiten des technologischen Fortschritts gar nicht mehr möglich sei, hat sich ihre Rede wie die eines aufsässigen Teenagers angehört.

Natürlich. Sie hätte ihm erzählen können, dass auch sie für Dumpingpreise arbeitet. Dass sie stundenlang psychiatrische Gutachten abtippt und eine Menge banaler Ratgebertexte verfasst, nur um am Ende des Monats ein paar Hundert Euro überwiesen zu bekommen. Aber davon darf Mirko nichts wissen. Niemand darf davon wissen. Alice Winter ist das Mädchen mit dem Blog für umweltfreundliche und nachhaltige Lebensweise. Aus, Punkt, Ende. Das ist es, was die Menschen glauben sollen. Alice Winter rettet Lebensmittel vor dem Müllcontainer und verteilt sie an die Armen (und weniger Armen), Alice Winter kämpft gegen soziale Ungerechtigkeit und die Ausbeutung von Naturreserven, Alice Winter lebt in ihrem kleinen Wunderland, in dem alles möglich ist.

Mirko hat recht. Was weiß sie schon davon, wie es sich anfühlt, eine Familie ernähren zu müssen? Sie muss ja nicht einmal für das Essen in ihrem Kühlschrank bezahlen!

Als sie Mirko verriet, dass die öffentlichen Kühlschränke für alle da seien, also auch für ihn, lachte er sie aus. »Ach,

Mädchen!«, gluckste er in sein Bier (dabei kann er nicht älter als höchstens dreißig sein). »Ich kann doch meiner Frau und meiner Tochter nicht ein paar welke Salatblätter und schrumpelige Karotten nach Hause bringen.«

Alice streckt den Rücken durch. Speichert die bearbeiteten Fotos ab und korrigiert den vorbereiteten Blogartikel. Danach kopiert sie den Text in die Maske, teilt die Absätze ein, formatiert die Überschriften und sortiert die Fotos für die Diashow. Obwohl sie ihre Artikel schon lange nicht mehr mit den passenden Keywords zur Suchmaschinenoptimierung versieht, zählt ihr Blog zu den meistgelesenen in Österreich. Trotzdem hat sie in letzter Zeit das Gefühl, nicht besser zu sein als der schmierige Sucht mit seinem Trachtenbändchen, der den Menschen mittels Fisheye-Optik eine Welt vorgaukelt, die es in Wirklichkeit gar nicht gibt.

5

Das Wohnhaus mit der Nummer 6 feiert still seinen fünfzehnten Geburtstag. Es hat die junge Mutter gekostet, und sie hat ihm geschmeckt. Danach hat es sein Maul wieder geöffnet und die Frau auf den Gehsteig gespuckt – ganz vorsichtig, auf dass sie wiederkommen möge.

Jetzt ist es in seinem Inneren still. Sogar der Mieter aus Top 2, der das Haus nur selten verlässt, hat seinen lindgrünen Anzug angelegt, den Fernseher ausgeschaltet und sich eine große Portion Aftershave auf die frisch rasierten Wangen geklatscht. Wie jeden zweiten Freitag fährt Hamed El Sayed in ein Kaffeehaus in der Innenstadt, wo er sich mit seinem Freund, dem pensionierten Rechtsanwalt und Mundartdichter Erich Wondrasch treffen wird. Dort werden die beiden Kaffee trinken, zwei Partien Schach spielen, ein wenig plaudern, einen Toast mit Käse und Ketchup essen, und anschließend werden sie sich noch ein Bier genehmigen.

Wie jeden zweiten Freitag wird Hamed gegen achtzehn Uhr nach Hause kommen. Wird seinen Anzug gegen eine bequeme Jogginghose tauschen, ein einfaches Bohnengericht zubereiten, die Wohnzimmerfenster und die Tür zum Gang weit öffnen und den Fernseher einschalten. Die anderen im Haus werden von seinem Tagesablauf nicht viel mitbekommen. Nur der Geruch der Fremde wird wie jeden Abend durchs Haus ziehen.

Als Hamed den Papaverweg verlässt, sitzt Oskar beim Küchentisch und hört Ö1. Der Regen hat ein wenig nachgelassen, jetzt blinzelt sogar die Sonne zwischen den Wolken hervor. Trotzdem. Der Sommer ist vorbei, laut und deutlich hat man im *Mittagsjournal* den Beginn einer längeren Regenperiode bestätigt. Ansonsten hat Oskar nicht viel von den Nachrichten mitbekommen, denn er hat über die junge Frau nachgedacht, die am Vormittag die Wohnung im Dachgeschoß besichtigt hatte. Vor allem ihr Zopf ist ihm aufgefallen. Ein Zopf, wie ihn sich seine verstorbene Frau gewünscht hat. Ella hat trockenes, sehr krauses Haar gehabt, weswegen sie alle vier Wochen zum Friseur ging, um es nachschneiden zu lassen. Im Gegensatz zu ihr, die ihr Haar gerne länger getragen hätte, hat Oskar die wilde Pracht auf ihrem Kopf gefallen. Wie ein Filmstar hat seine Ella ausgesehen – vor allem in jungen Jahren. Erst als sie damit begann, ihr Haar zu färben, wurde es immer dünner, und nach der Chemotherapie ist es schließlich gar nicht mehr nachgewachsen.

Gedankenverloren sieht Oskar dem Ägypter dabei zu, wie er das Gartentürchen öffnet, seine Gehhilfe ein Stück weit nach vorne schiebt und das Türchen sorgfältig wieder schließt. Hameds Rollator ist ein wenig breiter als der von Oskar. Heute liegen in dem Korb eine Wasserflasche, eine lederne Tasche sowie eine hastig zusammengefaltete Regenpelerine. Normalerweise blickt Hamed beim Verlassen des Hauses kurz zu Oskars Küchenfenster, heute jedoch wendet er sich sofort der großen Straße zu. Bestimmt hat er es eilig, denkt Oskar, der weiß, dass der Mieter das Haus an den Schachtagen um dreizehn Uhr fünfzehn verlässt. Jetzt ist es schon dreizehn Uhr fünfunddreißig.

Ob er sich ebenfalls auf den Weg machen soll? Am Morgen hat er die letzte Milch aufgebraucht, und Wurst ist auch keine mehr im Kühlschrank. Brot wird er keines brauchen, bestimmt hat Alice wieder einen Wecken dabei, wenn sie am Abend an seiner Tür läuten wird, und für den Fall, dass es diesmal kein Brot gibt, hat er noch ein paar Semmeln im Tiefkühler.

Er blickt die Gasse hoch. Noch hängen dunkle Wolken über den Silhouetten der Hochhäuser, noch kann es jederzeit wieder zu regnen beginnen.

Seitdem Oskar sein Haus nur noch mit seiner Gehhilfe verlassen kann (und dass er es nicht mehr ohne tun wird, hat er seiner Tochter Doris versprechen müssen), geht er nicht mehr gern vor die Tür. In seiner Wohngasse spielt es keine Rolle, dass er langsam ist, da kennt man ihn, aber oben, an der großen Straße, reagieren die Menschen selbst bei Sonnenschein ungeduldig und gereizt. Schlimm genug, dass sein Rollator die Hälfte des Gehsteigs einnimmt, aber wenn er jetzt auch noch den aufgespannten Schirm halten müsste, bei dem Wind ... nein, das geht gar nicht.

Noch im Frühling hat Oskar beim Verlassen des Hauses nach seinen Wanderstöcken gegriffen. Richtig sportlich sah er mit ihnen aus, ganz und gar nicht nach altem Tattergreis, sondern nach einem, der noch regelmäßig Wandertouren unternimmt. Als wäre er auf dem Weg zum Bahnhof, um mit dem Wiesel-Zug ins Grüne zu fahren. Aber dann ging er auch mit den Stöcken immer unsicherer, musste immer häufiger stehen bleiben und sich an der Hausmauer abstützen. Es sind nicht nur die Knie, die ihn im Stich lassen, die von Woche zu Woche steifer und gleichzeitig weicher werden. In letzter Zeit überfällt ihn manchmal ein derart heftiger Schwindel, dass ihm ganz schwarz vor Augen wird. Und auch an guten Tagen tanzt im Sonnenlicht eine Unzahl grauer Schleierflecken vor seinen Augen.

»Keine Schleiereulen, sondern Schleierflecken«, versuchte er dem Augenarzt das Symptom zu beschreiben, worauf dieser lachte und ihn bat, in den Apparat zu schauen. Doch mit seiner Netzhaut war alles in Ordnung, und auch der Sehtest ergab nichts Neues.

»Für Ihr Alter sehen Sie exzellent! Also doch eine Eule, Herr Zimmermann! Die schwimmenden Flecken müssen Ihnen keine Sorge bereiten, die sehen andere schon mit vierzig. Aber Ihr Schwindel gefällt mir nicht. Ich tippe auf den Kreislauf, Sie sollten das mit Ihrem Hausarzt abklären.«

Der Blutdruck, ach ja. An den hat er heute auch noch nicht gedacht.

Oskar öffnet die Schublade und nimmt zwei Medikamentenblister heraus. Eine Kapsel für den Blutdruck, eine fürs Hirn. Er steht auf und schenkt sich ein Glas Mineralwasser ein. Dann holt er noch einen Apfel aus dem Obstkorb. *An apple a day keeps the doctor away!*

Warum nennt man die Schleiereulen eigentlich Schleiereulen?, fragt er sich, als er sich mit dem Apfel an den Tisch setzt. Hat es bloß mit dem weißen Gesichtchen zu tun, oder war da noch mehr? Und wieso weiß er es nicht? Als Biologielehrer müsste er sich doch sicher sein! Oder hat er auch dieses Wissen verlegt? So, wie er seine Geldbörse in letzter Zeit manchmal an den seltsamsten Orten findet?

Eines jedoch weiß er gewiss: Die Eulen sehen bei völliger Dunkelheit ebenso wenig wie er. Das hat er auch zu seinen Schülern gesagt: »Das Märchen von der Eule, die selbst in schwärzester Nacht fliegt, beweist nur, dass man nicht alles glauben soll, was man liest.«

So unrecht hat er also nicht, sein Augenarzt. Wie die Eule sieht auch er nur, was in der Ferne geschieht. Beim Lesen hingegen tut er sich trotz der Brille schwer. Aus diesem Grund bringt ihm seine Enkeltochter jetzt alle paar Wochen ein neues Hörbuch mit, das sie aus der Bücherei ausleiht und für ihn auf CD brennt, damit er wegen der Rückgabefrist nicht unter Zeitdruck gerät. Und weil er nicht weiß, was er während des Hörens mit den Augen, die früher über die Buchstabenreihen gewandert sind, anfangen soll, blickt er eben aus dem Fenster, dorthin, wo sich etwas tut.

Auch jetzt betrachtet er die Fassade des gegenüberliegenden Wohnhauses. Seine einst eierschalene Farbe ist schmutzig, die aufgemalten Blumenranken auf den Trennwänden zwischen den Balkonen sind kaum noch zu erkennen, der grüne Lack der Balkongeländer beginnt bereits abzublättern, und das Blech auf dem Dach glitzert schon seit einigen Jahren nicht mehr in der Sonne. Still und ein wenig erschöpft wirkt das Haus, wie ein müdes Tier, das geduldig auf dem Rasen Platz genommen hat, um darauf zu warten, dass seine Menschen nach Hause kommen.

Oskar wartet mit ihm. Er kennt sie alle. Weiß, wann wer das Haus verlässt und wiederkehrt, kennt die Motorengeräusche der Autos und das Klacken und Fiepen der Zentralverriegelungen, und wenn es draußen dunkel wird, kann er allein anhand der Art, wie die Klappe des Müllcontainers fällt, sagen, wer gerade seinen Abfall entsorgt hat.

Jetzt fragt er sich, was aus dem Haus werden wird, wenn er nicht mehr hier sitzt. Aber das ist natürlich Unsinn. Das Haus wird sich durch seinen Tod nicht verändern. Es wird weiterhin die Menschen verschlucken und die unverdaulichen Reste nach einer viel zu kurzen Zeit wieder ausscheiden, wie es das immer getan hat.

Oskar stemmt sich an der Tischplatte hoch, tritt zu dem Radio und zieht den Stecker. Dann setzt er sich wieder, öffnet die Lade und holt das linierte A5-Heft hervor, das unter den Medikamenten, Kugelschreibern, Servietten und Taschentüchern liegt. Dreiundfünfzig Namen hat er darin eingetragen. Es sind die Namen jener dreiundfünfzig Mieter und Eigentümer, die in den letzten fünfzehn Jahren, die das Haus nun schon vor seinem Fenster steht, ein- und ausgezogen sind.

Jetzt wird bald ein neuer Name dazukommen. Vielleicht sogar zwei.

Kann es sein? Ein Baby? Ob die Frau mit dem Zopf die Wohnung genommen hat? Sie hat so zufrieden gewirkt. So lächelt niemand, der sich erneut auf die Suche machen muss.

Aber welche Mutter zieht in ein Haus wie das am Papaverweg 6? Da gibt es doch viel bessere Wohnungen. Wohnungen mit Lift, Wohnungen mit Kinderwagenabstellplätzen, Wohnungen mit bunten Schaukeln und Sandkisten im Innenhof.

6

Ein Haus an der Peripherie der Großstadt. Eine Gasse mit Einfamilienhäusern und Gartenzäunen, eine beschauliche Insel mitten im Plattenbautenmeer.

Seitdem die U-Bahn verlängert wurde, ist das Viertel näher an die Innenstadt herangerückt. Musste man früher noch im eisigen Wind an der Straßenbahnhaltestelle warten, ist man heute in fünfzehn Minuten im Herzen der Millionenstadt.

Das Haus mit nur zehn Parteien besticht durch seine zentrale und doch idyllische Lage. So hat Herbert Sucht die Anzeige, die er soeben gelöscht hat, formuliert.

Judith Brodkorb gehört zu den Schnellen, gleich nach dem Besichtigungstermin hat sie das verbindliche Mietanbot unterzeichnet. Bestimmt sieht sie sich schon mit dem Kinderwagen die dörflich anmutende Gasse entlangspazieren, und nächsten Herbst werden sie und der kleine Bub Kastanien sammeln.

»Brodkorb, was für ein bescheuerter Name!«, lacht Herbert.

In zwei Wochen wird er an der Gegensprechanlage und auf den Postkästen zu finden sein. In die Wohnung mit der Nummer 10 kommt wieder Leben, und das ist gut so.

Herbert fragt sich, wie lange ihn das Haus diesmal in Ruhe lassen wird. Richtig gegruselt hat es ihn, als er vor drei Monaten das Mail von Ilse Reiter in seinem Posteingang vorgefunden hat. Ganz kurz hat er sogar überlegt, abzulehnen. (Lassen Sie mich mit Ihrem verfluchten Haus in Ruh!) Andererseits darf er sich nicht beschweren. Die Wohnungen am Papaverweg 6 gehören zwar nicht zu den lukrativen Objekten, aber steter Tropfen höhlt bekanntlich auch den Stein. Drei Monatsmieten Provision sind nicht nichts, und bis jetzt hat er die Wohnungen stets ohne großen Aufwand an den Mann gebracht – oder an die Frau, ob mit oder ohne Kind. Die Menschen müssen nur in die kleine, dörfliche Gasse einbiegen, schon sind sie entzückt. Und dass die meisten von ihnen selten länger als das verpflichtende Jahr plus die drei Monate Kündigungsfrist bleiben, ist schließlich auch kein Nachteil für ihn.

Diesmal jedoch war alles wie verhext. Dabei sind laut Mirko alle, die Top 10 besichtigt haben, ganz begeistert gewesen. Kein Wunder, die Wohnungen im Dachgeschoß sind die schönsten im Haus. Wenn er Mirko glauben kann (und warum sollte er lügen?), haben bei den Besichtigungen alle so getan, als könnte es ihnen gar nicht schnell genug gehen mit dem Unterschreiben des Mietvertrags. Aber jedes Mal, wenn Herbert einem der Interessenten ein verbindliches Mietanbot zukommen ließ, sprang dieser sofort wieder ab. Einer schrieb, dass er es sich anders überlegt hätte, ein anderer meinte, er habe noch einen zweiten, anschließenden Besichtigungstermin gehabt und sich für die andere Wohnung entschieden (und das in nur vierzig Minuten!), und die nette Frau mit den dicken Brillengläsern, die Mirko so sympathisch gewesen war, antwortete weder auf Herberts erstes Mail noch auf sein zweites, in dem er sich erkundigte, ob das Mietanbot bei ihr angekommen sei.

»Hast du dich verplappert?«, fragte er Mirko, aber der schüttelte empört den Kopf. »Für wie blöd hältst du mich denn?«

Für sehr blöd, dachte Herbert, doch er sprach es nicht aus, lieber nahm er die Sache selbst in die Hand. Und jetzt ist er sie ja auch los, die Wohnung mit der Nummer 10.

Vielleicht hat Mirko wirklich nur Pech gehabt. Zwar ist er nicht der Hellste, denkt Herbert, aber er hat ein gutes Gespür für die Menschen. Besonders für die kleinen Leute. Mirko ist die Geduld in Person. Mirko lässt sich Zeit, selbst wenn es sich um das billigste Loch handelt. Stets steht er mit seinem Mäppchen in der Mitte des Raums, lässt die Kunden Schubladen herausziehen, Balkontüren öffnen und wieder schließen, nickt auffordernd und beantwortet jede noch so dumme Frage mit einem freundlichen Lächeln.

Herbert selbst kann das nicht. Vor allem nicht bei diesen verwöhnten Studenten und frischverliebten Pärchen, die alle so tun, als wären sie weiß Gott wer, nur weil sie jung und hip sind (oder glauben es zu sein). Am schlimmsten jedoch sind Öko-Mütter mit bunten Tüchern. Dieses entsetzliche Dauergrinsen! Als müsste die ganze Welt das Leben ihres Kindes feiern. Entweder tragen sie ihr Baby im Tuch, oder aber sie haben das Tuch wie einen Rock um ihre Jeans gebunden und lassen ihre Kleinkinder die frisch gestrichenen Wände mit Maisbällchenresten und Rotz beschmieren. Und immer die Erwartung, dass er sich onkelhaft hinunterbeugt und säuselt: »Na, wer bist denn du?«

Und dann kommen ihre Fragen:

»Ist das Fenster kindersicher?«

»Sind die Kanten in der Küche nicht gefährlich?«

»Haben die Steckdosen einen Kinderschutz?«

»Darf man im Gemeinschaftsgarten ein Planschbecken aufstellen?«

»Gibt es in diesem Haus denn gar keinen Kinderwagenabstellraum?«

Mirko bleibt ruhig. Mirko nickt verständnisvoll mit dem Kopf, streichelt den Kleinen über das verschwitzte Haar und fragt, ob sie sich schon ihr Kinderzimmer angeschaut hätten. (»Was? Das hast du noch gar nicht gesehen?«) Und schon nimmt er sie bei der Hand. (»Soll ich es dir zeigen?«)

Erklär einmal einem Vierjährigen, der bereits seine Modelleisenbahn (die er gar nicht besitzt) durchs Zimmer zischen gesehen hat, dass die Wohnung vielleicht doch eine Spur zu klein, zu warm, zu kalt, zu dunkel oder zu grasgrün ausgemalt ist.

Nein. Das muss er Mirko lassen. Mit Kindern kennt er sich aus. Und heute entscheiden nun einmal zu einem großen Teil die Kinder. Deswegen hat er sich ja so geschreckt, als er, kurz nachdem es an der Gegensprechanlage von Top 10 geläutet hatte, den Kindersitz in dem kleinen Renault entdeckt hat. Und tatsächlich. Sobald er die Tür geöffnet und der Frau die Hand zum Gruß hingehalten hatte, ist auch schon ihre Frage gekommen: »Es wird hier doch keine Probleme geben, wenn ich mit meinem vier Monate alten Sohn einziehe?«

»Probleme?«, hat er den Überraschten gespielt. »Wie kommen Sie denn auf die Idee? Eine ruhigere Gasse wie diese werden Sie in ganz Wien nicht finden! Hier können Sie den jungen Mann mit seinem Dreirad herumfahren lassen, ohne Angst haben müssen!«

Judith Brodkorb hat ihn freudestrahlend angegrinst. Wie gut, dass sie ihren Sohn nicht mitgenommen hat. Er braucht sich einem Kind nur zuzuwenden, schon fängt es zu plärren an. Als gingen von seinen Augen bedrohliche Strahlen aus, die nur Kinder sehen können.

Herbert Sucht schüttelt sich, überfliegt das unterschriebene Mietanbot und überträgt die Daten in den Computer.

Name: *Mag. Judith Brodkorb.*

Geburtsdatum: *6. Juli 1990.*

Beruf: *Universitätsassistentin in Karenz.*

Alleinerzieherin, notiert er in Klammern.

Solche Notizen können einmal wichtig sein, immerhin verlässt sich die Reiter auf ihn.

»Und die Leute hier?«, hat ihn die Brodkorb aus ihren großen, unschuldigen Rehaugen angeschaut. »Die sind doch hoffentlich nett?«

Also hat er sich ein breites Schaukelpferdgrinsen ins Gesicht gezaubert (fast so eines, wie Mirko es bei den Besichtigungen trägt) und in euphorischem Tonfall geäußert: »Sie werden sehen, Frau Brodkorb, hier gibt es noch so etwas wie echte Nachbarschaft!«

7

Wer aber sind die Bewohner des Hauses mit der Nummer 6?

Beginnen wir im Erdgeschoß. Gleich neben dem Treppenaufgang in Top 1 befindet sich das achtzig Quadratmeter große Reich der Ilse Reiter. Ihr gehören acht der insgesamt zehn Wohnungen. Daneben, in Top 2, lebt Hamed El Sayed. Zu Hameds Glück ist Frau Reiter nicht oft zu Hause, Hamed kann seine Vermieterin nämlich nicht leiden. Obwohl, das stimmt nicht so ganz, eher sollte man vielleicht sagen, dass Frau Reiter ihren ägyptischen Mieter nicht ausstehen kann, weswegen dieser ihr aus dem Weg geht, ganz nach dem Motto: »Der Klügere gibt nach«.

Manchmal fragt sich Hamed, wieso Frau Reiter ausgerechnet eine der großen Wohnungen für sich behalten hat. Angeblich lebt sie in einem riesigen Haus im steirischen Eibiswald, kommt nur hierher, wenn es »etwas zum Kümmern« gibt. Wieso vermietet sie nicht die große Wohnung und behält eine der kleinen, die immerhin auch alle vierzig Quadratmeter messen, für sich? (Oder ist sie gar nicht so verschlagen und geldgierig, wie Frau Neuhold behauptet?)

Ute Neuhold und ihr Mann Horst wohnen in Top 3, Schlafzimmer an Schlafzimmer mit Hamed. Die beiden Pensionisten sind neben Frau Reiter und dem schweigsamen Jugendarbeiter im ersten Stock die einzigen Eigentümer im Haus. Aber auch die Neuholds sind oft monatelang nicht zu Hause. Seitdem Ute und Horst in Pension sind, packen sie alle halben Jahre ihre Koffer. In der Zeit, in der sie hier sind, erzählen sie allen, die es hören wollen (und auch jenen, die es nicht hören wollen) von ihren Abenteuern. Wer immer sich auf mehr als nur ein schnelles Schwätzchen am Gang einlässt, muss sich auf ihr Sofa setzen und an die Wand projizierte Bilder anschauen – unendlich viele Bilder von Wiesen und Flüssen und Bergen, von bunten Saris, Blumenmärkten, buddhistischen Tempeln und geschmückten Elefanten, von roten Häusern am Rande riesiger Tannenwälder, speienden Geysiren und weiten, weißen Eiswüsten –, denn die Neuholds lieben das Außergewöhnliche, weswegen ihnen das Königreich Bhutan näher ist als die steirische Toskana, der brasilianische Urwald bekannter als die Hügel der Weststeiermark und das lebendige Hongkong tausendmal lieber als das langweilige Eibiswald der Ilse Reiter.

»In Eibiswald ist's uns zu kalt!«, beliebt Frau Neuhold zu scherzen, dabei ist auch der Himalaya nicht warm, von Spitzbergen ganz zu schweigen.

Seit Susa und Tom nicht mehr hier wohnen, ist es Hamed, der auf dem Sofa der Neuholds Platz nimmt. Zuerst drückt ihm Ute den Wohnungsschlüssel in die Hand und erklärt, wie viel Wasser die Leuchterblume am Fensterbrett bekommt und wie viel Dünger die Glücksfeder neben dem Stereoturm benötigt, danach werden der Beamer und die Leinwand aufgestellt. Vor einer Woche war es wieder so weit. Hamed hörte sich die Anweisungen an und nickte eifrig mit dem Kopf. Danach bekam er sämtliche Fotos aller vergangenen Reisen zu sehen. Während des Schauens blinzelte er, streckte das linke Bein aus, stopfte sich den Polster in den Rücken, und obwohl ihm die Lendenwirbelsäule und auch die Hüfte wehtaten, obwohl er schon gar nicht mehr wusste, wie er auf dem viel zu weichen und niedrigen Sofa der Neuholds noch sitzen sollte, lächelte er tapfer, als Horst ihn fragte, ob er noch Zeit für die peruanische Hochebene habe, und gab zur Antwort: »Oh ja, ich kann genug nicht kriegen von eure schöne Fotos!«

Als er zurück in seine Wohnung kam, drehte er ein paar Runden durch die Wohnküche, absolvierte seine Turnübungen, putzte sich die Zähne und stellte sich die Frage, wie es kommt, dass die einen durch die Welt tingeln und Robbenfleisch verspeisen, während die anderen mit einer Chipstüte vor dem Fernseher sitzen und sich Sendungen wie *Universum* ansehen, und das, obwohl sie genügend Geld angespart, keine Schmerzen, keine Lähmungserscheinungen und auch keinen Tumor im Kopf haben.

Würde er selbst reisen, wenn er genügend Geld hätte und gesund wäre? Aber was soll er schon in Spitzbergen, in Singapur oder im Königreich Bhutan? Was soll er in Südafrika, im australischen Outback oder in Peru? Es reizt ihn doch nicht einmal, in ein Flugzeug zu steigen, um nach Ägypten zu fliegen. Selbst bei seiner Schwester Hebba in München ist er seit mehr als zwei Jahren nicht mehr gewesen.

Drei Tage nach dem gemeinsamen Abend stiegen die Neuholds mit ihren Koffern und der Kameratasche in ein Taxi. Seitdem ist Hamed wieder ganz allein im Erdgeschoß.

Steigen wir hinauf in den ersten Stock.

Ganz hinten, in der Wohnung mit der Nummer 7 (direkt über den Neuholds) wohnt Peter Lindner – jener Mieter, der so gern und lange schläft. Auch sonst ist er sehr still, fast könnte man glauben, dass er sich vor den Menschen fürchtet oder sie einfach nicht mag. (Beides jedoch wollen wir von einem Jugendarbeiter nicht annehmen.) Jedes Mal, bevor Peter seine Wohnung verlässt, blinzelt er durch den Spion und horcht eine Weile nach, ob er auf dem Gang Geräusche vernehmen kann. Hört er etwas, lässt er sich Zeit, dann tritt er von einem Bein aufs andere, bindet sich die Schuhbänder neu, bohrt in der Nase oder steht einfach nur da. Erst wenn es draußen wieder mucksmäuschenstill ist, schleicht er auf Zehenspitzen durchs Stiegenhaus, schlüpft aus dem Haus und geht schließlich, mit gesenktem Blick, die Gasse hinauf.

Neben der Wohnung des scheuen Peter Lindner befindet sich die Wohnung mit der Nummer 6. Seit drei Monaten wohnt in ihr eine Frau namens Muggi Klein. (So zumindest steht es auf dem Türschild). Ein einziges Mal hat Peter eine Frau in die Wohnung gehen gesehen. Sie war etwa fünfundvierzig Jahre alt, ungefähr 1,80 Meter groß und hatte hennarotes, schulterlanges Lockenhaar sowie eine etwas zu männlich geratene griechische Nase (wie Peter fand). Seitdem ist noch kein einziges Geräusch durch die papierdünnen Wände gedrungen. Keine Fernsehdialoge, keine Radiomusik, kein Weckerrasseln. Auch fällt Peter auf, dass die Rollos der Klein stets zu drei Vierteln heruntergelassen sind.

Warum mietet jemand eine Wohnung, schreibt seinen Namen auf das Türschild und ist dann nie da? Und wieso steckt seit acht Tagen ein Schreiben des Gerichtsvollziehers zwischen Türstock und Tür? Seitdem Peter den Zettel entdeckt hat (der jedoch nicht an eine Muggi, sondern an eine Muriel gerichtet ist), denkt er vor dem Einschlafen über seine mysteriöse Nachbarin nach. Von geheimen Drogendepots im Spülkasten bis hin zu ominösen Scheinfirmen und Identitätsraub reichen seine Theorien.

Dass auch die Wohnung mit der Nummer 5 leer steht, hat (zumindest Peters Ansicht nach) einen durchaus menschlichen Grund. Jürgen Zelechowski ist Nationalratsabgeordneter. Dass er in Scheidung lebe, ließ er Peter kurz nach seinem Einzug im März wissen, dass die Wohnung für ihn eine Übergangslösung sei, bis er etwas Besseres, Größeres, Ruhigeres gefunden habe. Davor jedoch wollte er es offensichtlich doch ein bisschen lauter und lebendiger haben, weswegen alle paar Tage ein anderes Frauenauto am Zaun gegenüber hielt. Aus den Autos stiegen stets ähnlich aussehende, schlanke Frauen in Businesskostümen, die man bis weit nach Mitternacht lachen und (wenn man besonders gut lauschte) auch stöhnen hörte. Tags darauf stiegen die Frauen wieder in ihre Autos, um den Papaverweg für immer zu verlassen. Manche schluchzten dabei leise in sich hinein, andere wirkten erleichtert, und wieder andere taten so, als würden sie nur ein bisschen durch die Gegend fahren und gleich wieder zurückkommen.

Anfang Juni blieb der Platz am Zaun wieder leer, und ein paar Wochen darauf stand auch der Wagen des Abgeordneten nicht mehr auf dem Parkplatz mit der Nummer 5. Nicht etwa, weil Zelechowski eine größere (schönere, hellere, leisere) Wohnung gefunden hat, sondern weil er und seine Frau sich wieder versöhnt haben. (Wie er Peter eines schönen Julitages wissen ließ, ohne dass dieser danach gefragt hatte. Aus irgendeinem Grund schaffte es der Politiker stets, seine Tür ausgerechnet in jenem Augenblick zu öffnen, in dem Peter an ihr vorüberschlich.)

Durch die Versöhnung der Eheleute steht die Wohnung mit der Nummer 5 nun schon seit einigen Wochen leer, und das wird sie noch weitere neun Monate tun. So lange dauert es nämlich, bis das verpflichtende erste Jahr plus die dreimonatige Kündigungsfrist (wie im Mietvertrag vorgesehen) verstrichen sind. In diesem Punkt ist Ilse Reiter sehr streng, schließlich ist ihr Haus kein Taubenschlag!

Fehlt noch die vorderste Wohnung im ersten Stock, jene mit der Nummer 4. In ihr wohnt seit knapp vier Jahren Alice Winter – ein zierliches, etwas zu blasses Geschöpf mit dunkelblonden Haaren (kurzer Pony und Pferdeschwanz), das, sobald es draußen ein wenig kühler wird, einen dicken

Schal um den Hals trägt. Im Moment jedoch ist Alice nicht zu Hause. Gerade eben sitzt sie mit ihrer besten Freundin Claudia in einem Bistro nahe des Museumsquartiers und trinkt Chai Latte. Obwohl sich die beiden Frauen viel zu erzählen haben (immerhin sehen sie einander nur noch selten, seit Claudia in Holland lebt), wird Alice an diesem Nachmittag nicht lange bleiben können, denn heute ist Freitag. Jeden Freitag pünktlich um siebzehn Uhr fünfzig holt sie die nicht verkaufte Ware vom Biosupermarkt ab, um sie vor der Mülltonne zu retten. Aber dazu später.

Steigen wir noch in das Dachgeschoß. In die Wohnung mit der Nummer 10 (die sich direkt über der Wohnung von Peter Lindner befindet) wird bald Judith Brodkorb mit ihrem Sohn ziehen. Noch weiß niemand von den beiden, in zwei Wochen jedoch wird man sie nicht überhören können.

In der mittleren Dachgeschoßwohnung wohnt seit etwas mehr als einem Jahr Martin Engelmayr mit seiner Freundin Gudrun Sachs und deren fünfzehnjähriger Tochter Leonie.

Martin Engelmayr ist Anfang dreißig. Mit seinen langen, rotblonden Haaren, die er meist oben am Kopf zum Dutt zusammengebunden trägt, dem ebenso rotblonden Bart, den Tattoos auf seinen Oberarmen und dem protzigen Geländewagen auf dem Parkplatz ist er nicht gerade ein Sympathieträger. Zumal er oft stundenlang auf seinem Balkon steht und raucht. »Bestimmt ein arbeitsloser Schmarotzer!«, heißt es am Papaverweg, wo die Gerüchte schneller von einem Gartentor zum anderen flitzen als der chinesische Bub vom Nachbarhaus auf seinem Skateboard.

Anders als Martin Engelmayr ist seine Freundin Gudrun Sachs eine absolut unscheinbare Frau (sieht man von dem Umstand ab, dass sie acht Jahre älter ist als ihr Lebensgefährte).

Nicht dick, nicht dünn, nicht groß, nicht klein, keine Piercings, keine Tattoos. Ihre Kleidung ist dezent, ihr kinnlanger Haarschnitt ebenfalls. Und auch ihre Tochter Leonie (zart, hellbraunes Haar) sieht aus, als könnte sie kein Wässerchen trüben.

Ganz vorne im Dachgeschoß liegt die Wohnung mit der Nummer 8. Azra und Emir Bosić sind gleich nach Fertigstellung des Hauses eingezogen. Oskar, der das Ehepaar seit beinahe fünfzehn Jahren an seinem Fenster vorübergehen sieht, schätzt die beiden auf Anfang fünfzig. Da die Bosićs zur Zeit ihres Einzugs an die fünfunddreißig gewesen sein müssen und Oskar noch nie Kinder gesehen hat, nimmt er an, dass es keine gibt. Die beiden Eheleute jedoch sind wie zwei ineinander verschränkte Glieder einer Kette. Wenn Herr Bosić auf den Balkon tritt, um eine Zigarette zu rauchen, stellt sich seine Frau dazu, und wenn sie die Blumen gießt, tritt er auf den Balkon und zündet sich eine an. Auch zum Einkaufen gehen die beiden stets zu zweit, dann trägt er den schwarzen Stoffsack, während sie sich die Henkel der geblümten Plastiktasche über die rechte Schulter legt. An den Sonntagnachmittagen gehen die Bosićs spazieren. Dann kommen sie, wie sie gehen: Hand in Hand, mit zum Horizont gerichteten Augen.

Was für eine schöne »Zweinsamkeit«, denkt Oskar manchmal, wenn er die beiden an seinem Fenster vorübergehen sieht.

8

»Siehst du die Tussi dort drüben?«

Seit zwei Tagen trägt Fanny ihr rosa gefärbtes Haar in Rastazöpfen. Peter weiß, dass die Fünfzehnjährige gern Gangsta-Rapperin wäre, aber Fanny ist zu schüchtern, niemals wird sie sich auf eine Bühne trauen. Dabei ist sie durchaus talentiert, ihre Texte sind rhythmisch fein gearbeitet, und zu sagen hat sie auch etwas.

Sie stehen ein paar Meter vom Jugendzentrum entfernt. Fanny raucht, und Peter raucht passiv mit, weil Fanny ihn darum gebeten hat. Manchmal will sie mit ihm reden, über ihre Mutter und ihren Stiefvater und deren Erwartungshaltungen, die sie nicht erfüllen kann. Über die Schule und ihre Klassenkameraden, von denen niemand so denkt wie sie. Über Probleme kann Fanny nur reden, wenn sie raucht. (Wozu soll Peter es ihr verbieten? Damit sie es hinter seinem Rücken tut und allein vor sich hin grübelt?)

»Welche Tussi?«, fragt er und blickt in die Richtung, die Fanny mit einem leichten Nicken vorgegeben hat. Er sieht keine Tussi, stattdessen entdeckt er auf der anderen Straßenseite das zarte Mädchen aus dem Dachgeschoß.

»Mannomann, bist du blind, oder was?«, stöhnt Fanny und verdreht die Augen. »Das Elfchen dort drüben mit den langen braunen Haaren!«

»Die gerade hinter dem roten Daihatsu hervorkommt?«

»Siehst du eine andere?«

»Nein.«

»Eben. Das ist eine von den *Gelatinis*.«

»Von den *Gelatinis*? Echt? Die sieht gar nicht so aus.«

»Die sehen alle nicht so aus! Das ist ja das Ätzende. Lauter süße Mädchen, die kein Wässerchen trüben können. Die Lehrer lieben sie heiß, also dürfen sie machen, was sie wollen.«

Fanny hat ihm schon einmal von den *Gelatinis* erzählt. Bei der Clique handelt es sich um eine Art Mädchenmafiabande, deren Treiben darin besteht, alle, die nicht nach ihrer Pfeife tanzen, in den sozialen Medien zu verunglimpfen. Immer schön so, dass es gerade noch legal ist und trotzdem wehtut. Mit den Lehrern zu sprechen sei – laut Fanny – zwecklos, denn die vier Mädchen haben gute Noten und sind beim Lehrpersonal beliebt.

»Und wie heißt das Mädchen?«, fragt Peter.

»Die?« Fanny drückt die Kippe mit der Schuhspitze aus und hebt sie hoch, um sie zum Mistkübel zu tragen.

»Leonie.«

Leonie? Heißt die Kleine aus dem Dachgeschoß Leonie?

»Und die anderen?«, fragt er.

»Wie, die anderen?«

»Na, die anderen *Gelatinis*. Die haben ja hoffentlich Namen. Angela! Livia! Rosalinda! Vincenza!«

Fanny lacht.

»Tabea, Rebecca und Pamina.«

Na bitte!

»Pamina? Wie in der *Zauberflöte*?«

»Keine Ahnung. Die Pamina, die ich meine, heißt so. Gehen wir wieder rein?«

Peter nickt. »Aber die *Zauberflöte* sagt dir schon etwas, oder?«, fragt er, als er die Glastür aufstößt und für Fanny offen hält.

»Dieses altmodische Kindermusical von diesem Mozart?«

Fanny, Fanny! Was die für Ideen hat. Obwohl: Peter kann die *Zauberflöte* auch nicht hören. Zwar kann er mit Rapmusik noch weniger anfangen, aber dieses »Heissa Hopsassa« treibt ihn regelrecht in den Wahnsinn.

»Kindermusical!« Er lacht. »Vielleicht solltest du die Werbung für die Staatsoper übernehmen, ein Musical verkauft sich bestimmt besser als eine Oper! Nur das ›altmodisch‹ würde ich streichen.«

»Ha, ha! Sehr witzig!«

»Nein, Fanny, gar nicht witzig. Die Werbebranche könnte wirklich was sein für dich. Überleg dir das mal!«

Sie bleibt stehen und funkelt ihn an. »Ich und Werbung? Träum weiter! Mit meinem Zeugnis kann ich Klofrau werden!«

»Hey, das will ich nicht mehr hören, klar? Du hast Talent! Nur weil ein paar deiner Lehrer das nicht erkennen, heißt das noch lange nicht, dass ich nicht recht habe.«

»Du bist ein Träumer, Peter Lindner. Und ein Freak obendrein. Aber ein lieber.«

Sie lächelt ihn traurig an. Was bringt es mir schon, wenn du an mich glaubst?, sagen ihre Augen.

Er sieht ihr dabei zu, wie sie sich zu den Jungs an den Fußballtisch stellt. Ein Träumer, klar. Ein »Freak«! So haben schon viele über ihn gedacht. Seine ehemaligen Schulkollegen, die Vollidioten, die er in der Lehre kennengelernt hat, und die Typen in der Fabrik sowieso. Selbst seine Eltern haben in ihm nur den Alien gesehen. Und ein paar Frauen würden Fanny wohl ebenfalls recht geben, nur dass sie es nicht als Kompliment sehen, wenn sie ihm sagen, dass er ein »Träumer« oder gar ein »Freak« sei.

Vielleicht ist das der Grund, warum er das Mädchen mit den rosa Rastazöpfen und auch die anderen Teenager hier so mag. Sie sind ihm ähnlicher als alle anderen, die er in seinem verkorksten Leben kennengelernt hat.

9

Während Oskar an der Kassa steht (nun hat er es doch noch zum Supermarkt geschafft), während er nach seiner Geldbörse greift und eilig einen Fünfziger herauszieht, um die anderen in der Schlange nicht mit dem Zählen der Münzen aufzuhalten (zu Hause wird er das Kleingeld wieder in eines der beiden großen Gurkengläser werfen), betritt Peter das Geschäft von der anderen Seite.

Würden beide ihren Blick heben und auf die große Glastür schauen, würde Peter den seinen nicht zielstrebig auf die Obstabteilung richten und Oskar den seinen nicht auf die Geldbörse, dann könnten sie einander zuwinken. So aber lenkt Oskar seinen Rollator neben die Einkaufswagen, wo er ein paar Sekunden stehen bleibt, um die Geldbörse sowie die Einkäufe in die Leinentasche zu legen, während Peter nach einer Plastikschüssel mit Weintrauben greift und noch eine Banane drauflegt. Was soll er heute essen? Germknödel hatte er gestern, Kochsalat mit Debreziner vorgestern. Kartoffelpuffer? Zu aufwendig. Auf Tiefkühlpizza hat er auch keine Lust, also spaziert er ohne bestimmte Idee zur Fleischtruhe und entscheidet sich kurzerhand für eine Tasse mit Suppenhuhnstücken und vorgeschnittenem Wurzelwerk. Zwar sagt man, Hühnersuppe sei etwas für Kranke, aber es kann nicht schaden, vorzubeugen. Noch ein Säckchen Backerbsen sowie eine Großpackung Schokoriegel (Eigenmarke Discounter) und dann ab zur Kassa.

Was für ein Glück, die Schlange ist nicht lang, auch scheint er eine flotte Kassiererin erwischt zu haben. Er legt die Einkäufe auf das Förderband und sieht sich gelangweilt um. In der Schlange nebenan erkennt er die Mutter eines Jugendlichen, der bis vor einem Jahr noch regelmäßig ins Jugendzentrum gekommen ist. Er sieht der Frau dabei zu, wie sie den Einkauf auf das Band legt, und stellt sich vor, was seine Kollegin wohl zu dem Coca-Cola und dem großen Plastikbecher mit dem Vanillepudding sagen würde. Birgit regt sich oft und gerne darüber auf, dass sich die Jugendlichen hauptsächlich von »künstlichem Mist« ernähren. Aber Birgit ist kein Maßstab. Birgit fände selbst die Idee, sich ein in Plastik verpacktes Suppenhuhn zu kaufen, abstoßend.

Die Mutter des Buben blickt kurz zur Seite, an Peter vorbei, und starrt dann wieder auf den Rücken des Mannes vor ihr. Währenddessen wiegt die Kassiererin Peters Banane und zieht die restlichen Lebensmittel über den Scanner. Er steckt alles in den Plastiksack, zahlt und verlässt den Supermarkt. Schlendert die Straße entlang und lässt den Einkaufssack schwingen. Die Abgase der Autos kratzen im Hals, auch ist ihm ein wenig kalt, er hätte statt des Schirms eine Jacke mitnehmen sollen. Jetzt freut er sich auf die warme Suppe und den freien Abend. Er lässt den Sack heftiger schwingen und singt leise vor sich hin: »Suppenhuhn, Suppenhuhn, ach, wie ist das Leben dumm!«

Am Papaverweg angekommen, sieht er gerade noch, wie der Alte mit seinem Rollator um die Ecke biegt. Peter verlangsamt seinen Schritt. Er wird bis zur Parallelgasse gehen und über einen Umweg von unten hinauf in den Papaverweg einbiegen. Bis dahin wird der Zimmermann hoffentlich in seinem Haus verschwunden sein. Aus irgendeinem Grund, den sich Peter nicht erklären kann, plaudert der Nachbar von gegenüber besonders gern mit ihm. Schon einmal ist Peter das Tiefkühlgemüse an seinem Zaun aufgetaut, bloß weil er nicht und nicht zu reden aufhören wollte, immer wieder fiel ihm etwas ein, und dann noch etwas und noch etwas und: »Ach ja, was ich Sie noch fragen wollte!«

Peter schwenkt den Sack und schlendert die Thujenhecken entlang. Hier, nur eine Gasse weiter, verstecken sich die Menschen, gibt es nichts zu sehen als Grün und nochmals Grün, anders als am Papaverweg, wo alle Häuser nur hüfthohe Mauern und Zäune aus Maschendraht haben. Wer nicht gesehen werden will, der sieht auch selbst nichts, denkt Peter, und dass das nicht gut wäre für den alten Zimmermann und die Tratschgans aus dem Erdgeschoß. Die Leute am Papaverweg schauen gern, das Schauen und Tratschen, so kommt es ihm vor, halten die Menschen in seiner Gasse am Leben.

An der Gabelung bleibt er stehen und späht vorsichtig um die Ecke. Vom Alten und seinem Rollator ist nichts mehr zu sehen, auch sonst wirkt die Gasse, als wäre die Menschheit ausgestorben. Keine lärmenden Menschen, keine brummenden Autos, keine knatternden Motorräder. Hier ist die Welt noch in Ordnung, zumindest sieht es auf den ersten Blick so aus, auch wenn der Schein trügt, wie Peter inzwischen weiß. (Aber das, was sich hinter den Wänden abspielt, geht ihn nichts an. Das ist ja das Schöne am Leben in der Großstadt: dass man sich aus allem raushalten darf.)

Er biegt in den Papaverweg ein, schleicht an den unteren Häusern vorbei, an den Mülltonnen und Autos und öffnet das niedrige Gartentürchen, das seine Ankunft mit einem penetranten Quietschen ankündigt. Dann folgt er dem mit Steinplatten ausgelegten Weg zur Eingangstür, kramt den Schlüssel aus der Hosentasche und sperrt auf. »Suppenhuhn, Suppenhuhn«, flüstert er, als er zielstrebig zu den Postkästen tritt. Dort hebt er zuerst die eigene Klappe (nichts drin), lässt sie wieder fallen, blickt kurz hinter sich und widmet sich dann der Klappe seiner Nachbarin. Hat er sich's doch gedacht! Der

Briefumschlag liegt noch drin, die Werbeprospekte jedoch, die er vor zwei Tagen hineingeworfen hat, sind verschwunden.

In Gedanken vor sich hin pfeifend, schleicht er die Stufen zum ersten Stockwerk hoch. Im Stiegenhaus riecht es nach Moschus, Zimt und Kreuzkümmel. Ist der Ägypter also wieder in der Stadt gewesen, und nun kocht er sich seinen Couscous.

Peter geht an Alices Wohnung und der von Zelechowski vorbei und bleibt vor der Tür mit der Nummer 6 stehen. Stellt fest, dass die Benachrichtigung des Gerichtsvollziehers noch immer dort steckt. Dabei muss Muggi in der Zwischenzeit hier gewesen sein, sonst würden die Werbeprospekte noch in ihrem Postkasten liegen.

»Wie überaus interessant!«, murmelt er, dann tritt er vor die eigene Tür und sperrt auf. Geht in die Wohnküche, in der es nach Lack und Schmieröl riecht, stellt den Einkaufssack auf den Sessel und drückt auf den Knopf der Espressomaschine. Es ist eine jener alten Maschinen, wie man sie normalerweise nur in Kaffeehäusern findet. Vor ein paar Jahren sprang sie Peter auf *willhaben.at* ins Auge, seitdem steht sie hier.

»Suppenhuhn, Suppenhuhn, bald wirst du im Topfe ruh'n!«, singt er ausgelassen, dann stellt er einen großen Topf Wasser auf den Herd, lässt die Hühnerstücke und das vorgeschnittene Wurzelwerk hineinplumpsen und schält einen der Schokoriegel aus seiner Plastikverpackung.

10

Wie jeden Freitagabend kommt Alice kurz nach sieben Uhr nach Hause. Stellt die Ikea-Tasche im Vorzimmer ab, streift den großen Rucksack von den Schultern und läuft die Treppen erneut hinunter, um den schweren Trolley Stufe für Stufe in den ersten Stock zu ziehen.

Vorhin, nach ihrer Rückkehr vom Biosupermarkt, hat sie bei Herrn Zimmermann an der Tür geläutet. Diesmal hat er ihr nicht viel abgenommen, nur einen halben Wecken Brot, zwei Tomaten und ein Bund Radieschen.

Seitdem der alte Mann sie auf die vielen Taschen angesprochen hat, die sie alle paar Tage nach Hause schleppt, und sie ihm erklärt hat, was sie damit bezweckt (»Ich rette die nicht verdorbenen Lebensmittel vor der Mülltonne, Herr Zimmermann!«), läutet sie jeden Dienstag und Freitag an seiner Tür, um ihn etwas von der geretteten Ware aussuchen zu lassen. Mittlerweile hat er keine Scheu mehr, wenn sie die Taschen in seinem Vorzimmer abstellt, und wenn sie ihm Samstagvormittag etwas Selbstgekochtes bringt, scheint er sich aufrichtig zu freuen.

»Wissen Sie was, liebe Alice?«, sagte er, als er vorhin in ihre Tasche griff. »Weil ich doch jetzt so vieles gratis bekomme, sammle ich jede Münze, die mir im Supermarkt herausgegeben wird, in zwei großen Gurkengläsern. Die bekommen dann meine Enkelkinder.«

Was für eine entzückende Idee! Sie muss unbedingt Henrik davon erzählen, vielleicht kann er die Anekdote in einen seiner Vorträge einbauen.

Sie beginnt, das Gemüse aus den Taschen zu räumen. Sieht Herrn Zimmermanns funkelnd blaue Augen unter den dichten

Augenbrauen vor sich, die aufmerksam jeden ihrer Handgriffe verfolgen. Die Alten sind nicht so rückständig, wie manche behaupten. Man muss ihnen nur ein bisschen Zeit geben, muss mit ihnen plaudern und ihnen das Gefühl geben, dass auch sie etwas bewirken können. Als sie Herrn Zimmermann bei ihrem ersten Besuch erklärt hat, warum sie zweimal die Woche mit ihrem Trolley und dem Wanderrucksack loszieht, hat er sehr schnell begriffen, worum es den Mitgliedern von *No Waste!* geht. Ganz entsetzte Augen machte er, als sie ihm erzählte, wie das in den Supermärkten und den Backshops abläuft und welche Mengen tagtäglich in die großen Müllcontainer geworfen werden, nur damit die Kunden auch dreißig Minuten vor Ladenschluss noch volle Regale vorfinden. Dass das eine Verhöhnung all jener sei, die sich auf den Feldern und in den Backstuben abrackern, wenn man am Ende einfach alles in die Container kippe, hat sie sich in Rage geredet.

»Aber wenn ich für die Lebensmittel nicht bezahle, verdienen dann die Bauern und Bäcker nicht noch weniger?«, setzte er ihr entgegen.

Also führte sie ihre Rede weiter aus: »Wenn wir wieder bewusster einkaufen, wenn die Lebensmittel endlich wieder verbraucht statt weggeworfen werden, wird die Lebensmittelindustrie gezwungen sein, umzudenken. Der Markt richtet sich nach der Nachfrage. Was wir erreichen wollen, ist, dass die Menschen das durchschauen. Es liegt auch an unserem eigenen Kaufverhalten, wie Lebensmittel gehandelt werden. Wenn Sie heimische Bauern unterstützen wollen, dann kaufen Sie regionale Produkte, Herr Zimmermann. Geben Sie am richtigen Ort ein bisschen mehr Geld aus und holen Sie sich dieses Geld zurück, indem Sie sich aus meiner Tasche bedienen.«

Wie verschmitzt er sie angelächelt hat. »Sie haben vollkommen recht, liebe Nachbarin! Dann lass ich mein schlechtes Gewissen ab jetzt fahren und bin so frei.«

Alice mag den alten Mann. Lehrer für Französisch und Biologie ist er gewesen, »vor einer halben Ewigkeit«, wie er selbst gemeint hat. »Ich bin jetzt mehr als ein Vierteljahrhundert in Pension. Ist das nicht eine herrliche Ressourcenverschwendung?«

Auch Claudia war ganz angetan, als Alice ihr am Nachmittag von ihrem Nachbarn erzählte – von seiner Schlabberweste, den Haarbüscheln in seinen Ohren und den schmalen, blauen Augen unter den wilden Augenbrauen.

»Den stell ich mir ja entzückend vor! Aber pass auf, dass du ihn nicht am Hals hast, Alice. Nicht, dass er sich zu sehr an dich hängt. Oder dass er sich gar in dich verknallt!«

Alice schüttelte den Kopf. »Nein, so einer ist er ganz bestimmt nicht.«

Sie holt das Gemüse Stück für Stück aus dem Trolley und legt es auf den Tisch. Die nächsten zwei Stunden wird sie damit zubringen, den Salat von den welken Blättern zu befreien, das überreife Obst zu verarbeiten und das Gemüse zu schneiden. Viel Zeit hat sie nicht, es wird also wieder ein Eintopf werden.

Die Joghurts, einen großen Teil des Blattsalats und das Obst wird sie anschließend ins Foyer des Jugendzentrums bringen, wo seit ein paar Wochen der neue FreeFoodFridge steht, einer jener öffentlichen Kühlschränke des Vereins, in dem das gerettete Essen zwischengelagert wird, bis es von jemandem, der es brauchen kann, geholt wird. Seitdem es einen solchen Kühlschrank auch in ihrer Nähe gibt, ist das Verteilen der Lebensmittel wesentlich einfacher geworden. Die Mohnweckerln, Kornspitze, Topfengolatschen und

Semmeln sind bei den Jugendlichen heiß begehrte Ware, und auch die Joghurts gehen meist weg. Das Gemüse wurde bis vor Kurzem vor allem von den Jugendarbeitern mitgenommen, aber in den letzten Wochen kommen nun auch die Bewohner der umliegenden Gemeindebauten, um sich etwas davon zu holen. Es dauert meist eine Weile, bis sich herumspricht, dass die gerettete Ware in Ordnung ist und keineswegs nur den Obdachlosen gehört.

Manchmal, wenn Alice beim Küchentisch sitzt und Gemüse klein schneidet, erinnert sie sich an ihren allerersten Einsatz als Lebensmittelretterin. Obwohl außer ihr noch zwei junge Männer gekommen waren und sie extra den großen Rucksack mitgenommen hatte, musste ihr der Supermarktangestellte eine Bananenschachtel heraussuchen, damit sie ihren Anteil nach Hause tragen konnte. Nachdem sie das viele Gemüse und Obst auf den Tisch gelegt hatte, bekam sie augenblicklich die Panik. Wie sollte sie das alles essen? Schließlich holte sie die Töpfe aus dem Schrank, begann zu kochen und fror am Ende das meiste ein. Den Salat, die Joghurts, die Radieschen und Semmeln nahm sie tags darauf in die Vorlesung mit, um sie den anderen in die Hände zu drücken. Zu ihrer großen Enttäuschung fand sie, als sie das Universitätsgebäude am Abend wieder verließ, einen der Salatköpfe in dem Mistkübel am Ausgang, ein Bund Radieschen lag auf einer Bank bei der Straßenbahnhaltestelle.

Lektion eins: Verteile nur dort, wo du dir sicher sein kannst, dass man dir die Ware nicht nur aus Verlegenheit abnimmt.

Bevor sie die nächste Rettungsaktion in Angriff nahm, luchste sie ihrer Mutter den alten Einkaufstrolley ab und überlegte, an welchen Orten es Sinn machte, die Lebensmittel zu verteilen. Erst danach begleitete sie die anderen erneut.

Spazierte direkt vom Supermarkt in einen nahe gelegenen Park, in dem ihr ein Obdachloser und ein Pärchen etwas abnahmen, und fuhr anschließend zum Jugendzentrum, wo man sich über das Gebäck, den Frischkäse und die Joghurts freute. Erst danach ging sie nach Hause. Putzte das Gemüse, bereitete Karottensuppe und Gemüsestrudel zu, kochte Apfelmus ein und grillte den geschnittenen Paprika, um ihn anschließend in Olivenöl einzulegen. Danach fotografierte sie alles, was sie selbst nicht brauchte, und stellte die Fotos auf die Facebook-Seite von *No Waste!*, wo die geretteten Lebensmittel für die Abholung reserviert werden konnten. Dann füllte sie den gegrillten Paprika in leere Gläser, behielt die Kommentare auf Facebook im Auge, antwortete, lief zur Gegensprechanlage, öffnete die Wohnungstür, plauderte mit einem jungen Pärchen, das sich Obst und Apfelmus abholte, trank mit einem älteren Mann, der ein großes Stück vom Gemüsestrudel aussuchte und im Gegenzug eine Flasche Landwein mitgebracht hatte, ein Glas, bekam ein bisschen Angst, als der Mann keine Anstalten machte, nach Hause zu gehen, atmete erleichtert auf, als er es dann doch tat, und nahm sich vor, die Lebensmittel in Zukunft direkt an der Tür zu übergeben.

Lektion zwei: Die Übergabe muss schnell gehen.

Zwei Wochen später musste sie die Einmachgläser ausleeren, da der Paprika zu schimmeln begonnen hatte. Das war der Zeitpunkt, an dem sie beinahe aufgegeben hätte.

»Lektion drei: Wie mache ich Lebensmittel haltbar?«, fasste sie für Claudia zusammen, die daraufhin in einen Lachkrampf ausbrach.

»Gott sei Dank gibt es jetzt den FreeFoodFridge«, sagte Alice. »Seitdem ist es easy. Ich leg die Sachen rein, und das war's.«

»Wahnsinn!«, rief Claudia. »Wie sehr du dich verändert hast!«

Wie schön, Claudia wieder gesehen zu haben. Seit fünf Jahren lebt Alices ehemalige WG-Genossin nun schon in Amsterdam. Seitdem gibt es niemanden mehr, mit dem sie in der Art und Weise reden kann, in der man es nur mit der besten Freundin tut.

Alice steht auf und geht zum Schreibtisch. Öffnet das Musikprogramm auf ihrem Laptop, entscheidet sich für Ana Moura und schaltet die Lautsprecherboxen ein. Danach holt sie das große Holzbrett aus dem Unterschrank und sieht auf die Uhr. Wenn sie nicht zu spät kommen will, muss sie sich beeilen, in einer Stunde beginnt Henriks Vortrag, und sie hat ihm versprochen, bis neun Uhr mit dem Eintopf nachzukommen. Diesmal hat man ihn in das Vereinslokal eines Fotoklubs bestellt, einer der Fotografen hat eine Bildreportage über Henriks Tätigkeit als Lebensmittelretter gemacht, woraufhin die anderen im Klub neugierig geworden sind.

Alice greift nach einer Karotte. Ihre Eintöpfe, Aufläufe und Gemüsekuchen kommen bei den Informationsveranstaltungen gut an, der Gaumen ist eben doch der beste Beweis dafür, dass an den Sachen, die sie am Ende des Tages abholen, nichts faul ist.

Schade, dass Claudia keine Zeit hat, sie zu begleiten.

»Ich treffe mich noch mit Elias, und danach muss ich mir ein bisschen Zeit für meine Schwester nehmen. Heimatbesuche sind extrem stressig, tut mir leid!«, erklärte sie mit bedauerndem Blick, nachdem Alice sie gefragt hatte, ob sie nicht Lust hätte, mitzukommen.

Der Satz tat ihr weh. Sie ist jetzt eine von vielen, die Claudia treffen möchte, wenn sie nach Wien kommt. Eine von vielen, die Claudia wieder vergisst, sobald sie in den Bauch des Fliegers steigt. Ihr Lebensmittelpunkt liegt in Holland.

Dort hat sie neue Freundinnen, mit denen sie ins Café oder ins Kino geht. Neue Freundinnen, von denen sie Alice erzählt, wenn sie – nur mehr sehr selten – via Skype miteinander telefonieren.

11

Ein paar Wochen nachdem Claudia nach Amsterdam gezogen war, stellte Alice fest, dass sie sich das WG-Leben mit niemand anderem als ihrer besten Freundin vorstellen konnte. Also begann sie, die Immobilienseiten und Facebook-Gruppen zu durchforsten, um sich nach einer kleinen Mietwohnung umzusehen. Noch bevor sie etwas Passendes gefunden hatte, lernte sie Mike kennen. Er war ein paar Jahre älter als sie, hatte gerade das Studium für Medien & Design absolviert und war nach Wien gekommen, um eine Stelle in einem Start-up anzunehmen. Sie lernten einander auf einer Party kennen. In der Küche, über einem Teller mit Heidelbeermuffins. Griffen in derselben Sekunde nach demselben Muffin und lachten. Blieben sitzen und schlugen sich die Bäuche voll, prosteten einander mit Rotwein zu und waren froh, jemanden zum Plaudern gefunden zu haben, denn weder Mike noch Alice kannten die anderen Gäste. Im Laufe des Abends erzählte Alice von dem Blog, den sie starten wollte, worauf Mike ihr anbot, ihr als Experte zur Seite zu stehen. Als Mike und sie ein Paar wurden und er vorschlug, dass sie doch zu ihm ziehen könne, suchte Alice statt nach einer neuen Wohnung nach Nachmietern und übergab die Wohnung, in der sie drei Jahre lang mit Claudia gewohnt hatte, an zwei junge Studentinnen.

Kein Jahr danach bekam Mike ein Jobangebot aus Berlin. Offensichtlich war das ihr Schicksal: dass alle, die sie besonders gern mochte, das Land verließen.

Mike packte seine Sachen und schlug ihr vor, mit ihm zu kommen. Ein Angebot, das sie keine Sekunde lang ernst nahm. Erstens, weil sie beide wussten, dass sie sich zwar gut verstanden, aber nicht genug liebten, um gemeinsam in einer neuen Stadt von vorne zu beginnen, zweitens, weil Alice Wien ohnehin nicht verlassen hätte. Sie wollte ihr Studium an der BOKU beenden, außerdem fand sie Berlin nicht so toll, um dort leben zu wollen.

Auf Mikes Übersiedelung folgten zwei Monate Liebeskummer (ja, er ging ihr dann doch ab) und der Umzug an den Papaverweg. Seitdem lebt sie hier. Zwar ist ihre Wohnung nicht perfekt – hellhörig ist sie (was Alice jedoch nicht sehr stört), und so billig wie ursprünglich gedacht ist sie auch nicht, weil es jedes Jahr eine saftige Nachzahlung gibt –, aber Alice mag die kleine Gasse mit den Einfamilienhäusern. Sie mag das Laub, das der Wind jeden Herbst durch die Gassen fegt, und sie mag die Nähe zur Alten Donau. Sie mag es, dass die U-Bahn, die ins Zentrum führt, gerade einmal sieben Gehminuten entfernt liegt, und sie mag den Bus, der sie an den Stadtrand bringt, dorthin, wo der Wind über die Ähren der Weizenfelder streicht und ihr den Kopf leerfegt.

Wenn sie anderen verrät, wo sie wohnt, wird sie manchmal bedauernd angeschaut. Immer noch haben die Bezirke jenseits der Donau keinen guten Ruf, zu arm, zu hässlich, zu modern, zu billig, zu wenig hip, heißt es oft. Bei dem Wort »Donaustadt« denken viele an den *Kaisermühlenblues* oder den Rennbahnweg, an Messerstechereien und rohe Gewalt, an Bierbäuche und Ruderleibchen. Auch an den Film *Nordrand* denken einige, obwohl Alices Gasse gar nicht im Norden der Stadt, sondern im Osten liegt. Aber für jene, die gern schimpfen, hat es noch nie einen Unterschied gemacht, an welchem Rand sie wohnt. »Transdanubien«, ätzen sie, »dort möcht ich nicht einmal begraben sein!«

Seit ihrem dritten Studienjahr – Alice hat zuerst das Bachelorstudium der Volkswirtschaftslehre begonnen und ist dann auf Umwelt- und Bioressourcemanagement umgestiegen –

kommt sie für ihre Miete selbst auf. Zwar verdient ihr Vater nicht schlecht, reich sind ihre Eltern jedoch nicht. Außerdem wollte sie so schnell wie möglich unabhängig sein. Also registrierte sie sich auf diversen Freelancer-Plattformen, verfasste Produktbeschreibungen und Ratgebertexte, schrieb Texte für Landingpages und saugte sich Reiseberichte für diverse Hotels und Reisebüros aus den Fingern, und das, ohne die Orte, über die sie schrieb, jemals besucht zu haben. Drei Cent pro Wort erhielt sie anfangs. Das hieß, dass sie lernen musste, ihren Perfektionismus sausen zu lassen. Qualitativ hochwertig war das, was sie abgab, nicht, aber das wurde auch gar nicht verlangt.

Die Erfahrungen, die Alice als Texterin sammelte, passten besser zu ihrem Studium als jeder andere Job. Wenn du für ein Unternehmen, das seinen Sitz im Ausland hat, um Steuern zu sparen, den ganzen Tag am Laptop sitzt und dabei gerade einmal acht Euro brutto in der Stunde verdienst, lernst du auch etwas über Volkswirtschaft. Und wenn du nach seitenlangem Werbeblabla in den Supermarkt gehst, um das, was du soeben mühsam verdient hast, in nur fünf Minuten wieder auszugeben, lernst du sogar mehr, als wenn du einen Vortrag über Mikroökonomie besuchst.

Als ihr eigener »Marktwert« stieg und sie immer wieder größere und auch spannendere Aufträge erhielt, wurde es einfacher. Über ein Freelancer-Portal stieß Alice schließlich auf die Ausschreibung eines Psychiaters aus Würzburg, der nach einer Schreibkraft suchte, die für ihn transkribierte. Der Psychiater zahlte einen anständigen Preis, außerdem empfand Alice die Arbeit als entspannend und durchaus interessant. Vor allem aber war es endlich einmal etwas Dauerhaftes, das ihr immerhin die halbe Miete einbrachte.

Im Gegensatz zu ihren Kommilitonen, die hinter einer Bar oder an einer Kinokassa jobbten, konnte sich Alice ihre Zeit frei einteilen. Wenn sie sich für eine Prüfung vorbereitete, nahm sie weniger Textaufträge an, hatte sie mehr Zeit, holte sie wieder auf. Bald war sie routiniert, sie schrieb schnell und zuverlässig, man mochte ihren Stil, das sprach sich herum. Abgesehen davon wäre sie ohne die vielen Produktbeschreibungen für allerlei unnötigen Krimskrams (wie etwa eine lachende Wandsonne aus Holz um stolze 199 Euro) und die vielen Rezeptideen, die sie für eine vegane Produktreihe kreierte (der erste Auftrag, der ihr Spaß machte), nie auf die Idee gekommen, einen eigenen Blog zu schreiben. Auf *alice-im-warenland.at* begann sie, gegen jenen Kaufwahn vorzugehen, den sie, um ihre Miete zu verdienen, mit Werbetexten anheizte. Auf ihrem Blog wollte sie beweisen, dass es auch anders geht. Dass ein Leben ohne Schnickschnack möglich ist. Dass Glück nicht daher rührt, dass man das neueste Handy besitzt und die modernsten Klamotten trägt.

Es war die Zeit des Do-it-yourself-Booms, und Alice sprang auf den Zug auf. Sobald sie das Geld für die Miete beisammenhatte, stellte sie sich in den Lernpausen in die Küche. Neben praktischen Anleitungen, wie man ressourcenschonend kocht und ohne Giftstoffe putzt, widmete sie sich in ihren Blogbeiträgen vor allem der Vermeidung von Haushaltsmüll. Ein Thema, das ihr bald so ans Herz wuchs, dass sie es auch für ihre Masterarbeit wählte. *Die allwissende Müllhalde – Erforschung des privaten Mülls und daraus resultierende Strategien zur Ressourcenschonung* lautete der Titel, den sie bis zuletzt gegen den Rat ihres Betreuers verteidigte. Durch die Arbeit an ihrer Masterarbeit lernte sie auch die Plattform *No Waste!* kennen und trat ihr schließlich als aktives Mitglied bei. Sieben Monate nach ihrem ersten Einsatz als Lebensmittelretterin sah sie Henrik das erste Mal. Verknallte sich bis über beide Ohren in ihn und stürzte sich in eine Liebesbeziehung, die von

Anfang an keine »richtige« Beziehung sein durfte, da Henrik zwar an die Liebe glaubt, nicht jedoch an die Monogamie, die in seinen Augen nur ein weiterer Beweis dafür ist, dass die westliche Gesellschaft an einer krankmachenden Besitz- und Kontrollsucht leidet. Eine Zeitlang versuchte sie, sich vom eigenen Besitzdenken zu kurieren – weil das, was Henrik sagte, tatsächlich logischer klang als ihre eigenen Hollywood-Phantasien. Was für einen Unterschied machte es für sie, ob er an den Tagen, an denen sie einander nicht sahen, eine andere küsste? Also lernte sie (um sich von ihrer Eifersucht abzulenken) noch intensiver, feilte an ihrer Masterarbeit, ließ sich, als aus der Plattform *No Waste!* ein Verein wurde, in den Vorstand wählen, lernte eine Menge nachhaltiger Projekte und Initiativen kennen, berichtete darüber auf ihrem Blog, büffelte für die letzten Prüfungen, hatte Angst, nicht zu bestehen, bekam Panikattacken, konnte kaum noch schlafen, schluckte eine Menge Rescue-Tropfen und Innere-Stärke-Globuli und beendete ihr Studium schließlich mit Auszeichnung. Danach fuhr sie mit Henrik nach Spanien, kam verfrüht nach Wien zurück, feilte an dem Sachbuchmanuskript, das seit zwei Jahren beinahe fertig in ihrer Schublade lag (Arbeitstitel: *Ein Leben ohne Müll*), schickte es in einem Anflug von Mut an drei Verlage, die sich für das Thema Nachhaltigkeit interessierten, und erhielt keine drei Wochen später das Mail einer Münchener Lektorin, die ihr Interesse kundtat und Alice bat, sich ein wenig zu gedulden, da gerade Urlaubszeit sei und sie sich noch mit ihrem Team besprechen wolle.

So weit, so gut. Trotzdem. Wenn sie sich nicht bald nach einem Job umsieht, wird sie ihre Miete weiterhin als Texterin verdienen müssen. Die Frage ist, ob sie das will. (Die Frage ist, was sie überhaupt will. Eine Frage, die sie seit Wochen von einem auf den anderen Tag verschiebt.)

Wenigstens spart sie durch ihre Tätigkeit als Lebensmittelretterin so viel Geld, dass sie es sich jetzt leisten kann, jene Aufträge abzulehnen, die ihrer eigenen Überzeugung widersprechen. (Nie wieder Produktbeschreibungen für sinnloses Dekorationsmaterial, Plastikspielzeug und Handyhüllen!)

Bis zu zehn Stunden pro Woche verbringt Alice mit dem Abholen, Aussortieren, Kochen und Verteilen. Dienstagabend holt sie das nicht verkaufte Gebäck einer nahe gelegenen Bäckerei, Freitagabend fährt sie mit der U-Bahn zu einem Biosupermarkt. Darüber hinaus springt sie manchmal ein, wenn einer der Lebensmittelretter ausfällt oder bei einer Firmenfeier etwas übrig bleibt. Alice sieht es als Job. Ein Job im Dienst der Zukunft.

»Eine Win-win-Situation!«, sagte sie zu Claudia, als sie am Nachmittag von ihrer Tätigkeit erzählte, worauf die Freundin sie skeptisch anschaute.

»Hast du dich eigentlich schon irgendwo beworben?«

Claudias Frage verschlug Alice die Sprache. Seitdem spürt sie einen Knoten im Bauch und ein Kribbeln in den Wangen. Seit Claudias Frage hat sie den Wunsch, die Vorhänge vor die Fenster zu ziehen, das Handy auszuschalten und sich ins Bett zu legen.

Sie schwitzt die Zwiebeln in Öl an und reduziert die Hitze. Die Zwiebeln müssen mindestens drei Minuten im heißen Öl gewendet werden. Das hat sie mit der Zeit herausbekommen: Wenn sie sich für die Zwiebeln keine Zeit nimmt und auch das Gemüse nicht lange genug röstet, schmeckt der Eintopf nicht einmal halb so gut. Sie öffnet das blaue Kästchen mit den Gewürzen. Entscheidet sich für eine Paprika-Chili-Mischung, Sternanis, Koriandersamen und ein wenig Curry. Während der Eintopf vor sich hin köchelt, steigt sie unter die

Dusche. Wenigstens verlangt Henrik nicht von ihr, dass sie sich nach einem Job umsieht. Das war ja auch einer der Gründe, warum sie sich so in ihn verliebt hat – damals, vor etwas mehr als einem Jahr. Weil er nicht so denkt wie die meisten. Weil er nicht der Ansicht ist, dass es das Wichtigste sei, in einem tollen Job zu landen, Karriere zu machen und am besten noch Kinder in die Welt zu setzen, um dann alles richtiger zu machen als alle anderen Generationen davor.

12

Zwei Wochen später zieht Judith Brodkorb in die Wohnung unter dem Dach. Bereits um halb sieben Uhr morgens steht der weiße Lieferwagen auf dem Parkplatz. Als Oskar sich an sein Küchenfenster stellt (heute hat er lange und tief geschlafen), sieht er zwei Männer am Wagen lehnen und rauchen. Einer von ihnen ist schon etwas älter und ziemlich dick, der andere ist jung und athletisch gebaut. Nur an der langen, geraden Nase, die beiden aus dem Gesicht ragt und die Oskar ein wenig an Pinocchio erinnert, erkennt er, dass die beiden miteinander verwandt sein müssen. Wahrscheinlich Vater und Sohn.

Es ist ein Samstagmorgen Mitte September. In Oskars Küche gurgelt die Melitta-Kaffeemaschine, aus dem Radio dringt Franz Schuberts *Grazer Galopp*. Die meisten Wohnungen gegenüber sind noch hinter den Rollos versteckt, nur die Bosićs haben ihre Fenster sperrangelweit offen stehen, um die frische Morgenluft ins Zimmer zu lassen, und auch Hamed hat vorhin seine Balkontür geöffnet und zu Oskar herübergewinkt.

Oskar stellt sich an die Anrichte, greift in den Brotkasten und holt den Dinkelstriezel heraus. Eigentlich hat er ihn Alice am Dienstag nur aus Höflichkeit abgenommen – sie hat darauf bestanden, dass er ihn kosten und ihr, sollte er ihm tatsächlich nicht schmecken, wieder zurückgeben soll –, jetzt ist er enttäuscht, dass kaum noch etwas davon übrig ist.

Er schneidet sich zwei dicke Scheiben herunter und holt die Butter aus dem Kühlschrank. Haarsträubend, welch exquisite Dinge in den Kaufhäusern und Bäckereien am Ende des Tages übrig bleiben! Die Jungen haben schon recht, wenn sie sich die Lebensmittel gratis abholen. Damit sparen sie nicht nur eine Menge Geld, sondern setzen obendrein ein Zeichen. Fast schon unheimlich, wie sehr sich die Jugend verändert hat. Oder kommt es ihm nur so vor? Als er ein junger Lehrer gewesen ist, haben die Schüler und Studenten noch lautstark revoltiert (sogar neben das Rektorenpult haben sie gekackt!), um die Gesellschaft aufzurütteln, heute setzen sie sich hinter ihre Computer, gründen Plattformen und basteln an Aufklärungsvideos, die sie dann über die sozialen Netzwerke verbreiten.

Vorige Woche hat er sich gemeinsam mit seiner Enkeltochter durch Alices Internetseite geklickt. Ganz angetan ist Lilli von den Beiträgen und Videos gewesen. Vor allem aber gefällt ihr, dass sich ihr Opa von geretteten Lebensmitteln ernährt. Richtig cool findet sie ihn jetzt. Seine Tochter hingegen hat sich wenig begeistert gezeigt.

»Und was, wenn du dir eine Lebensmittelvergiftung holst? Das ist doch alles nicht mehr frisch!«

»Wenn ich am Montag einkaufen gehe, ist am Mittwoch auch nicht mehr alles frisch«, hat er trotzig entgegengehalten. »Außerdem ist ein Mindesthaltbarkeitsdatum kein Ablaufdatum! Oder glaubst du, deine Mutter hat alles gleich weggeschmissen?«

Doris hat gestöhnt und das Gesicht verzogen. »Nein, du hast recht. Die Mama hat den Schimmel von der Wassermelone gekratzt«. Und dann, mit Blick zu Lilli: »Das schau ich mir an, wie du reagieren würdest, wenn ich das bei dir mache!«

Als er sich die Szene vor Augen ruft, muss er schmunzeln. Ganz rot ist Doris im Gesicht gewesen. In dem Moment hat sie ihrer Mutter so verblüffend ähnlich geschaut, dass er das Gefühl gehabt hat, Ella stünde neben ihm.

Er streicht sich ein wenig von der Marillen-Marzipan-Marmelade auf den Striezel, schenkt sich eine Tasse Kaffee ein und setzt sich an den Küchentisch, auf dem das Sudoku-Heft liegt. Trägt ein paar Zahlen ein und hebt dann wieder den Kopf, um die beiden Männer zu beobachten, die ein schweres Möbelstück nach dem anderen zum offen stehenden Gartentor schleppen. Die Frau mit dem dicken Zopf hat Oskar noch nicht gesehen, er ist sich nicht sicher, ob es tatsächlich ihre Möbel sind, die ins Haus getragen werden. Bei dem Zeug, das die beiden aus dem Lieferwagen hieven, steht jedoch fest, dass in die Wohnung unter dem Dach ein Kind zieht. Oder sind es gar mehrere? So viele Spielsachen! In dem blauen Renault, der damals vor seinem Zaun geparkt hat, ist nur ein Babysitz zu sehen gewesen. Jetzt heben die Männer nicht nur eine Gehschule aus dem Lieferwagen, sondern obendrein noch ein riesiges Feuerwehrauto, ein Dreirad, eine Spielwerkbank, eine Holzrutsche und ein Schaukelpferd.

»Das ist ja mehr, als unsere drei zusammen gehabt haben!«, murmelt Oskar und beißt vom Striezel ab. Wie herrlich der schmeckt! Wenn Alice am Dienstag zur Bäckerei geht, muss sie ihm unbedingt wieder so einen mitbringen. Und wenn keiner übrig ist, soll sie einen für ihn bestellen. Am besten, er gibt ihr genügend Geld mit und lässt gleich einen Dauerauftrag einrichten: Dinkelstriezel für Herrn Zimmermann, jede Woche ein Stück!

Er kaut genüsslich und blickt auf das Geschehen auf dem Parkplatz. Jetzt kommt sie doch aus dem Haus, die junge Frau mit dem Zopf. Das Baby auf ihrem Arm ist noch klein, da wird selbst die Gehschule noch warten müssen. Oskar sieht die Frau auf den jungen, athletisch gebauten Mann einreden. Dieser nickt ein paarmal und klettert dann in den Wagen. Das Kind beginnt zu weinen, die Frau lässt es an der Hüfte hoppeln und küsst es abwechselnd auf beide Wangen und Fäustchen. Oskar hört das Schreien bis in seine Küche. Und wie es schreit! So viel Aufregung für so einen kleinen Wurm, denkt er. Ein paar Sekunden später verschwindet die Frau mit dem Kind wieder im Haus, das Plärren verebbt. Der junge Mann klettert mit einem *Ficus benjamini* aus dem Laderaum und stellt ihn auf den Boden. Kratzt sich an der Stirn, blickt zu den Balkonen hoch, greift in die Hosentasche und zieht ein Päckchen Zigaretten hervor.

13

Nachdem Oskar das Frühstücksgeschirr längt abgewaschen hat, liegt Peter noch auf seinem Bett, gähnt und scrollt sich durch die Anzeigen auf *willhaben.at*. Heute Nacht wird Paul die Fahrräder liefern, bis dahin will er wissen, wie es mit der Verfügbarkeit von billigen Sätteln aussieht. Auch nach neuen Schläuchen wird er sich umsehen müssen.

Er reckt die Füße unter der schwarz-rot gestreiften Bettdecke hervor und wackelt mit den Zehen. Aus irgendeinem Grund schmerzt sein linkes Bein, außerdem wird in der Wohnung über ihm seit Stunden gehämmert und gebohrt, und auch das Baby der Neuen schreit wie am Spieß. Seit halb sieben Uhr geht das nun schon so, und das an einem Samstagmorgen! Nicht einmal die Ohropax haben geholfen, den Lärm auszusperren.

Er hat ja gleich geahnt, dass nichts Besseres nachkommen wird. Das ist immer schon so gewesen in diesem Haus. Lauter Vollidioten! Statt dass die Neue mit ihrem Kind spazieren geht, lässt sie es zur Hilti plärren. Dabei muss die Wohnung über ihm ohnehin schon aussehen wie Schweizer Käse, so oft, wie die Mieter, die bis zum Sommer darin gewohnt haben, ihre Bohrmaschine angeworfen haben. (Wie viele Löcher in der Wand braucht ein Mensch eigentlich?)

Noch schlimmer als das Bohren jedoch war das hysterische Gegacker, das jeden Donnerstagabend durch die Decke sickerte. Wie in einem Hühnerstall kam sich Peter manchmal vor, wenn der Nachbar über ihm sein »Ga-ga-ga-ha-ha« losließ! Wie kann ein Mann so dämlich lachen? Am liebsten wäre er nach oben gerannt, hätte an die Tür geklopft und dem Gockel den Hals umgedreht, doch Maria hielt ihn zurück.

»Reiß dich zusammen, die dort oben können nichts für deine schlechte Laune. Vielleicht solltest du lieber selbst wieder mehr lachen!«

»Wieso Donnerstag? Was machen die beiden dort oben?«, fragte er, doch auch Maria wusste keine Antwort.

Erst als ihm seine Kollegin von der *Donnerstag Nacht* im ORF erzählte, ging ihm ein Licht auf.

»*Wir sind Kaiser!* Das musst du dir unbedingt anschauen, da machst du dich an vor Lachen«, sagte Birgit und schaute ihn entsetzt an, als er meinte, dass er kein Empfangsgerät besäße und sich die Sendung auch nicht in der TVthek ansehen wolle.

Und dann brach die Zeit des Babymachens an. Bei offenem Fenster, zwischen Mai und September. Als hätten die beiden von der *Donnerstag Nacht* direkt zu einer Pornoseite gewechselt. Täglich! Bis zu vier Mal! Anfang Oktober wurde es dann wieder still, und im Mai sah Peter eine Reihe Regalbretter im Stiegenhaus lehnen. Daneben stand die junge Frau mit dem dicken Bauch. Susa hieß sie. Wozu sie Peter ihren Namen nannte, obwohl ihr Mann bereits die Möbel zum Lieferwagen trug, leuchtet ihm bis heute nicht ein. Als er ihr die Hand reichte und »Viel Glück im neuen Heim« wünschte (schließlich ist er ein höflicher Mensch), berührte ihr Bauch beinahe den seinen. Wie wenn sie einen prall aufgeblasenen Wasserball verschluckt hätte. Der Nabel unter dem dünnen Pulli wie ein Ventil. Richtig geekelt hat ihn vor der Frau. Als könnte ihre Haut jederzeit aufplatzen und all das Wasser darin mitsamt dem Embryo herausspritzen.

»Wünschst du dir eigentlich Kinder?«

Die Frage kam von einem seiner Dates – damals, als er noch geglaubt hat, sich das mit dem Kennenlernen von Frauen antun zu müssen. (Als er gehofft hat, dass es vielleicht doch noch einmal eine geben könnte, die ihm etwas bedeutet ...)

Kinder …?

»Nein. Ich mag nur Teenager«, hat er geantwortet. »Und auch nur dann, wenn sie nicht in meiner Wohnung leben.«

So schnell hat er gar nicht schauen können, wie die Frau nach dem Kellner gerufen hat.

Wie hat sie geheißen? Daniela? Manuela?

Nein, Manuela war die Rothaarige mit den Sommersprossen und dem feuerorangen Flaum auf den Wangen, der in der Sonne so grell flimmerte. Vor dem Palmenhaus, im Sommer vor sechs oder sieben Jahren. Aperol Spritz (mit Prosecco statt Wein!), dazu Erdnüsse im Paprikamantel. Alles an und um Manuela war orange, nur ihr Kleid nicht. Manuela trug ein kleines Schwarzes. Dazu flache Schuhe mit Glitzermaschen.

Aber Manuela war nicht diejenige, die ihn nach Kindern gefragt hatte. Manuela hatte einen winzigen, dürren Hund, der die ganze Zeit über zitternd auf ihrem Schoß saß.

»Magst du Hunde?«

»Keine Ahnung. Hab noch nie einen gekostet.«

Ihr schrilles Lachen.

Mein Gott, war diese Frau dämlich!

Er legt das Handy zur Seite und sieht in das lachende Gesicht auf dem Nachtkästchen. Dann schlägt er die Bettdecke zurück, steht auf, schnappt sich die Jeans vom Boden, schlüpft hinein, zieht die Rollos hoch und öffnet das Fenster. Im Garten gegenüber kehrt der Alte die Herbstblätter von den Steinfliesen. Der bewegt sich auch schon in Zeitlupe, denkt Peter.

Er wendet sich vom Fenster ab, geht in die Wohnküche und öffnet die Balkontür. Dann nimmt er den Siebträger der Espressomaschine ab, klopft den Inhalt in den Müll, fährt mit einem Löffel in die Illy-Dose, füllt frischen Kaffee nach und presst das Pulver fest. Schraubt den Einsatz wieder fest und geht dann zu den Boxen. Steckt das Handy an und öffnet die Ö1-App. Aus den Lautsprechern dringt Schönbergs *Verklärte Nacht.*

Im Badezimmer hält er die Zahnbürste unter den Wasserstrahl und überlegt, wie er es anstellen könnte, keine Kopfschmerzen vom Lack zu bekommen. Vielleicht sollte er wieder im Keller arbeiten. Wenn da bloß nicht die Angst wäre, dass der Langhaarige ihm Probleme machen könnte. Besser, der Kerl mit dem Haarknödel, der den halben Tag über auf seinem Balkon steht und auf die Gasse glotzt, bekommt gar nicht erst mit, was er tut, sonst erzählt er es noch der Reiter, und die wartet schließlich nur darauf, dass sie ihm etwas anhängen kann.

Sechs Jahre ist es jetzt her, dass Peter seine Ersparnisse auf das Konto seines ehemaligen Vermieters überwiesen hat. Seitdem macht ihm die Reiter das Leben zur Hölle. Die widerwärtige Schabracke hat es einfach nicht verkraftet, dass nicht sie diejenige war, die seine Wohnung zum Kauf angeboten bekommen hat. Peter hat die Geschichte erst im Nachhinein erfahren, von der Tratschgans aus dem Erdgeschoß. Alles hat ihm Frau Neuhold erzählt, angefangen von den Problemen mit der Baupolizei und den Pfuschern bis hin zu den Streitigkeiten unter den Eigentümern. »Dass Sie die Wohnung so billig bekommen haben, war dem Holzinger seine Rache an der Reiter«, hat sie ihm mit einem schadenfrohen Grinsen im dickwangigen Gesicht mitgeteilt.

Wenn es stimmt, was die Neuhold ihm erzählt hat, gab es zu Beginn drei Eigentümer. Die Reiter besaß fünf der Wohnungen, Peters Vermieter Ewald Holzinger besaß drei, und dann gab es noch eine Frau. Dass die Reiter sie so lange mit ihren schmutzigen Intrigen erpresst haben soll, bis sie ihre zwei Wohnungen weit unter Wert an sie verkauft hat, ließ ihn die Neuhold wissen, und auch von dem Alten hat er eine ähnliche Version gehört.

Ewald Holzinger ließ sich nicht erpressen. Statt an die Reiter zu verkaufen, unterbreitete er seinen Mietern ein faires Kaufangebot. Die Zinsen sanken, die Immobilienpreise stiegen – die Neuholds schlugen zu. Die anderen wollten trotzdem Mieter bleiben. Also verkaufte Holzinger die Wohnung, in der die Bosićs wohnten, zu einem guten Preis an die Reiter und behielt die letzte für sich. Wenn Ilse Reiter auch diese Wohnung haben wollte, musste sie eben sparen. Oder zur Bank gehen. (Oder wieder etwas erben, wie es am Papaverweg hieß.)

Unterdessen kamen und gingen die Mieter in Top 7. (»Weil die Reiter einen nach dem anderen hinausgeekelt hat!«, wackelte die Neuhold wissend mit dem Kopf.)

Bis er kam. Als Ilse Reiter ihn beschuldigte, den Müll nicht ordnungsgemäß zu trennen, zuckte Peter mit den Schultern, und als sie ihm vorwarf, ihren Mercedes mutwillig zerkratzt zu haben, sah er sie ein paar Sekunden lang erschrocken an und brach dann in einen derart heftigen Lachkrampf aus, dass sie rasch um die Ecke verschwand und jedem, der es hören wollte, erzählte, dass der Mieter von Top 7 ein gemeingefährlicher Psychopath sei. Ab diesem Tag wandte sie sich mit ihren Beschwerden wieder direkt an Peters Vermieter, bis es diesem endgültig zu dumm wurde, er zum Hörer griff und Peter die Wohnung zum Kauf anbot. Vier Wochen später wurde Ewald Holzinger aus dem Grundbuch gestrichen und Peter Lindner eingetragen.

Seitdem lässt ihn die Reiter nicht mehr in Ruhe. Eine Zeitlang beleidigte sie ihn mit frechen Kaufangeboten, und als das nichts nützte, begann sie, ihren Mietern allerlei an den Haaren herbeigezogene Schauermärchen über ihn zu erzählen. Hätte sie ihm nur ein einziges Mal einen fairen Preis genannt, hätte er sich vielleicht überreden lassen. Aber hunderttausend? Er ist doch nicht blöd und verkauft eine Zweizimmerwohnung nahe der U-Bahn um hunderttausend Euro! Um hunderttausend bekommt man nicht einmal eine Dreißig-Quadratmeter-Garçonniere im Souterrain!

Nein. So leicht wird ihn die Reiter nicht los. Zumal das Jugendzentrum, in dem er arbeitet, nur ein paar Gehminuten entfernt liegt, und im Sommer braucht er sich nur auf sein Rad zu schwingen und ist in einer Viertelstunde an der Alten Donau.

»Hunderttausend?«, hat ihn die Neuhold gefragt. »Bei uns hat sie es sogar mit neunzigtausend versucht! Aber wir lassen uns nicht hinausekeln, nicht wahr, Herr Lindner?«

Seit Neuestem spricht die Tratschgans von schlechten Energien. Dass man das Haus einer Reinigung unterziehen müsse, meint sie. »Fällt es Ihnen nicht auf, Herr Lindner? Unser Haus kommt einfach nicht zur Ruhe!«

Peter glaubt nicht an den esoterischen Quatsch der Neuhold. Eines jedoch liegt auf der Hand: Das Haus zieht die Schwachköpfe regelrecht an. Man muss sich doch nur diese Muggi Klein anschauen! Mietet eine Wohnung, nur um dann nie hier zu sein und sich ein Schreiben vom Gerichtsvollzieher an die Tür stecken zu lassen. Seit drei Wochen hängt der Zettel jetzt schon dort! Wenn sie wenigstens hier wohnen würde, dann hätte er Mitleid mit ihr, irgendein Dach über dem Kopf braucht schließlich jeder, aber dass sich seine Nachbarin für eine leer stehende Wohnung in Schulden stürzt, findet er einfach nur dumm.

Peter spuckt die Zahnpasta aus, spült, gurgelt und trinkt kaltes Wasser nach. Säubert die Zahnbürste, geht ins Schlafzimmer, schließt das Fenster und zieht sich den weichen Kapuzenpulli über den Kopf. Wieder in der Wohnküche stellt er eine Tasse unter die Düse der Espressomaschine, drückt langsam den Hebel nach unten und rührt zwei Löffel Zucker in den Kaffee. Dann setzt er sich mit der Tasse auf den Balkon. Von oben wehen das Klopfen des Hammers und das Schreien des Babys nach draußen und mischen sich mit dem *Trio für Horn*, das aus Peters Lautsprecherboxen dringt.

Was für ein Mist, dass er keine Chance gehabt hat, mit der Frau zu sprechen. Bis auf sie hat er jeden erwischt, der sich Top 10 angeschaut hat. Es ist ja auch eine Frechheit, dass die Makler verschweigen, wie hellhörig das Haus ist. Und von der tatsächlichen Höhe der Betriebskosten, die jedes Jahr mit der Nachberechnung ans Tageslicht kommt, wusste natürlich auch keiner der Interessenten. Also ließ Peter die nackten Tatsachen aus dem Sack. Richtig dankbar waren ihm die Leute, nachdem er sie aufgeklärt hatte, dass bis jetzt noch jeder aus allen Wolken gefallen sei, sobald die erste Jahresabrechnung im Postkasten gelegen habe.

»Schauen Sie sich die Zusammensetzung der Kosten doch einmal an! Dreiundfünfzig Euro Betriebskosten? Glauben Sie an Märchen? Wir zahlen hier mindestens doppelt so viel! Die wollen doch nur, dass die Miete billiger ausschaut, als sie in Wirklichkeit ist.«

Und damit er beweisen konnte, dass die Wohnungen das Geld in keinem Fall wert sind, hängte er noch an, dass man in dem Haus jeden Furz durchhöre – wortwörtlich.

»Ich weiß sogar, wann meine Nachbarin die Darmgrippe hat!«

»Aber warum wohnen Sie noch hier?«, fragte ihn eine Frau mit Birnenfigur und großen, runden Brillengläsern.

»Ich?«, hob er die Schultern. »Weil ich die Wohnung geerbt habe. Einem geschenkten Gaul schaut man nicht ins Maul!«

Nur an dem Tag, an dem die junge Mutter die Wohnung besichtigt hat, ist er nicht zu Hause gewesen. Oder aber er hat sie aus irgendeinem Grund verpasst.

»Kleine Sünden bestraft Gott sofort«, flüstert Maria, wackelt mit den pink lackierten Zehen und beginnt zu kichern. Sie hat ihm gegenüber Platz genommen und sieht ihn belustigt an. »Das hast du jetzt davon, dass du die nette Frau mit der Brille verscheucht hast. Die wäre bestimmt leise gewesen!«

Typisch Maria, dass sie ausgerechnet jetzt auftaucht.

»Ja, ja, mach dich nur lustig!«, mault er und verzieht das Gesicht. Dann steht er auf, tritt an das CD-Regal, wählt Klaus Nomi und schiebt den Lautstärkeregler nach rechts. Wenn Maria etwas nicht ausstehen kann, dann ist es Klaus Nomi. »Wie wenn man mit einer Kreissäge durch Eisblöcke fährt«, hat sie den Klang seiner Stimme einmal in Worte gefasst.

Peter setzt sich wieder auf den Balkon und verscheucht Maria aus seinem Kopf. Versucht stattdessen, an die Fahrräder zu denken, die Paul bereits in seinem Kastenwagen hat. Angeblich sind diesmal ein paar ganz brauchbare dabei, das wird die Sache vereinfachen. Letztes Mal hat er fast nur ausgeweidete Rahmen bekommen, sodass Peter erst wochenlang nach passenden Rädern und Sätteln suchen musste.

Das Babygeschrei wechselt den Ort. Die Neue kommt mit dem Babysitz aus dem Haus und stellt ihn am Gartentor ab. Das Kind strampelt mit den Beinen und brüllt. Eilig läuft die Mutter aus Peters Blickfeld, um eine halbe Minute darauf mit dem Kinderwagen wieder aus dem Haus zu kommen. Sie hebt das Kind aus dem Maxi-Cosi und legt es in den Kinderwagen, dann sperrt sie den Babysitz in ihr Auto und schiebt den Kinderwagen die Gasse entlang.

Peter fragt sich, wie lange es dauern wird, bis sich die Ersten über das Geplärr aufregen. Aber sogar wenn wieder Ruhe einkehrt: Spätestens wenn die Neuhold den Kinderwagen im Treppenhaus sieht, wird es den nächsten Tango geben. Die Tratschgans spielt zwar die Freundliche, doch wenn es darum geht, sich bei der Reiter über die Mieter zu beklagen, ist sie die Erste.

Peter sieht der Mutter nach. Das Babygeschrei verebbt in der Ferne, übrig bleiben das hämmernde Geräusch, das aus der Wohnung über ihm dringt, und Klaus Nomis *Let me, let me, let me freeze again.*

Er hätte jetzt verdammt gern eine Zigarette. Nur eine einzige, zum Kaffee. Aber er hat Maria versprochen, keine neue Packung mehr zu besorgen. Und seit beinahe fünf Monaten hält er sich sogar an sein Versprechen.

14

In einem Hinterzimmer im Souterrain treffen sich jeden Monat die Vorstandsmitglieder von *No Waste!*. Nicht das Große ist ihr Ziel, sondern das Kleine, denn jedes Große setzt sich bekanntlich aus Milliarden von Nanoteilchen zusammen. Wir alle sind Molekül.

Henrik sitzt auf dem Königsplatz, mit Blick auf die rote Tür, die hinauf zum Gehsteig führt. Hinter der großen Fensterscheibe in Alices Rücken schieben sich Stöckelschuhe ins Bild, danach Stiefeletten, Turnschuhe, Lederschuhe und Ballerinas. Sie alle tanzen und taumeln durch den Nieselregen und verschwinden dann wieder.

Es ist Samstag, 16. September 2017. Vor nicht einmal vierzig Stunden gab es in London einen Terroranschlag. Von Nordkorea flog eine Mittelstreckenrakete über Japan hinweg, und in Bangladesch demonstriert man seit Stunden gegen das Massaker an den Rohingya. Trotzdem spricht niemand über die Meldungen des Tages, auf dem Programm stehen andere Themen. Auch mag man sich nicht entmutigen lassen. Sollte der nordkoreanische Diktator auf den Knopf drücken (oder auch der amerikanische Präsident, um zu beweisen, dass sein Knopf eben doch der größere und schnellere ist), wird es egal sein, woher die Lebensmittel kommen. Hauptsache aus der Dose, wird es dann heißen, gut verschweißt, vierzig Jahre lang haltbar und am besten noch auf dem Mars genießbar.

Um den Tisch sitzen – neben Alice und Henrik – fünf weitere junge (und nicht mehr ganz junge) Lebensmittelretter: Paul, der bei der Müllabfuhr angestellt ist und in seiner Freizeit Philosophievorlesungen besucht, Lydia, die als Tierpflegerin in Schönbrunn arbeitet, ihr Freund Gernot, der

Softwareentwickler, und Denise und Nadja, die beiden Publizistikstudentinnen. Soeben haben sie die Anschaffung vier weiterer FreeFoodFridges beschlossen. Seitdem sie staatliche Förderungen erhalten, geht sich das finanziell aus.

Sechseinhalb Jahre zuvor haben Paul, Henrik und Lydia *No Waste!* aus dem Nichts heraus gestartet. Haben eine Internetplattform mit angehängter Facebook-Seite erstellt. Begonnen haben sie mit Tauschmärkten. Kleidung, Schuhe, Möbel, Kinderspielsachen, Bücher. Später dann die erste private Iss-mich-Gruppe auf Facebook. Wer zu viel im Topf oder im Kühlschrank hatte, postete ein Bild und gab das Essen an der Tür gratis ab. »Schenken statt wegwerfen!« Das war ihr Motto.

Zwei Jahre nach der Gründung der Plattform wagten sich die Mitglieder von *No Waste!* über die Lebensmittelrettung im großen Stil. Fuhren zu Marktständen, Bioläden, Bäckereien und Mittagsküchen und boten an, die überschüssige Ware am Ende des Tages abzuholen und obendrein dafür zu sorgen, dass rechtlich alles im grünen Bereich bleiben würde. Druckten Flyer und Aufkleber, veranstalteten Informationstage, Essens-Flohmärkte und Feste. Als Alice vor etwas mehr als zwei Jahren Mitglied wurde, zählte *No Waste!* bereits mehr als vierhundert Mitglieder und war allen, die sich für die Rettung von Lebensmitteln engagierten, ein Begriff. Seitdem es in Frankreich ein Gesetz gegen Lebensmittelverschwendung gibt und auch die österreichischen Medien häufig darüber berichten, wie viel Genießbares am Ende des Tages in die Container geworfen wird, steht der Handel unter Druck. Die Konsumenten haben gern ein reines Gewissen, wenn schon nicht Fairtrade oder bio, wenn schon die Arbeitsbedingungen nicht stimmen, soll wenigstens die nicht verkaufte Ware gespendet werden. In letzter Zeit fragen auch jene Supermarktfilialen an, die einst in rüdem Ton mitgeteilt haben, dass sie keine Lebensmittelretter bräuchten.

Wenn Alice von ihrer ehrenamtlichen Tätigkeit erzählt, wird ihr von vielen auf die Schulter geklopft. »Toll, was ihr da macht!«, heißt es dann, und: »Bravo! Weiter so!« Die Zeiten, in denen man beim Wort Lebensmittelrettung angewidert die Nase gerümpft hat, sind vorbei, und auch Alices Blog wird von immer mehr Leuten entdeckt, verlinkt, zitiert und als Quelle genutzt. Henrik ist stolz auf sie. »Du zeigst, dass man unsere Ideale im Alltag leben kann!«, ermutigt er sie, wenn sie selbst an sich zweifelt.

Manchmal (wie in diesem Moment, da sie vor dem großen Fenster des Vereinslokals sitzt) fragt sie sich, wie er wirklich über sie denkt. Seit einem Jahr und einem Monat kennt sie ihn jetzt. Für die anderen ist es selbstverständlich, sie bei den Veranstaltungen an seiner Seite zu sehen.

»Wie geht es Henrik?«, fragt man sie, wenn sie ohne ihn kommt, und wenn sie selbst es ist, die zu Hause bleibt, lässt man ihr Grüße ausrichten.

Sie ist die Frau neben dem coolen Dumpster Diver, der sich nur an seine eigenen Regeln hält.

Jedes Mädchen träumt insgeheim von einem Ritter, der loszieht, um die Welt zu retten. Zwar hat Henrik kein Pferd, dafür besitzt er ein altes Postfahrrad. Auf diesem fährt er von Geschäft zu Geschäft, von Marktstand zu Marktstand, von einem Treffen zum nächsten. Henrik trägt keine glänzende Rüstung, sondern eine bunte Fleecejacke und alte Cordhosen. Er tritt der Welt des Konsums in den Arsch und zeigt den Helden des Kapitalismus den Mittelfinger. (»Schaut her, wie ich ohne euer Scheißgeld auskomme!«) Dass das Leben viel zu kurz sei, um sich zu schinden, dass es Wichtigeres gäbe als materiellen Besitz, dass der Mensch nur frei sein könne, wenn er sich von den gesellschaftlichen Zwängen löse. Dass jeder, der in Österreich meine, Opfer der kapitalistischen Gesellschaft zu sein, bloß zu feig sei, die Konsequenzen daraus zu ziehen (»Jeder kann aus dem Rad heraustreten!«), dass es selbst Mütter mit kleinen Kindern geschafft hätten, dass jeder Zwang nur Einbildung sei, dass der Durchschnittsmensch in Wirklichkeit bloß zu faul sei, um wirklich frei zu sein, weil er eben doch lieber mit dem geleasten Wagen fahre als mit dem Fahrrad, und weil er nach der Arbeit, die ihm keinen Spaß mache, am liebsten vor seinem Plasmabildschirm hocke und Fertigprodukte in sich hineinstopfe, um sein eigenes Elend und das der Welt um ihn herum zu vergessen.

»Freiheit heißt, Verantwortung zu übernehmen und Risiken einzugehen!«, predigt Henrik gegen Bier und einen vollen Teller aus der Mittagsküche. Geld nimmt er für seine Vorträge keines an. Henrik ist Mitglied bei zwei Tauschkreisen und lebt von jenen Dingen, die andere nicht mehr haben wollen. (»Was dir nicht mehr neu genug ist, das nehm ich mir gern!«)

In Henriks Wohnung, die im Souterrain liegt (ein ehemaliges Lager, das der Besitzer Henrik samt Stromkosten gratis zur Verfügung stellt, weil er seinen Idealismus schätzt), stehen Möbel, die Paul und seine Kollegen neben den Müllcontainern gefunden haben. Sogar eine funktionierende Waschmaschine hat Paul aufgetrieben.

Als Alice Henriks Wohnung das erste Mal betrat, kam sie aus dem Staunen nicht heraus. Heute empfindet sie sein Reich als kalt, feucht und dunkel. Das Sofa riecht nach Schweiß, der kleine Ofen, den Henrik mit Holz beheizt, reicht nicht aus, um dem Raum in den Wintermonaten die Feuchtigkeit zu nehmen, und das Klo am Gang nervt sie ebenso wie die Lampenschirme im Siebzigerjahrestil, die ihr anfangs so gut gefallen haben. Sogar das selbst gezimmerte Hochbett findet sie nicht mehr hip, ganz im Gegenteil, beim Lesen kann sie sich nicht einmal aufrichten, ohne mit dem Kopf gegen die Decke zu stoßen. Außerdem stört es sie, dass bei Henrik jeder ein- und ausgehen darf. Wie auch jetzt. Der Vereinsraum, in dem sie sich treffen, ist Henriks Wohnküche. Das Possessivpronomen »mein« hat Henrik aus seinem Wortschatz gestrichen: »Was meins ist, ist auch euer«, lautet sein Motto.

Alice starrt auf die Kuppe ihres linken Daumens. Am Nachmittag hat sie sich an der Käsereibe verletzt, jetzt brennt die Stelle. Auf dem Tisch steht die Schüssel mit dem Avocado-Paprika-Salat, die anderen haben wieder herzhaft zugegriffen, auch die Mürbteigtaschen mit der Birnenfüllung sind gut angekommen.

Sie blickt von einem zum anderen. Wieso ist sie sich plötzlich nicht mehr sicher, ob Henriks Ideale auch die ihren sind? Hat es damit zu tun, dass sie wieder öfter mit Claudia skypt? Dass ihr die Freundin von französischen Filmkomödien, ihrem geplanten Kurzurlaub nach London und dem Lieblingsinder erzählt? Wenn Alice und Henrik zu einer Filmvorführung gehen, handelt es sich entweder um eine kritische Dokumentation über den weltweiten Handel oder einen prämierten Kurzfilm. Französische Liebeskomödien sind nicht Henriks Ding. (Ganz abgesehen davon, dass Kinogehen nicht ohne Geld funktioniert). Seine Reisen gestaltet Henrik so, dass sie weder der Umwelt schaden noch dazu führen, dass irgendwelche Ausbeuter an ihm Geld verdienen. Hotels sind für ihn ein No-Go, weswegen ihr gemeinsamer Sommerurlaub (zumindest für Alice) in einer Katastrophe endete, weil der Kerl, bei dem sie übernachten durften, sein Wohnzimmer für Hinz und Kunz geöffnet hatte, sodass sie wie die Ölsardinen auf seinem Boden lagen.

Auch in Restaurants geht Henrik nicht. Stattdessen vernetzt er sich mit der lebensmittelrettenden Community vor Ort und nimmt an gemeinsamen Kochabenden teil. Genau aus diesem Grund hat sie sich in ihn verliebt. Weil er weiter denkt als alle anderen, weil er nicht nur leere Reden schwingt, sondern seine Überzeugung wirklich lebt. Dennoch stieg sie nach nur fünf Tagen gemeinsamen Urlaubs in den Zug, während Henrik einen weiteren Monat in Barcelona blieb. Nach seiner Rückkehr benahm er sich ihr gegenüber wie immer. Nie würde er auf die Idee kommen, ihr Vorschriften zu machen. Henrik lebt seine Überzeugung und mischt sich nicht in die ihre ein. Sie kann ihm nicht vorwerfen, unfair zu sein. Auch hat er sie nie belogen.

Alice sitzt stumm beim Tisch, schleckt über die wunde Stelle an ihrem Daumen und hört den anderen zu. Denise und Lydia legen die neuesten Zahlen vor: In den letzten drei Monaten haben sich vierunddreißig neue Mitglieder auf der Plattform registriert. Denise öffnet den Plan der *No Waste!*-Partner auf ihrem Laptop und erläutert, wo es bereits viele Abholer gebe und wo man dringend welche brauche.

Als Alices Blick auf Paul fällt, bemerkt sie, dass er sie beobachtet. Sie fragt sich, ob er mitbekommt, was in ihr vorgeht. Paul ist der Einzige der Anwesenden, der Henrik besser kennt als sie. Die anderen sehen in ihm nur den strahlenden Wortführer. Sie kennen weder den heillosen Romantiker noch den depressiven Henrik. Sie wissen nichts von den Heulattacken, die ihn manchmal überkommen. Von dem Selbstmitleid, in dem er sich so gerne suhlt.

Anfangs hat sie sich noch auserkoren gefühlt, weil er sie an seinen Gefühlen teilhaben ließ. Zuerst hat er ihr unglaublich schöne Geschichten erzählt, und später dann hat er ihr seinen Schmerz gezeigt. Seine Wut und den Hass, den er gegenüber seinem Vater, dem ewig planenden Baumeister, empfindet. Erst nachdem sie sich bereits hoffnungslos in ihn (in seine Verletztheit) verliebt hatte, bekam sie mit, dass sowohl seine Depressionen als auch die Schimpftiraden gegen den kapitalistischen Vater nur Teil einer riesigen Henrik-Show sind. Dass sie vor allem nicht die einzige Frau ist, bei der er sich über seine verpatzte Kindheit ausweint.

Trotzdem lässt sie sich immer wieder überreden, zu bleiben und seinen mageren Körper an sich zu drücken. Auch an diesem Abend wird sie mit ihm das Geschirr abräumen und sich neben ihn unter die Decke legen. Wird mit offenen Augen auf dem Hochbett liegen, auf den Lichtschein der Hoflampe starren, wird wieder mal feststellen, dass sich das brennende Gefühl der Sehnsucht längst in Taubheit verwandelt hat, und sich fragen, wie es in ihrem Leben weitergehen soll.

15

Am Sonntag kommen Doris, Jan und die beiden Kinder zu Besuch, denn Oskar hat Geburtstag. Draußen regnet es, im Esszimmer ist es so dunkel, dass Doris die Lichter einschaltet.

Sie essen gebackenen Emmentaler, ein Essen, das sich Oskar gewünscht hat. Vor zwei Jahren hat Oskars Enkeltochter verkündet, dass sie keinen einzigen Bissen Fleisch mehr in den Mund nehmen werde. »Nie wieder«, hat sie geschworen. »Macht ihr, was ihr wollt, ich will keine Tiermörderin mehr sein!«

Oskar weiß, dass es nicht um das Mitleid mit den Tieren geht, nicht nur. Lilli warf schon als Kindergartenkind den Teller auf den Boden, wenn Doris ihr ein Stück Fleisch auf den Teller legte.

Leicht hatte es seine Tochter mit den beiden Kindern nicht. Lukas begann bei jeder Erbse zu würgen, und Lilli machte bei jedem Stückchen Fleisch Terror, fegte den Teller vom Tisch und kreischte so laut, dass einem die Ohren zu wackeln begannen.

Jetzt ist Lukas erwachsen, seit drei Jahren studiert er an der Technischen Universität, und Lilli macht nächstes Jahr die Matura.

Nach dem Essen holt Jan das große Halmabrett aus dem Zimmer hinter der Küche. Es ist wie früher, denkt Oskar. Auch früher sind wir hier gesessen, haben Mensch ärgere Dich nicht oder Fuchs und Henne gespielt. Unter der Woche diente ihm der Tisch als Arbeitsplatz, hier saß er, wenn er seine Schulstunden vorbereitete oder Schularbeiten korrigierte.

»Wieso richtest du dir nicht ein Arbeitszimmer ein?«, fragte Ella, als Barbara und Michael bereits ausgezogen waren und zwei der drei Kinderzimmer leer standen. »Dieses ewige Hin und Her mit dem Tischtuch ist doch umständlich!«

Ella nahm den Auszug der Kinder leichter als er. Sie genoss die Stille und die neu gewonnene Zeit, stundenlang saß sie in ihrem weichen Lesesessel und las in ihren Büchern.

Als Jan das Spielbrett auflegt, kommt Oskar wieder in die Gegenwart zurück. Er stellt seine roten Männchen auf die roten Kreise und bemerkt, dass er wieder einmal der Langsamste ist.

Während er mit Jan und den Kindern Halma spielt, schiebt Doris den Staubsauger von einem ins andere Zimmer. Danach geht sie mit dem Wedel durch das Haus, um die Spinnweben aus den Ecken zu holen. Das Herbstlaub im Garten, sagt sie, wird sie nächste Woche rechen, wenn es dann hoffentlich wieder trocken ist.

»Ich kann mir auch eine Putzfrau nehmen, du musst das nicht tun«, sagt Oskar (wie meist), doch Doris lässt sich nicht beirren, er soll mit Jan und den Kindern spielen, sie erledigt inzwischen seinen Haushalt.

»So viel ist es ja nicht«, sagt sie. »Du hast deine Sachen noch erstaunlich gut im Griff.«

Oskar hört das Wort »noch« und das Staunen heraus und fragt sich, wie sie es meint. Bis jetzt hat er es jeden Sonntagmorgen geschafft, alles rechtzeitig zu verräumen, und in die Schubläden und Kästen schaut die Tochter nicht. Er hat nicht mehr die Geduld, alles an seinen Platz zu legen, und manchmal passiert es ihm, dass er Dinge an Orten findet, an die sie nicht gehören. Aber wem passiert das nicht? Er ist alt und hat keine Lust mehr, sich um den Kleinkram zu kümmern.

Oskar hört dem Schnattern der Enkeltochter zu, Lilli ist die Einzige in der Familie, die beides kann, ununterbrochen plappern und trotzdem jede Runde im Halma gewinnen. Lukas grinst ihn über das Spielbrett hinweg an, und Oskar muss schmunzeln, weil er den großen Bruder heraushängen lässt, der sich mit ihm, dem alten Mann, gegen die Kleine verschwört.

Nachdem Doris fertig ist, werden die Sachertorte und die Geschenke ins Zimmer getragen. Oskar packt eines nach dem anderen aus: Eine Hör-CD mit dem Titel *Der Hundertjährige, der aus dem Fenster stieg und verschwand* (von Lilli), eine neue Fernsehdecke und ein Bildband über den Amazonas (von Doris), ein großes, mit Milka Naps gefülltes Häferl mit der Aufschrift *31777 Tage alt – aber wer zählt schon mit?* (von Lukas) und eine Flasche Quittenlikör, »zwecks der Haltbarkeit« (von Jan).

Nach der Torte stoßen sie alle mit dem Likör an, nur Lilli rümpft die Nase. Oskar schluckt den Alkohol pur, das tut er sonst nie. Gut schmeckt er schon, denkt er, wenn man mit jemandem anstoßen kann.

»Hast du eigentlich schon eine Antwort wegen der Fichte bekommen?«, fragt Doris, worauf Oskar den Kopf schüttelt.

»Und die Regenrinne? Hast du schon angerufen? Die gehört endlich gereinigt, hinten rinnt alles die Mauer hinunter.«

»Ich kann das machen!«, sagt Lukas. »So schwer kann das doch nicht sein, eine Regenrinne zu säubern.«

Lukas, er hat keine Angst vor der Höhe, er ist noch jung.

»Ich ruf beim Koller an«, sagt Oskar, »der soll sich das anschauen.«

»Der Koller ist doch schon längst in Pension, Papa. Du hast doch gesagt, dass du jemanden gefunden hast, der dir das machen wird.«

Oskar hält Jan sein Schnapsglas hin.

»Trinken wir noch einen?«, fragt er.

Am Ende des Nachmittags steckt Oskar den Enkelkindern je einen Geldschein zu, sie schieben ihn, unter höflichem Protest und mit glühenden Backen, in ihre Hosentaschen. Er würde auch seiner Tochter gern etwas geben. Doris soll sich auch einmal etwas Schönes kaufen, aber er kennt sie, sie wäre beleidigt.

»Wir haben doch alles, was wir brauchen«, sagt sie stets, und damit hat sie nicht unrecht, als Volksschullehrerin bekommt sie mittlerweile ein schönes Gehalt, und Jans Praxis wirft auch genug ab. Früher war es noch schwer für die beiden, vor allem in der Zeit, als Jan sich selbstständig machte und die Kinder noch klein waren, aber jetzt haben sie ausreichend Geld zur Verfügung. Diesen Sommer sind sie sogar nach Florida gereist.

Nachdem die Familie weg ist, setzt sich Oskar an den Küchentisch und dreht das Radio auf. Still ist es auf einmal, jetzt, da Lilli nicht mehr plappert. Er denkt an früher, als seine Tochter und Jan noch in der Nähe wohnten. Als Ella noch am Leben war und Lukas ein Wurm, den sie durch den Donaupark schoben. Er war damals schon in Pension, das gab ihm die Möglichkeit, an allem teilhaben zu können. Beinahe jeden Tag spazierten Ella und er hinüber zur Tochter, um ihr den Buben für eine Stunde (später dann für zwei oder drei) abzunehmen. Wie schön Ella mit ihrem Enkelsohn auf dem Arm aussah, fast schöner noch als früher, als sie selbst eine junge Mutter gewesen war. Sie hatten jetzt mehr Zeit. Mehr Ruhe. Das war das Wunderbare am Großelterndasein, dass sie nicht die volle Verantwortung trugen. Ella war sanfter geworden, toleranter. Anders als bei Barbara hielt sie sich bei Doris mit guten Ratschlägen zurück.

Viel hat Ella von ihren beiden Enkelsöhnen nicht gehabt. Den ersten hat sie kaum kennengelernt, und beim zweiten blieb ihr kaum Zeit. Lukas war noch kein Jahr alt, als bei Ella Magenkrebs diagnostiziert wurde. Fünf Monate später war sie tot.

Oskar steht auf, benommen von den Erinnerungen und vom Likör. Stellt sich an die Küchenanrichte, greift nach dem Schneidbrett und holt das Brotmesser aus der Lade. Er hat nicht viel Hunger, er wird sich nur eine dünne Scheibe vom Schwarzbrot herunterschneiden, um den Alkohol aufzutunken. Er holt die Butter und den Emmentaler aus dem Kühlschrank, bereitet ein Käsebrot zu, setzt sich mit dem Teller und einem Glas Mineralwasser wieder an den Küchentisch und holt die Medikamente aus der Schublade.

Am Vormittag, bevor Doris, Jan und die Kinder gekommen sind, hat Oskar mit seiner Ältesten telefoniert. Barbara hat ihm gratuliert und dann von ihrer Arbeit erzählt, dass sie sich bereits auf die Pension vorbereite, hat sie ihm verraten, und dass es sich seltsam anfühle, das Programm für übernächstes Jahr zu planen, obwohl sie, wenn es herauskäme, nicht mehr Verlagsleiterin sein würde.

Plötzlich muss Oskar wieder an die große Buchmesse denken. Barbara hatte für ihn und Ella ein Doppelzimmer in einem modernen Hotel mit Hallenbad und Sauna gebucht, ein Geschenk zu ihrem vierzigsten Hochzeitstag. Einen ganzen Vormittag lang liefen Ella und er von einem Stand zum nächsten. Ließen sich Programme und Reklamezettel in die Hand drücken und hörten sich Lesungen an, nicht weil sie sich für die Autoren interessierten, sondern weil sie sich nicht mehr auf den Beinen halten konnten. Als sie am frühen Nachmittag beim Mittagessen saßen, sah ihn Ella so bekümmert an, dass er ganz nervös wurde und mit dem Stuhl zu ruckeln begann.

»Was ist denn?«, fragte er, und, um sie zum Lachen zu bringen, weil er dachte, ihr saures Gesicht hätte mit Barbara zu tun, die sie ganz allein durch die Hallen laufen ließ: »Hab ich Mayonnaise auf der Nase oder warum schaust du mich so an?«

»Ach nichts«, sagte sie nur und steckte die Gabel in den Salat.

Fünf Minuten später brach es aus ihr heraus: »Ich kann einfach nicht mehr! Hier steht ein Buch ans andere gereiht, ein Stand neben dem anderen, das hat doch keinen Charme! Nicht einmal gemütliche Ecken haben sie hier. Wie soll man denn da herausfinden, was einem gefällt?«

Meine Güte, wie erleichtert er war, als er das Messegelände endlich verlassen durfte.

Den restlichen Nachmittag schlenderten sie im Nieselregen den Main entlang, und tags darauf besichtigten sie den Dom, die Paulskirche und den Römer, bestaunten auf dem Weg zum Palmengarten die moderne Stadt und quetschten sich am späten Nachmittag in den Badeanzug und die Schwimmhose, die Ella in den Koffer gepackt hatte und die sie seit Jahren nicht mehr am Leib gehabt hatten, um in den hoteleigenen Morgenmänteln den Wellnessbereich aufzusuchen. Zwei Stunden lang planschten sie im großen Whirlpool und lachten, weil sie in den Jahren unförmig und faltig geworden waren. Anschließend schlüpften sie in die verknitterte Abendgarderobe, um sich neben Barbara und ihren Chef an den großen Tisch zu setzen, der eigens für den Verlag, in dem sie arbeitete, reserviert worden war.

Wie jedes Mal, wenn Oskar an Frankfurt zurückdenkt – an jene trotzdem so wunderbaren Tage und die vielen Komplimente, mit denen der damalige Verlagsleiter sie überschüttete, weil sie eine so begabte Tochter hatten (»Eine der besten Lektorinnen, die ich je hatte! Ach was, DIE beste!«) –, muss er auch wieder an den großen Streit zwischen seiner Frau und seiner Tochter denken. Barbara war kurz nach der Matura schwanger geworden und hatte verkündet, zu Steffen, den sie kaum kannte, nach Hamburg ziehen zu wollen. Für Ella kam die Neuigkeit wie ein Blitz aus heiterem Himmel. Geschockt sah sie ihre Tochter an. »Ruinier dir doch nicht dein Leben!«, beschwor sie Barbara. »Heute gibt es doch schon bessere Lösungen für so ein Problem, heute muss man doch nicht gleich alles aufgeben.«

Noch heute sieht Oskar seine Tochter vor sich. Wie sie ihre Mutter mit fassungslosem Gesicht anstarrte. Wie sie auf irgendetwas wartete – den Versuch einer Erklärung, ein einlenkendes Stottern, vielleicht sogar eine Entschuldigung. Aber da kam nichts. Ganz im Gegenteil, Ella bohrte noch weiter: »Glaubst du, dass du glücklich wirst in Hamburg? Du kennst dort doch niemanden! Dann hockst du ganz allein mit dem Kind fest! Und für eine Beziehung ist das auch nicht gut, glaub mir. Ihr seid doch noch so jung!«

Warum hat Ella sich damals so festgebissen? Warum hat sie in den Tagen vor Barbaras Abreise nicht zumindest versucht, ihre Meinung zu ändern, wo doch schon klar war, dass Barbara in jedem Fall gehen würde?

Nach dem Streit hatte Barbara stumm ihre Sachen gepackt und war bis zu ihrer Abreise zu einer Freundin gezogen. Und noch Monate später, wenn Ella in Hamburg anrief, ließ sie sich verleugnen. Oskar versuchte, die Wogen zu glätten, inständig bat er seine Tochter, sich mit der Mutter zu versöhnen, aber sie sagte nur: »Papa, wenn du uns besuchen willst, bist du jederzeit willkommen. Aber die Mama will ich hier nicht sehen.«

Als Ella und er das erste Mal nach Hamburg kamen und Barbaras Wohnung betraten, war ihr Enkelsohn vier Jahre alt. Gregor sah sie ein paar Sekunden lang aus seinen großen, verschreckten Kinderaugen an und begann schließlich zu weinen. Und auch bei ihren späteren Besuchen blieben sie für ihn stets Fremde, denen er sich nur näherte, weil es seine Mutter und die Höflichkeit von ihm verlangten.

Am Tag von Ellas Beerdigung stand der damals achtzehnjährige Enkelsohn gelangweilt neben seiner Mutter. Seine Omi hieß Dorli und lebte keine Viertelstunde von ihm entfernt. Ella Zimmermann war für ihn nicht mehr als eine Person, die er ein paarmal gesehen hatte. Wie hätte er so etwas wie Trauer empfinden können?

Oskar blickt aus dem Fenster. Der Regen hat nachgelassen, auf der Gasse saust nun wieder der achtjährige Bub der Shengs auf seinem Skateboard von einer Seite zur anderen. Früher haben auf Nummer 8 die Pichlers gewohnt, jetzt lebt in dem Haus eine chinesische Familie. Oskar sieht dem Buben eine Weile zu und lässt dann den Blick zu den Fensterreihen des Mehrfamilienhauses wandern. Im ersten Stock, hinter der zweiten Scheibe von links, sitzt Alice an ihrem Schreibtisch. Oskar fragt sich, ob sie jemals Pause macht. Entweder sieht er sie mit ihren Taschen herumlaufen oder an ihrem Schreibtisch sitzen und auf den großen Monitor starren.

Ein paar Fenster weiter taucht alle paar Sekunden der Haarschopf des Jugendarbeiters auf und verschwindet dann wieder. Oskar nimmt an, dass der Mann wieder an alten Fahrrädern bastelt. Seit Jahren schon fragt er sich, was Herr Lindner in seinem Wohnzimmer treibt.

Unten im Erdgeschoß flimmert der große Fernseher des Ägypters.

Hinter jeder Scheibe ein anderes Leben. Andere Sorgen, andere Hoffnungen, andere Träume, andere Erinnerungen.

Früher hat Oskar von den Menschen in seiner Gasse noch mehr gewusst als heute. Der Papaverweg war wie ein Mikrokosmos. Jeder kannte jeden, jeder wusste über den anderen Bescheid. Zumindest hatte man das Gefühl, auch wenn es nicht immer stimmte.

Statt auf fremde Fenster und fremde Leben hat Oskar von seinem Küchenfenster aus auf das Haus von Ellas Kusine und ihrem Mann geschaut. Ohne Luise und Fritz wären auch Ella und er nicht hierhergezogen.

Ein leiser Gedanke schleicht sich in Oskars Kopf. Es ist ein alter, sehr bekannter Gedanke, immer wieder treibt er sich in seinen Erinnerungen herum, dreht ein paar quälende Runden und hinterlässt ein flaues Gefühl in Oskars Magen.

Wären Ella und er in einer Wohnung (weit weg von Fritz) glücklicher gewesen? Wäre es anders gekommen, wenn sie damals in der Stadt geblieben wären?

Nein. Es war gut so, wie es war. Was bringt es schon, die Entscheidungen von früher zu bereuen? Ohne Fritz hätte es auch die Jahre mit Luise nicht gegeben. Im Nachhinein ergibt alles einen Sinn. Vielleicht aber, denkt Oskar, sind es auch nur wir Menschen, die aus allem einen Sinn herauslesen müssen. Eine Entschuldigung, die uns im Nachhinein mit den Niederlagen des Lebens versöhnt.

Jetzt, da er an Fritz denkt, fällt ihm auch die verstopfte Regenrinne wieder ein. Sobald die Fichte weg ist, wird er sich darum kümmern. Davor hat es ohnehin keinen Sinn. Hauptsache, Lukas steigt nicht auf das Dach. Auch Fritz hat damals nur nach einem verrutschten Dachziegel sehen wollen. Acht Stunden später kam Luise als Witwe aus dem Krankenhaus zurück.

Oskar steht vom Tisch auf. Zieht die Schublade heraus und kramt nach den gelben Klebezetteln und dem Kugelschreiber.

REGENGERINNE, notiert er in Großbuchstaben, dann trägt er den Zettel in die Vorzimmernische und klebt ihn auf das Telefon. Anschließend geht er ins Esszimmer, wo er zuerst den Heizstrahler und danach den Fernseher aufdreht.

16

Draußen kämpft ein verzweifelter Sonnenuntergang gegen die Regenwolken an, drinnen wird gestorben. »O Scarpia, avanti a Dio!«, ruft Floria Tosca und stürzt sich in den Abgrund. Neben den Lautsprecherboxen kniet Peter und träufelt Öl auf die steifen Glieder einer Fahrradkette. Seine Hände sind schwarz und schmierig, seine Bluejeans ebenso. In der zwanzig Quadratmeter großen Wohnküche, deren Boden mit Packpapier ausgelegt ist, sieht es seit einigen Tagen aus wie in einer Reparaturwerkstatt. Überall liegt Werkzeug: Schraubenzieher, Vierkantschlüssel, Zangen. An der Wand lehnen die Fahrräder und warten geduldig darauf, an die Reihe zu kommen.

Seitdem das Kind in der Wohnung oberhalb schreit, stopft sich Peter auch untertags das Wachs in die Ohren. Jeden Vormittag nach dem Aufstehen schiebt er den Regler des Lautsprechers so weit nach rechts, bis er trotz der Ohropax zwar die Musik, nicht jedoch das Baby hört. Jetzt dringt aus dem Radio die dumpfe Stimme des Moderators. Peter schält sich das Wachs aus den Ohren. Die Tosca ist tot, das Baby scheint eingeschlafen zu sein. Zeit für einen Kaffee.

Er öffnet die Balkontür und lässt frische Luft herein. Gegenüber steht der Alte auf dem Fußabstreifer und stellt eine Schüssel mit Futter hinaus. Der fette Kater vom unteren Ende der Gasse hat bestimmt wieder seine helle Freude daran. Schon seit einiger Zeit fällt Peter auf, dass der Alte sonderbar wird. Auch der Bewegungsapparat spielt nicht mehr mit, vor ein paar Monaten noch ist er mit seinen Wanderstöcken und dem knallroten Rucksack zum Supermarkt gegangen, jetzt traut er sich kaum noch mit seinem Rollator auf die Straße.

Selbst der Garten sieht nicht mehr so gepflegt aus wie früher, meist recht nun die Tochter das Laub.

Peter geht ins Bad und wäscht sich die Hände mit Kernseife. Von oben hört er Türen schlagen, dann das Keifen einer Frau. In Top 9 herrscht wieder dicke Luft.

Er trocknet sich die Hände, geht in die Wohnküche und drückt den Hebel der Espressomaschine hinunter. Stellt sich mit der Tasse ans CD-Regal und wählt eine Aufnahme von Händels *Messias* (John Eliot Gardiner, London 1982 – den Tipp hat ihm ein Ö1-Moderator vor zwanzig Jahren gegeben). Er legt die Scheibe ins Fach des CD-Players, dreht noch ein wenig lauter, schließt die Balkontür, nimmt einen Schluck vom Kaffee und sucht auf dem Boden nach einem passenden Vierkantschlüssel. Oben werden abermals Türen geknallt. »Arschloch!«, kreischt die Frauenstimme. Ein Poltern im Treppenhaus, dann fällt auch die Eingangstür ins Schloss. Als Peter ans Fenster tritt, sieht er die Mieterin aus Top 9 die Straße hinunterstampfen.

Nein. Sollen andere behaupten, was sie wollen, es hat eindeutig Vorteile, Single zu sein. Da hat man wenigstens seine heilige Ruhe. (Vorausgesetzt man lebt nicht unter einem plärrenden Kind).

17

Das Zusammenleben mehrerer Parteien in einem Wohnhaus birgt fast immer Gefahren. Vor allem, wenn die einen Ruhe haben wollen und die anderen Streit. Irgendeinen Stänkerer gibt es in jedem Haus und in diesem sowieso. Zurzeit erfüllt diese Aufgabe der Mieter aus dem Dachgeschoß. Auch Frau Neuhold kann Herrn Engelmayr nicht leiden. »Herr Lindner«, hat sie vor ihrer Abreise zu Peter gesagt, »ich habe nichts gegen Männer mit langen Haaren, mein Neffe hat sich seine auch eine Zeitlang wachsen lassen. Bitte, jeder soll so aussehen dürfen, wie es ihm gefällt. Aber es gibt doch Grenzen. Dieser Knödel auf dem Kopf, und dann der Bart! Wie ein Chinese schaut er damit aus! Und erst die seltsamen Zeichen auf seinem Oberarm! Haben Sie die gesehen?«

Peter findet weder an den langen Haaren noch am Bart (seiner Meinung nach eher Bin-Laden-Style, wenn auch im schottischen Rotblond) etwas Außergewöhnliches. Ein Drittel der jungen Männer trägt heute einen Haarknödel auf dem Kopf und einen Bart um die Lippen. Lange Haare und Tattoos sind schon lange kein Statement mehr, daran erkennt Peter, dass auch er langsam alt wird. Er kennt sich nicht mehr aus, sucht ständig nach einer Bedeutung, die es in seiner Jugend noch gegeben hat. Damals hat man sogar mit der Farbe der Schuhbänder seine politische Einstellung kundgetan, aber heute? Jetzt lassen sich die Menschen das Peace-Zeichen auf den Handrücken brennen und skandieren rechte Parolen. Oder sie tragen Thors Hammer auf dem Bizeps und blicken dann ganz entsetzt, wenn er nach ihrer Ideologie fragt.

Der Typ aus dem Dachgeschoß ist also einfach nur in. An einem Tag trägt er ein rotes Che-Guevara-T-Shirt, am nächsten prangt der Spruch *Our city, our rules!* auf seiner Brust. Wenn sich die Mode ändert, wird er sich den Bart abrasieren, das Haar schneiden und die Zeichen wegätzen lassen, denkt Peter. Ein Trottel ohne Hirn, Charme und Melone, das erkennt er schon am protzigen Geländewagen, der so gut wie immer auf dem Parkplatz steht. Schwarz, auf Hochglanz poliert und mit neunundneunzigprozentiger Wahrscheinlichkeit geleast. Lächerlich, diese Welt. Zum Kotzen! Aber gut, er kann nicht behaupten, dass die Menschheit vor zwanzig Jahren klüger gewesen ist. Schon gar nicht in der Gemeinde, in der er aufgewachsen ist. Wenn du dort lebst, wo das Wunde bereits im Ortsnamen steckt, kennst du die Wichtigtuer nur zu gut. Und weil Peter sie kennt, weiß er eines ganz bestimmt: Mit Typen wie dem Engelmayr legt man sich am besten gar nicht erst an.

Blöd nur, wenn so einer plötzlich vor deiner Tür steht und auf die Klingel drückt. Wie gerade jetzt. Peter lugt durch den Spion. Überlegt kurz, ob er öffnen soll, und tut es dann doch.

Ob die Musik aus seiner Wohnung komme?

»Die ist nämlich ein bisserl laut, weißt du?«

Klein ist er. Klein und dürr. Gar nicht so groß, wie er gern wäre. Fuchtelt mit dem Zeigefinger vor Peters Nase und hinterlässt Spuckeflecken auf der Tür, die Peter als Schutzschild verwendet.

»Hör mal, ich will nicht ungut daherkommen, aber die Tochter meiner Frau hat in zwei Tagen Schularbeit.« Künstliche Pause. »Latein.«

Peter nickt. Aha, das *Gelatini*-Scheusal hat also Lateinschularbeit.

»Ne sutor supra crepidam«, fällt ihm ein, Schuster, bleib bei deinem Leisten. Es ist der Lieblingsspruch seines Freundes Paul, dem Exoten im Vorlesungssaal der philosophischen Fakultät. Ansonsten kann Peter kein Latein.

Der Nachbar stutzt. Zieht die Augenbrauen hoch und den Finger ein. Dann lacht er.

»Wie auch immer.«

Er schiebt seinen Arm an Peters Tür vorbei und legt ihm sein zartes Händchen auf die Schulter. Er ist jetzt ganz auf Freundlichkeit bedacht – eine Freundlichkeit, von der Peter ahnt, dass sie jederzeit ins Gegenteil kippen kann.

»Nix für ungut.«

»Klar«, nickt Peter. »Ich mach leiser.«

So ist er, nur keine Schwierigkeiten provozieren. Wozu auch? Er hätte ohnehin den Kürzeren gezogen.

Er schließt die Tür und hört den Nachbarn die Treppen hinaufsteigen. Dreht den Händel leiser. »Halleluja!«, flüstert es aus den Lautsprecherboxen. Wenigstens ist der Schreihals oben ruhig.

Peter greift nach dem Vierkantschlüssel und macht sich wieder an die Arbeit. Nur gut, dass der Idiot keines der Fahrräder gesehen hat. Das hätte ihm gerade noch gefehlt. Wenn er etwas nicht brauchen kann, dann ist es ein erzürnter Engelmayr, der im ganzen Haus herumerzählt, dass er mit giftigen Lackdämpfen hantiert und leicht entzündbare Lösungsmittel lagert.

18

Der Altweibersommer kommt spät und ist sofort wieder vorbei. Was bleibt, sind ein paar klare Tage im Oktober. Das Wasser der Alten Donau glitzert in der Herbstsonne, die Boote liegen unter dicken Plastikplanen, die Spaziergänger gehen mit tief ins Gesicht gezogenen Kapuzen, um sich gegen den Wind zu schützen. Am Ufer sitzt einsam ein Fischer und hat sein Zelt aufgeschlagen, in dem liegen Köder, Töpfe und ein Bunsenbrenner.

»Schön ist es hier«, sagt Doris, und Oskar nickt, schön sei es hier immer gewesen.

Früher sind sie noch zu Fuß hierherspaziert, jetzt ist ihm der Weg zu weit, jetzt muss Doris ihn mit dem Auto fahren. Seit zwei Wochen ist er siebenundachtzig.

Er wickelt sich die karierte Decke, die Doris vorhin vom Rücksitz ihres Wagens genommen hat, um die Knie und starrt auf die sich kräuselnde Wasseroberfläche. Ein Tag wie aus einem Rilke-Gedicht. Ein Tag, an dem die eigene Sterblichkeit höflich an dich herantritt und fragt: Darf ich mich eine Weile zu Ihnen setzen?

Oskar hat den Herbst immer gemocht, anders als Ella, die den Frühling lieber hatte. Stimmt es, was Luise behauptet hat? Dass man sich in jener Jahreszeit, in der man zur Welt gekommen ist, am wohlsten fühlt?

Ellas Kusine war ein Herbstmensch, genau wie er. Wie oft ist er mit ihr nach Ellas und Fritz' Tod hier gesessen, um auf das Wasser zu blicken und sich an früher zu erinnern? Luise hat seinen Schmerz geteilt. Den Schmerz der Einsamkeit und den Schmerz, der sich in den Knochen und Gelenken eingenistet hatte. Den Schmerz der eigenen Endlichkeit, den man erst spürt, wenn man nicht mehr von einem Tag zum anderen hetzt, von einer Verantwortung zur nächsten.

Was für eine Jahreszeit mag Doris am liebsten? Seltsam, dass er es nicht weiß. Und auch jetzt fragt er nicht nach, nicht, weil er es nicht mehr wissen will, sondern weil er Angst hat, sie zu verletzen, denn wie soll er zugeben, dass er nicht einmal weiß, welche Jahreszeit sie bevorzugt, ohne ihr das Gefühl zu geben, dass er sich bis jetzt nie dafür interessiert hat?

Im März hat Doris ihren zweiundfünfzigsten Geburtstag gefeiert. Wäre es nach dem ursprünglich errechneten Geburtstermin gegangen, hätte sie erst im Mai zur Welt kommen dürfen. Ist sie ein Frühlingsmensch?

»Schau dir die an!«, reißt ihn die Tochter aus den Gedanken. »Die sind ganz schön frech, was?«

Der Erpel watschelt voran und streckt neugierig den grün schillernden Hals, um einen Blick in das Zelt zu werfen. Und die Entendame? Die steht laut schnatternd hinter ihm, als würde sie seine Neugierde missbilligen. Oskar muss schmunzeln. Er legt seine Hand auf die seiner Tochter und erinnert sich daran, wie gern sie als Mädchen die Enten gefüttert hat. Und auch Lilli und Lukas haben gejuchzt, wenn sie mit dem Tretboot den Enten und Schwänen nachgejagt sind.

Die Vögel rupfen ein wenig Gras, dann watscheln sie zurück ans Ufer, heben die Flügel, ein kurzes Flattern, schon gleiten sie davon und verschwinden hinter den Büschen.

Dass Lilli am Montag Matheschularbeit habe und lernen müsse, hat Doris ihm vorhin mitgeteilt. Nächstes Jahr wird sie die Matura machen und danach wird sie studieren. Er wird sich daran gewöhnen müssen, dass Doris allein kommt. Ohnehin darf er sich nicht beschweren, seine Tochter besucht ihn jeden Sonntag, und noch kommt Lilli regelmäßig mit.

Oskar sieht seine Tochter von der Seite an. Wie schön sie noch immer ist! Als junges Mädchen war Barbara die hübschere von beiden, aber Doris hat etwas, das den meisten Frauen ihres Alters fehlt. Doris strahlt Zufriedenheit aus. Da ist nichts Bitteres, nichts Hartes in ihren Zügen. Während Ella und Barbara gegen alles und jeden gekämpft haben, ist Doris der Welt stets mit offenem Herz begegnet.

Dass ihre Jüngste viel zu naiv sei, beschwerte sich Ella bei ihm. Dass man sie ihr Leben lang ausnützen werde, wenn sie nicht endlich lerne, dass es nicht alle gut mit ihr meinen.

Jetzt sitzt das naive Mädchen neben ihm und hält das Gesicht der Herbstsonne entgegen. In Doris' Augenwinkel haben sich Rillen gegraben, die wie halb geöffnete Fächer aussehen, und über den Pigmentflecken auf ihren Wangen wird der helle Flaum von Jahr zu Jahr dichter. Wenn Oskar seine Tochter ansieht, begreift er erst, wie alt er ist. Seine Kinder haben jetzt selbst schon einen großen Teil ihres Lebens hinter sich. Barbara spricht seit Wochen von nichts anderem als der nahenden Pensionierung, und Michael hat im Sommer seinen sechsundfünfzigsten Geburtstag gefeiert. Seit mehr als zwanzig Jahren lebt er nun schon im letzten Zipfel des Landes (»Hinter den sieben Bergen bei den sieben Zwergen«, wie Doris sagt) und führt ein kleines Haubenlokal, während sich seine mittlerweile dritte Frau krampfhaft darum bemüht, ihre Artikel in diversen örtlichen Zeitungen unterzubringen. Aber Michael ist erwachsen, und seine um sechzehn Jahre jüngere Frau ist es auch.

Unter Oskars Hand bewegt sich die Hand seiner Tochter. Als er die seine hebt, stellt er fest, dass er dort, wo seine Haut die ihre berührt hat, nass ist.

Doris schüttelt ihr Handgelenk, wischt sich den Handrücken an der Hose ab und sieht auf die Uhr. Bestimmt sitzt

Jan beim Wohnzimmertisch und hat den Laptop aufgeklappt vor sich liegen. Oskar kann seinen Schwiegersohn gut leiden. Jan ist ein ruhiger Kerl. »Ein guter Lodsch«, sagte Ella einmal. »Genau wie auch du einer bist. Viel zu gut für eine Frau wie mich«, hängte sie an und tätschelte Oskar das Knie.

»Warst du eigentlich verliebt in mich?«, fragte er sie, lange nachdem die Kinder aus dem Haus waren.

Sie sah ihn kopfschüttelnd an »Was ist denn das für eine Frage? Aus welchem Grund sonst hätte ich dich heiraten sollen?«

Und doch. Manchmal hat er sich gefragt, ob sie lieber einen wie Fritz gehabt hätte.

»Der Fritz hat wenigstens eine Meinung!«, knallte Ella ihm an den Kopf, als sie wegen irgendeiner Kleinigkeit, an die Oskar sich nicht mehr erinnern kann, stritten. Und auch als Barbara verkündete, dass sie mit Steffen nach Hamburg ziehen wolle, verlangte sie von ihm, dass er ein Machtwort sprach.

»So tu doch was! Sag ihr, dass das nicht geht!«

Er tat es nicht. Er drückte seine Älteste an sich und wünschte ihr alles Gute.

Was hätte Fritz an seiner Stelle getan?

»Dasselbe wie du«, versicherte ihm Luise. »Der Fritz hätte sie ziehen lassen, und ich hätte mir Sorgen gemacht, ganz genau wie Ella.«

Aber Fritz war nicht Barbaras Vater. Ebenso wenig wie er Ellas Mann gewesen war.

»Ach, du liebe Güte, jetzt hör aber auf!«, stöhnte Luise, als er ihr seine Eifersucht gestand. »Meine Kusine hat dich geliebt, Oskar! Vielleicht hat sie das nicht so zeigen können, aber man hat es gesehen. Und gespürt. Und gehört hab ich es auch, das kannst du mir glauben! Ich kann mich noch gut daran erinnern, wie sie mir stundenlang von dir vorgeschwärmt hat, weil du doch damals jeden Tag aufgekreuzt bist und ihr schöne Augen gemacht hast!«

Gegen das Sonnenlicht anblinzelnd, sieht er der Tochter dabei zu, wie sie die karierte Decke von seinen Beinen hebt und zusammenfaltet. In seiner Erinnerung ist er noch der Jungspund, der in die Konditorei tanzt und sein Knicksen vollführt, aber sobald er die Augen aufschlägt und in die Realität zurückkehrt, sobald er seine steifen Knie spürt und den Rollator sieht, der wie ein treuer Gefährte auf ihn wartet, wird ihm wieder bewusst, dass er ein alter Mann ist. Ganze dreiundsechzig Jahre ist es jetzt her, dass er täglich in die Konditorei auf der Wiedner Hauptstraße trat, um die hübsche Verkäuferin mit dem Wuschelkopf, die dann seine Frau wurde, zum Lachen zu bringen. Dreiundsechzig Jahre, das sind mehr Jahre als Ella leben durfte.

»Kommst du?«, fragt Doris.

»Ja«, stöhnt er ganz unwillkürlich, als er seine Fäuste gegen die Sitzfläche der Bank stemmt, um auf die Beine zu kommen.

»Hast du Schmerzen?«

»Ach was! Alt darf man halt nicht werden!«

Sie nimmt ihm den Satz übel und zieht die Augenbrauen zusammen: »Jung sterben ist aber auch nicht lustig.«

Und damit hat sie auch wieder recht.

Und wie recht sie hat!, denkt Oskar, als er die Autotür aufzieht und sich von seiner Tochter beim Einsteigen helfen lässt.

19

Ein Haus mit Wänden so dünn wie Papier. Ein Statiker würde wohl sagen: Blödsinn, keine Wand ist so dünn wie Papier! Auch sei die Wandstärke allein nicht der springende Punkt, viel eher liege es an direkt am Baukörper befestigten Vorsatzschalen und Laminatböden, die nicht schwimmend verlegt wurden. An schlechtem Baumaterial und wenig Verstand.

»Billigsdorfer eben!«, weiß Henrik und sagt es zu Alice, denn er kennt sich aus mit dem Innen und dem Außen und der Grenze, die dazwischen gezogen wird. Immerhin ist sein Vater Baumeister, und als Baumeistersohn muss Henrik zeigen, dass auch er in diesen Dingen Bescheid weiß. Hat er doch in den Ferien mitarbeiten müssen, draußen wie drinnen, am Bau und im Büro – Ferialjob hat das geheißen.

Nun liegt er mit angewinkelten Beinen auf Alices violettem Sofa, blättert sich durch die Veranstaltungsseiten des *Augustin* und hört ihr mit halbem Ohr zu. Gerade eben hat sie erzählt, was sie von dem alten Mann, der gegenüber wohnt, erfahren hat. Dass mit dem Haus vom ersten Spatenstich an alles schiefgegangen sein soll, was nur schiefgehen konnte: Verzögerungen beim Bau wegen mangelnder Finanzierung, Arbeiter, die zum Teil nie bezahlt wurden, Sprünge in der Wand, Wasserrohrbrüche, und das alles noch vor der Fertigstellung.

»Wundert es dich?«, murmelt Henrik und lässt das Papier rascheln. »So ist das mit den Kapitalistenschweinen. Zuerst das Billigste vom Billigen bauen und dann die großen Mieten kassieren.«

Als Sohn eines erfolgreichen Baumeisters kennt er sich nicht nur mit der Statik aus, sondern auch mit diversen Tieren:

Kapitalistenschweinen, Karrieresäuen, gierigen Miethaien. Er durchschaut sie alle, die Baumeister, Architekten und Gesellschafter. Auch sein Vater hat wieder was Großes am Laufen, direkt im Ortszentrum, samt luxuriösen Wohneinheiten, Springbrunnen, Shoppingmeile und Kino. Hat er alles erfahren bei seinem letzten Besuch daheim, so nett ist er nämlich, dass er noch auf Besuch kommt, der Mutter zuliebe, wie er stets betont. Er selbst hat mit der Heimat nichts mehr am Hut, sogar den Dialekt, den man ihm in die Wiege gelegt hat, hat er sich mühsam abgewöhnt.

»Erstes Wiener Lesetheater, auf der Baumgartner Höhe, heute um sieben«, wendet er sich wieder erfreulicheren Dingen zu. »Magst hingehen? Soviel ich weiß, liest die Heidrun dort mit.«

»Heidrun?«, kramt Alice in ihrer Erinnerung wie in der Handtasche nach den Schlüsseln. »Wer ist denn die Heidrun?«

»Du hast sie doch interviewt! Die hat damals das Stadtgartenprojekt ins Leben gerufen.«

Heidrun, ach, jetzt kann sie sich wieder erinnern. Kupferrote Haare, Latzhose, praller Bauch.

Ob sie sich daran hält, ihrem Kind nie, nie (niemals!) eine Windel anzulegen, so wie sie es sich damals vorgenommen hat?

»Und was, wenn es pinkeln muss?«, hat Alice gefragt.

»So was merkst du doch. Wenn ein Baby muss, dann wird es dir das mitteilen.«

»Und was machst du, wenn es dir mitteilt, dass es muss?«

»Na, dann halte ich es eben über ein Waschbecken!«

Als hätte das Baby im Dachgeschoß auf seinen Einsatz gewartet, dringt nun wieder sein Brüllen durch die Wände. Alice hört es nur leise, in den angrenzenden Wohnungen jedoch muss das Geschrei nervtötend sein, zumal das Kind den halben Tag und die halbe Nacht lang schreit.

Ob Heidruns Kind auch so viel weint?

Henrik blättert indes unbekümmert weiter. Von oben dringt nun auch ein klapperndes Geräusch in den Raum. Frau Bosić holt die Töpfe und Pfannen aus dem Schrank – wie jeden Tag um diese Zeit.

Alice seufzt. Bis zur Lesung sind es nur noch knappe zwei Stunden.

Die Bosićs gehen so gut wie nie aus. Kein Lesetheater, keine Vorträge über die währungslose Gesellschaft, keine Kurzfilmfestivals. Stattdessen hört Alice manchmal Schüsse, denn das Ehepaar sieht gern fern. Punkt viertel neun Uhr wird der Fernseher aufgedreht, gegen elf wird es wieder leise. Das Kochgeschirr klappert gegen fünf, spätestens um halb sieben hört Alice Wasser rauschen. In der Zeit dazwischen ist es ganz still. Manchmal fragt sie sich, was die Bosićs zwischen sieben und viertel neun Uhr machen.

Wie sieht das Abendprogramm von Menschen aus, die müde von der Arbeit nach Hause kommen? Alices Vater hat den Fernseher gleich beim Heimkommen eingeschaltet. Ins Wohnzimmer treten, den Fernseher einschalten, erst dann ins Schlafzimmer gehen, aus dem Anzug schlüpfen und mit der bequemen Haushose wieder ins Wohnzimmer kommen. Die Mutter in der Küche, der Vater in der Arbeit oder vor dem Fernseher. Wie in einem Jelinek-Roman. Die Mutter putzt und kocht und hilft dem Kind bei der Hausübung, der Vater schiebt Überstunden im Versicherungsbüro.

Herr Bosić arbeitet nicht in einem Büro, sondern auf dem Gerüst, und Frau Bosić hat eine Stelle als Zimmermädchen, in einem Hotel im zweiten Bezirk. Das weiß Alice, weil sie die Nachbarin einmal in der U-Bahn getroffen hat. Jeden Morgen fährt Frau Bosić über die Donau, wechselt Leintücher und Handtücher, saugt unter fremden Betten, und sieben Stunden später fährt sie wieder nach Hause.

Heute jedoch ist Sonntag. An den Sonntagen gehen die Bosićs spazieren. Sie verlassen das Haus am frühen Nachmittag und kommen eine knappe Stunde später wieder zurück. Meist halten sie sich dabei an den Händen. Alice findet das schön. Wenn sie die Bosićs sieht, hat sie die Hoffnung, dass es so etwas auch für sie geben könnte, irgendwann einmal. Nicht mit Henrik, soviel ist klar.

»Ich hab irgendwie keine Lust auf Lesetheater«, sagt sie.

Henrik faltet die Zeitung zusammen. »Und worauf hast du Lust?«

»Weiß nicht. Wir könnten uns einen Film auf YouTube anschauen.«

Henriks Pupillen machen einen Luftsprung, verschwinden kurz unter den Lidern und verhaken sich schließlich in Alices Haaren.

»Sag mal, was ist eigentlich los mit dir in letzter Zeit?«

20

Ellas Kusine Luise und ihr Mann Fritz waren sechs Jahre nach Kriegsende an den Papaverweg gezogen. Dass Fritz' kinderlose Tante nach dem Tod des Großvaters in die Stadt ziehen wolle, hatte es geheißen, und Luise hatte nie nachgefragt. Es klang logisch. Die wahren Hintergründe sollte auch sie erst viele Jahre später erfahren.

Luise fühlte sich wohl am Papaverweg. Das Haus lag am Rande eines Feldes, in einer Gasse, die nicht mehr war als eine Häuserzeile. Rundherum die Äcker der Gärtnereien. »Idyllisch!«, sagte Luise, die die Stille dem Trubel vorzog.

Mit der Schnellbahn und der Straßenbahn brauchten Oskar und Ella vom vierten Bezirk mehr als eine Stunde, um die beiden zu besuchen. Meist trafen sie einander ohnehin an einem Bahnhof. Alle zwei Wochen unternahmen die beiden jungen Paare etwas miteinander. Im Winter ging es zum Rodeln, im Sommer zum Baden, im Herbst fuhren sie zum Wandern.

Als Luise eines Tages von dem Streifen Bauland erzählte, der gegenüber ihres Hauses erschlossen werden sollte, hatte gerade das neue Schuljahr begonnen. Ella und Oskar wohnten damals noch bei Ellas Eltern, in dem Kabinett hinter der Küche. Bereits Monate vor der Hochzeit hatte sich Oskar für eine der neuen Wohnungen angemeldet und auch die Anzahlung geleistet, doch der Baubeginn verzögerte sich immer wieder aufs Neue, sodass Ella und Oskar bereits überlegten, ob es nicht gescheiter wäre, die Anzahlung zurückzuverlangen und sich nach etwas anderem umzusehen. Mittlerweile war die Situation für sie alle zu einer Belastungsprobe geworden. Nicht, dass es Probleme zwischen Oskar und Ellas Eltern gegeben hätte – ganz im Gegenteil, Erika und Rudi waren Schwiegereltern, wie man sie sich nur wünschen konnte –, aber vierzig Quadratmeter waren auf Dauer einfach zu klein für vier Personen. Vor allem da er und Ella sich Kinder wünschten.

An dem Tag, an dem Luise von den Grundstücken erzählte, waren sie zu viert auf der Rax wandern gewesen und danach noch zum Heurigen gefahren. Der erste Sturm floss und brachte die Wangen zum Glühen.

Ella begann sofort zu kichern.

»Was sollen wir denn so weit weg von der Stadt zwischen Gänsen und Hühnern?«, presste sie zwischen Lachperlen hervor.

Luise war keine, die schnell beleidigt war. Dennoch. Oskar sah sie zusammenzucken. (Sah es auch später sehr oft, wenn Ella oder Fritz einen ihrer unbedachten Scherze äußerten, wie sie es so gerne taten, und fast immer auf Kosten der anderen Anwesenden.)

Ella war in ihrem Element. »Der Oskar beim Ziegelschleppen? Schaut euch doch seine Händchen an!«

Und ja, dachte er, hat sie nicht recht? Er war Lehrer, kein Mann, der ein Haus baute. Er las Fachzeitschriften und dicke Folianten, er konnte sich stundenlang in ein botanisches Lexikon vertiefen, und vielleicht, notfalls, wenn es unbedingt sein musste, konnte er auch ein Loch bohren, einen Siphon aufschrauben oder einen Wasserhahn anschließen. Aber ein Haus bauen? Er hätte nicht einmal gewusst, mit welcher Arbeit er beginnen sollte.

Fritz und Luise hatten leicht reden, sie hatten das Haus der Tante bekommen, mehr als ein paar neue Vorhänge nähen und Balken streichen, war nicht zu tun gewesen.

Noch bevor Oskar dazu kam, weiterzudenken, wechselte Ella auch schon das Thema. Brachte es auf den neuen Bahnhof, der bald eröffnet werden sollte, und später am Abend schwang Fritz seine wütenden Reden, wetterte gegen die Privatisierungspläne der ÖVP, worauf Luise sanft ihre Hand auf die seine legte – »Verdirb uns doch nicht den schönen Abend, Fritz«, sagte sie –, während Ella sich anstecken ließ und wie ein Rohrspatz mitschimpfte. Luise und Oskar lächelten einander über den Tisch hinweg zu, noch war da nichts, das sie argwöhnisch machte. Ella schimpfte um des Schimpfens willen, Fritz war tatsächlich politisch aktiv, noch war er Parteimitglied der Sozialdemokraten, ein paar Jahre darauf würde er enttäuscht zu den Kommunisten wechseln.

Wieder zu Hause fielen Ella und Oskar in das viel zu enge Bett, die Köpfe leicht und wirr vom Alkohol. Während Ellas Körper neben dem seinen schwer wurde, während ihr linkes Bein dreimal hintereinander zuckte und er kurz darauf ihr leises Schnarchen vernahm, lag er auf dem Rücken und starrte in die Dunkelheit. Starrte so lange, bis der Morgen heraufzudämmern begann und er den Stuck an der Zimmerdecke erkennen konnte. Erst dann schlief er für eine Stunde ein und träumte wirres Zeug. Sah Ella auf dem Bett sitzen, neben sich ein krabbelndes Kind, auf dem Bauch ein weiteres, kleineres, das sein zerknautschtes Gesichtchen gegen ihre Brust drückte.

Also sprach er sie schließlich doch noch auf die Grundstücke an. Sie saßen beim Abendessen, Ellas Eltern waren bei Freunden zum Kartenspiel eingeladen.

»Wir könnten zumindest nachfragen, welchen Preis sie verlangen«, sagte er. »Vielleicht kommt uns das gar nicht so viel teurer als eine Wohnung. Dein Vater kennt sich doch mit dem Hausbau aus, er könnte uns helfen.«

Ella sah ihn an, als wäre er ein Kind, das im Winter nach einem Eislutscher verlangt. Dann warf sie den Kopf zurück und begann zu lachen. »Ach, du liebe Güte! Was willst du denn drüber der Donau? Mit der Elektrischen brauchen wir von dort mindestens eine Stunde in die Stadt. Und was machst du, wenn der Strom ausfällt? Sollen wir dann zu Fuß in die Arbeit rennen?«

Also versuchte er, sich die Sache aus dem Kopf zu schlagen. Er versuchte es wirklich. In der Klasse war er unkonzentriert. Einmal, er hatte mitten im Satz zu sprechen aufgehört und für ein paar Sekunden ins Leere gestarrt, begannen die Schüler hemmungslos zu kichern. Schließlich reichte es ihm. Er musste etwas tun, und wenn seine Tat bloß darin bestand, den Traum, der sich in seinem Kopf eingenistet hatte, zu begraben.

Nach einer weiteren schlaflosen Nacht (es war ein Donnerstag, er hatte an diesem Tag um zwölf Uhr Unterrichtsschluss) fuhr er nach der Arbeit mit der Schnellbahn zum Praterstern und stieg in die Tramway mit der Nummer 25. Ella würde noch bis zum Abend in der Konditorei sein, er hatte ihr versprochen, sie um halb sechs abzuholen.

Als er kurz nach halb zwei vor Luises Haustür stand und seinen Finger nach der Klingel ausstreckte, bemerkte er, dass seine Hand zitterte.

Luise sah ihn überrascht an.

»Wo ist denn die Ella? Es ist doch hoffentlich nichts passiert?«

Als Oskar das Haus von Luise und Fritz an jenem Oktobernachmittag des Jahres 1956 verließ, war es kurz nach vier Uhr. Er fuhr mit der Tramway zurück zum Praterstern und nahm die Schnellbahn. Sah aus dem Fenster und trommelte nervös mit den Fingern gegen seine Knie. Als der Waggon voller wurde und er bemerkte, dass eine ältere Frau vor ihm stand, erhob er sich. Er hielt sich mit der Hand an der Stange fest, spürte die Ellenbogen der anderen Fahrgäste in seinem Rücken, versuchte auszuweichen, trat dabei einem Mann auf den Fuß, entschuldigte sich murmelnd.

Bis zum Montag waren es noch ganze vier Tage. Vor allem aber lag dazwischen das Wochenende. Luise hatte versprochen, sich mit Fritz nach dem Preis der Baugründe zu erkundigen, sie hatten vereinbart, dass Oskar am Montag von der Schuldirektion aus im Büro der Werkstatt, in der Fritz arbeitete, anrufen sollte.

Das Wochenende verging so langsam wie noch nie eines zuvor. Ella schöpfte trotzdem keinen Verdacht. Weder fiel ihr auf, dass er ihr beim Spaziergang im Wienerwald nur mit halbem Ohr zuhörte, noch kam es ihr seltsam vor, dass sie sich auf dem Weg zurück verliefen und an einer anderen Stelle als üblich aus dem Wald herauskamen. Dabei hatte Oskar normalerweise eine gute Orientierung.

Montagmorgen, gleich in der ersten großen Pause, ließ er Fritz an den Apparat holen. Von da an ging alles rasend schnell. Zumindest kam es ihm im Nachhinein so vor.

Zuerst sprach er mit Ellas Vater. Sie saßen im Gasthaus an der Straßenecke.

»Ihr würdet die Wohnung unten bekommen«, erklärte er, »und wir würden, sobald wir aufgestockt haben, oben wohnen.«

Zu seiner Überraschung war Rudi von der Idee, gemeinsam zu bauen, begeistert. Allerdings bestand er darauf, einen mehrphasigen Finanzierungs- und Bauplan zu erstellen, bevor sie die Frauen einweihten. Auch wollte er mit Ellas Mutter sprechen, bevor Oskar Ella einweihen sollte.

»Wenn die Erika zustimmt, wirst du mit deiner Ella keine Probleme haben«, sagte er.

Es sollte sich als der größte Fehler erweisen, den Oskar in seiner jungen Ehe begehen konnte. Nachdem alles geregelt war, saß die Familie um den Küchentisch. Ellas Vater breitete die Baupläne aus, erzählte von den Gesprächen mit dem Bankbeamten und rechnete vor, wann man fertig sein würde. Ellas Mutter saß mit feuchten Augen beim Tisch und lächelte ihren Mann und Oskar dankbar an.

Ella jedoch lächelte nicht. Sie saß stumm, mit versteinertem Blick, die Hände hatte sie vor der Brust verschränkt. Dieselbe abwehrende Haltung, derselbe vorwurfsvolle Blick sollten ihm fortan in seiner Ehe sehr häufig begegnen.

21

Früher hat es das nicht gegeben.

Die frechen Jugendlichen. Die Ausländer. Diese permanente Gewalt in den Straßen. Und überhaupt, die Politiker. Dass die nichts tun. Dass die lieber streiten und twittern, statt zu arbeiten.

Dass es gut sei, dass sich nun endlich etwas bewege.

»Zeit wird es! Das werden Sie doch zugeben müssen, Herr Zimmermann. In unserem Land geht seit Jahren alles den Bach runter.«

Wie sie dasteht, die Schneider. Mit den Händen auf seinem Zaun und der wippenden Feder auf dem Hut. Den Hut der Schneider kennt er jetzt fast schon so lange wie die Schneider selbst. Jeden Herbst holt sie ihn aus dem Schrank, seit mehr als fünfzig Jahren. Was machen die in der Putzerei mit so einem Hut, dass er nach all der Zeit noch so aussieht, als hätte sie ihn eben erst aus dem Geschäft geholt? Nur die Schneider selbst hat sich verändert. Dünn ist sie geworden. Dünn, klein und verschrumpelt.

»Aber gehn S'«, sagt er. »So schlimm ist es auch wieder nicht. Jede Generation hat ihre Probleme. Früher war doch auch nicht alles gut.«

Er schaut an der Schneider vorbei. Der Mann mit dem Haarknödel steht auf dem Balkon und raucht. Als die Schneider seinem Blick folgt, schüttelt sie den Kopf.

»Lauter G'sindel ist in unsere Gasse gezogen! Und Sie werden sehen, Herr Zimmermann, genauso einen hässlichen Klotz wie den dort drüben werden sie auch auf unseren Grund stellen. Aber was soll man schon dagegen tun? Immer noch besser, als die Chinesenmafia setzt sich in unsere Häuser.«

Während sie spricht, sieht er die silberne Klammer ihrer Brücke aufblitzen. Anders als er hat sie noch eigene Zähne im Mund. Früher hatte sie schöne Zähne, aber jetzt fehlt ihr, wie es aussieht, das nötige Geld. Dabei haben ihre Söhne gute Posten, in Brüssel und in London, prahlt sie, leben die beiden jetzt.

»Gibt es denn so etwas?«, fragt er. »Eine Chinesenmafia?«

»Haben Sie denn noch gar nichts davon gehört?« Ganz empört ist sie ob seiner Unwissenheit. »Die Chinesen überschwemmen jetzt die ganze Welt. Ich hab da neulich eine Sendung gesehen. Wien soll eine richtige Drehscheibe der chinesischen Mafia sein! Wundern tut es mich nicht. Schauen Sie sich unsere Einkaufsstraßen an! Nur noch Türken und Asiaten. Und die Chinesen im Pichler-Haus hat sicher auch die Mafia eingeschleust. Woher sollen die sonst das Geld haben, in so ein großes Haus zu ziehen?«

Lotte Schneider nimmt die behandschuhten Finger von Oskars Zaun.

»Ich bin froh, dass ich schon so alt bin«, seufzt sie. »Nur für meine Enkelkinder tut's mir leid. Schön ist unsere Welt nicht mehr. Na, was red ich? Sie sehn's ja selbst.«

Sie hebt die Hand zum Gruß und verlässt ihn wieder. In ihrer ledernen Tasche liegen wie jede Woche das rote Grablicht und die Zündhölzer.

Er geht zurück ins Haus und legt die Werbeprospekte, die er soeben aus dem Postkasten gezogen hat, auf die Kommode. Der kleine Li Sheng ein zukünftiger Mafiaboss? Er lacht. Tritt in die Küche, presst die Hände gegen die lauwarme Teekanne und schaut aus dem Fenster.

In einem Punkt aber hat die Schneider schon recht: Es hat sich tatsächlich viel verändert. Und ja, früher hat er sich hier auch wohler gefühlt. Die Schneider selbst ist ihm zwar nie sympathisch gewesen, aber es hat andere gegeben. Jetzt kennt er die Menschen in seiner Gasse kaum noch.

Oskar blickt auf den Parkplatz. Der schwarze Geländewagen steht glänzend poliert vor dem Schild mit der Nummer 9, daneben kauert der blaue Renault. An dem Platz standen einst zwei Silbertannen. In den ersten Jahren waren sie noch klein, da konnte Oskar in das Kabinett hinter Luises Küche sehen. Erst später waren die Tannen dann so dicht und hoch, dass er nur noch Teile der Hausmauer durchschimmern sah. Anders als sein Küchenfenster ging jenes von Luise in den Garten hinaus. Ihr Kabinett jedoch lag straßenseitig. Nachmittags legte sich die junge Luise gern auf die schmale Chaiselongue, um in Fritz' Büchern zu blättern. Wenn die Kartoffeln auf dem Herd standen oder die Suppe vor sich hin köchelte. Wenn Fritz noch in der Arbeit war, wenn sie die eigenen Näharbeiten erledigt und ein wenig Ruhe hatte. Stellte sich Oskar, wenn er nach Hause kam, zu seiner Frau in die Küche, konnte er Luise dort liegen sehen.

Eine schöne Zeit war das. Draußen tobten Barbara und Michael mit den Buben der Pichlers durch die staubige Gasse, spielten Räuber und Gendarm oder kickten den Ball von einem Tor zum anderen. Später dann kamen die Buben auf ihren knatternden Motorrollern. Man wusste stets, wer wann nach Hause gekommen war, da konnte einem keiner was vormachen.

Irgendwann fing es an. Plötzlich kannte Oskar die halbe Gasse nicht mehr. Zuerst zogen die Kinder weg, und dann begannen die Alten zu sterben. Oder aber sie gingen ins Heim.

Am Ende fällten sie auch die Silbertannen und schoben Luises Haus weg. Oskar wunderte sich, wie schnell es ging, das Alte dem Erdboden gleichzumachen und etwas Neues zu bauen. Nur die Rotbuche steht noch am äußersten Zipfel des Grundstücks mit der Nummer 6 und bewahrt ihr dunkles Geheimnis.

22

Marias Haar auf dem Polster. Marias Lachen, die zarten Fältchen, die dabei auf ihrer Nase entstanden. Marias Knopfnase. Marias leuchtende Augen, als er ihr den Verlobungsring an den Finger gesteckt hat.

Peter sieht ihr ins Gesicht, dann wischt er vorsichtig mit dem Tuch darüber. Vorhin hat er die Wohnung gesaugt und die Möbel und Fensterbretter vom Staub befreit. Er zwingt sich alle zwei Wochen dazu, er hat es ihr versprochen.

Er stellt den silberfarbenen Rahmen wieder auf das Nachtkästchen. Niemand weiß von dem Foto. Dass es noch immer neben seinem Bett steht. Nein, nicht noch immer. »Wieder« ist das richtige Wort. Es steht wieder hier. Dazwischen gab es Jahre, in denen es in einer Lade lag. Peter hatte das Foto aus dem Rahmen genommen, in Plastikfolie eingewickelt und zu den restlichen Erinnerungen gesperrt. Viele waren es ohnehin nicht. Die Liebesbriefe der anderen Mädchen hatte er bereits bei seinem ersten Auszug von zu Hause entsorgt, und Maria hatte ihm nie welche geschrieben. Wozu auch? Liebesbriefe schreiben nur jene, die nicht erhört werden.

Maria war seine große Liebe. Die erste und die einzige.

Statt sehnsüchtiger Liebesbriefe gab es Post-its. Unzählige kleine Zettelchen, die Maria an die gemeinsame Kühlschranktür, die Kaffeemaschine oder den Badezimmerspiegel heftete. Gelbe Zettelchen mit Marias dickbauchiger Schrift darauf, mit rosafarbenen Lippenstiftabdrücken in Kussform und roten Herzchen.

Wenn Peter von der Nachtschicht nach Hause kam, hatte sie schon drei Löffel Kaffee in den Filter der Kaffeemaschine gefüllt und ein Post-it darauf geklebt. *Schlaf gut!*, stand darauf, oder auch *Gute Nacht!*. Er brauchte nur auf den Knopf der Kaffeemaschine zu drücken und die Kühlschranktür zu öffnen (nächstes Zettelchen), um nachzuschauen, was Maria ihm diesmal hineingestellt hatte. Manchmal war es ein Erdbeerjoghurt (*Träum süß!*), manchmal ein Mousse au Chocolat (*Schokoküsschen!*), wieder ein anderes Mal hatte sie ein Schüsselchen mit Tiramisu für ihn vorbereitet (*Kuss aus bella Italia!*).

„Lächerlich", sagte seine Schwester, als sie ihn eines Vormittags besuchen kam. „Ihr seid doch keine Teenager mehr!"

Bärbel ist vier Jahre älter als er. „Lächerlich", würde sie auch jetzt sagen, könnte sie Marias Foto auf seinem Nachtkästchen sehen. „Ihr wart ja nicht einmal verheiratet. Komm endlich drüber weg!"

Warum sind eigentlich alle der Meinung, dass man die Toten vergessen muss? Als wären die Verstorbenen nicht mehr als kaputte Smartphones. Auf den Müll und weg damit, gibt eh schon das neue Modell. Alles ist austauschbar. Die Telefone, die Autos, die Haustiere, die Partner.

Bärbel verlangte, dass er Maria in eine Schublade legte und vorwärtsschaute. »Das Leben geht weiter«, sagte sie. »Maria hätte nicht gewollt, dass du dich aufgibst!"

„Lass Maria aus dem Spiel!«, schrie er sie an. »Du hast keine Ahnung von Maria und von dem, was sie wollte!"

Eine Woche nach dem Streit (anderthalb Jahre nach Marias Tod) verließ er das Haus seiner Eltern zum zweiten Mal. In nur vier Stunden war er mit dem Packen fertig und die Mülltonnen bis oben hin gefüllt.

„Du kannst doch nicht einfach alles wegschmeißen!", jammerte die Mutter. „Die schöne Jacke, die ist doch noch fast neu!"

Er musste sie daran hindern, die Jacke wieder aus dem Müll zu fischen.

„Die bleibt da drin!“, stieß er zwischen zusammengebissenen Zähnen hervor.

Wegen der Jacke führte sie sich auf, die Mutter, aber dass er den Schmerz, Maria verloren zu haben, nicht mehr aushielt, verstand sie nicht?

Maria hatte die Jacke scheußlich gefunden. „Mit der siehst du aus wie dein eigener Opa“, hatte sie sich vor Lachen geschüttelt. Dabei war die Jacke neu gewesen, die Mutter hatte sie ihm zum zweiundzwanzigsten Geburtstag geschenkt.

Maria hatte seine alte Wachsjacke gemocht. Die mit dem Plüschfutter.

Als er sich in den Golf setzte, um wegzufahren (einfach nur weg), hatte er die Wachsjacke trotz der warmen Temperaturen am Körper. Was für ein Bild! Er mit der Wachsjacke hinter dem Steuer und hinter dem Golf die überquellende Tonne. Dazwischen die heulende Mutter. Bestimmt hat sie, sobald er um die Ecke gefahren ist, die Jacke wieder herausgefischt. Er vermutet, dass sie noch heute in einem der Kästen hängt und auf ihn wartet. Seine Mutter hebt alles auf. Man wirft nichts weg.

Gerade Mama hätte seine Trauer verstehen müssen.

Gestern hat Bärbel wieder ein Mail geschrieben. Dass der Vater nur noch vor dem Fernseher sitze und keuche und dass es mit der Sammelsucht der Mutter immer schlimmer werde.

Unsere Mama ist ein Messy, schrieb sie.

Er wies sie nicht darauf hin, dass man das Wort mit einem -ie am Ende schreibt. Stattdessen ließ er Grüße ausrichten und teilte ihr freundlich, aber bestimmt mit, dass er nicht nach Wundschuh kommen werde, nicht in der nächsten Zeit, nicht zu Weihnachten, nicht zum Geburtstag, nicht dieses Jahr und nicht das nächste. Nicht, dass er sich dabei nicht schäbig fühlt. Aber wenn er jetzt nach Hause fährt, kann er für nichts garantieren. Besser, er geht den Eltern aus dem Weg, als er wirft ihnen wieder hässliche Dinge an den Kopf.

Er öffnet die Kastentür im Vorzimmer. Dann zieht er das Rohr vom Staubsaugerschlauch und verstaut es im Seitenfach. Den Staubsauger selbst stellt er in das Mittelfach. Er betritt die Wohnküche, wo er zuerst die Balkontür schließt und dann das Fenster öffnet, das zur Seite hinausgeht. Die chinesische Familie im Haus nebenan ist nicht neugierig, die halten den Mund.

Auf der Küchenanrichte liegt alles bereit. Die zwei Fläschchen mit dem Öl, die Flasche mit dem Spiritus, die Pinsel und der Lack. Gestern, nachdem er Bärbels Mail gelesen hat, ist er zum großen Baumarkt gefahren und hat pinken, grünen, violetten und eisblauen Lack besorgt. Unter den elf Rädern, die ihm Paul diesmal gebracht hat, waren vier Kinderfahrräder. Auch ein Dreirad und zwei Tretroller stehen jetzt in seinem Vorraum. Bei einem der Kinderfahrräder sind die Speichen verbogen, die anderen jedoch sind in erstaunlich gutem Zustand. Mit ihnen will er beginnen. Bereits in den letzten zwei Wochen hat er Pedale ab- und wieder angeschraubt, Ketten geölt und Bremsseile ausgetauscht. Bei den Erwachsenenfahrrädern wird er mehr zu tun haben.

Gestern Abend war Maria hier. Sie hat ihm neugierig über die Schulter geschaut und ihm ihren feuchtwarmen Atem ins Ohr geblasen.

»Daraus mach ich dir die coolsten Gefährte, die die Welt jemals gesehen hat«, hat er ihr versprochen.

Sie hat sich an ihn gedrückt. „Ich bin so stolz auf dich!", hat sie geflüstert. Als er sich zur Seite drehen wollte, um ihr Lachen zu sehen, war sie fort.

Manchmal fragt er sich, wohin sie entschwindet, wenn er sie nicht mehr neben sich spürt. Vielleicht hat sie einen Auftrag. Peter stellt sich Maria gern als Schutzengel vor. Dann sieht er sie über einem Fluss oder einem See schweben. Maria gibt auf jene acht, die zu weit hinausschwimmen. Jene, deren Mütter mit geschlossenen Augen in der Sonne liegen und den eigenen Problemen und Träumen nachhängen.

Aber jetzt ist die Badesaison vorbei.

An den meisten Tagen zweifelt Peter daran, dass es tatsächlich etwas nach dem Tod gibt. Dann glaubt er, dass von Maria nichts mehr übrig ist. Dass auch das Gras, das ihr verwesender Körper gedüngt hat, längst verfault ist. Doch dann gibt es jene Momente, in denen er sie so stark neben sich spürt, dass er sich fragt, ob es nicht doch sein kann, dass das alles nicht nur Einbildung ist. Dass sie in einer Art Zwischenwelt existiert und auf ihn wartet. Und was würde besser zu ihr passen, als inzwischen auf kleine Kinder achtzugeben?

23

Die junge Mutter verlässt das Haus jeden Vormittag gegen zehn. Sie schiebt den Kinderwagen durch die Gassen des Viertels und kommt etwa eine Stunde später wieder zurück. Ansonsten scheint sie den ganzen Tag über in ihrer Wohnung zu bleiben. Wenn Oskar abends am Badezimmerfenster steht, sieht er sie mit dem Kind durch die Wohnung gehen. Dann trägt sie es auf dem Arm, tätschelt seinen Rücken, hebt es hoch, legt es sich wieder in ihre Armbeuge, küsst sein Gesichtchen, setzt sich für eine Weile in den Sessel, versucht, den Kleinen auf den Knien zu beruhigen, doch kaum dass sie sich gesetzt hat, streckt er seinen Körper mit aller Kraft durch und strampelt wild mit den Füßchen, sodass sie erneut aufstehen und ihn durch die Wohnung tragen muss.

Oskar nimmt an, dass das Kind Blähungen hat. Oder es bekommt Zähne. Wenn seine Mutter Glück hat, geht das schnell vorüber, wenn sie Pech hat, wird sie ihr Kind monatelang durch die Wohnung tragen müssen. Auch sein Sohn Michael ist ein Schreikind gewesen. Oskar erinnert sich an die langen Nächte, in denen Ella mit seinem brüllenden Sohn durch das Haus ging. Er selbst stopfte sich damals Wachs in die Ohren, sonst wäre er am Morgen nicht aus dem Bett gekommen. Ganze fünf Monate ging das so, Nacht für Nacht, im Zweistundentakt, bis zum Morgengrauen. Michael wachte auf, schrie eine halbe Stunde lang, schlief wieder ein, wachte wieder auf, schrie …

An den Nachmittagen, an denen Oskar früher nach Hause kam und auf Barbara aufpassen konnte, rannte Ella von einem Arzt zum anderen. Probierte es mit Fenchel, Anis, Wärmebädern und Bauchmassagen. Wickelte ihn, wenn er aufwachte, in ein warmes Handtuch und summte ihm Lieder ins Ohr. Am Morgen saß sie mit müden Augen beim Familientisch, brüllte die zweijährige Barbara wegen jeder Kleinigkeit an und bedachte Oskar mit einem vorwurfsvollen Blick, weil er sich mit seinen zugestopften Ohren zur Seite gedreht und sie mit dem Kind allein gelassen hatte.

Irgendwann war der Spuk vorbei. Michael schlief durch und entpuppte sich als ein Kind, das außerordentlich gern und lange schlief. Ganz so, als hätte er etwas nachzuholen.

Oskar öffnet den Küchenschrank und greift nach der Teekanne. Dann stellt er sich an die Spüle und lässt Wasser in die Kanne laufen.

Vorhin, als er den Müll hinausgetragen und die Werbung aus dem Postkasten gezogen hat, hat er die Mutter mit dem Kind aus dem Haus kommen gesehen. Heute trug sie ihr langes Haar nicht zum Zopf gebunden, sondern offen.

»Na? Gehen Sie die neue Gegend erkunden?«, fragte er, als sie mit dem Kinderwagen an seinem Zaun vorüberging. Als er bemerkte, dass sie sich über die Ansprache freute, trat er auf die Gasse und schüttelte ihre zarte, etwas zu kalte Hand. Danach warf er einen neugierigen Blick in den Kinderwagen. Ein schöner Bub! Nur die Haut auf seinen Wangen ist ein bisschen zu rot und pickelig, aber das kann von den Zähnen kommen. Auch Doris hatte ganz rote Backen, als sie die Zähne bekam.

»Ich geh ein wenig mit ihm spazieren, bevor der nächste Regen kommt«, sagte sie.

»Und wie heißt der hübsche Kerl?«

»Vitus.«

Der kleine Vitus (Oskar hat den Namen später in sein Heft geschrieben) sah ihn aus seinen großen blauen Augen an.

Leicht wird es die Frau nicht haben, so ganz allein. Wenn man zu zweit ist, kann man sich die Sorgen teilen. Kinder sind nicht nur ein Segen, Kinder bringen auch eine Menge Kummer, eine Menge Gram.

Gott sei Dank haben seine Töchter liebe, verlässliche Männer geheiratet. Jan und Steffen sind gute Väter, und er ist sich sicher, dass sie auch gute Ehemänner sind. Nur bei Michael wollte es mit den Beziehungen nie so recht klappen. Zweimal hat er sich scheiden lassen, und Oskar fragt sich, ob er es im Nachhinein nicht bereut, denn Karin ist ein zänkisches Weib, das kein gutes Haar an ihm lässt.

Das Wasser in der Kanne beginnt zu blubbern. Oskar greift nach der Teepackung. Hagebuttentee. Im Sommer kalt, im Winter warm, mit dem Saft einer halben Orange, ein paar Tropfen Quittenlikör und einem Löffel Zucker darin. So hat er ihn am liebsten.

»Hängt dir der Tee nicht schon zum Hals raus?«, hat ihn Doris einmal gefragt. »Wenn du willst, bring ich dir einen anderen mit. Oder ein paar Packungen Saft. Wir haben doch genug Geld, du musst doch nicht immer diesen grauslichen Tee trinken.«

Seit sie ihn darauf angesprochen hat, fragt er sich manchmal, ob Barbara und Michael noch Hagebuttentee trinken. Oder hängt ihnen der Geschmack ihrer Kindheit ebenso zum Hals heraus wie ihrer jüngeren Schwester?

24

Seit dem 3. März 2013 hat Alice Winter dreihundertachtundvierzig Einträge auf ihrem Blog veröffentlicht. Darunter befinden sich neununddreißig Rezepte für vegane Hauptspeisen, siebenundvierzig vegetarische und dreiundzwanzig Rezepte für Fisch- oder Fleischgerichte. Außerdem diverse Smoothies, alkoholfreie Cocktails, Shakes mit Mandel- und Reismilch, Marmeladenrezepte, vier Gewürzsalzmischungen, fünf Kräuteröle sowie eine Anleitung für das Ansetzen von Apfelessig.

Unter der Rubrik *Schönheit pur* hat Alice Rezepte für Haarshampoos, Hautcremes, Seifen, Zahnpasten und Deos gesammelt, hundert Prozent biologisch abbaubar, garantiert nicht krebserregend, hormonell unbedenklich und vor allem einfach in der Herstellung.

Eine weitere Kategorie auf ihrem Blog trägt den nostalgischen Titel *Omas Haus- und Putzmittel*, und in der Kategorie *Wozu das alles?* (»der Moral meines Blogs«, wie sie selbst gern scherzt) lädt sie aktuelle Statistiken zur Lebensmittelverschwendung sowie zu den weltweit anwachsenden Müllbergen hoch und stellt diverse nachhaltige Projekte im Großraum Wien vor.

Vor allem aber schreibt Alice Winter über nichts, von dem sie selbst keine Ahnung hat. Aus diesem Grund hat sie alle Rezepte eigenhändig erprobt, ist stunden- und manchmal auch tagelang in der Küche gestanden, hat gemixt, gerührt, püriert und experimentiert. Hat sich Lavaerde und Roggenmehl ins Haar massiert, Essig- und Kamillenblütenspülungen weiterentwickelt, Kokosfett, Kakao, Zimt und Nelken zusammengerührt und in Keksförmchen gegossen, hat Rosskastanien gesammelt, mit dem Küchenmixer klein gehackt und anschließend im Wasser ziehen lassen, hat die Lauge in das Fach ihrer Waschmaschine geleert und vier Stunden später den eigenen Artikel mit folgenden Worten kommentiert: *Meine Lieben, das Kastanienexperiment treibt mich in den Wahnsinn! Falls ihr geduldiger seid als ich: Sauber wird die Wäsche, ich allerdings habe gerade 5 Kilo Waschnüsse bestellt!*

Manche behaupten, *alice-im-warenland.at* sei nicht nur einer der vielfältigsten Blogs, die man im deutschsprachigen Raum zum Thema gelebte Nachhaltigkeit finden könne, sondern vor allem der ehrlichste.

Alice Winter predigt keine leeren Worte, Alice Winter lebt vor, wie Umweltschutz spielend einfach funktioniert!

So steht es in der aktuellen Onlineausgabe einer österreichischen Frauenzeitschrift. Daneben ein hübsches Foto der Bloggerin selbst, welches beweist, dass nicht alle Frauen, die sich gerne pflegen, verantwortungslose Umweltsünderinnen und Tierquälerinnen sind.

Zwei Stunden nach Erscheinen des Onlineartikels entschuldigte sich die Praktikantin, die das Interview mit Alice geführt hatte, dass der Redaktionsleiter die Passage mit den geretteten Lebensmitteln aus dem Artikel gestrichen und befohlen hatte, sich voll und ganz auf die Körperpralinen zu konzentrieren. Was dann wohl auch der Grund dafür war, warum die Kommentare auf Alices Blog kurzzeitig einen anderen Ton als üblich annahmen. So wurde sie beispielsweise gefragt, ob man den Schaum der Pralinen vom Körper lecken könne, schließlich behaupte sie in dem Interview, dass alle Produkte gänzlich frei von giftigen Zusatzstoffen seien.

Ganze zwei Tage überlegte Alice, ob sie den Kommentar freischalten oder lieber gleich in den virtuellen Mistkübel befördern sollte. Schließlich entschied sie sich für die Veröffentlichung und setzte sogar eine höfliche Antwort darunter: *Zwar sind meine Körperpralinen gänzlich unbedenklich für die Haut, auch gebe ich dir recht, dass »Sheabutter« sehr nach Brotaufstrich und »Beerenwachs« nach einer süßen Nachspeise klingt, dennoch würde ich beides nicht auf der Zunge zergehen lassen. Für den kulinarischen Genuss empfehle ich die Pralinen mit Kokosraspeln und Mandeln, den Link zum Rezept findest du >>hier!*

Zu ihrem eigenen Erstaunen erhielt sie tags darauf sogar ein euphorisches *Dank dir vielmals, liebe Alice!*

Ebenfalls eine Folge des Artikels war, dass sich eine Woche nach seinem Erscheinen die Direktorin eines Innenstadthotels per Kontaktformular erkundigte, ob man die Körperpralinen auch in Großpackungen bestellen könne, da man sie als Weihnachts-Special für die Gäste und Mitarbeiter auserkoren habe, weswegen man allerdings ganze 750 Stück brauche.

Das ist das Problem mit Onlinezeitungsartikeln, deren Links auf Facebook und Twitter geteilt werden: Manchmal werden sie einfach von den falschen Leuten gelesen, und auch das nur sehr oberflächlich. Ein Blog jedoch lebt davon, dass er von den richtigen Leuten gefunden wird. Dazu braucht es ein wenig Know-how, viel Glück und vor allem die richtigen Freunde.

In Alices Fall hieß dieser Freund Mike.

»Mich kotzt diese Welt einfach nur noch an, verstehst du?«, sagte sie (auf jener Party, über den Heidelbeermuffins). »Schau dich doch mal um! Es wird viel zu viel Müll produziert. Die Leute kaufen sich irgendeinen Schnickschnack, und spätestens nach ein paar Jahren landet dann alles wieder in den Containern.«

»Und was versprichst du dir von deinem Blog?«, fragte Mike, worauf sie ihn ein paar Sekunden lang mit einem verdatterten und schließlich mit einem bösen Blick bedachte.

»Schau nicht so grimmig!«, lachte er. »Neunzig Prozent der Blogger geben nach drei Monaten auf. Und weißt du auch, warum? Weil sie ihr eigenes Thema nicht kennen und obendrein keine Ahnung von Google haben.«

»Ich kenn mich mit SEO aus, keine Sorge«, antwortete sie genervt und wollte sich schon umdrehen, doch er hielt sie am Ärmel zurück.

»Vergiss das Märchen von SEO! Beim Bloggen geht es nur um eins: um den richtigen Inhalt!«

Am Ende der Party hatte Alice nicht nur geschwollene Augen und Halsschmerzen (die Küche war kurzerhand zur Raucherzone erklärt worden, und da Mike gern und viel rauchte, war sie neben ihm sitzen geblieben), sondern auch einen Tutor. Fortan wollten sie sich einmal die Woche in einem Café nahe der U1-Station Reumannplatz treffen, wo Mike sie mit den wichtigsten Grundregeln für einen guten Blog ausstatten und eine Zielgruppenanalyse durchführen wollte.

Während der Sammelphase (»Stets ein paar Artikel auf der Festplatte haben«, lautete Mikes Devise) stellte sich heraus, dass Alice nicht nur gern, sondern vor allem gut kochte. Gerne kochen tut man, wenn es jemanden gibt, der gerne isst. Und das wiederum tat Mike, der Alice überredete, »beim Kochlöffel zu bleiben«. Statistiken zur heimischen Lebensmittelverschwendung und weltweiten Müllproduktion seien zwar nicht uninteressant, meinte er, würden jedoch weder etwas zum Umweltschutz beitragen noch Leser anlocken. »Die Theorie ist der Zucker auf dem Kipferl, die Praxis jedoch der Teig«, sagte er. Und dass er lieber ein Kipferl ohne Zucker zum Kaffee esse als ein paar lose Körner Hagelzucker.

»Die Frage, die sich stellt, ist doch die: Was kannst du an deinem eigenen Einkaufsverhalten ändern, um mit gutem

Beispiel voranzugehen, ohne gleich eine Spaßverderberin zu sein?«

Also begann sie, ihr eigenes Leben einer Analyse zu unterziehen, und stellte fest, dass es tatsächlich einiges gab, was sie tun konnte. Von nun an achtete sie darauf, sich auf saisonale Nahrungsmittel der Region zu konzentrieren, die nicht teuer und überall erhältlich waren. (Nur bei den Gewürzen machte sie eine Ausnahme. Ohne orientalische Gewürze schmeckte es nur halb so gut.) Darüber hinaus reduzierte sie ihren Plastikmüll und achtete darauf, keine Gifte in den Kanal zu schütten. Wusch sich die Haare mit Wascherde (die sie im Papiersack kaufte), putzte die Spiegel und Armaturen im Badezimmer mit Apfelessig und tunkte die Zahnbürste in einen Brei aus weißer Erde, Nelkenpulver, Salz und Salbeitee. Statt sich, wie ursprünglich geplant, dem Kaufwahn zu widmen, lenkte sie ihre Aufmerksamkeit nun voll und ganz auf das Machbare. Zwar gab es bereits unzählige Blogs zu den Themen »saisonale Küche«, »Naturkosmetik« und »Umweltschutz im Alltag«, dennoch ließ sie sich nicht entmutigen. Ganz im Gegenteil, das Experimentieren und Schreiben machten ihr bald so großen Spaß, dass sie richtiggehend süchtig danach wurde.

Sobald sie mit einem Artikel fertig war, setzte sich Mike an ihren Laptop. Löschte ganze Absätze, formulierte ihre Texte um oder beschwerte sich über ihren »Berliner Style« (wie er es nannte, weil sie wieder einmal zu viel in den Blogs ihrer deutschen Konkurrentinnen gestöbert und deren Ton imitiert hatte). »Wien ist nicht Berlin!«, erinnerte er sie dann. »Die Berliner haben genug Auswahl an Ökoblogs, es sind die Wienerinnen, die du erreichen musst!«

Artikel, die zu viel Lesezeit in Anspruch nahmen, strich er ihr gänzlich aus dem Programm. Das Prinzip »Schreibe mindestens 500 Wörter«, das Alice in sämtlichen Ratgebern für Blogger gefunden hatte, enttarnte Mike als blanken Unsinn. (»Oder liest du den ganzen Käse im Netz?«) Stattdessen riet er ihr, bei jedem Arbeitsschritt zum Fotoapparat zu greifen. Und ja, wenn ihr etwas misslang, dann sollte sie das keinesfalls verschweigen. »Trial and error, Alice! Du sammelst die Erfahrungen, aus denen andere klug werden. Du wirst sehen, das wird dein Erfolgsrezept!«

Also begann sie, auch gänzlich missglückte Experimente hochzuladen, und erhöhte damit den Traffic auf ihrer Seite um ein Vielfaches. Für Besucher eines Blogs gibt es nichts Schöneres, als dem Blogger das eigene Wissen mitzuteilen. Sobald Alice etwas misslang, bekam sie von ihren Fans unzählige Tipps, wie sie es besser machen konnte.

Noch während Alice das Bloggen offline probte, gestaltete Mikes Schwester, die leidenschaftlich gerne japanische Comicfiguren zeichnete, die Illustrationen für die Kopfzeilen und Seitenbalken. Die umweltschützenden Heldinnen mit den großen Augen und den Lara-Croft-Stiefeln sicherten von Anfang an, dass sich Alices Blog auch optisch von denen der anderen unterschied.

Als *alice-im-warenland.at* online ging – Mike hatte den WordPress-Blog an die Erwartungen der Zielgruppe angepasst –, hatte Alice siebenundfünfzig Einträge vorbereitet, die sie jederzeit veröffentlichen konnte. Das nahm ihr den Stress, an dem andere Anfänger scheiterten. Vor allem aber rettete sie die gute Vorbereitung über jene zwei Monate, in denen sie in Mikes leer geräumter Genossenschaftswohnung saß und sich selbst bemitleidete. Ausgerechnet Berlin, das ihr kein Vorbild sein durfte, hatte Mike aus Wien abkommandiert. Als er seinen Mietvertrag kündigte, vereinbarten sie, dass Alice innerhalb der Kündigungsfrist weiterhin gratis wohnen durfte – vorausgesetzt, sie kümmerte sich im Gegenzug um eine reibungslose Übergabe.

Die ersten zwei Wochen saß sie auf der Matratze, die sie an die Wand geschoben hatte, heulte und schaute alte Filme auf YouTube. Danach begann sie, die Wände auszumalen und die Fenster, Türen und Fliesen zu putzen, und durchforstete Facebook und *willhaben.at* nach einer erschwinglichen Mietwohnung. Die dreiundsechzig Abonnenten, die ihr Blog damals zählte, bekamen davon nichts mit. Zweimal die Woche erschien ein neuer Artikel, während die Expertin für nachhaltige Kost in der leeren Küche ihres Exfreundes saß (die Möbel hatte Mike noch vor seiner Abreise verkauft) und auf einer elektrischen Herdplatte notdürftig eine Portion Dosenravioli aufwärmte.

Seitdem sind vier Jahre vergangen. Wenn Alice Google Analytics zu ihrem Blog befragt, so zeigt sich, dass Mike in (beinahe) allen Dingen recht behalten hat. Mehr als fünfundsiebzig Prozent rufen die Seite in Österreich auf. Neunzig Prozent der wiederkehrenden Besucher sind weiblich, während Männer meist nur für eine kurze Stippvisite auf ihrem Blog landen – nämlich dann, wenn sie einem Link von einem anderen Blog gefolgt sind. (Dies tun sie hingegen zu sechzig Prozent in Deutschland.) Wenn es ein Mann auf ihren Blog geschafft hat, liest er den einzelnen Artikel – laut Statistik – wesentlich aufmerksamer als der weibliche Rest. (Vielleicht aber liegt die von Google Analytics gemessene längere Aufenthaltsdauer auch daran, dass Männer langsamer lesen. Denkt Alice. Nicht ohne sich gleich für diesen Gedanken zu schämen. Außerdem fragt sie sich, woher Google überhaupt wissen will, wer den Laptop von Franz oder Theo aufgeklappt hat, ob das nicht manchmal auch eine Heidi gewesen sein könnte. Oder eine Sybille. Das lässt ein bisschen Hoffnung aufkommen: Manche Dinge weiß nicht einmal Google mit Sicherheit.)

Was ist es, das *alice-im-warenland.at* so beliebt macht? Eine Leserin, die sich in einem freien Radiosender zum Thema Nachhaltigkeit geäußert und Alices Blog empfohlen hat, meinte, es läge daran, dass die Bloggerin vor allem eines sei: vollkommen ehrlich.

»Alice Winter gibt ohne Umschweife zu: Ich esse Lamm!«

Auf Frequenz 92.6 drang der Satz der Leserin in den Großraum Graz vor, via Internet sogar bis nach Helsinki.

Ja, Lamm. Dieses putzige Wesen!

Wie viele Menschen hören eigentlich Sendungen im freien Radio? Offenbar genug, sonst hätte der Reporter von *Der Standard* kaum davon erfahren und Alice umgehend ins Café Siebenstern zum Interview bestellt.

»Ich weiß, ganz fair ist das mit dem Lamm nicht«, gestand Alice über einer Tasse Cappuccino, neben der das Diktiergerät des Journalisten lag. »Aber wenn ich ein geschlachtetes Lamm vor der Mülltonne retten kann, dann ist das besser als gar nichts. Für eine Befreiung am Schlachthof bin ich leider zu feig.«

Das Interview konnte man zwei Tage später in der Onlineausgabe der Zeitung lesen. In den Kommentaren darunter gingen sich augenblicklich die Fleischliebhaber und Veganer an die Gurgel. Während die einen behaupteten, dass es also doch eine gute Tat sei, Fleisch zu essen (*Lasst die armen Lämmchen nicht umsonst leiden!*), zeterten die anderen, dass die Lämmchen erst gar nicht leiden müssten, wenn *es keine Idioten wie dich gäbe. Oder leidest du schon an BSE? Ist das der Grund, warum du den Artikel nicht kapierst?*

Alice schlüpft aus den Schuhen und blickt in den großen Spiegel. Gerade eben ist sie nach Hause gekommen, in der Hand hält sie ein weißes Päckchen, das einen penetranten Geruch verströmt.

»Ich bin nicht die, für die mich die Welt hält!«, sagt sie zu ihrem Spiegelbild, dann packt sie die Leberkäsesemmel aus. Sie ist warm und matschig, genau so, wie Alice sie am liebsten hat.

Warmer Leberkäse beruhigt. Vielleicht liegt es daran, dass ihr die Mutter damals, am Nachmittag nach ihrem Mathefünfer, eine Pferdeleberkäsesemmel in die Hand gedrückt hat. Seitdem zieht es sie bei Liebeskummer und Panikattacken zum Würstelstand.

Vor ein paar Stunden hat Alice ein Mail aus München erhalten. Frau Schonemann, jene Lektorin, die ihr bereits im Sommer geschrieben hatte, ließ sie wissen dass sie in den nächsten Tagen den Verlagsvertrag zugeschickt bekommen werde. Dass das Buch für das kommende Herbstprogramm geplant sei und dass Alice spätestens im Jänner die lektorierte Fassung erhalten werde. Dass es ein paar Änderungsvorschläge betreffend den Aufbau gäbe, dass jedoch noch Zeit sein werde, um in Ruhe darüber zu sprechen. Dass es ein gutes Buch sei, dass alle im Verlag sehr angetan gewesen seien.

Was soll sie jetzt tun? Ein Buch ist kein Blog, der jederzeit korrigiert oder vom Netz genommen werden kann. Und wieso hat sie schon wieder die Panik? Wieso kann sie nicht ein einziges Mal stolz auf sich sein?

Und ja, das mit dem Stolzsein wäre vielleicht keine so schlechte Idee. Allein in diesem Moment, in dem Alice die aufkeimende Panik mit Leberkäse hinunterschluckt, klicken sich achtunddreißig Fans durch ihre Artikel. Die meisten sind auf der Suche nach einer Alternative zu den im Handel erhältlichen Duschgels und Deos oder stöbern nach einem gesunden, einfachen und doch ansprechenden Rezept fürs Abendessen, einer jedoch ist gerade auf die Kategorie *Wozu das alles?* gestoßen und liest mit großem Interesse über die Auswirkung des Methangases auf die Klimaerwärmung.

Tolle Frau!, denkt Theo Mander, Inhaber eines Ökomagazins, der auf der Suche nach neuen Autoren für seine Onlineausgabe ist und sich zum ersten Mal auf Alices Blog herumtreibt.

Alice Winter ist zur Markenware geworden. Sie ist das Persil der Neuen Welt, weißer als weiß, sauber bis in die letzte Westentasche. Damit man die dunklen Flecken nicht sieht, versteckt sie sich auf der Couch. Für ein paar Stunden will sie einfach nur sie selbst sein: Alice Winter, das Mädchen, das sich vor der Welt hinter seinen Fenstern fürchtet und zur Beruhigung in eine Leberkäsesemmel beißt.

Aber davon ahnt Theo Mander nichts. Zwar wird es noch ein paar Monate dauern, bis er Alice anschreiben wird, doch dieses Zögern hat nichts mit den Inhalten auf ihrem Blog zu tun.

25

Am 31. Oktober 2002, kurz vor Mitternacht, raste ein roter Fiat Punto die Landstraße entlang, geriet in einer langen Rechtskurve ins Schlingern, kam von der Straße ab, überschlug sich auf seinem Weg ein paar Mal und blieb schließlich, zwischen Bäumen und Wurzeln, auf dem Dach liegen.

Der 1. November, so sagt man, sei der Tag der Toten. Im Jahr 2002 fiel er auf einen Donnerstag. Peter kam gegen halb neun Uhr von der Nachtschicht nach Hause und wunderte sich, dass Maria nicht im Bett lag. Vielleicht war sie ja zum Bäcker gegangen. Zwar vermisste er eine Nachricht (Maria hinterließ immer ein gelbes Zettelchen, auch wenn sie die Wohnung nur für zehn Minuten verließ), dennoch legte er sich ins Bett. Sie würde ihn schon wecken, wenn sie heimkam.

Er wachte auf, als es an der Wohnungstür klingelte.

Man hatte ihren Wagen gefunden. Maria sei augenblicklich tot gewesen, sagte die Polizeibeamtin, als sei das ein Trost.

Ein paar Stunden später gab Marias Freundin Vroni an, dass Maria plötzlich nach Hause habe fahren wollen. Sie, Vroni, habe sich noch gewundert, da Maria ein paar Minuten vor ihrem Aufbruch noch so ausgelassen getanzt habe, doch als sie nachgefragt habe, habe Maria sie beruhigt, dass sie einfach nur müde sei und ins Bett wolle.

Maria hatte die Disco kurz nach halb zwölf verlassen. Laut Gendarmerie war es nebelig gewesen und Maria viel zu schnell unterwegs. Der Bluttest bestätigte Vronis Aussage: Maria war vollkommen nüchtern gewesen. (Natürlich war sie es. Montag darauf wäre der Termin beim Frauenarzt gewesen.)

Vielleicht war ihr übel geworden. Vielleicht hatte sie Vroni nicht beunruhigen wollen.

Hätte Maria das Handy, das ihr Peter wegen des Mäxchentarifs geschenkt hatte, nicht zu Hause vergessen, hätte sie ihn vielleicht angerufen. Peter fand es unter Marias Kopfpolster. Wahrscheinlich hatte sie es wieder als Wecker verwendet und in der Eile nicht gefunden. Marias Handy lag meist irgendwo rum.

Einen Monat später legte er das Handy in die Ö3-Wundertüte und warf es in den Briefkasten an der Straßenecke. Das war, nachdem er die Wohnung bereits leer geräumt hatte. Marias Sachen (ihre Kleidung, ihr Radio und der große blaue Plüschelefant, den er für sie auf dem Kirtag geschossen hatte) waren bereits von Marias Bruder abgeholt worden. Dieser hatte Peter zum Abschied auf die Schulter geklopft und gemurmelt, dass er sich melden solle, wenn er etwas brauche. Das war das letzte Mal, dass Peter mit einem von Marias Verwandten gesprochen hat.

So rasch und unkompliziert kann es sein, die gemeinsame Wohnung auszuräumen. Er lebte weiter, als hätte es Maria und das stecknadelgroße Kind in ihrem Bauch nie gegeben. Zumindest für die anderen sah es so aus. Peter bezog sein ehemaliges Kinderzimmer in Wundschuh, fuhr jeden Tag zum Produktionsstandort des größten österreichischen Automobilherstellers, schlüpfte in die Arbeitskleidung und untersuchte die fertigen PKWs auf Mängel. Testete Scheibenwischer, Waschanlage, Hupe, Blinker, Licht, Zentralverriegelung, Türen und Schiebedach. War er mit einer Inspektion fertig und hatte keine Fehler entdeckt, ritzte er auf die Innenseite der Kofferraumklappe ein kleines »M« in den Lack. Dann stellte er den Wagen hinaus und widmete sich dem nächsten. Nach Schichtende schlüpfte er in seine Freizeitkleidung, setzte sich in seinen alten VW Golf und fuhr zurück zu seinen Eltern, wo er stumm in den ersten Stock hinaufstieg, sich auf sein Bett legte und die

Fernbedienung des Fernsehers in die Hand nahm. Wenn die Mutter zum Essen rief, stieg er die Treppen hinunter, und wenn seine Schwester zu Besuch kam, unterhielt er sich angeregt und ließ seine Nichte auf den Knien hopsen.

»Der Peter hat den Tod von der Maria besser verkraftet, als wir befürchtet haben«, hieß es.

Warum hätte er ihn nicht verkraften sollen? Sie hatten ja nur ein halbes gemeinsames Jahr gehabt, und davor ein knappes Jahr, in dem Maria dreißig Kilometer entfernt gewohnt hatte, sodass sie einander aufgrund seiner Schichten nur alle zwei bis drei Tage sehen konnten.

Als Maria und er ein Paar wurden, war Peter einundzwanzig und arbeitete als Mechaniker in der Fabrik, Maria war vierzehn Monate jünger und hatte gerade eine Stelle als Kindergärtnerin im Norden von Graz angenommen.

Andere verloren ihre Ehepartner nach vierzig Jahren Zusammenleben. Natürlich, Marias Unfall war tragisch, keine Frage, aber Peter war jung. »Der Peter hat noch sein ganzes Leben vor sich«, hieß es.

Bis jemand die »M« im Lack entdeckte.

Im Mai 2003 wurde Peter entlassen. Bis heute wagt keiner, darüber nachzudenken, wie viele Autos Marias Initiale trugen. In den lokalen Medien sprach man von ein paar Hundert, und auch vor Gericht konnte (und wollte) sich niemand festlegen.

Siebentausend Euro Geldstrafe (weil man so etwas nicht durchgehen lassen kann, Trauer hin oder her), sieben Monate Aufenthalt in der Psychiatrie, eine Menge weißer, gelber und lachsfarbener Tabletten, ein weiteres halbes Jahr bei den Eltern und schließlich die Übersiedelung nach Wien.

Als ihn die AMS-Angestellte Agnes Brunner anderthalb Jahre nach dem Prozess fragte, welcher Bereich ihn interessieren würde, sagte Peter ein paar Sekunden lang gar nichts.

Schließlich meinte er: »Vielleicht irgendetwas mit Jugendlichen.«

Wahrscheinlich hat ihn Frau Brunner einfach gemocht. Wenn er jemandem zu Dank verpflichtet ist, dann Frau Brunner mit der bunten Filzperlenkette und dem roten Brillengestell. Sie hat ihn überredet, sich für den Ausbildungskurs zum Freizeitpädagogen anzumelden, und sie ist es dann auch gewesen, die ihm die Stelle im Jugendzentrum vermittelt hat.

Warum ausgerechnet Jugendarbeiter? Vielleicht, weil er in der Sekunde, da Frau Brunner ihre Frage an ihn richtete, an Maria gedacht hatte (was er ohnehin jede Sekunde am Tag tat). Außerdem hatte die AMS-Angestellte mit ihrer Frage ins Schwarze getroffen. Er ist nie gern Mechaniker gewesen. Er hat die Lehrstelle in der Autowerkstatt nur angenommen, weil der Vater ihn hingeschickt hatte. Jeder Bursch träumt schließlich davon, Automechaniker zu werden, wieso hätte sein Vater ihm nicht von der freien Lehrstelle bei seinem Bekannten erzählen und darauf bestehen sollen, dass er zur Werkstatt ging, um sich vorzustellen? Dem Vater widerspricht man nicht, schon gar nicht mit fünfzehn. Also half Peter beim Lackieren von LKWs und ließ sich, sobald er das Wort »Atemschutzmaske« in den Mund nahm, vom Bekannten des Vaters Ohrfeigen androhen. So war das auf dem Land, in den Neunzigern, und Peter bezweifelt, dass es heute anders ist.

In der Fabrik war es dann auch nicht besser. Alle paar Jahre kamen irgendwelche FH-Absolventen und erklärten, wie man die Arbeitsabläufe am Fließband noch dynamischer gestalten könnte. Am Schluss waren es achtzehn Minuten, die man ihm zugestand. Achtzehn Minuten für eine elendslange Checkliste. Aus Deutschland und Amerika kamen dann die Polaroidfotos mit den Mängeln, die er übersehen hatte.

Nur seine »M« hatten sie lange nicht entdeckt.

Acht Stunden Arbeitszeit pro Tag minus Pausenzeiten, alle achtzehn Minuten ein neues Auto, und das ganze fünfeinhalb Monate lang. Da kamen mehr als nur ein paar Hundert Autos zusammen, der Staatsanwalt hätte nur nachrechnen müssen. Weil Peter seine »M« jedoch nur dorthin geritzt hatte, wo sie keinen Schaden anrichten konnten, und weil man in der Chefetage keinen Aufruhr wollte, kam er verhältnismäßig glimpflich davon.

In Wien nahm von der Geschichte niemand Notiz. Die pädagogische Leitung des Jugendzentrums, die davon wusste, hat mittlerweile gekündigt, und Peter glaubt nicht, dass Birgit von seiner getilgten Vorstrafe weiß. Und wenn sie es doch tut, spielt es keine Rolle. Jugendarbeiter haben selten etwas gegen zerkratzte Autos. Lackschäden interessieren Peters Kollegen nur, wenn sie von einem der von ihnen betreuten Jugendlichen verursacht wurden. Und noch eines hat Peter festgestellt. Die meisten seiner Kollegen sind wie Maria. Sie suchen permanent ihre Schlüsselbunde, verlegen ihre Geldbörsen und Handys, aber nie, kein einziges Mal, würden sie die Namen jener Kinder vergessen, die bei ihnen aus- und eingehen. (Und wenn sie es doch tun, dann vollführen sie Gesprächssaltos, um denjenigen, dessen Name ihnen gerade nicht einfällt, nicht zu kränken.)

Ohne Frau Brunner, die damals (im Gegensatz zu ihm selbst) fest an seine Zukunft glaubte, ohne seine Arbeit im Jugendzentrum und die Teenager, die in ihrer Freizeit zu ihm kommen, wäre er vielleicht nicht mehr am Leben. Vielleicht wäre er ohne die Vorladung zum AMS damals einfach auf dem Bett liegen geblieben und zu Staub zerfallen.

26

Es ist kurz nach halb sieben Uhr abends. Vor Oskars Küchenfenster tobt der Herbststurm den Papaverweg entlang und lässt die letzten Blätter auf dem Gehsteig tanzen. Ansonsten ist es in der Gasse still, nicht einmal der kleine Li Sheng saust mit seinem Skateboard an den Gartenzäunen vorbei.

Alice sitzt an Oskars Küchentisch und sieht aus dem Fenster. Dort, im ersten Stock, hinter der zweiten Scheibe von links, wohnt sie.

»Trinkst du den Tee lieber in der Küche oder im Esszimmer?«, hat Oskar sie gefragt, als sie in sein Vorzimmer getreten ist und sich die Schuhe von den Füßen gestreift hat. »Das Esszimmer geht in den Garten hinaus, aber wenn es dunkel ist, sieht man dort nichts. Wärmer ist es in der Küche.«

»Die Küche ist perfekt«, hat sie geantwortet. »Dann kann ich auf mein eigenes Fenster schauen, so, wie Sie es gern tun.«

Der Satz ist ihr herausgerutscht, sie hat ihn nicht böse gemeint.

Oskar hat sich mit dem Finger im Ohr gekratzt. »Du hältst mich für neugierig? Vielleicht bin ich das. Ja, höchstwahrscheinlich bin ich das. Ich schaue gern aus dem Fenster. Ich sehe mir viel lieber die echten Menschen an als irgendeine Talkshow im Fernsehen.«

Aus Oskars Ohrmuscheln wachsen weiße Büschel. Das ist ihr schon bei ihrer allerersten Begegnung aufgefallen. Die Büschel in seinen Ohren erinnern sie an den alten Mann in dem Bilderbuch, das es in der Leseecke ihrer Hortgruppe gab. Vieles hier erinnert sie an ein nostalgisches Buch. Die Einbaugarderobe aus den Sechzigern, die altmodischen Hausschuhe aus Filz, die Ablage für die Schuhe mit den Bürsten und der

Schuhcreme darauf, der kleine Schwedenofen in Oskars Küche, die Teekanne aus Email mit den Blümchen darauf. Nur die Mikrowelle passt nicht ins Bild. Und die Katze fehlt auch. Dabei muss Oskar eine haben, denn auf den Steinfliesen neben seiner Eingangstür steht manchmal eine Schüssel mit Fleischresten, und auch jetzt entdeckt sie auf seinem Küchenboden ein Schälchen mit eingetrockneten Schinkenstreifen.

»Wie viele Katzen haben Sie?«, fragt sie ihn.

Er stellt die Teekanne auf den Herd.

»Katzen?«

Sie zeigt auf das Schälchen.

»Ach!« Er starrt ein paar Sekunden darauf und dreht sich dann wieder zum Herd, um die Platte aufzudrehen.

»Das ist für den Sami«, sagt er, ohne sie anzusehen. »Er ist kein besonders guter Esser. Und bitte hör endlich auf, mich zu siezen. Ich bin ja nicht dein Lehrer, sondern dein Nachbar.«

Oskar geht in die Speis, kommt mit zwei Marmeladegläsern wieder heraus, stellt beide auf den Tisch und schneidet ein paar Scheiben vom Striezel herunter, den sie ihm vorhin in die Hand gedrückt hat.

»Magst du lieber Hagebuttentee oder Schwarztee?«, fragt er.

In der ersten Viertelstunde suchen sie noch nach Sätzen. Lassen die Blicke durch den Raum und aus dem Fenster huschen, als lägen sie dort irgendwo versteckt, als ließen sie sich aus der Vase auf dem Fensterbrett, den Gurkengläsern mit den Münzen oder den Stauden vor dem Haus ziehen. Sie essen Striezel, kauen, nippen an den Teetassen, und Alice lobt die Marmelade, worauf Oskar von seinem Schwiegersohn Jan erzählt, dem Psychologen, der so gerne Marmelade einkocht, selbst jedoch keine isst. Dann sehen sie aus dem Fenster und tauschen sich über die Menschen in Alices Haus aus. Sprechen über das Ehepaar, das so gerne reist, über Hamed, der jeden Morgen zu Oskar herüberwinkt, und über Susa und Tom, die im Sommer ausgezogen sind und deren Kind nun schon auf der Welt sein müsste.

»Hört man das Kind der Neuen oft?«, fragt Oskar, und Alice nickt.

»Ja. Aber ich höre es nicht so laut, ich wohne ja quasi am anderen Ende vom Haus.«

»Beinahe jedes Mal, wenn ich im Badezimmer stehe, sehe ich die Frau mit dem Kleinen durch die Wohnung gehen. Scheint, dass er ziemlich viel und oft weint?«

»Ja. Peter hat mir vorhin erzählt, dass es schon die ersten Beschwerden gegeben haben soll. Angeblich hat der Mann, der daneben wohnt, bei Frau Reiter angerufen.«

»Und woher weiß Herr Lindner das?«, fragt Oskar.

Alice grinst. »Frau Neuhold hat es ihm verraten. Sie fängt ihn alle paar Tage ab, um ihm die Neuigkeiten zu erzählen.«

»Die Wohnung ist nicht geeignet für ein Baby«, stellt Oskar fest und legt ihr noch ein Stück vom Striezel auf den Teller. »Das weiß die Reiter ganz genau! Aber eurer Vermieterin ist es noch nie um die Menschen gegangen.«

Bald platze ich, denkt sie. Trotzdem greift sie nach dem Messer neben ihrem Teller und streicht Butter auf den Striezel.

»Der Grund, auf dem euer Haus steht, hat einmal der Kusine meiner Frau gehört«, erzählt Oskar. »Sie hieß Luise.«

»Wirklich?« Alice legt das Messer weg und richtet sich auf. »Wer war Luise? Also, wie war sie? Ich finde es sehr spannend, von den Menschen zu erfahren, die an dem Ort gelebt haben, an dem man nun selber wohnt.«

Von da an ist das Reden kein Problem. Oskar erzählt, nicht von Luise, sondern von seiner verstorbenen Frau Ella, dass er sich damals, nur um sie zu sehen, jeden Tag eine Schaumrolle oder ein Konfekt aus der Konditorei geholt hat.

Wie fröhlich er ist, wenn er sich erinnert, denkt Alice, und wie lebendig er erzählen kann. Von den Tanzabenden, die Ella und ihre Kusine jeden Freitag besuchten, und von jenem Freitagmorgen, an dem Ella (»Das schönste und frechste Mädchen von ganz Wien!«) ihm beim Überreichen des Mandelkonfekts den Namen des Tanzlokals zugeflüstert hat.

Sie hört ihm zu (so, wie sie als Kind der Pädagogin beim Lesen des großen Bilderbuches zugehört hat), nippt an ihrem Tee und lässt sich von Oskars Erzählungen einlullen. Hier, in seiner Küche, ist sie sicher. Hier ist es warm und friedlich und still. In dem kleinen Ofen (einem ähnlichen Modell wie jenes, das auch Henrik hat, aber wie viel besser passt es hierher als zu Henrik) knistert das Feuer. Wahrscheinlich sitzt Oskar deswegen so gerne hier. Weil er die Wärme des Feuers mag, sein Knistern und Flüstern, mit dem es Geschichten aus alten Zeiten erzählt. Im Sommer, wenn es besonders heiß ist, sitzt er vielleicht im kühlen Esszimmer und blickt in den Garten, oder aber er starrt so lange auf die Menschen, die aus dem Bildschirm sprechen, bis es ihm reicht und er doch wieder an den Platz in der Küche wechselt, um durch das Fenster hinaus auf das echte Leben zu schauen. (So zumindest stellt sie es sich vor.)

Wie die Motten flattern die Namen aus Oskars Erinnerung durch den Raum, schon bald kann Alice sie nicht mehr zuordnen. Immer wieder lässt sie den eigenen Blick zu den erleuchteten Fensterreihen hinüberwandern, als wäre das Haus ein Magnet und ihre Augäpfel aus Eisen. Hinter der Balkontür des Ägypters flimmert der Fernseher, und im ersten Stock rechts sieht sie Peters Haarschopf im Fenster auftauchen und wieder abtauchen. Sie fragt sich, was er wohl macht, und muss ein Lachen unterdrücken, als sie sich ihn beim Bauchmuskeltraining vorstellt.

Ganz oben links, bei den Bosićs, schimmert Licht durch die Vorhänge. Höchstwahrscheinlich ist Frau Bosić gerade mit dem Abwasch fertig geworden, denkt Alice, denn es ist kurz nach sieben.

Oskar erzählt indes vom Papaverweg. Von den Mohnblumen, die einst in der Gasse wuchsen, von den Feldern der Gärtnereien, den Schotterwegen und den Regenlachen. Er greift in die Schublade und zieht eine Serviette hervor, beginnt mit einem Kugelschreiber zu zeichnen.

»Hier, siehst du?« Lange Striche mit zittriger Hand. »Hier war die Gärtnerei. Hast du schon einmal den alten Dorfanger unten gesehen? Wenn du dort hingehst, bekommst du ein bisschen eine Ahnung davon, wie es früher hier ausgesehen hat. Schön war es damals. So ruhig. Mir ist die Stadt nie abgegangen. Es hat hier alles gegeben, was wir gebraucht haben, sogar ein Kino!« Er lacht. »Wir haben uns oft vorgenommen, ins Kino zu gehen, aber dann war der erste Film, den wir uns dort angeschaut haben, das *Schneewittchen* von Walt Disney.«

Ob er damals, als er damit begann, Ziegel auf Ziegel zu setzen, an den Lauf der Zeit gedacht hat? Daran, dass seine Kinder dereinst ausziehen würden? Daran, dass seine Frau vor ihm sterben und er als Witwer übrig bleiben könnte? Denkt man an das Ende, wenn man gerade etwas Neues beginnt?

Sie lässt den Blick aus dem Fenster wandern.

Dort steht es, das »Ungetüm«, auf Luises Grund. Und doch hat es etwas Tröstendes, auf die Fenster der anderen zu schauen. Besonders viel kann sie zwar gar nicht erkennen (viel weniger, als sie gedacht hat, nur die Schatten sieht man, die hinter den erleuchteten Fenstern hin und her huschen), aber es ist schön, hier zu sitzen und aus Oskars Vergangenheit heraus auf das Leben zu schauen. Als wäre das Draußen nicht mehr als eine belanglose Geschichte, als gelte im Leben nur das Knistern im Ofen und das nächste Stück Marmeladestriezel.

27

Alice. Ihre Augen (grau, mit blauen und grünen Sprenkeln darin) waren aufmerksam auf die seinen gerichtet. Dass sie zu den seltenen Menschen gehört, die das noch können, hat er gedacht, einem in die Augen schauen. Und weil sie so eifrig genickt und auch gelacht hat, hat er ihr erzählt. Von seiner Frau und den Kindern, von Luise und von Fritz. Nicht alles, natürlich nicht. Er muss aufpassen. Bis jetzt hat er geschwiegen, so, wie er es Luise versprochen hat.

Jetzt sitzt er wieder allein beim Tisch. Hinter der Scheibe im ersten Stock leuchtet Alices Bildschirm. Die anderen sitzen im Dunkeln und sehen fern, er kann das Flimmern in den Fenstern erkennen. Nur bei Herrn Lindner brennen zwei nackte Glühbirnen, die den Raum hell erleuchten.

»Weißt du, wie der Papaverweg zu seinem Namen gekommen ist?«, hat er Alice vorhin gefragt.

»Ich nehme an, weil hier der Mohn wuchs?«

Oh ja. Und wie er damals wuchs!

Wer hat den Namen »Mohnweg« eigentlich ins Spiel gebracht? Oskar weiß es nicht mehr. Auf einmal war er da. Alle haben die Gasse so genannt. Freilich, die Adresse auf den Briefkuverts war damals noch eine andere, bis in die Siebzigerjahre hinein haben sie nicht einmal ein eigenes Straßenschild gehabt. Der Stadtplan, den Ella eines Abends nach Hause brachte, war ein ganzes Stück weiter vorne zu Ende. Sie wohnten hinter dem Rand. Erst später, als dann mehr und mehr Menschen hierherzogen, gestand man auch dem nordöstlichsten Zipfel einen Teil im Stadtplan zu. Aus den einstigen Gemüsevorratslagern war der neue, moderne Bezirk geworden, in dessen UNO-City man die Vertreter aus aller Welt empfing, und schließlich begann man auch auf den Gründen der alten Trabrennbahn mit dem Bau einer riesigen Wohnhausanlage.

Oskar öffnet die Tischlade und greift nach der Packung mit den Taschentüchern. Entfaltet eines und schnäuzt sich. Im Zimmer schwebt ein sanfter Mentholgeruch und mischt sich mit dem Duft nach Hagebutten – ein Geruch, der ihn an Ella erinnert.

So vieles liegt zwischen damals und heute, und doch kommt es ihm so vor, als wäre alles erst gestern gewesen. Wieder sieht er den Schlamm. Spürt dieselbe Angst. Hier soll unser Haus stehen?

Ellas Vater und er standen auf dem ehemaligen Acker und sahen einander an. Der eine voll Zuversicht, der andere voll Angst. Oskar hatte keine Ahnung, was auf ihn zukommen würde, zumal Ella sich ihm gegenüber nicht mehr so benahm wie zuvor.

»Sie wird sich schon wieder beruhigen«, sagte sein Schwiegervater, dem Ellas kaltes Schweigen nicht entgangen war. »So sind die Frauen nun mal, nimm dir das nicht so zu Herzen.«

Und ja, eine Zeitlang schien es, als hätte sich tatsächlich wieder alles eingerenkt. Vielleicht aber hatte er sich nur an die neue Ella gewöhnt. Eine Ehe war nun einmal eine Herausforderung, und der Hausbau war es erst recht.

Zwei Jahre nachdem Oskar und sein Schwiegervater das Grundstück gekauft hatten, war der untere Stock bezugsfertig. Sie zogen ein, Ella und Oskar in das Zimmer hinter der Küche, Rudi und Erika nahmen das Zimmer zum Garten. Ellas Bauch wuchs, Oskar und Rudi begannen, den ersten Stock hochzuziehen. Die Wärme brachte Schwalbennester und eine Tochter. Barbara. Nie wird Oskar den Moment vergessen, als sich ihr Fäustchen um seinen Zeigefinger schloss.

Die Zeit flog dahin. Und wie sie damals flog! Der Oberstock des Hauses war fast fertig, und Barbara krabbelte bereits munter durch die Zimmer, als Rudi sich eines Nachmittags an die Brust griff. Ein paar Tage später standen sie an seinem Grab.

Und dann ging auch der nächste Sommer vorüber. Der Winter kam schnell, die Raben klangen schauderhaft.

»Krah, Krah«, spottete Ella, wenn sie in den Garten blickte. Ellas Bauch wuchs erneut. Sie und ihre Mutter, die nun Witwe war, kümmerten sich um die kleine Barbara, hielten sie an der Hand, als sie zu gehen begann, kochten das Essen, jäteten das Unkraut im Gemüsebeet und schauten der neuen Waschmaschine beim Rumpeln zu.

Noch bevor Michael zur Welt kam, starb auch Ellas Mutter. Es war das erste Mal, dass Oskar sich alt fühlte. Wir sind die nächsten, dachte er, dabei waren sie beide erst um die dreißig.

Während Ella mit dem schreienden Sohn Nacht für Nacht durchs Haus lief, wurde im Haus gegenüber Politik gemacht. Wurde geraucht, diskutiert und auf den Tisch gehaut. Wurden Flugblätter, Unterschriftenlisten und Streikpläne ersonnen, wurde geschimpft und getobt. Drüben ging was weiter, so kam es Ella vor, hier steckte alles fest. Hier wurde gestorben und geplärrt, drüben wurde die Zukunft beschlossen.

Als Michael durchschlief, schlüpfte sie alle paar Tage in die Schuhe und rannte über die Straße. Hinüber, zu Luise und Fritz. Zwischen den paffenden Kommunisten konnte sie etwas bewegen. Hier konnte sie die Gesellschaft vorwärtsbringen, anders als zu Hause, wo sie in ihrer Rolle als Hausfrau und Mutter ertrank und an jeder Ecke an die toten Eltern denken musste.

»Was hat er denn, der Fritz?«, fragte Oskar manchmal, wenn Ella nach Hause kam. »Es geht ihm und der Luise doch gut!«

»Ach!«, sagte Ella. »Du verstehst das nicht!«

Oskar interessierte sich nicht für Innenpolitik. Dachte nur so lange darüber nach, wie die Nachrichten im Radio andauerten. Ella plapperte indes von Gerechtigkeit und regte sich über die alten Nazis auf, »die ja auch an deiner Schule fest auf ihren Sesseln kleben und alles vergiften«. An manchen Vormittagen begleitete sie ihre Kusine mit dem Kinderwagen, half Informationsblätter zu verteilen, hängte Anschläge an schwarze Bretter und informierte die Bewohner, als es darum ging, sich in den Gemeindebauten gegen die angedrohte Mietzinserhöhung zu wehren. Danach schob sie den Kinderwagen wieder nach Hause und stellte sich an den Herd.

Oskar blieb stumm. Wenn ich ihr das bisschen Freiheit auch noch wegnehme, dachte er, dann rennt sie erst recht hinüber. Dann ist sie eines Tages weg, und ich steh allein mit den Kindern da.

Das war seine größte Angst. Dass er eines Morgens allein aufwachen könnte. In seiner Vorstellung sah er sich zu Luise laufen, wo er sie in der Küche fand, mit geschwollenen Augen und einem Abschiedsbrief von Fritz und Ella. *Kümmere dich um Oskar und die Kinder*, stand darin. Wer, wenn nicht Luise, die selbst keine Kinder bekommen konnte, hätte es gut und gerne getan?

So sahen sie aus, seine Albträume.

Aber Ella blieb. Jede Nacht legte sie sich neben ihn, jeden Morgen war sie noch da, als er die Augen aufschlug.

Drei Jahre nach Michaels Geburt wurde sie erneut schwanger. An dem Tag, an dem Fritz in der Innenstadt gegen die antisemitischen Äußerungen des Hochschulprofessors Borodajkewycz demonstrierte und mit blutverkrusteter Nase nach Hause kam, standen Ella und Luise in der Neugeborenenstation und starrten auf das kleine Mädchen, das in einem

Kasten an Schläuchen hing. Doris war zwei Monate zu früh zur Welt gekommen. Die Chancen, dass sie überlebte, standen dreißig zu siebzig.

Fortan blieb Ella jeden Abend zu Hause. Die Straßenseite wechselte sie nur mehr, um ihre Kusine zu besuchen. Dann saßen die beiden Frauen beim Tisch, plauderten und ließen Doris auf ihren Knien hopsen, während Michael durchs Haus seiner Tante tobte.

Es war die Zeit der großen Demonstrationen. Fritz kam an den Abenden spät, und manchmal kam es vor, dass er überhaupt erst am Ende des folgenden Arbeitstages nach Hause kam. Luise schwieg, zumindest hörte Oskar nie ein Wort der Beschwerde aus ihrem Mund. In der Gasse aber wurde getuschelt. Peinlich, hieß es. Lächerlich. In seinem Alter. Ob er sich nicht schäme.

Als Oskar Luise viele Jahre später darauf ansprach, zog sie es vor, mit den Schultern zu zucken. »Das ist doch alles schon so lange her, dass es gar nicht mehr wahr ist«, sagte sie nur.

Irgendwann, es muss Anfang der Siebziger gewesen sein, blieb Fritz wieder zu Hause. Sie trafen einander nun zum Kartenspielen, jeden Mittwoch- und Freitagabend. An den Wochenenden grillten sie gemeinsam. Zwei Paare, die in die Jahre gekommen waren. Zwei Paare, deren Kommunikation am reibungslosesten verlief, wenn die Spielkarten auf dem Tisch lagen.

An den Nachmittagen, nachdem die Hausarbeit erledigt war und die Kinder in ihren Zimmern hockten, saß Ella im Wohnzimmer und las. Sie verschlang alles, was ihr Luise, Fritz oder die Bibliothekarin in die Hand drückten. Ein paar Wochen lang lag Simone de Beauvoir auf ihrem Nachtkästchen, meist jedoch waren es moderne Romane, deren Titel Oskar aus dem Radio kannte. Nicht nur einmal fragte er sich, was in Ellas Kopf vorging. Er ahnte, dass sie in ihrer Ehe nicht glücklich war, wusste aber nicht, wie er es hätte ändern können.

Die Töchter erzog Ella modern. Gern bläute sie ihnen ein, dass sie sich nichts gefallen lassen sollten, schon gar nicht von den Männern. Manchmal, wenn er ihr zuhörte, fragte er sich, ob sie sich wirklich so unterdrückt fühlte, wie es den Anschein hatte.

»So schlecht sind die Männer nicht«, sagte er zu seinen Töchtern, wenn Ella nicht danebenstand, aber er brauchte es ihnen gar nicht erst zu sagen, denn Barbara und Doris hingen an ihm. Wenn sie Probleme hatten, kamen sie zu ihm, dann nickte er unbeholfen mit dem Kopf und legte ihnen seine Hand – die nun gar nicht mehr nach der zarten Hand eines Lehrers aussah, weil sie von der Arbeit am Bau und dem permanenten Graben im Garten dick und schwielig geworden war – auf die Schulter. »Davon geht die Welt nicht unter«, murmelte er, ganz egal, ob es sich um schlechte Noten, Streit mit der besten Freundin oder den ersten Liebeskummer handelte. Vielleicht kamen sie aus diesem Grund zu ihm. Weil ihm nichts besseres einfiel, als sie heulen zu lassen und ihnen zu versprechen, dass die Welt sich weiterdrehen und der Schmerz nachlassen würde.

Später dann sagte er denselben Satz zu Luise: »Die Welt dreht sich weiter, selbst wenn die, die wir lieben, sterben.«

Oskar knüllt das Taschentuch zusammen und steckt es in die Hosentasche. Draußen tobt der Sturm wie eine übermütige Schulklasse und treibt das Laub vor sich her.

Er ist heute wieder nicht spazieren gewesen. Doris hat mit ihm geschimpft, als sie anrief (»Papa, du kannst doch nicht nur in der Küche hocken!«), aber bei dem Wind ist kein

Hinauskommen, das muss sie einsehen. Wozu sich aufraffen, die Jacke überstreifen und sich gegen den Wind stemmen? Wozu sich noch zu etwas zwingen? Wenn er das Haus verlässt, tut er es, um es seiner Tochter recht zu machen. Doris hat Angst, dass er zum Pflegefall wird. Sie will, dass er mit seinem Rollator hinausgeht, an die frische Luft. Aber den Krebs in Ellas Körper konnte auch der Wind nicht vertreiben, und Luises verdunkelten Verstand haben selbst die hellsten Sonnenstrahlen nicht erleuchten können.

Was erwarten sie von ihm? Dass es schnell und schmerzlos geht? Dass er dem Vergessen entwischt, bevor es ihm ergeht wie Luise?

Ein, zwei Jahre hätte er noch gern. Lieber wären ihm fünf, aber er will nicht maßlos sein. Besser zwei gute Jahre und dann einen schnellen, schmerzfreien Tod.

Er muss an Ella denken. An ihr Leiden und ihren Tod, den alle bis auf ihn als Erleichterung empfunden haben. An Luise, die ein Jahr darauf zu ihm zog und die ihn am Schluss angesehen hat wie eine Vierjährige, die von einem Fremden Schokolade angeboten bekommt.

Nur er sitzt noch hier. Sitzt hier und hält aus irgendeinem Grund, der ihm selbst nie so richtig klar geworden ist, die Stellung.

Er blickt zu den Fenstern. Sieht die Schattenspiele hinter Alices Scheibe, ihren Pferdeschwanz, der bei jeder Bewegung mitwippt. Stellt sich vor, wie sie ihre Füße unter die Pobacken schiebt – die Füße, die so oft kalt sind, wie sie ihm verraten hat.

Als er aufsteht, um sich ein Glas Mineralwasser einzuschenken (Hunger hat er keinen mehr, er hat zu viel vom Striezel gegessen), fällt sein Blick auf die Schale mit den Schinkenstreifen. Er hebt sie hoch und trägt sie vor die Tür.

Was hätte er zu ihr sagen sollen? Dass es den Kater gar nicht gibt? Dass die Schüssel nur deswegen hier steht, weil er in manchen Momenten vergisst, dass sein Sami vor mehr als einem Jahr überfahren worden ist?

28

Samstagmorgen steigt Alice in den Zug. Klettert in Wiener Neustadt wieder hinaus, bleibt neun Minuten am Bahnsteig stehen und steigt dann in den Regionalzug 6431. Das Haus ihrer Eltern befindet sich etwas außerhalb des Ortszentrums. Wie meist, wenn sie ihre Tochter abholt, steht Frau Winter bereits eine Viertelstunde vor Ankunft der Bahn am Bahnsteig. Sie wandert von einer Seite zur anderen und wieder zurück, studiert die große, gelbe Tafel mit den Abfahrtszeiten und die weiße mit den Ankunftszeiten, tippt mit ihrem rechten Zeigefinger auf den Monitor des neuen Ticketautomaten, schaut abwechselnd auf die vergoldete Uhr an ihrem Handgelenk und die große auf dem Bahnsteig, wippt ein wenig, verlagert dann das Gewicht auf die Fersen, lässt ihre Hüften und Schultern kreisen, wärmt sich die kalten Finger in den Jackentaschen, um sie anschließend gegen ihre schmerzenden Ohren zu legen … bis endlich, endlich die Bahn einfährt und die Tochter auf den Bahnsteig spuckt.

Ein paar Minuten später sitzen die beiden in dem alten Ford Fiesta der Mutter und fahren durch das Ortszentrum, den Hügel hinauf, Richtung Waldrand. Der Wagen hält vor dem weißen Garagentor. Die Mutter, die nicht gleichzeitig Auto fahren und reden kann, zieht den Schlüssel ab.

»Erdäpfel mit Porree und Faschiertem schmecken dir eh noch, oder?«

Alice nickt. »Klar schmeckt mir das noch!«

Die Mutter öffnet die Fahrertür. Rutscht seitlich vom Sitz, stellt zuerst das eine Bein hinaus und dann das andere, und Alice tut dasselbe auf der Beifahrerseite. Würde jetzt jemand aus dem Fenster schauen, dann könnte er zwei Schuhe, zwei

Köpfe und schließlich zwei zarte Frauenkörper sehen. (Es gibt jedoch niemanden, der schaut.)

Im Haus riecht es nach dem vorbereiteten Auflauf im Ofen und dem Knoblauch im Gurkensalat. Die Mutter schaltet das Backrohr ein. Inzwischen kommt der Vater aus seinem Arbeitszimmer, nimmt die Brille von der Nase, umarmt die Tochter, zieht sie kräftig an sich heran und klopft ihr auf die Schulter.

»Na? Auch wieder einmal da?«

Alice übergeht die Kritik und küsst ihn auf die Wange. Dann zieht sie sich die Schuhe aus und schlüpft in die Hausschuhe, die ihr die Mutter hingestellt hat.

»Dein Vater sitzt schon seit dem Frühstück beim Laptop«, beschwert sich die Mutter, während sie Alice beim In-die-Hausschuhe-Schlüpfen zusieht. »Ich versteh nicht, warum sie ihn nicht einmal am Wochenende in Ruhe lassen können.«

»Ist denn so viel zu tun?«, fragt Alice den Vater.

»Es geht. Deine Mutter übertreibt wie immer.«

Der Vater zwinkert Alice zu, sie lächelt angespannt zurück.

Manchmal, wenn sie ihre Eltern besucht, fragt sie sich, wie die beiden vor ihrer Geburt waren. Ob es die Kälte zwischen ihnen schon damals gegeben hat oder ob die beiden erst durch ihr Hinzukommen damit begonnen haben, jene zwei Rollen zu spielen, aus denen sie nie wieder geschlüpft sind.

Beim Essen beginnt die Mutter über die Schlagzeilen zu sprechen, über die katastrophale neue Regierung und die katastrophale alte, über die maroden Krankenkassen und den ehemaligen Finanzminister, dessen Prozess nun bald beginnen soll, über den amerikanischen Präsidenten und die aus dem Parlament verbannten Grünen. Ob Alice die junge Politikerin in der Zeitung gesehen habe?

»Die hat dem Parlament den Mittelfinger gezeigt! So weit ist es gekommen in diesem Land!«

Alice überlegt, ob sie protestieren soll, der Mittelfinger der ehemaligen Abgeordneten galt den Hasspostern, nicht dem Parlament, doch sie kaut schweigend weiter.

»Und sonst?«, fragt der Vater.

»Was, und sonst?«

»Wo wirst du dich bewerben?«

»Ich weiß noch nicht.«

»Habt ihr denn auf der Uni kein schwarzes Brett? Da muss es doch wo ein Praktikum geben!«

Ein Praktikum. So stellt sich der Vater das vor, von einem Praktikum zum nächsten, bis ins Europaparlament hinein.

»Wenn du etwas erreichen willst, musst du in die Politik gehen«, sagt er gern, und auch an diesem Wochenende wird er es wieder sagen: »Geh doch zu einer Partei!«

Zu den Grünen, hat es einmal geheißen, aber jetzt sind sie vielleicht doch froh, dass sie nicht zu jener Partei gegangen ist, die dem Parlament (aus dem man sie herausgewählt hat) den Mittelfinger zeigt.

»Kein Wunder, dass die keiner mehr haben will, so, wie sich die benehmen!«, schüttelt die Mutter den Kopf.

Der Vater nickt und wippt mit dem Stuhl, die Grünen sind ihm egal, die Tochter ist es nicht. Wenn sie wenigstens dem Parlament den Mittelfinger zeigen würde, das wäre mehr als nichts.

Alice spürt es, er will, dass sie endlich etwas aus sich macht, wozu sonst, sagen seine Augen, haben wir dich so lange studieren lassen?

Und der Vater selbst? Was geht in seinem Kopf vor? Dass es die Schuld der Mutter ist, ist er überzeugt. Die hat die Tochter zu sehr verhätschelt, zu sehr von der Welt abgeschottet. Zu verträumt ist seine Tochter, zu unsicher, zu zart, zu schwach. Nie hat sie einen Ehrgeiz entwickelt außer bei ihrer seltsamen Müllgraberei. Peinlich war das, als sie die Nachbarn dazu angestachelt hat, ihren täglichen Müll zu protokollieren. Dass sie so etwas an der Universität überhaupt als Abschlussarbeit durchgehen lassen – seltsame Methoden sind das heute.

»Unsere Tochter erforscht den Unrat unserer Nachbarn!«, hat er damals zur Mutter gesagt und böse Blicke geerntet.

Jetzt sitzt die frischgebackene Frau Master (wenn es wenigstens noch Magister heißen würde!) neben ihm und lässt sich von der Mutter den neuesten Tratsch erzählen: dass der Karasek ein neues Auto hat, dass die junge Weiler ein Kind bekommt, dass der offene Fuß vom Huber täglich verbunden werden muss.

Er erinnert sich daran, wie zart und blass sie als Mädchen gewesen ist. Schon damals, keine zwei Monate nach ihrer Geburt, hat er sich gedacht, dass sie nicht in diese Welt gehört. Dass die Welt sie dereinst zerquetschen wird. Eine Zeitlang hat er geglaubt, sie beschützen zu können, aber irgendwann ist aus dem zarten Gefühl ein verzweifeltes geworden und aus dem verzweifelten ein zorniges.

Einmal hat er sie vom Gymnasium abgeholt. Dort stand sie, in einer Gruppe Gleichaltriger, und sah drein, als wäre sie mit den Gedanken weit weg, als würde sie das, was die anderen zu erzählen hatten, nichts angehen. Ein seltsames Kind. Brachte nie Freundinnen nach Hause, beugte sich jeden Freitag- und Samstagabend über ihre Bücher, während die anderen in die Disco gingen. Und wozu das alles? Wofür hat sie das alles in sich hineingepaukt, wenn sie mit dem vielen Wissen doch nichts anfängt?

Wenn er sie jetzt ansieht, meint er, denselben Blick von damals zu erkennen. Als ginge ihr alles, was ihr die Mutter erzählt, beim einen Ohr rein und beim anderen wieder raus. Wenn sie wenigstens dagegenreden würde! Nie kommt etwas

Eigenes von ihr, nie erzählt sie etwas von sich. Manchmal kommt es ihm so vor, als wäre sie gar nicht da, als würde nur die Hülle seiner Tochter beim Tisch sitzen.

Wenn sie nicht bald einen Praktikumsplatz bekommt, wenn sie nicht endlich lernt, sich zu behaupten, wird es zu spät sein. Dann wird sie Mitte dreißig sein, mit Löchern im Lebenslauf und nichts anderem in der Hand als einer albernen Internetseite zu einem Schlagwort, das ohnehin schon keiner mehr hören kann. »Nachhaltig«. Alles hat heute »nachhaltig« zu sein, vom Plastiksackerl bis zum Semmelknödel. Und was macht seine Tochter statt sich auf einen gepolsterten Bürosessel in einem großen Unternehmen zu setzen und dafür zu sorgen, dass wenigstens dort alles seine nachhaltige Richtigkeit hat? Schleppt Essen nach Hause, das andere wegwerfen.

Aber er wird nichts mehr sagen. Es hat ja doch keinen Sinn. Wenn er den Mund aufmacht, wird sie nur beleidigt die Sachen packen und zurück nach Wien fahren. Dann wird er sich wieder tagelang die Vorwürfe seiner Frau anhören müssen.

Was kann er schon ändern? Solange sie keinen Cent von ihm verlangt, hat er kein Recht, sich zu beschweren. Und in ein paar Jahren, wenn sie draufkommt, dass er recht gehabt hat, dass sie sich mit ihrer unentschlossenen Trödelei die Karriere verbaut hat, wird es zu spät sein. Dann werden andere auf den Sesseln kleben, welche die ihren hätten sein können.

29

Es ist Samstag, kurz nach acht Uhr. Ein herrlicher Morgen, erstaunlich sonnig und mild für November.

Oskar steht vor dem Badezimmerfenster. Gerade eben hat er sich gründlich gewaschen und die Füße eingecremt. Früher hat er, um sich die Füße zu waschen, noch das Bein gehoben und den Fuß in die Waschmuschel gestellt, aber das geht schon lange nicht mehr.

»Ich versteh einfach nicht, warum du dich nicht in die Dusche stellst!«, hat Doris den Kopf geschüttelt, nachdem sie ihn gefragt hat, wozu er die hässliche orangefarbene Plastikschüssel brauche, die auf seiner Waschmaschine steht. »Du könntest dich auf den Plastikhocker setzen, dann musst du nicht stehen.«

Vor sieben Jahren (knapp vor seinem achtzigsten Geburtstag) entschied Doris, das Bad renovieren zu lassen. Dass die alte Wanne eine Gefahr sei, sagte sie, dass eine Dusche viel moderner und bequemer sei. Also fuhren sie gemeinsam zum Baumarkt und wählten eine geräumige Duschtasse mit einer Milchglastür. Bevor sie mit der Rechnung zur Kassa gingen, um die Anzahlung zu leisten, legte Doris noch eine rutschfeste Unterlage sowie einen Plastikhocker in den Einkaufswagen, und im Sommer darauf brachte sie ihm einen echten Schwamm und Seifen aus dem Kroatienurlaub mit. Eine Olivenseife, eine Seife mit Rosmarin und eine Seife mit Kakaobutter. Bis auf die Olivenseife, die seit Jahren im Gartenhaus liegt, hat er keine von ihnen ausgepackt.

Oskar reckt den Hals. In der Wohnung der jungen Mutter, hinter dem dünnen violetten Vorhangstoff, bewegen sich Schemen. Zwei Männer, einer von ihnen ein bisschen dicker, der andere scheint muskulös. Oskar ahnt, dass es dieselben Männer sind, die schon beim Einzug geholfen haben.

Er fischt die Zahnprothese aus dem Glas mit der Reinigungsflüssigkeit und hält sie unters Wasser. Danach greift er nach der Zahnbürste und der Zahnpasta. Er braucht den Minzgeschmack im Mund, noch vor dem Frühstück.

»Da kann doch der Kaffee nicht schmecken!«, hat Ella den Kopf geschüttelt, als sie ihn das erste Mal mit der Zahnbürste gesehen hat. Welchen Sinn das denn habe, sich vor dem Essen die Zähne zu putzen, fragte sie ihn, und dass er diesen Blödsinn später einmal ja nicht ihren Kindern beibringen solle.

Er seufzt und beginnt, die untere Zahnreihe zu putzen. Dabei blickt er abermals aus dem Fenster. Der Dicke balanciert auf der Leiter, der Dünne steht daneben und reicht etwas nach oben. Obwohl die Terrassentür der Dachgeschoßwohnung weit offen steht, kann Oskar durch den dünnen Vorhangstoff nicht viel erkennen. Eines jedoch ist sicher: Der Mann auf der Leiter presst irgendetwas gegen den Plafond. Dann steigt er wieder herunter, rückt die Leiter ein Stückchen weiter in den Raum hinein, steigt wieder hinauf, lässt sich erneut etwas von dem jüngeren Mann reichen und bringt es an der Decke an. Wenn Oskar sich nicht täuscht, sind es weiße Platten.

Seltsam. So hoch sind die Räume nicht, dass man die Decke tiefer setzen muss. Vielleicht ein Schutz gegen Kälte? Bis jetzt hat er noch nie gehört, dass es diesbezüglich Probleme gibt. Das Haus mag alle möglichen Mängel haben, aber es hat seines Wissens eine gute Wärmedämmung, und die Fenster sind angeblich auch nicht die schlechtesten.

Oskar steckt sich die Zähne in den Mund und grinst sich im Spiegel zu. Dann steigt er, einen Marsch summend, die

Treppen hinunter. Seit Alices Besuch ist er so guter Laune, wie er es schon lange nicht mehr gewesen ist.

Hinter dem Küchenfenster saust der kleine Li durch die Gasse und vollführt Kunststücke, angefeuert von Hamed, der ihm von seinem Balkon aus zusieht und begeistert in die Hände klatscht. Oskar hebt die Hand und winkt, doch der Ägypter scheint ihn nicht zu bemerken. Kein Wunder, er ist heute später dran als sonst.

Oskar öffnet den Küchenkasten, um die Schachtel mit den Kaffeefiltern und die Kaffeedose herauszuholen und schaltet die Kaffeemaschine ein. Dann geht er ins Zimmer hinter der Küche und sucht nach einer passenden CD. Er greift nach der Lesebrille, um die Titel zu entziffern. Die meisten Hörbücher, die Lilli ihm gebracht hat, hat er nicht einmal zu einem Viertel gehört. Schade, denkt er, dass Ella nicht mehr lebt. Sie hätte mit Lillis Hörbüchern mehr anfangen können als ich.

Durch die Bücher, die Ella so gerne las, kam sie schließlich auch ihrer ältesten Tochter wieder näher. Die Literatur schaffte, was Oskar in den Jahren zuvor nie so wirklich erreicht hatte: Sie flickte zusammen, was das Leben zerrissen hatte. Seitdem Barbara in einem Literaturverlag untergekommen war, drehten sich die Telefongespräche hauptsächlich um Neuerscheinungen, Literaturpreise und Kritiken. Oskar selbst stand damals knapp vor der Pensionierung und fragte sich, wie seine Tage wohl aussehen würden, da seine Frau entweder auf eine Buchseite starrte oder bei ihrer Kusine in der Küche saß.

Er zieht eine CD nach der anderen aus der Reihe. Dabei pfeift er leise die Melodie, die ihm seit ein paar Tagen nicht aus dem Kopf will, irgendwo muss er sie aufgeschnappt haben. Eine bekannte Melodie … tararam, tararam, tararamtamtam.

Er verstummt und öffnet eine der CD-Hüllen. *Die Sagen des klassischen Altertums.* Ja, die könnte er sich wieder anhören, die haben ihm bis jetzt noch allemal gefallen. Ohnehin hört er lieber das, was er schon kennt.

Nach dem Frühstück geht er abermals ins Bad. Jeden Samstag sammelt Oskar das am Boden verstreute Gewand, um es in die Waschmaschine zu stopfen. Das macht er, um seiner Tochter zu beweisen, dass es ihm gut geht. Meist schaltet Doris die Maschine am Sonntag ein und klappt den Wäscheständer in Barbaras ehemaligem Kinderzimmer auf. »Lass es einfach hängen, Papa«, sagt sie dann.

An manchen Samstagen – wie auch heute – schaltet er die Maschine selbst ein. Er hat noch nie viel von den Alten gehalten, die sich von den Jungen den Haushalt führen lassen. Er darf dann nur nicht vergessen, die Maschine auszuräumen. Und auch auf das Wasser darf er nicht vergessen, das muss er wieder abdrehen. Aus diesem Grund hat er vorhin einen Zettel geschrieben und auf den Spiegel über dem Waschbecken geklebt. *WÄSCHE AUFHÄNGEN, WASSER* hat er darauf geschrieben. Wenn er am Abend die Zähne aus dem Mund nimmt, wird er den Zettel sehen und sich erinnern. Falls er bis dahin die Wäsche nicht ohnehin längst auf den Ständer gehängt und das Wasser abgedreht hat. Bis jetzt hat das mit dem Zettel gut geklappt. Ist er abends zu müde, lässt er ihn einfach bis zum Morgen hängen. Hauptsache, die nasse Wäsche liegt nicht mehr in der Maschine, wenn Doris kommt, sonst sieht sie ihn wieder mit diesem traurigen Blick an.

Er dreht am Programmwahlrad bis zum markierten Punkt und drückt auf den Knopf. Als das Wasser in die Trommel schießt, richtet er sich wieder auf. In der linken Dachgeschoßwohnung ist niemand mehr zu sehen. Im Zimmer darunter sieht Oskar den Jugendarbeiter eine seiner Lackdosen schütteln. Das kann doch nicht gesund sein!

Oskar beugt sich über die Waschmaschine, um mehr zu sehen. Seit Tagen schon fragt er sich, wem die vielen Räder gehören, die bei dem Mann an der Wand lehnen. Ob er sich mit der Arbeit etwas dazuverdient? Vielleicht sollte er ihm anbieten, in seiner Garage zu arbeiten. Das wäre doch eine gute Idee. Er selbst braucht die Garage nicht mehr, und für den jungen Mann wäre es wesentlich gesünder, wenn er die Fahrradteile nicht mehr in seinem Wohnzimmer lackieren würde. Vom Schmutz einmal abgesehen, Oskar will gar nicht wissen, wie der Boden dort drüben schon aussieht.

Ja, denkt er. Das gefällt mir. Herr Lindner soll sich bei mir eine Werkstatt einrichten. Wenn ich ihn das nächste Mal sehe, werde ich es ihm gleich sagen.

30

So eine Stasi-Wanze!

Soll er sich doch noch Vorhänge kaufen? Jetzt, nach so vielen Jahren? Sich geschlagen geben?

Er könnte zum Möbelhaus fahren und sich zwei Vorhangstangen und extradichte Vorhänge besorgen. So wie die Bosićs es getan haben. Zu denen kann niemand hineinschauen, die haben es gar nicht erst zugelassen, dass man sie ausspioniert.

Wenn er Vorhänge hätte, könnte er die Balkontür offen lassen und den Stoff davor schieben. Dann bekäme er Luft, und der Alte würde ihn trotzdem nicht sehen. So schlecht sind Vorhänge vielleicht doch nicht.

»Fühlst du dich eigentlich wohl hier?«, hat ihn einmal eine der wenigen Frauen, die er mit in seine Wohnung genommen hat, gefragt.

»In deinem Wohnzimmer sieht es nämlich aus wie in einer Lagerhalle. Was du brauchst, sind ein paar hübsche Vorhänge und Bilder!«

Von wegen! Vorhänge! Bilder! Vielleicht auch noch eine verschnörkelte Vase oder irgendein Stofftier!

Er ist hier nicht zu Hause, so einfach ist das. Das hier ist eine Zwischenstation. Sein ganzes Leben ist eine Zwischenstation. Vielleicht hätte es mit Maria funktioniert, dieses Sich-im-Leben-Einrichten. Maria hatte die Vorhänge für ihre gemeinsame Wohnung selbst genäht. Nicht, dass sie gut nähen konnte, auch hat er das Muster grässlich gefunden, aber Maria war so stolz auf die Laura-Ashley-Vorhänge vor den Fenstern ihrer gemeinsamen Wohnung.

Peter blickt zum Küchenfenster des Alten. Da! Schon wieder hat sich der Vorhang bewegt! Dieser neugierige alte Sack!

Würde es nach ihm gehen, würde man die Rollos von unten nach oben schließen, dann könnte niemand in seine Wohnung schauen, und er hätte es trotzdem hell. Und luftig. Ohne Luft geht gar nichts. Das ist ja der Grund, warum er die Rollos am Morgen hochzieht – damit er die Fenster öffnen kann, um frische Luft hereinzulassen.

Vorhin, als er den Müll zu den Containern trug, hatte ihm der Alte aufgelauert. Sobald Peter auf die Gasse getreten war, kam er auch schon aus seinem Haus (diesmal ohne Rollator) und legte seinen alten, krummen Finger genau auf den wunden Punkt.

»Das ist aber nicht gut für Ihre Gesundheit, Herr Lindner, wenn Sie im Zimmer mit Lack hantieren!«

Dass der sich nicht schämt, die Leute direkt auf seine Beobachtungen anzusprechen!

»Was lackieren Sie denn da eigentlich?«

»Ein Geschenk«, erwiderte Peter nur knapp.

Gott sei Dank fragte der Alte nicht weiter nach und ließ ihn gehen. Ohnehin ein Wunder, dass er ihn noch nie darauf angesprochen hat. Aber auf Peters Boden kann er von seinem Küchenfenster aus nicht schauen, und selbst wenn er im oberen Stock steht, sollte er nicht alles sehen können. Peter hat sich vor einigen Jahren ganz genau ausgerechnet, welcher Winkel seines Zimmers von drüben aus einsehbar ist und welcher nicht.

In letzter Zeit jedoch ist er unvorsichtig gewesen und hat nicht mehr an die Augen des Alten gedacht. Verdammter Mist. Hoffentlich hält er jetzt den Mund.

»Oskar« lässt er sich von Alice nennen. Lädt sie zum Tee ein und quasselt sie voll, der alte Sack. Die wird es auch noch bereuen. Der lässt einem ja keine Ruhe! Wenn du so einem den kleinen Finger reichst, schnappt der sich gleich deine ganze Hand. Ach was, der verschlingt dich mit Haut, Haaren und Zehennägeln!

Vielleicht sollte er jetzt gleich zum Möbelhaus fahren und sich erkundigen, welcher Vorhang luftdurchlässig ist und trotzdem die neugierigen Blicke aussperrt. Wenn der Alte erst damit beginnt, den anderen zu erzählen, dass er in seiner Wohnung mit Lack hantiert, wird es nicht lange dauern, bis ihm die Reiter eine Klage anhängt. Wenn er etwas nicht brauchen kann, ist es die Polizei, die um Einlass bittet und wissen will, was er hinter seinen Türen eigentlich treibt. Bestimmt werden die sehr schnell herausfinden, dass er schon einmal vor Gericht gestanden ist.

Er seufzt und stellt sich an die Espressomaschine. Vorhin, als er zurück in die Wohnung gekommen ist, hat er gleich die Rollos hinuntergelassen und die Räder ins Vorzimmer geschoben. Jetzt fragt er sich, wie lange der Alte noch gedenkt, ihn mit seinen Augen zu belästigen. In seinem Alter, denkt Peter, kann ihn jederzeit der Schlag treffen. Oder aber er wandert noch weitere zehn Jahre von einem Fenster zum anderen.

Vorhänge also. Eine andere Lösung gibt es jetzt nicht mehr.

31

Als sich Alice abermals an Oskars Küchentisch setzt, leuchten in den Fenstern gegenüber die ersten Sterne, und auf dem Balkon im Dachgeschoß baumelt ein müder Santa Claus vom Geländer.

Oskar hat frischen Tee zubereitet. Hat den Saft einer halben Blutorange ausgepresst und einen Schuss Quittenlikör in die Kanne geleert. Der verleihe dem Tee das gewisse Extra, meinte er.

Die Orange und der Alkohol im Tee erinnern Alice an den Punsch, den sie früher mit Claudia getrunken hat. Wie lange war sie schon nicht mehr auf dem Christkindlmarkt? Irgendwann, als Claudia bereits in Holland lebte, ist Alice mit einer Studienkollegin auf einen Punsch gegangen, aber auch das ist jetzt bestimmt schon drei Jahre her.

Sie trinkt die heiße, süße Flüssigkeit in kleinen Schlucken. Hier, in Oskars Küche, gibt es keine Hektik. Keine Pflicht, keine Erwartungshaltungen. Der alte Mann freut sich über ihren Besuch, er stellt keine Fragen nach ihrer Zukunft, viel lieber erzählt er von der eigenen Vergangenheit. Von Ella, von seinen Kindern, von seiner Zeit als Lehrer. Auch von den ehemaligen Mietern in ihrem Haus erzählt er ihr gern, lauter Schauermärchen hält er in den Schubladen seiner Erinnerung parat. Da gab es den Bibliothekar (in Top 2), der in seinem Lesesessel starb und erst fünf Tage nach seinem Tod aus dem Haus getragen wurde (und auch das nur, weil Oskar irgendwann aufgefallen war, dass er das Licht nicht ausgeknipst hatte). Es gab einen Krankenpfleger (in Top 5), der alle paar Vormittage durchs Haus lief und an den Türen der anderen klopfte, weil sie ihre Radios zu laut aufgedreht hatten, sodass er nicht schlafen konnte, und dann gab es die »verrückte Gloria«, die in der Vierzig-Quadratmeter-Wohnung (auf deren Tür jetzt *Muggi Klein* steht) vier Katzen, drei Kaninchen und sieben Meerschweinchen hielt.

»Eines Tages stand der Tierschutz vor ihrer Tür«, erzählt Oskar, als er Alice Tee nachschenkt. »Ein paar Monate nachdem man ihr die Tiere weggenommen hat, ist auch Gloria weggezogen. Sie hat mir leidgetan. Nicht einmal ein Meerschweinchen hat sie in der Wohnung behalten dürfen.«

Ein seltsames Haus mit seltsamen Menschen, denkt Alice. Und hat nicht auch Peter etwas Ähnliches gesagt, als sie mit ihm über die Nachbarn gesprochen hat?

»Unser Haus zieht nur Verrückte an!«

»So wie uns?«, hat sie ihn gefragt.

»Vielleicht. Ganz dicht können auch wir nicht sein, sonst hätten wir uns schon längst nach einer anderen Bleibe umgeschaut.«

Jetzt, da sie an Peters Satz denkt, muss sie lachen.

»Was ist so lustig?«, fragt Oskar.

»Ach nichts«, sagt sie. »Ich habe mich nur daran erinnert, was Peter gesagt hat. Dass in unser Haus lauter Verrückte ziehen.«

Oskar sieht sie ein paar Sekunden lang nachdenklich an, dann blickt er wieder aus dem Fenster. »Verrückt?«, fragt er. »Nein. Als verrückt würde ich die Menschen dort drüben nicht bezeichnen. Unglücklich vielleicht. Einsam. Das trifft es eher.«

Als er es ausspricht, spürt sie eine plötzliche Enge in der Brust.

Wie meint er das?

Unglücklich? Einsam? Ist sie das?

»Siehst du mich auch so?«, fragt sie.

Er dreht den Kopf zu ihr. Sieht sie kurz ein wenig verwirrt an und lacht dann auf. »Ach du meine Güte, nein! Dich habe ich nicht gemeint.« Dann wird er wieder ernst. »Aber du solltest schauen, dass du von dort wegkommst. Das Haus da drüben ist nichts für junge Leute, die noch ihr ganzes Leben vor sich haben.«

Sie hebt die Tasse an die Lippen. Seltsam ist er heute, denkt sie. Und dann: Ach was, er ist eben alt. Vielleicht ist ja auch er derjenige, der einsam ist. Immerhin sitzt er den ganzen Tag am Fenster.

Auch jetzt legt er den Kopf in den Nacken und schaut zu den Dachgeschoßfenstern.

»Die Frau mit dem Kind dort oben, das so viel weint«, sagt er. »Hast du gewusst, dass sie Judith heißt?«

Alice schüttelt den Kopf.

»Nein, das habe ich nicht gewusst.«

Sie hat die Neue und ihr Kind noch nie getroffen. Ein paarmal, wenn sie aus dem Fenster geblickt hat, hat sie die Frau mit dem Kinderwagen die Gasse hinuntergehen gesehen, aber auch das ist schon eine Weile her. Oft scheint die Frau das Haus nicht zu verlassen. Ob der Kleine krank ist?

Erst jetzt, da sie über die Frau nachdenkt, fällt ihr auf, dass sie das Baby schon längere Zeit nicht mehr schreien gehört hat. Vielleicht hat es seinen Zahn endlich bekommen.

»Sie heißt Judith«, wiederholt Oskar. »Und ihr Sohn heißt Vitus. Wie das Leben. Ich hab mir die Namen aller Mieter aufgeschrieben, weißt du? Damit ich sie nicht vergesse.«

Er holt das linierte Heft aus der Schublade und zeigt es ihr. Auch ihren Namen findet sie auf der dritten Seite. Winter Alice. Anders als ihren Nachnamen, den Oskar mit Kugelschreiber notiert hat, hat er ihren Vornamen mit Bleistift geschrieben. Alice nimmt an, dass er ihn erst nachträglich eingetragen hat, denn auf ihrer Gegensprechanlage steht nur ihr Familienname, er hat also lange nicht wissen können, wie sie mit Vornamen heißt.

»Manchmal glaube ich, ich bin der Einzige, der sich für die Menschen dort drüben interessiert«, sagt Oskar.

Peter hat recht, denkt Alice. Oskar wäre wirklich ein guter Spitzel. Auch sie findet sein Heft ein wenig gruselig, obwohl es bestimmt nur eine seiner Marotten ist. Einsam. Ja, das ist er bestimmt.

Sie muss an die dicken, dunkelblauen Vorhänge denken, die sich Peter gekauft hat und die er vor seine Fenster hängen will. Vorhin, als sie ihm am FreeFoodFridge begegnet ist, hat er ihr von seinem Ausflug ins Möbelhaus erzählt und ihr einen Lachanfall beschert.

»So viel, wie du glaubst, sieht man gar nicht, wenn man von Oskars Küche in unsere Wohnungen schaut«, hat sie ihn beruhigt.

Oskar klappt das Heft zu. Dann legt er die Stirn in Falten. »Meine Güte! Hab ich dich mit meinen seltsamen Reden verschreckt?«

»Nein«, sagt sie und lächelt ihn an. »Mich verschreckt man nicht so leicht, keine Sorge.«

Wieder in ihrer Wohnung schlüpft Alice unter die Decke auf der Couch und greift nach dem Roman, den sie sich ein paar Tage zuvor aus der Bücherei geholt hat und der seitdem auf dem Couchtisch wartet. Aber so sehr sie auch versucht, sich auf die Zeilen zu konzentrieren, noch immer spuken ihr Oskars Erzählungen durch den Kopf. Nachdem sie dreimal dieselbe Seite gelesen hat, legt sie das Buch wieder zur Seite. Was ist los mit ihr? Seit Wochen schon ist sie kribbelig, und nun, nach dem Gespräch mit Oskar, ist es noch schlimmer.

Dabei hat sie sich vor dem Sommer so auf die Monate nach ihrer letzten Prüfung gefreut. Aber dann kam die Reise mit Henrik, danach hat sie ihr Manuskript geschrieben, und jetzt, da sie endlich einmal Zeit für sich hätte, kann sie sich nicht entspannen.

Seit ein paar Wochen bearbeitet sie ihre Textaufträge konsequent an den Vormittagen, um die Abende freizuhaben. Kurz nach halb neun Uhr setzt sie sich an den Schreibtisch – ganz gemütlich, mit einer großen Tasse Milchkaffee, einem Glas Wasser und einer Schale Müsli – und arbeitet bis etwa drei. Und doch hat sie permanent das Gefühl, dass ihr die neu dazugewonnene Zeit gar nicht zusteht. Sollte sie nicht schon längst eine »ordentliche Stelle« angenommen haben? Oder zumindest ein Praktikum?

In den letzten Wochen hat sie die Stellenangebote durchforstet. Meist hat sie den Laptop nach einer halben Stunde wieder zugeklappt, erleichtert, weil sie nichts gefunden hat. Das ist ihr eigentliches Problem. Dass sie nichts finden will. Zumindest nicht *irgendetwas*. Wenn sie schon einen Job (oder auch einen Praktikumsplatz) annimmt, dann soll es etwas Besonderes sein. Etwas, das sie ausfüllt.

Wenn wenigstens ihr Vater nicht wäre, der sie jedes Mal fragt, ob sie sich endlich wo beworben habe. Alice kann ihn ja verstehen, eine Lücke im Lebenslauf macht sich nicht gut, das sagen alle.

Und was haben Sie nach Ihrem Studium getan?, wird man sie fragen.

Was wird sie antworten? Ich habe ein Buch geschrieben, gebloggt und als selbstständige Texterin gearbeitet? Ich habe mit einem alten Mann Tee getrunken?

Von wegen Flexibilität! Die meisten Chefs wollen etwas Geradliniges. Sobald man ein wenig aus der Reihe tanzt, ist man für die meisten schon ein Risikofaktor. Zu sprunghaft. Zu flatterhaft. Zu eigensinnig. Ohne Verantwortungsbewusstsein.

Trotzdem. Bevor sie sich irgendeinen miesen Job antut, hat sie lieber eine Lücke. Und so schlecht geht es ihr ja nicht. Während andere durch den Tag hetzen, sich vom Chef ausbeuten oder von ihren Arbeitskollegen mobben lassen, kann sie sich ihre Tage frei einteilen. Ihre Auftraggeber verlangen nicht mehr von ihr, als dass sie rechtzeitig einen Text abliefert, der erfüllt, was man von ihm verlangt. Meist geht es ohnehin nur um die richtige Anzahl bestimmter Keywords. Von den meisten Auftraggebern kennt Alice nicht einmal das Aussehen, geschweige denn ihr Alter oder den Familienstand. Und eigentlich soll das auch so bleiben. Sie bekommt es ja von den anderen mit, wie schrecklich das ist, wenn die Arbeitskollegen einen mit ihren Babyfotos und Familiengeschichten belästigen.

Wenn sie das mit dem Sich-gemütlich-aufs-Sofa-Legen-und-nichts-Tun endlich lernen würde, könnte sie in Ruhe nach dem perfekten Jobangebot suchen und inzwischen einfach so weitertun wie bisher. Auch Henrik sagt, dass sie nicht so nervös sein soll. (»Was hat denn dein Vater von seinem tollen Job? Hast du nicht mal gesagt, dass er permanent über seine Stelle schimpft?«)

Sie seufzt. Auf das Buch kann sie sich jetzt nicht mehr konzentrieren. Also kann sie gleich aufstehen und im Forum nach einem neuen Auftrag suchen.

Sie schenkt sich ein Glas Wasser ein und setzt sich an den Laptop. Öffnet den Internetbrowser und loggt sich ein. Sieht sich die offenen Aufträge für ihre Gruppe an und findet einen passenden Aufruf. Ein sieben- bis achttausend Wörter umfassendes E-Book über Mobbing am Arbeitsplatz, das ein Coach den Besuchern seiner Internetseite gratis zur Verfügung stellen möchte. Die Links für die Recherche und die Überschriften der einzelnen Unterkapitel findet Alice in der Auftragsbeschreibung. Sie nimmt den Auftrag an, die dreihundertfünfzig Euro, die sie damit verdienen wird, sind mehr als die Hälfte der Monatsmiete. Abgabefrist ist in vierzehn Tagen, da macht es dann auch nichts, wenn ihr ein paar Gutachten aus Würzburg dazwischenkommen. Es ist ihr wichtig, dass sie den Psychiater nicht hängen lässt, denn er ist ihr wichtigster Kunde.

Während sie die Anweisungen herunterlädt, sieht sie aus dem Fenster. In Oskars Küche ist es dunkel, wahrscheinlich sieht er fern.

Einsam.

Sie schüttelt den Kopf. Wundert es sie? Wenn er jetzt aus dem Fenster sähe, würde er sie schon wieder an ihrem Schreibtisch sitzen sehen. Von einem Textauftrag zum nächsten, von einem Blogartikel zum anderen. Oskar hat ein ganz anderes Leben geführt als sie. Ist an den Wochenenden mit seiner Frau und den Kindern zum Wandern gefahren und im Winter ging es zum Rodeln. Nach den anstrengenden Vormittagen in der Schule verbrachte er die Nachmittage am liebsten in seinem Garten, wo er die Stille und das Vogelgezwitscher genoss.

Wie fremd müssen ihm die Leben erscheinen, die er hinter den Fenstern sieht. Auch ihr Leben muss ihm seltsam vorkommen. Sie hat weder Kinder, noch gibt es einen Mann, der sie regelmäßig besuchen kommt. Henrik war nur ein paar wenige Male hier, und auch sie geht kaum aus. Sechs von sieben Tagen in der Woche schläft sie allein. Entweder sieht Oskar sie an ihrem Schreibtisch sitzen, oder er sieht ihr dabei zu, wie sie mit ihrem Trolley und dem Rucksack das Haus verlässt.

Und die anderen im Haus? Im Dachgeschoß gibt es wenigstens Kinder. Kein Wunder, dass Oskar so gern zu der Mutter mit dem Baby hinüberschaut.

Judith. Judith und Vitus, wie das Leben, denkt sie. Oskar hat recht, ich habe nicht einmal gewusst, wie die Neue und ihr Kind heißen. Es hat mich nie interessiert. Susa und Tom waren anders, die haben am Gang gern geplaudert, da hat man einander kennengelernt. Um Susa und Tom tut es mir leid.

Sie denkt an Peter. Seitdem sie die geretteten Lebensmittel zum Jugendzentrum bringt, plaudert sie oft mit ihm. Manchmal kommt es ihr fast so vor, als würde er extra darauf achten, dass er sich in der Nähe des Foyers aufhält, wenn sie kommt. Aber vielleicht bildet sie sich das bloß ein.

Auch Peter kommt immer allein nach Hause. Sie fragt sich, wie er seine Abende verbringt. An manchen Tagen kommt er erst um halb zehn von der Arbeit. Dann hört sie ihn an ihrer Tür vorbei nach hinten gehen. An den Vormittagen scheint er meist zu Hause zu sein. Da seine Rollos erst sehr spät hochgezogen werden (das Haus ist so hellhörig, dass sie es bis nach vorne hört), nimmt sie an, dass er sehr lange schläft.

Und die anderen? Von Hamed El Sayed kennt Alice nur den Namen. Und den Geruch seiner Gewürze, weil er beim Kochen nicht nur sein Fenster, sondern auch die Tür zum Gang öffnet.

»Das kann er sich nur erlauben, weil die Reiter nie da ist«, hat Peter einmal gesagt.

Alice schmunzelt. Peter wäre ein ebenso guter Spitzel wie Oskar. Angeblich erfährt er alles, was im Haus geschieht, von Frau Neuhold. »Die Tratschgans«, nennt er sie, weil sie ihm so gern an den Postkästen auflauert. Die Tratschgans hat Peter auch erzählt, Frau Reiter habe Herrn El Sayed vorgeworfen, dass er mit seinem Essensgeruch die anderen Mieter im Haus belästige. Demnach müsste auch ich die Leute vertreiben, denkt Alice. Wer weiß, wie oft sie den Geruch meiner Gewürze dem Ägypter in die Schuhe schieben.

Alice mag weder Frau Reiter noch Frau Neuhold. Frau Reiter, so kommt es ihr vor, hasst jeden ihrer Mieter, und Frau Neuhold geht es nur darum, mit ihren Reisen anzugeben. Oder sie hetzt die Leute im Haus gegeneinander auf, indem sie überall Gerüchte streut. Im Gegensatz zu Oskar, der auch gerne erzählt, strahlt Frau Neuhold nichts Warmes, nichts Herzliches aus. Oskar interessiert sich für die Menschen in seiner Gasse. Frau Reiter und Frau Neuhold schauen auf jeden herab.

Die Bosićs hingegen findet sie nett. Zwar sind sie sehr ruhig – bis auf das eine Mal, als sie Frau Bosić in der U-Bahn begegnet ist, hat Alice noch nie mit den beiden gesprochen –, aber wenn sie das Ehepaar auf der Straße trifft, dann nicken ihr die beiden lächelnd zu und murmeln ein leises »Guten Tag«. Genauso sollte es sein, denkt Alice. Dass man freundlich zueinander ist und sich ansonsten in Ruhe lässt.

Oskar hat ihr erzählt, dass er vor Jahren noch versucht habe, mit dem Ehepaar ins Gespräch zu kommen, aber es sei ihm nie gelungen.

»Seit Jahren frage ich mich, wieso sie keine Kinder haben«, sagte er.

»Vielleicht wollten sie ja keine«, antwortete Alice, doch Oskar schüttelte den Kopf. »Nein. Ich bin mir sicher, dass es bei den Bosićs andere Gründe hat. Herr und Frau Bosić sind keine Menschen, die sich gegen Kinder entscheiden.«

Ach, Oskar!, denkt sie.

Sie schüttelt den Kopf und wendet sich wieder dem Bildschirm zu. Liest die Auftragsbeschreibung aufmerksam durch und klickt auf den ersten Link, den sie als Quelle nutzen soll. Da es ein ziemlich langer Text ist, beschließt sie, ihn auf dem Sofa zu lesen. Sie wird sich ein paar Notizen machen und dann auch die anderen Links öffnen. Mit der Arbeit am Text wird sie morgen beginnen, sie hat noch genügend Zeit.

32

In der letzten Novemberwoche kommen die Neuholds von ihrer Reise zurück. Gut gelaunt und redselig steigen sie aus dem Taxi, wie meist nach ihren Reisen. Während Horst die neunhundertvierundvierzig Bilder seiner Canon 70d in diverse Unterordner schiebt, erzählt Ute von kalten Nächten und warmer Stutenmilch, von Hundeschlittenfahrten, vom Schwarzmarkt in Ulaanbaatar, von der transsibirischen Eisenbahn und der Fahrt nach Peking, vom Tian'anmen-Platz, der Dashilar-Straße, der großen Warteschlange vor dem Mao-Mausoleum (fast länger als die Mauer selbst, scherzt sie) und vom Smog, der den Blick durch die Kamera trübte und sie zwang, sich trotz ihres unersättlichen Abenteuerhungers in ihr Zimmer zurückzuziehen.

Hamed ist derjenige, der zuhört. Er hat dem Ehepaar die Blumen gegossen, ihre Post aus dem Postkasten gezogen, ihre WhatsApp-Nachrichten gelesen und stets prompt zurückgeschrieben (dass alles in Ordnung sei am Papaverweg 6/3, dass die Blume am Fensterbrett ihre ganze Pracht entfalte und kein wichtiger Brief gekommen sei). Warum also soll er sich jetzt nicht zum Essen einladen lassen und ihre Bilder anschauen?

Während Horst die Leinwand aufrollt, stellt sich Hamed mit Ute ans Fenster und lässt sich (mit Blick auf die Leuchterblume) loben. »Einen grünen Daumen haben Sie, Herr El Sayed, wirklich wahr!«

Als Hamed bemerkt, dass Herr Zimmermann im Fenster gegenüber von seinem Rätsel aufsieht, winkt er mit beiden Armen.

»Jesses, glotzt der Alte schon wieder herüber!«, seufzt Frau Neuhold.

Hamed tut, als hätte er sie nicht gehört. Er will sich niemanden zum Feind machen. Also tritt er vom Fenster zurück und lässt sich süßen Sherry kredenzen. Diesmal hat er einen hohen, harten Polster mitgenommen, den stopft er sich, bevor er auf dem Neuholdschen Sofa Platz nimmt, unter den Hintern. »Wegen Hüfte«, erklärt er, worauf ihm Frau Neuhold drei weiche Kissen für sein Kreuz reicht. »Zum Ausstopfen!«

Zur selben Zeit steht vor dem Haus ein Lieferwagen der Firma DHL. Der kommt nun alle paar Tage, ebenso wie der Paketdienst der Post und der Bio-Kisterl-Lieferant. Sogar ein LKW der Firma Metro war schon einmal hier. Jeden Tag ein neuer Lieferant, ein neues Paket. Das fällt vor allem Oskar auf. Wenn es draußen brummt, blickt er von seinem Sudoku auf und wundert sich über die neuerdings so rege Liefertätigkeit am Papaverweg 6.

Auch jetzt sieht er den Wagen. Und noch etwas nimmt er wahr: Hinter dem Häkelvorhang der Neuholds steht einer, der nicht Herr Neuhold ist, und winkt.

Haben die beiden Besuch?

Oskar schüttelt den Kopf. Dann hebt er den Blick zu den Fenstern des Jugendarbeiters, hinter denen jetzt dicke, dunkle Vorhänge die Sicht versperren. Oskar ärgert sich seit Tagen. Er hätte den Mann nicht auf seine Arbeit ansprechen dürfen. Vielleicht hätte er auch sein Heft nicht herzeigen sollen. Wer weiß, was Alice jetzt von ihm denkt.

Vielleicht sollte er sich in Zukunft vor den Fernseher setzen, so wie man es von ihm erwartet. Er ist ein alter Mann, was mischt er sich ein? Was gehen ihn die Leute dort drüben an? Was kümmert es ihn, ob sich Herr Lindner vergiftet?

Früher hat man am Papaverweg noch aufeinander geschaut. Aber die Zeiten sind vorbei. Heute mögen es die Menschen nicht, wenn man Anteil nimmt. Heute gibt es keine Nachbarschaftshilfe und keine Fürsorge mehr. Jeder tut, wie er möchte, und wehe, es mischt sich jemand ein.

Wer weiß, in welches Wespennest er mit seiner Frage gestochen hat! Vielleicht sind die Fahrräder, die er an der Wand des Mannes gesehen hat, sogar gestohlen. Was weiß er schon von den Menschen dort drüben?

»Sei doch nicht so naiv!«, würde Ella sagen, wenn sie jetzt neben ihm säße.

Naiv und gutgläubig, das hat sie ihn oft genannt.

Vielleicht ist er es. Wenn es nach ihm ginge, könnte Herr Lindner in seiner Garage eine ganze Fahrradwerkstätte einrichten. Oskar hätte sich gefreut, wenn der Mann hinter dem Haus gearbeitet hätte. Aber er kam ja nicht einmal dazu, seinen Vorschlag zu äußern, denn der Jugendarbeiter hat ihm sofort den Rücken zugedreht.

Er seufzt. Wenn Luise wüsste, wer sich auf ihrem Grund alles eingenistet hat. Seitdem das Haus hier steht, herrscht in der Gasse eine ungute Stimmung. Vielleicht aber würde Luise ihn ganz ruhig ansehen. Ja, jetzt sieht er sie direkt vor sich, wie sie sich zu ihm beugt und flüstert: »Hab ich es dir nicht gesagt? Solange der Russe in meinem Garten begraben liegt, wird es hier nie Frieden geben.«

Aber kann man so einem armen Skelett die Schuld in die Schuhe schieben (oder auch in die russischen Militärstiefel)?

»Blödsinn!«, ruft Oskar.

Dennoch. Als er den Blick wieder senkt und den Kugelschreiber in die Hand nimmt, ist er so verwirrt, dass er die Zahl Fünf gleich ein drittes Mal in die oberste Reihe des Sudoku schreibt.

33

Manche Menschen existieren nur als Paar. Die Bosićs etwa. Sie wachen gemeinsam auf, trinken Kaffee, und wenn sie abends beim Essen sitzen, dann klappern ihre Gabeln im Gleichtakt.

Und dann gibt es Menschen wie Alice. Zwar will sie nicht allein durchs Leben gehen, aber sobald einer daherkommt, der es ein bisschen ernster meint mit dem gemeinsamen Aufstehen und Schlafengehen, bekommt sie es mit der Angst zu tun. Deswegen verliebt sie sich nur in die, die an eine gemeinsame Zukunft gar nicht erst glauben.

Für Henrik ist die Liebe ein Badmintonspiel. Wie ein Federball schwebt er von einer zur anderen und wieder zurück.

»Wo ist denn die Alice, die ich kennengelernt habe?«, fragt er sie eines Abends, neckend zwar, mit einem Grinsen im Gesicht, aber hinter seinem Lachen bleckt die Enttäuschung bereits die Zähne.

Wo ist sie hin, die verkuschelte Alice? Wo ist die junge, offenherzige Lebensmittelretterin? Wo ist die Studentin, die in sein Leben geplatzt ist (Smartphone auf dem Tisch, Diktierfunktion an) und ihn mit ihren neugierigen Fragen gelöchert hat? Wo ist die Kämpferin für mehr Gerechtigkeit auf dieser Welt, in die er sich so verliebt hat?

Hat sie sich in den letzten Monaten verändert? Ist sie wirklich so plump und schwer geworden, wie Henrik meint? Oder hat sie bloß aufgehört, ihm und auch sich selbst etwas vorzuspielen?

Sie erinnert sich daran, wie leicht sie sich gefühlt hat, damals, in den ersten Wochen mit ihm. Man hatte ihr erzählt, dass er von seiner Reise zurück sei. Der große Dumpster King of the Road. Als sie ihm das erste Mal begegnete, war sie überrascht, wie durchschnittlich er aussah. Nicht groß, nicht klein, nicht dick, nicht dünn, der Bart in derselben Weise zurechtgestutzt wie bei allen anderen, nicht einmal Dreadlocks hatte er am Kopf, sondern dünnes, mittelblondes Haar. Die Augen blaugrau, die Nase wie eine Knolle, die Haut seiner Zehen, die in alten Flip-Flops steckten, rissig, die Zehennägel jedoch gepflegt.

Das alles sah sie, während sie neben ihm saß. Das Zimmer, in dem sich die Mitglieder von *No Waste!* trafen, kannte sie damals seit einem halben Jahr, sie wusste, dass es Teil seiner Wohnung war. Hinter der Milchglastür lag der Rest von Henriks Reich.

Sie fand es cool, was er getan hatte. Einfach so abzuhauen und in die Welt hinauszufahren, mit nichts außer einem Schlafsack und einem Rucksack, in dem sich das Nötigste befand: ein paar T-Shirts, ein dicker Wollpullover, Wanderschuhe, ein Lunchpaket für die ersten Stunden, ein Taschenbuch. Kein Geld, kein Handy, kein Fotoapparat. Manchmal malte Alice sich aus, dass es Henriks Reise gar nicht gab, dass er hinter der Milchglastür saß und ausharrte.

An dem Abend, an dem sie ihn das erste Mal sah, saß er still auf seinem Stuhl. Ließ sich von den anderen erzählen, was sich in den letzten dreizehn Monaten getan hatte, und blieb selbst stumm. Es war Sommer, Ende August. Der Geruch seiner Haut erinnerte Alice an vermodertes Laub, weswegen sie sich vorstellte, dass er vielleicht im Wald gewesen war. (Mittlerweile ist es umgekehrt. Jetzt passiert es ihr, dass sie an Henrik denkt, wenn sie nasses Laub riecht.)

»Jetzt erzähl endlich!«, rief Denise, doch Henrik zog es vor, sie auf ein anderes Mal zu vertrösten. Meine Güte, sagte sein Blick, so toll, wie ihr tut, war es nun auch wieder nicht. Eine Auszeit eben, täte euch auch gut.

»Also hat es gar keinen Sinn, dich zu fragen, ob ich dich für meinen Blog interviewen darf?«, fragte sie ihn keck. Wusste selbst nicht, woher sie den Mut nahm, normalerweise war sie viel zu feig, um von sich aus auf Fremde zuzugehen.

Jetzt aber saß ER neben ihr.

Er sah sie an. Lächelte. »Was ist das für ein Blog?«

So hat es begonnen. Sie ist in seine Wohnung spaziert (eine Woche später) und drei Nächte geblieben. Als sie hinter der Milchglastür Stimmen vernahm, drückte Henrik ihren Oberkörper auf die Matratze. »Wir tun einfach so, als wären wir nicht da«, flüsterte er ihr zu und knabberte an ihrem Ohrläppchen.

Da lagen sie. Körper an Körper, in der ausklingenden Augusthitze, die man im Souterrain ohnehin nicht wahrnahm. Als Alice am dritten Morgen das Haus verließ, war sie überrascht, wie heiß es draußen noch immer war.

Was folgte, waren vier märchenhafte Wochen. Henrik war aufmerksam, zärtlich, wild, verträumt (ohnehin verbrachten sie die meiste Zeit in seinem Bett und schliefen), und er war voller Geschichten. Wenn er erzählte, nahm Alice ihn mit ihrem Handy auf oder schrieb mit. Weil es von seiner Reise keine Fotos gab, bat sie ihn, seinen Schlafsack und Rucksack fotografieren zu dürfen. Den Wollpullover, das Taschenmesser, die Hose mit den abnehmbaren Hosenbeinen, die Wanderschuhe mit den geklebten Sohlen, die bunte Jacke aus Fleece, die er neben den Mistkübeln am Bahnhof von Porto gefunden hatte und die in der Zwischenzeit zu seinem Lieblingskleidungsstück geworden war, den Holzhahn aus Barcelos, den ihm eine alte Frau in die Hand gedrückt hatte, die ramponierten Flip-Flops, mit denen er auf der Insel Brač von einer Seite des Berges zur anderen gewandert war, sodass er, als er endlich auf das Goldene Horn blicken konnte, Blasen an den Zehen gehabt hatte, die blaue Regenhose, die ihm ein Ehepaar aus Irland mit auf den Weg gegeben hatte (»Sie hießen Henry und Molly, wie Henry Flower und Molly Bloom«, sagte er), die drei Samen, die ihm ein Künstler aus Mostar in die Hand gedrückt hatte, mit der Bitte, er möge sie an irgendeinem öffentlichen Platz in Wien in die Erde stecken, den bunten Tonaschenbecher, den ihm ein sechsjähriges Mädchen in Sarajevo geschenkt hatte, und das Haarband jener Frau, die er drei Wochen lang unsterblich geliebt und die er dann trotzdem (oder vielleicht gerade deswegen) wieder verlassen hatte. Durch Alices Blog erfuhren alle, die es wissen wollten, ihren Namen: Mărioara. Eine Anglistikstudentin aus Bukarest, die in einem alten Zinshaus im letzten Stock lebte, leidenschaftlich gern Querflöte spielte und Henrik von ihrer Großmutter erzählte, die sie innig geliebt hatte, und die nach Ceaușescus Tod, den andere bejubelt hatten, vier ganze Tage durchgehend geweint haben soll.

Vieles auf der Reise wiederholte sich. Die Kontaktaufnahme mit lebensmittelrettenden Organisationen vor Ort, das gemeinsame Kochen, die Gespräche, die Freundschaften auf Zeit, die Suche nach Mitfahrgelegenheiten, die Ziele, die sich immer wieder spontan ergaben, wenn jemand ihm anbot, ihn irgendwohin mitzunehmen. Henrik stieg aus Prinzip nur bei jenen ein, die ohnehin auf dem Weg irgendwohin waren, kein Kilometer durfte allein seinetwegen zurückgelegt werden. Durch seine Anwesenheit verkleinerte er den ökologischen Fußabdruck jener, bei denen er mitfuhr. Während der Fahrten unterhielt er sich gerne. Über Gott und die Welt, über den Sinn des Lebens, über die Liebe, über die Ausbeutung der Dritten Welt. Über die Umweltverschmutzung, die Zukunft der Menschheit, die eigene Verantwortung und den Moment, der einfach nur genossen werden wollte. Nur wenn er bemerkte, dass der andere es still haben wollte, schwieg er, sah den Scheibenwischern zu, klappte die Sonnenblende herunter, hörte Musik oder schlief.

»Und du hast dir wirklich keine einzige Telefonnummer aufgeschrieben?«, fragte Alice. »Von niemandem?«

Nein. Hatte er nicht. Wie oft versprechen Menschen einander, in Kontakt zu bleiben, zu schreiben, zu telefonieren oder gar wiederzukommen, und tun es dann doch nie? Henrik wollte frei sein, wenn er ging. Eine Telefonnummer wog schwerer als ein zu voll gepackter Rucksack. Für die Erinnerung war allein das Gedächtnis zuständig, aus diesem Grund machte er keine Fotos. Auch gab es kein Reisetagebuch. Wozu? Was die Seele vergessen will, muss man nicht in ein Buch schreiben.

Natürlich war Alice fasziniert von ihm. Welche Frau wäre es nicht gewesen? (Gut, es gibt Frauen, die lieber Mr. Clooney bei der Müllproduktion durch übermäßigen Kapselkaffeeverschleiß zusehen, aber von diesen soll hier nicht die Rede sein.)

Da lagen sie. Henrik und Alice, Alice und Henrik. Hinter dem Fenster zum Hof, durch das Alice nur sehen konnte, wenn sie auf Henriks selbst gezimmertem Hochbett lag, übergab der Sommer sein Zepter an den Herbst. Und so, wie der Wind die ersten herabgefallenen Blätter verwehte, tat er es auch mit Henrik. Er war niemandes Eigentum. Das hatte er ihr von Anfang an gesagt: Dass er nicht daran glaubte, dass zwei Menschen einander alles geben können.

Als es so weit war, verließ Alice das Liebesnest, in dem nun auch andere liegen durften. Verkroch sich in ihrer Wohnung, wartete auf Henriks Anruf, befahl sich, es nicht zu tun, versuchte, sich stattdessen auf ihr Studium zu konzentrieren. Bemühte sich, nicht zu lieben, und tat den anderen gegenüber so, als hätte es die Wochen hinter der Milchglastür nicht gegeben.

Dann rief er plötzlich wieder an. Sagte, dass er sie vermisse. Sie sehen müsse. Also kam sie und hielt ihn, als er ihr von der Dunkelheit erzählte, umschlungen und ließ ihn über ihre Narben streichen, zum Beweis dafür, dass sie ihn verstand. Danach fuhr sie wieder nach Hause und wartete erneut auf seinen Anruf. Traf sich weiterhin mit den Mitgliedern von *No Waste!*, setzte sich an den Tisch im Gemeinschaftsraum und zuckte, wenn jemand fragte, ob sie etwas von Henrik wisse, mit den Schultern. (Wusste dabei nie, ob er hinter der Tür vielleicht gerade eine bei sich hatte, zu der er in dem Moment sagte: Wir tun einfach so, als wären wir nicht da.) Danach fuhr sie wieder nach Hause. Schrieb an ihrer Masterarbeit und lernte für die letzten Prüfungen. Traf sich mit Guerillagärtnern, Betreibern von Essenstafeln, Seifensiedern, Bienenzüchtern, Lebensmittelrettern und Tierschützern sowie einer Dachterrassengärtnerin (die Kontakte schoben ihr Lydia, Denise und Henrik abwechselnd zu) und interviewte sie für ihren Blog. So oft es ihr möglich war, teilte sie sich zur Lebensmittelrettung ein, erfand mit den Resten spontane Rezepte und fotografierte ganz automatisch die einzelnen Arbeitsschritte für ihren Blog. Lernte, schrieb ein weiteres Kapitel ihrer Masterarbeit, legte sich ins Bett, wachte wieder auf, suchte auf YouTube nach alten Hitchcock-Filmen, heulte, wenn es romantisch wurde, wie ein Schlosshund, korrigierte das am Nachmittag Geschriebene und legte sich gegen drei Uhr morgens endlich schlafen. Wenn Henrik anrief, war sie entweder unterwegs oder aber ihr Handy lag mit leerem Akku unter den Lernunterlagen begraben. Wenn sie ihn sah, waren sie oft nicht allein. Manchmal fuhr sie nach Hause, bevor die anderen es taten, andere Male blieb sie und folgte ihm auf die andere Seite der Milchglastür. Hatte Sex mit ihm, schlief ein und schlüpfte am Morgen wieder in ihre Kleidung. Fuhr mit der U-Bahn nach Hause, stellte Kaffee auf, setzte sich an den Laptop und stellte irgendwann fest, dass es kaum noch wehtat.

Am Ende des Frühjahres gab sie ihre Masterarbeit ab. Inzwischen war aus *No Waste!* ein Verein geworden. Henrik sprach bei den Informationsveranstaltungen, Alice kochte Häppchen und schrieb die Berichte für die Vereinsseite. Für die anderen waren sie das Traumpaar an vorderster Front. Auch bei Festen und Vereinstreffen sah man sie stets Seite an Seite. Die anderen Frauen, mit denen Henrik sich traf, traten nie in Erscheinung – und irgendwann begann Alice sich zu fragen, ob es überhaupt welche gab. Durch den Stress auf der Universität hatte sie ohnehin keine Zeit, darüber nachzudenken.

Erst als sie in Barcelona auf dem Wohnzimmerboden des Spaniers aufwachte, erkannte sie, dass es so nicht weitergehen konnte. Dass weder das Massenlager auf dem Boden noch die Fahrten per Anhalter zu ihr passten. Dass sie sich einen gemeinsamen Urlaub anders vorstellte, dass sie sich auch ein gemeinsames Leben anders vorstellte. (Dass sie sich, im Gegensatz zu Henrik, so etwas wie ein Leben »bis dass der Tod euch scheidet« vorstellen konnte, wenn auch nicht mehr mit ihm.) Also rollte sie ihren Schlafsack zusammen, drückte José (so hieß der Typ, auf dessen Boden sie vier Nächte geschlafen hatte) die Hand, winkte den anderen am Frühstückstisch zu, drückte Henrik einen Kuss auf den Mund und verließ die Wohnung. Spazierte durch den Parc Güell, schoss ein paar Fotos (weil sie der Meinung war, dass man der Erinnerung durchaus auf die Sprünge helfen darf) und fragte sich schließlich zum Bahnhof durch, wo sie ihre Bankomatkarte zückte und sich nach der nächsten Zugverbindung Richtung Wien erkundigte.

Siebenundzwanzig Stunden später war sie zu Hause. Legte sich in ihr Bett (ein Bett, das nur ihr allein gehörte!), schlief ganze dreizehn Stunden am Stück, krabbelte wieder heraus, taute zwei Zimtschnecken auf, kaufte Milch für den Kaffee, setzte sich an den Schreibtisch, fuhr den Laptop hoch und begann, das Manuskript zu überarbeiten, das schon viel zu lange darauf wartete, fertig zu werden.

Ende August – Henrik befand sich bereits in einem VW-Bus Richtung Österreich – schickte sie die 187 Seiten an drei Verlage, deren Homepage darauf schließen ließ, dass sie mit dem Thema »Leben ohne Müll« etwas anfangen konnten. Als ihr Handy klingelte und Henrik fragte, ob sie Lust hätte, ihn zu sehen, legte sie die Notizen und Ausdrucke in die Lade, schlüpfte in die Sandalen und fragte sich, warum sie nicht einfach Nein gesagt hatte.

Abermals zwei Stunden später lag sie in seinem Bett. Ließ sich von ihm übers Haar streichen und stellte fest, dass sie einfach noch nicht bereit für ein endgültiges Nein war. Wozu auch? Ausdrücke wie »für immer« oder »nie wieder« gibt es für Henrik ohnehin nicht.

34

Während sie damit beginnt, Listen zu schreiben (Dinge, die sie sich fürs nächste Jahr vornimmt: Henrik verlassen, Bewerbungen schreiben, neue Themen für den Blog finden), während sie weiterhin mit ihrem Trolley loszieht, um Lebensmittel zu retten, während sie mit Peter am FreeFoodFridge plaudert und mit Oskar Striezel isst und Hagebuttentee trinkt, stürzt sich der Advent auf die Stadt. In den Straßen hängt Weihnachtsbeleuchtung, im Radio spielt es *Last Christmas* in Endlosschleife, und in der U-Bahn drängen die Menschen mit ihren Einkaufssäcken, starren müde vor sich hin, schwitzen, husten, niesen, pressen sich winzige Knöpfe in die Ohren und streiten mit jenen, die man nicht sieht. Alice stolpert über abgestellte Einkaufssäcke, verlässt den Waggon, stellt sich auf die Rolltreppe, geht zur nächsten U-Bahn, steigt ein und wieder aus und spaziert das letzte Stück zu Fuß. Kämpft sich durch die einkaufswütigen Massen auf der Mariahilfer Straße, biegt in eine Gasse ein, nach links, nach rechts, nach links, geht durch das große Tor in den Hinterhof und klopft an die Tür, die direkt zu Henriks Zimmer führt. Dort ist es heiß und kalt zugleich, und aus dem kleinen Ofen raucht es.

Er streicht ihr das Haar aus dem Gesicht, wickelt ihr den Schal vom Hals, küsst sie auf den Mund, den Nacken, das Ohr.

»Hör mal«, sagt sie zögernd und drückt ihn sanft weg. »Ich glaub, wir sollten miteinander reden. Ich kann so nicht mehr weitertun.«

In den folgenden Minuten sind sie sehr vernünftig. Zuerst spricht sie, dann er, dann sie. Sie gestikuliert mit den Händen, er sitzt steif da und nickt mit dem Kopf. Dann gibt er Antwort, sie weint ein bisschen. Nach einer halben Stunde ist alles gesagt, was es zu sagen gibt. Sie umarmen einander, drücken sich fest aneinander, versprechen, dass es zu keinen dramatischen Szenen oder sonstigen Unannehmlichkeiten kommen wird, wenn sie einander am Vereinstisch gegenübersitzen. Danach greift er zu dem Holzkistchen, offensichtlich ist er der Meinung, dass ein bisschen Marihuana ausreicht, um die Situation zu verdauen. Ein paar Minuten sitzen sie schweigend auf dem Sofa. Alice sieht Henrik dabei zu, wie er den Kopf zurücklehnt und an dem Joint zieht, und schüttelt den Kopf, als er ihn an sie weiterreichen will, woraufhin er sie mit demselben bedauernden Blick betrachtet, mit dem ihr Mathelehrer ihr damals das Schularbeitsheft mit dem darin eingetragenen *Nicht genügend* überreicht hat.

Sie greift nach der Jacke. »Ich werd dann mal«, sagt sie und wickelt sich den Schal um den Hals.

Aufstehen. Den Kopf einziehen, damit sie nicht gegen das Hochbett stößt. Die Tür öffnen, auf die Gasse treten und nie wieder hierher zurückkommen. (Zumindest nicht als seine Geliebte.)

Als sie in der Tür steht, hört sie sein Feuerzeug schnappen.

Sie dreht sich ein letztes Mal um und winkt. Dann schließt sie die Tür, atmet die kalte Luft ein und geht an seinen Fenstern vorbei.

Und jetzt? Was tut man, nachdem man einen Mann verlassen hat, den man gar nicht verlassen kann, weil er sich von vornherein gegen das Verlassenwerden abgesichert hat?

Am liebsten würde sie Claudia anrufen, aber Claudia sieht so spät am Abend nie in ihre Skype-Benachrichtigungen, und an ihr Telefon geht sie um diese Uhrzeit auch nicht. Entweder sitzt sie jetzt mit Fronk vor dem Fernseher oder mit einer Freundin im Kino. Oder beim Japaner. Oder beim Inder.

Ganz abgesehen davon, dass ein langes Telefonat nach Holland teuer ist (es sei denn, man kennt sich mit diversen Anbietern und Apps aus, was Alice jedoch nicht tut).

Also fährt sie mit der U-Bahn zurück über die Donau, holt sich am Würstelstand eine Leberkäsesemmel (nur eine einzige, sagt sie sich, dann höre ich wieder damit auf), setzt sich an den Schreibtisch, öffnet YouTube und dreht den Bildschirm so, dass sie ihn vom Sofa aus sehen kann. Vielleicht wird sie ein wenig heulen, später dann, vor dem Einschlafen. Davor jedoch wird sie sich die halbe Nacht mit alten Filmen um die Ohren schlagen. Und sie wird ihr Handy ausschalten. Gleich jetzt.

35

»Die Polizei?«

»Aber ja! Wenn ich es Ihnen doch sag!«

Die Backen der Ute Neuhold blähen sich auf, die Fäuste hat sie in die Hüften gepresst.

»Ich hab mir ja gleich gedacht, dass mit Ihrer Nachbarin etwas nicht stimmt!«, teilt sie Peter mit glänzenden Augen mit. »Wo bei der doch monatelang dieser Zettel in der Tür gesteckt hat. Vom Gerichtsvollzieher! Haben Sie das mitbekommen?«

Die Neuhold, denkt Peter, neugierig wie immer. War sie nicht in Usbekistan? Oder war es Turkmenistan? Woher weiß sie überhaupt von dem Zettel an der Tür der Klein, obwohl sie so lange im Ausland gewesen ist?

»Die Polizei? Bei der Klein?«, fragt er. »War die heute überhaupt hier?«

»Aber geh!«, winkt die Neuhold ab. »Die führt doch alle an der Nase rum! Nicht einmal die Reiter weiß, wo die steckt. Die Miete scheint sie aber zu zahlen, sonst wäre sie längst aus der Wohnung geflogen!«

Peter zuckt mit den Schultern. Dass er den Postkasten der Klein unter Kontrolle hat, sagt er der Tratschgans nicht, das geht sie nichts an. Er tut es nicht aus Sensationslust, er möchte wissen, was nebenan geschieht. Unterschätze nie deine Nachbarn, das hat er gelernt, als Kind, in Wundschuh.

Muriel Klein – soviel hat er inzwischen festgestellt – wird ihm keine Probleme machen. Im Gegenteil, sie tut ihm sogar einen Gefallen. Gibt es perfektere Nachbarn als jene, die nie da sind?

Die Neuhold hingegen …

»Wissen Sie, was ich glaub? Die wohnt bestimmt bei ihrem Freund und kassiert die Notstandshilfe. Die bekommt sie ja nicht, wenn sie einen hat, der gut verdient.«

Wie soll er sie wieder loswerden? Er kann sich doch nicht einfach umdrehen und gehen. Schweigen hilft auch nicht, so, wie sie ihn ansieht. Komm schon, sag endlich was!, betteln ihre Augen.

»Kostet die Miete hier nicht mehr als so eine Notstandshilfe ausmacht?«, fragt er, weil er nicht weiß, was er sonst sagen könnte.

Ute Neuhold reicht es allemal, glückselig teilt sie ihr Wissen mit ihm: »Haben Sie eine Ahnung! Die bekommen die Miete doch bezahlt! Die Miete, die Fahrscheine, sogar die Fernsehgebühren! Unsereins muss das alles vom eigenen Gehalt bezahlen oder, wie in meinem Fall, von der Pension. Aber denen wird alles in den Hintern gesteckt! Früher hat es noch was gezählt, wenn man fleißig war, aber heute wird man fürs Arbeiten richtiggehend bestraft. Kein Wunder, dass sich da manche auf die faule Haut legen. Und wenn Sie mich fragen, Herr Lindner, die Klein ist auch eine von denen!«

Ich frag dich aber nicht, denkt er, dann greift er sich auf den Bauch. »Irgendein Virus«, stöhnt er, dass da was umgehe im Jugendzentrum.

Sofort springt sie aus dem Weg.

»Ja, wieso sagen Sie das denn nicht gleich?«

Er läuft eilig die Treppen hoch, erst an der Tür von Muggi Klein bremst er sich ein. Tatsächlich. Das Schreiben des Gerichtsvollziehers ist weg. Ganze vier Monate hing es hier, jetzt ist die Stelle nackt. Ob das die Polizei mitgenommen hat?

Er schließt die eigene Wohnungstür auf. Geht an der Klotür vorbei (von wegen Durchfall!) und tritt ins Wohnzimmer. Jetzt braucht er erst einmal einen Espresso.

36

22. Dezember. Wie üblich steht er gegen elf Uhr auf. Wäscht sich, trinkt zwei Tassen starken, schwarzen Kaffee mit viel Zucker. Starrt auf das am Boden ausgebreitete Packpapier, streckt das linke Knie durch, zieht es wieder zum Körper, schaut auf das Blau des Vorhangs, betrachtet die darin eingewobenen violetten Fäden, biegt das Kreuz durch, drückt sich mit den rechten Fingerknöcheln gegen die Lendenwirbel. Steht wieder auf, hustet, geht zum Fenster, schiebt den Vorhang ein wenig zur Seite, schaut auf die Gasse, stellt sich vor, wie es wäre, einen riesigen Eisbrocken auf das Dach des schwarzen Geländewagens fallen zu lassen (malt sich aus, wie der Brocken schmelzen und eine tiefe, nasse Delle hinterlassen würde). Sieht hinüber zum Fenster des Alten, streckt die Zunge heraus, lässt dann den Vorhang wieder los, geht ins Bad, putzt sich die Zähne, spuckt aus, spült, spuckt, gurgelt, fährt sich mit der nassen Hand durchs Haar, geht zurück ins Wohnzimmer, bückt sich, berührt mit der Spitze des Fingers den Lack am Fahrradrahmen (bis zum Abend wird er hoffentlich hart sein), richtet sich wieder auf, sehnt sich nach einer Zigarette, schaut auf die Uhr, holt das Handy, öffnet die Ö1-App, verbindet das Handy mit dem Lautsprecher, setzt sich wieder auf den Sessel, hört zu. Starrt die Wand an. Trinkt einen dritten Espresso. Holt schließlich die Weihnachtskarten aus dem Schuhkarton, setzt sich an den Tisch und schreibt. Legt den Kugelschreiber weg, steht auf, streckt sich, greift nochmals auf den Lack des Fahrradrahmens. Holt das Handy, steckt es in die Hosentasche, greift zur Jacke, schlüpft in die Schuhe, setzt sich die Haube auf den Kopf und verlässt die Wohnung.

Im Jugendzentrum spielt er mit Ümit, Rijad und Leon fünf Partien Tischfußball, dann setzt er sich ins Büro und plaudert mit Birgit. Danach hilft er Fanny bei der Mathehausübung und lässt sich ihren neuen Text vorrappen. Hört sich Vladis Schimpftiraden an, die sich gegen den amerikanischen Präsidenten und die rechte Partei im eigenen Land richten. Setzt sich mit den Kollegen an einen Tisch, um das Programm für die Ferien zu besprechen. Geht anschließend in den Turnsaal und macht den Schiedsrichter beim Basketball. Tröstet Mischa, dessen Freundin vor zwei Stunden einen anderen geknutscht hat, spielt mit Jeton eine Partie Schach, hilft Emil, das Loch in seinem Fahrradschlauch zu flicken. Denkt an Alice. Spielt mit Kathi, Klaus und Ümit Darts, quatscht mit Fabio über das Eishockey-Nationalteam und tritt ins Büro, um sich von Birgit zu verabschieden. Wünscht ihr »Frohe Weihnachten« und bleibt dann trotzdem noch zwanzig Minuten stehen, um sich anzuhören, was die vierzehnjährige Evi Birgit im Vertrauen erzählt hat. Geht schließlich an den Fußballtischen vorbei, winkt Klaus und Kathi zu und klopft Ümit auf die Schulter. Dann drückt er die Glastür auf, schaut im Vorbeigehen zum Kühlschrank und stellt fest, dass ihn nichts darin anspricht. Also schlendert er die Straße entlang und biegt zum Supermarkt ein. Kauft sich zwei Orangen, gebackenen Emmentaler und eine Packung Bounty und geht nach Hause. Schaltet das Backrohr ein, legt den Emmentaler hinein, holt eine Schüssel Apfelmus aus dem Tiefkühler (von Alice), steckt das Handy an die Lautsprecherboxen und inspiziert die lackierten Rahmen auf Mängel. Setzt sich an den Klapptisch und isst. Denkt an das, was Birgit ihm von Evi erzählt hat. Denkt an Maria, wie sie ihm ein paar Tage vor ihrem Tod von einer Fünfjährigen erzählt hat, die sich mit einer Kinderschere zwischen die Beine stoßen wollte. Steht auf, wäscht den Teller, das Besteck und das Backblech ab. Schenkt sich ein großes Glas Traubisoda ein, schaltet das Handy aus und drückt auf den CD-Wiedergabe-Knopf. (Mussorgskys *Bilder einer Ausstellung.*) Hockt sich neben den Rahmen eines Kinderrads und beginnt, die Räder anzuschrauben.

Kurz nach zwei Uhr ist er mit allem fertig. Er legt sich ins Bett und schläft, bis er von der Türklingel geweckt wird.

II

1

Am Morgen des 24. Dezember stehen drei Damenräder, zwei Batman-Tretroller, zwei silberblaue Bubenfahrräder sowie zwei pinkfarbene Mädchenfahrräder mit lila Schmetterlingen vor dem Eingang eines Wiener Flüchtlingswohnheims. Von jedem der Lenker baumelt eine Weihnachtskarte mit dem Logo von SOS Kinderdorf.

Merry Xmas from Peter, Paul and Mary! – so der Gruß auf der Rückseite.

Bis zum Abend haben sich die Fotos der Räder und Weihnachtskarten, die ein ehrenamtlicher Helfer mit den Worten *Whoever you are – we say THANK YOU!!!* auf Facebook geladen hat, tausendfach verbreitet. In den Kommentaren unter dem geteilten Posting finden sich blinkende Herzchen, Blumensträuße, hüpfende Minions, gerührte Smileys und fröhliche Snoopys, aber auch Zeilen wie:

Typisch, für die gibt es wieder einmal alles gratis!

Und was ist mit unseren Kindern??

Frohen Sturz ins Neue Jahr!

Und noch etwas verbreitet sich bis zum Abend. Es ist das aus einem Foto ausgeschnittene Logo von SOS Kinderdorf. Darüber ein einziger Satz, in Großbuchstaben: *DORT LANDEN UNSERE SPENDEN AN SOS!!!!* Dieses empörte Posting wird fast ebenso oft geteilt wie die Fotos des dankbaren Helfers und löst in ganz Österreich eine Welle der Empörung aus.

Am Abend des 25. Dezember gibt die Pressesprecherin von SOS Kinderdorf in der *Zeit im Bild 2* bekannt, dass, wer immer hinter der Spende stecke, zwar nichts mit der Organisation zu tun habe – schließlich würden die Weihnachtskarten der Organisation an alle Haushalte geschickt und könnten daher von jedem x-beliebigen Bürger verwendet werden –, SOS Kinderdorf freue sich jedoch über so viel Großzügigkeit und wolle sich bei dieser Gelegenheit für die Kinderfahrräder, die im Lauf der letzten Jahre vor den Türen diverser Waisenhäuser aufgetaucht seien, von ganzem Herzen bedanken.

»Wir kennen die Spenden von *Peter, Paul and Mary* seit etwa sechs Jahren. Wir wissen auch, dass solche Räder in regelmäßigen Abständen vor Gemeindebauten sowie an diversen öffentlichen Plätzen der Stadt auftauchen, meist mit einem Schild, das zur freien Entnahme auffordert. Es gibt etliche dieser Räder in Wien, bis jetzt hat nur noch niemand darüber berichtet.«

Nein, das stimmt so nicht, denkt Özlem, die an diesem Abend allein vor dem Fernseher sitzt. Özlem studiert Germanistik und Publizistik und schreibt seit zwei Jahren für ein junges Stadtmagazin. Sie selbst war es, die über die zwei Räder, die eines Tages an den Fahrradständern ihres Gemeindebaus lehnten, berichtet hat. Özlem hat damals sogar eine Fotografie ihres Artikels auf Facebook geteilt, die Resonanz jedoch ist ausgeblieben, gerade einmal zwei Freunde haben ihr ein Daumen hoch geschenkt. Aber ein Gemeindebau ist kein Flüchtlingswohnheim. Niemand auf Facebook interessiert sich für Räder, die in stinknormalen Hinterhöfen auftauchen.

Wer entscheidet, welche Beiträge sich in den Social Media tausendfach verbreiten und welche in der Masse untergehen? Gott? Das wäre in diesem Fall Mister Zuckerberg. Aber Zuckerberg geht es wie jedem anderen Gott auch, irgendwann hat sich seine Schöpfung selbstständig gemacht und getan, was sie wollte. Seitdem bekommt er Klage um Klage um den Hals gehängt, denn wer, wenn nicht der Schöpfer selbst, der den ganzen Irrsinn erst ermöglicht hat, trägt Schuld an den eitrigen Hassbeulen, die nun aufplatzen? Es ist noch nie der Mensch gewesen, der über sein Schicksal entschieden hat. Früher ging man in die Kirche und machte Gott verantwortlich, heute klappt man den Laptop auf – in nomine Facebook et Twitter et Google, Amen! – und beschwert sich über Zuckerberg & Co.

Während *Peter, Paul and Mary* die Charts der most-shared-posts-on-Facebook erklimmen, bekommt der Verursacher der Hysterie davon gar nichts mit. Kein Fünkchen! Peter lümmelt auf dem Sofa und hört Fado, schließlich brauchen auch Weihnachtsmänner Erholung. Er hat der Ö1-App den Lautsprecher entzogen, sich von der Welt entkoppelt, ausgeklinkt.

Am Morgen des 24. Dezember, etwa zur selben Zeit, als seine Fahrräder entdeckt wurden, läutete es an Peters Tür. Er schreckte aus dem Schlaf hoch. Wer konnte das sein, der um acht Uhr auf seinem Fußabstreifer stand, noch dazu am Weihnachtsmorgen? Wollte sich einer beschweren? Der Engelmayr? Die Reiter? Die Polizei? Hatte ihn gar jemand gesehen, als er, im Schutz der Nacht, ein Rad nach dem anderen hinausgeschoben und in Pauls Kastenwagen gehoben hatte?

»Moment bitte!«, rief er, schlüpfte rasch in die Jeans, zog sich den Pulli über die nackte Haut (der sofort an den Nippeln kratzte), rannte ins Vorzimmer und lugte durch den Spion. Dann öffnete er überrascht die Tür.

»Ich hoff, ich hab dich nicht geweckt?«

Sie stand vor ihm, in einen mindestens drei Meter langen gelben Strickschal gewickelt, auf ihrem Kopf saß eine grüne Haube, sodass er nur die dunkelblonden Stirnfransen, die graublauen Augen mit den grünen und braunen Sprenkeln darin und die Nasenspitze sah.

»Nein, nein, du hast mich nicht geweckt. Ich wollte grad Kaffee machen. Willst du auch?«

Alice schüttelte den Kopf. »Ich muss los, mein Zug geht bald.«

Sie griff in ihre Jackentasche, holte etwas hervor und ließ es vor seiner Nase baumeln. Ein kleiner gelber Holzvogel an einem roten Geschenkband.

»Du hast einmal gesagt, dass dir Fado gefällt. Das ist Ana Moura. Und dahinter hab ich dir noch die Mísia und Carminho aufgenommen. Wenn's dir nicht gefällt, überspiel's einfach … Frohe Weihnachten!«

Er ließ sich den Tweety auf die Handfläche legen und dachte an Maria, die so gern *Bugs Bunny* geschaut hat. Blickte ein wenig ratlos auf seine rechte Hand.

»Das ist ein USB-Stick!«, lachte sie.

»Ah!«

Er bedankte sich stotternd. Dass er nichts für sie habe, sagte er, worauf sie den Kopf schüttelte und meinte, dass das auch nicht der Sinn des Schenkens sei.

Sie küsste ihn auf beide Wangen und ließ ihn dann einfach stehen. Auf ihrem Rücken hockte der große dunkle Rucksack, wie der Panzer einer Schildkröte sah er von hinten aus. Peter wusste, dass Alice die Weihnachtsfeiertage bei ihren Eltern verbringen wollte, sie hatte es ihm erzählt. Jetzt fragte er sich, ob der Typ mit der hässlichen Jacke auch dabei sein würde. Henrik. Er hatte nie nach ihm gefragt, kannte seinen Namen nur, weil er ihn auf der Internetseite von *No Waste!* gelesen hatte. Peter blieb im Türrahmen stehen und hörte, wie Alice die Treppen hinunterhopste. Kurz darauf dann das Quietschen des Gartentors. Er zwang sich, nicht ans Fenster zu treten. Erst später, als er zum Alten hinüberspähte, sah er, dass sie an seinem Tisch saß.

Jetzt hört er seit zwei Tagen Fado. Gott sei Dank hat er einen CD-Player mit USB-Anschluss. Peter kennt sich nicht gut aus mit Computern, Tablets und Ähnlichem, er hat sich vor vielen Jahren zwar einen PC gekauft (einen PC und ein Kabel für die Internetleitung), dieser verstaubt jedoch seit Jahren im Vorzimmer. Kurz nach dem Kauf des Computers hatte sich Peter bei diversen Singlebörsen angemeldet und dann zwei Jahre lang fast jede Nacht gechattet. Die Folge waren etliche Blind Dates, die jedes Mal damit endeten, dass vorwurfsvolle SMS auf seinem Handy landeten. Erst als er Paul kennenlernte (in einer Bar, an einem Freitagabend, kurz nachdem sein Blind Date irritiert das Lokal verlassen hatte), erfuhr Peter von den Fahrradleichen, die jedes Jahr von den Fahrradständern der Stadt geschnitten wurden. Die Idee, aus den alten Teilen neue Fahrräder zu basteln, kam Peter spontan, noch am selben Abend. Die Idee machte Peter und Paul, den Müllmann, der sich (wenn er nicht gerade in einer Philosophievorlesung saß) mit Herz und Seele für die Müllvermeidung einsetzte, zu Freunden. Paul trieb die Leichen auf, Peter begann zu basteln.

Die Idee, die Räder zu Weihnachten vor Kinderheimen abzustellen, kam von Maria, die sich trotz der vielen Dates nicht aus Peters Kopf hatte vertreiben lassen. Paul war sofort begeistert, und auch der Schriftzug auf den Rädern war nach seinem Geschmack. Als Dylan-Fan fand er *Peter, Paul and Mary* perfekt. Nach Maria fragte Paul nicht, er wusste nur, dass sie tot war.

Die Auslieferung der »Weihnachtsaktion«, wie Paul sie nannte, erfolgte seitdem immer in der Nacht vor dem 24. Dezember. Kinderheime, Obdachlosenheime, betreute Wohngemeinschaften, Jugendzentren. Paul wählte die Orte aus, Peter zuckte mit den Schultern. Nur wenn er mit einem der Räder nicht rechtzeitig fertig wurde, setzte sich Peter im Jänner oder Februar selbst auf den Sattel, fuhr zu irgendeiner

Wohnhausanlage, die ihm groß genug schien, und stellte das Rad mitsamt einem Schild, das zur freien Benutzung aufforderte, in irgendeinem Hof ab.

Soziales Engagement? Von wegen. Die Chatrooms hatten ihn davon abgehalten, durchzudrehen, die Arbeit an den Rädern hielt ihn davon ab, in die Chatrooms zu gehen. Seitdem er in seiner Freizeit etwas zum Herumschrauben hatte, ging es ihm besser. Auch Maria trällerte wieder fröhlicher. Dann lebte er eben mit einer Toten. Und? Sie war es, die er liebte, und keine andere. Also holte er ihr Foto aus der Lade, löschte sein Profil aus den Singlebörsen, kaufte sich eine neue SIM-Card und schüttelte, als man ihn fragte, ob er seine alte Telefonnummer mitnehmen wolle, heftig den Kopf. Seinen Computer fuhr er fortan nur noch hoch, um auf *willhaben.at* nach passendem Fahrradzubehör zu suchen. Als er sich schließlich ein Smartphone zulegte, brauchte er auch den PC nicht mehr.

Einen Speicherstick? Natürlich kennt Peter einen USB-Anschluss. Ganz von gestern ist er nicht, immerhin arbeitet er in einem Jugendzentrum. Aber einen Holzvogelstick hat er noch nie gesehen.

Während die anderen Weihnachten feiern, liegt Peter auf seinem Sofa, hört Musik und erholt sich vom Stress der letzten Wochen. Ö1 hört er während der Feiertage ohnehin nie. Nichts nervt ihn mehr als das rührselige Getue zu Weihnachten und die verkrampften Bemühungen der Sendungsmacher, keine einzige Viertelstunde lang unerwähnt zu lassen, dass der Heilige Abend bevorstehe. Nicht einmal im *Morgenjournal* schafft man es, sich auf die drohenden Worte des nordkoreanischen Diktators und die Pläne des neuen Bundeskanzlers zur Flüchtlingsumverteilung zu beschränken, nein, man muss unbedingt Beträge zu »Weihnachten in Rom« und »Weihnachten in Bethlehem« schalten. Was für ein scheinheiliger Schwachsinn! Deshalb wird Peter die Nachrichten auch dieses Jahr erst am 27. Dezember hören, wenn es wieder um den ganz normalen täglichen Wahnsinn geht.

»Wie hältst du das aus?«, fragte Maria einmal, als sie noch lebte. »Wieso musst du dir jeden Morgen die Nachrichten anhören, das macht doch depressiv! Wieso legst du nicht einmal flotte Musik auf, anstatt dir diese Scheiße reinzuziehen?«

Maria, seine ewig positiv denkende Maria.

»Weil flotte Musik nicht zu mir passt«, brummte er.

Seine Schwester behauptete einmal, er und Maria hätten nicht zusammengepasst.

Maria hörte The Offspring, Tomte, The Rapture, Einstürzende Neubauten und Massive Attack. Sie liebte den Punkrock, Trip-Hop, Indie-Pop und Industrial Rock, und wenn sie mit Vroni in die Disco ging, tanzte sie zu alten Kuschelrockplatten ebenso wie zu Dr. Alban und Tic Tac Toe. Er selbst hört Mahler, Händel und Tschaikowsky, Chopin, Ravel und Schumann. Wenn er Lust auf etwas Moderneres hat, legt er Jacques Brel, Leonard Cohen oder Paul Simon in den CD-Player. Maria ließ sich vom Ö3-Wecker aus dem Schlaf reißen und nähte abends zur Musik von FM4 Püppchen für die Kindergeburtstage in ihrer Kindergartengruppe, Peter hörte in den Autos, deren Ausstattung er auf Mängel überprüfte, Ö1 und erzählte Maria beim Nachhausekommen, was er untertags Interessantes erfahren hatte. Nur die *Hörspielgalerie* am Samstagnachmittag hörten sie gemeinsam. Dann lagen sie auf dem Bett, Maria hatte den Kopf auf seine Brust gebettet, und er fuhr ihr mit den Fingern durchs Haar, ähnlich wie man es bei einer Katze tut. Meist schlief Maria ein, weil sie Freitagabend tanzen gewesen war, nur manchmal fand sie das Hörspiel spannend genug, um wach zu bleiben.

Wenn Peter Nachtschicht hatte, sah Maria stundenlang *Grey's Anatomy*. Peter fand die Serie dumm und ätzte so viel herum, dass Maria beim Schauen der Spaß verging, weswegen sie die Folgen lieber auf Video aufnahm und schaute, wenn er nicht zu Hause war.

Die meiste Zeit jedoch brauchten sie weder den Fernseher noch das Radio. *Sometimes, all I need is the air that I breathe and to love you*, flüsterte er ihr ins Haar – einer der wenigen Songs, der ihnen beiden gefiel.

»Irgendwann wäre das sowieso nicht mehr gut gegangen mit euch. Ihr habt doch gar nicht zusammengepasst!«, sagte Bärbel, als er (vor mittlerweile elf Jahren) über die Weihnachtsfeiertage nach Hause gefahren war, um seine Eltern zu besuchen.

Bärbels Satz ist einer der Gründe, warum er am Heiligen Abend (und auch an allen anderen Tagen im Jahr) in Wien bleibt.

Freilich, manchmal schleicht sich auch bei ihm der Gedanke ein, dass seine Schwester recht gehabt haben könnte. Vielleicht wäre irgendwann der Zeitpunkt gekommen, an dem Maria festgestellt hätte, dass ihr seine französischen Chansons zum Hals heraushängen, dass sie bei Händel Aggressionen bekommt und bei Mahler in Depressionen verfällt. Dass sie wieder laut Musik hören und durchs Wohnzimmer tanzen will, ohne sich von ihm auslachen lassen zu müssen, und dass sie es satthat, immer nur mit ihrer Freundin Vroni auszugehen, bloß weil er sich wie ein Kaninchen in seinem Bau versteckt und sich weigert, mit ihr in die Disco zu gehen.

Vielleicht wäre auch er derjenige gewesen, dem sie zu schusselig, zu laut, zu plapprig, zu ADHS-mäßig geworden wäre.

Vielleicht. Aber Maria starb. Er hat es also nie herausfinden können.

Deswegen sitzt er auch dieses Jahr allein auf dem Sofa. Trinkt Kaffee, liest Thomas Bernhards *Die Kälte* (Peter besitzt nur drei Romane, diese jedoch liest er sehr oft) und hört Ana Moura. Die gefällt sogar Maria. Gerade vorhin hat sie ihm wieder einen kurzen Besuch abgestattet, ist ein bisschen um ihn herumgetanzt und hat sich dann aufs Sofa fallen lassen und ihren Kopf in seinen Schoß gelegt.

»Alice ist nett«, sagte sie.

»Ich weiß«, sagte er.

Dann schwiegen sie. Er schloss die Augen und lauschte der Musik, und als er wieder aufwachte, war Maria verschwunden.

2

Seitdem Oskar seinen Wagen verkauft und sich keinen neuen mehr angeschafft hat, holt ihn seine Tochter am Nachmittag des 24. Dezember ab. Mittags startet sie den Motor, nimmt die Autobahn nach Wien und fährt auf die Südosttangente. Im Haus des Vaters inspiziert sie noch rasch den Inhalt seiner gepackten Tasche, fragt nach, ob er auch nichts vergessen habe (den Pyjama, die Blutdruckkapseln, die Unterhosen und die Reinigungstabs), dann geht es zurück nach Pitten, das etwa eine Autostunde südlich von Wien liegt.

Kaum angekommen, trägt Doris Oskars Tasche in Jans Arbeitszimmer. Oskar wirft einen verzweifelten Blick auf das Schlafsofa, weil er weiß, dass er darauf nicht wird schlafen können. Trotzdem sagt er nichts. Wie kommt seine Tochter dazu, sich seine Beschwerden anzuhören?

Den Heiligen Abend verbringt er im Kreis seiner Familie. Sitzt beim Tisch, blickt von einem zum anderen (zu Doris, zu Lilli, zu Lukas, zu Jan), beantwortet Fragen (»Was hast du gestern gegessen?«, »War Alice wieder bei dir?«, »Was tut sich Neues im Horrorhaus?«, »Hast du von diesem entsetzlichen Sturm auf den Philippinen gehört?«), stellt selbst Fragen (»Wie geht es in der Schule?«, »Was tut sich im Studium? Welche Vorlesung gefällt dir am besten?«), hört Jan und den Kindern beim Singen zu, brummt selbst ein wenig mit, betrachtet das Flackern der Christbaumkerzen, lässt sich eine Spritzkerze in die Hand drücken, lächelt, blinzelt, als Jan das Deckenlicht wieder aufdreht, lässt sich von Doris ein spezielles, mit Magnesium angereichertes Mineralwasser ins Weinglas schenken, lobt Jans mit Kastanien gefüllten Truthahn (obwohl ihm Ellas gebackener Kabeljau besser geschmeckt hat), lauscht der

Weihnachtsmusik, die aus den Dolby Surround Boxen dringt, döst (vom Plappern der Enkeltochter eingelullt) vor sich hin, steckt sich Vanillekipferln und Linzer Augen in den Mund, packt seine Geschenke aus (ein hellblauer Pyjama, eine dunkelgrüne Weste mit Plüschfutter, CDs mit Rilke-Gedichten, die neue *GEO*-Ausgabe und zwei Gläser in Kräuteressig eingelegte Gurken), teilt selbst drei Geldkuverts aus und bewundert das seltsame Ding namens Alexa, das Lukas seinen Eltern geschenkt hat und das auf Befehl Witze erzählt, Fragen beantwortet und Weihnachtslieder aus dem Internet sucht. Danach steht er auf und geht als Erster ins Badezimmer. Legt die Zähne in einen Plastikbecher, den er anschließend in Jans Büro trägt und neben den Bildschirm stellt, damit den Enkelkindern beim Zähneputzen nicht graust. Legt sich auf das ausgezogene Sofa, deckt sich mit der Daunendecke zu, schläft ein paar Stunden, wacht verschwitzt wieder auf, dreht die Heizung im Zimmer zurück, stellt sich an Jans Bücherregal, greift nach einem Bildband über die Sahara, blättert durch die Seiten, setzt sich auf Jans ledernen Drehsessel, kneift die Augen zusammen, stellt fest, dass er ohne Brille keinen einzigen Buchstaben erkennt, und legt das Buch wieder weg. Erinnert sich an das Geschenk von Alice, das jetzt auf dem großen Tisch in seinem Esszimmer liegt. Ihr Geschenk ist mit Abstand das schönste von allen. Ein selbst gestaltetes Album mit Bezirksansichten in Schwarzweiß und Kopien von alten Stadtplänen. Plötzlich muss er weinen, ohne zu wissen warum. Er wischt sich mit dem Handrücken über die Augen, schimpft mit sich selbst, holt ein Taschentuch aus der Reisetasche und schnäuzt sich. Dann geht er in die Küche und tritt vor den Saeco-Kaffeeautomaten. Dort stellt er fest, dass er schon wieder vergessen hat, wie man den bedient, also setzt er sich im Pyjama auf die Wohnzimmercouch, schaltet den Fernseher ein und wartet darauf, dass jemand Kaffee zubereitet.

Und da sieht er sie, die Fahrräder und Tretroller, die jemand vor dem Flüchtlingsheim abgestellt hat. Geschenke eines Unbekannten, geschmückt mit Lametta und Weihnachtskarten: *Merry Xmas from Peter, Paul and Mary!* steht darauf. Der Heimleiter spricht von einem Weihnachtswunder, die Flüchtlingskinder und die Eltern strahlen. Die blondgelockte Moderatorin lächelt mit ihren Perlweißzähnen in die Kamera, klimpert mit den verlängerten Wimpern und sieht aus wie das Christkind höchstpersönlich. »Mittlerweile rätselt das ganze Land, wer die edlen Spender sind, die sich hinter dem Pseudonym verstecken.«

Oskar setzt sich auf. Drei Damenräder, vier Kinderfahrräder, ein Dreirad, zwei Roller. Nicht neu, aber mit viel Liebe und Phantasie umlackiert, heißt es.

Was hat der Jugendarbeiter zu ihm gesagt? Ein Geschenk? Und gleich in der Woche darauf hat er sich blickdichte Vorhänge vor seine Fenster gehängt.

Also doch keine Schwarzarbeit? Keine Hehlerei?

»Du bist schon auf?«

Ein Gähnen hinter ihm.

Er dreht sich zu seiner Tochter, wünscht ihr »Guten Morgen«. Als er wieder auf den Bildschirm blickt, ist man bereits beim nächsten Beitrag angelangt.

»Gibt es was Neues?«, fragt Doris.

»Ach was.« Er schüttelt den Kopf und schaltet den Fernseher ab. »Nur eine Menge Verkehrstoter.«

»Ja. Ich hab's oben im Radio gehört. Schlimm, nicht?«

Er nickt.

»Haben sie auch von der Sache mit den Fahrrädern berichtet?«

»Ja.«

»Ist das nicht toll? Dass da jemand so schöne Geschenke abgibt? Und das sogar anonym.«

»Ja. Ein sehr bescheidener Mann!«

»Wer sagt denn, dass es ein Mann ist?«, lacht sie. »Nennen sich die nicht Peter, Paul und Mary? So wie die Band? Vielleicht ist da ja eine Frau dabei.«

»Meinst du?«, murmelt er.

»Wer weiß … Magst du einen Kaffee?«

»Ja, gern.«

Sie lässt ihn allein vor dem Fernseher zurück.

»Hast du deine Tabletten schon genommen?«, ruft sie ihm von der Küchennische aus zu, als der Kaffeeautomat zu zischen beginnt.

Hat er? Er steht vom Sofa auf und geht in Jans Büro. Sucht in seiner Reisetasche nach dem Beutel und zieht die Packung mit den Tabletten heraus. Starrt auf die Reihen mit den eingeschweißten Kapseln.

Hat er?

Er horcht in sich hinein. Er fühlt sich ausgezeichnet, Probleme mit dem Blutdruck hat er keine. Aber er könnte Doris um einem Apfel bitten. *An apple a day …*

Er legt die Tabletten zurück, schließt die Tür und schlüpft aus dem Pyjama, um sich für den Tag anzuziehen. Danach setzt er sich an den Tisch im Wohnzimmer und wartet darauf, dass auch die Enkelkinder und Jan zu ihnen kommen.

Wie jedes Jahr bleibt er bis zum frühen Nachmittag. Unterhält sich mit Lukas über das Studium, spielt mit Lilli zwei Partien Halma (»Opa, du schummelst ja!«) und lässt sich von ihr ein paar Kurzvideos auf ihrem neuen Handy zeigen. Isst einen halben Teller mit Gemüse, Salzkartoffeln und Truthahnresten, trinkt noch einen Kaffee, steckt sich ein paar Husarenkrapferln, Vanillekipferln und Linzer Augen in den Mund und lässt sich von Jan nach Hause fahren.

Als sie von der Südosttangente abfahren, erfährt er aus dem Autoradio, dass vor einem Heim für minderjährige Asylwerber vier Herrenfahrräder mit Geschenkschleifen und Weihnachtskarten aufgetaucht sind.

»Peter, Paul and Mary«, lacht Jan. »Von denen hab ich noch eine Schallplatte. Ich wette, der geheimnisvolle Santa Claus ist mindestens so alt wie ich!«

Vor Oskars Haus schaltet Jan den Motor ab und bringt den Sprecher zum Schweigen. Dann geht er um den Wagen herum, öffnet die Beifahrertür und hilft Oskar auf den Gehsteig. Holt den Rollator sowie den Karton mit den Geschenken aus dem Kofferraum, folgt Oskar ans Gartentor, wartet geduldig, bis dieser den Schlüsselbund aus dem Jackensack gezogen und aufgesperrt hat, folgt ihm in die Küche und stellt den Karton auf die Anrichte.

Drei Minuten später ist Jan wieder weg. Oskar dreht das Radio auf, doch es ist zu spät, der Beitrag ist zu Ende. Er blickt auf die Uhr, in einer Stunde beginnen die Lokalbeiträge im Fernsehen.

Er schlüpft in die neue Weste (die ist schön weich), zieht sich die warmen Hausschuhe an, schaltet den Fernseher ein und setzt sich an den Esstisch. Dort blättert er durch das Album, das ihm Alice geschenkt hat. Liebevoll hat sie Seite für Seite mit Kopien von alten Stadtplänen und Bezirksansichten beklebt. Oskar lacht über einen Katasterplan aus dem Jahr 1959, auf dem man sein Haus schon als schwarzes Viereck erkennt. Er greift zur großen Lupe, die noch immer auf dem Tisch liegt. Am Nachmittag des 24. hat er nicht viel Zeit gehabt, sich das Album anzusehen, erst jetzt kommt er dazu, alles in Ruhe zu studieren.

»Wo hast du das alles aufgetrieben?«, hat er Alice gefragt, nachdem sie am Weihnachtsmorgen an seine Tür geklopft und ihm sein Geschenk überreicht hatte.

»Aus dem Archiv der Nationalbibliothek und aus dem Bezirksmuseum.«

Er seufzt. Sie ist wirklich ein liebes Mädchen. Aber ist es normal, dass sie so gerne zu ihm kommt?

Er klappt das Album zu. Dann geht er in die Küche, um Teewasser aufzustellen. Als er zurück ins Zimmer kommt, hat er vergessen, warum er den Fernseher aufgedreht hat. Er schaut sonst nie um die Zeit, die Lokalbeiträge interessieren ihn nicht. Dennoch setzt er sich auf die Bank. Als er den Leiter des Asylheims erkennt – es ist dasselbe Interview, das er am Morgen gesehen hat –, fällt es ihm wieder ein. Die Räder! Deswegen hat er die Regionalmeldungen sehen wollen! Er dreht den Ton lauter. Von den vier Herrenrädern werden keine Bilder gezeigt, stattdessen wird im Beitrag über die Reaktionen in den sozialen Medien diskutiert.

Der Teekessel beginnt zu pfeifen. Oskar fährt erschrocken hoch. Er schaltet den Fernseher ab (Facebook und Twitter interessieren ihn nicht, schon vor den Wahlen hat er sich gewundert, wieso in den Nachrichten so viel über die sozialen Medien gesprochen wird) und geht in die Küche. Holt die Kanne vom Herd und die Teebeutel und den Zucker aus dem Schrank. Dann stellt er sich ans Fenster. Hinter den dunklen Vorhängen im ersten Stock brennt Licht.

Peter, Paul and Mary. Vielleicht hat Doris ja recht? Steckt hinter dem Pseudonym mehr als nur eine Hommage an die Folk-Gruppe?

Auch in den Lokalnachrichten hat es wieder geheißen, dass die Räder nicht neu sind. Dass sich da jemand sehr viel Mühe gegeben haben muss. Jemand, der eine Ahnung davon hat.

Hat ihm Herr Lindner nicht einmal erzählt, dass er gelernter Mechaniker ist? Oder verwechselt Oskar ihn mit einem anderen, der einmal drüben gewohnt hat? Bringt er die Menschen vom Papaverweg 6 schon durcheinander?

Der Jugendarbeiter ist ihm von Anfang an sympathisch gewesen. Schade, denkt Oskar, dass er so abweisend reagiert hat, als ich ihn auf die Lackdämpfe angesprochen habe. Wenn die Räder wirklich von ihm sind, hätte er doch nichts zu verbergen! Dann wäre meine Garage doch der beste Ort!

Er schenkt sich Tee ein und setzt sich an den Tisch. Holt das Heft aus der Lade, klappt es jedoch nicht auf. Stattdessen trommelt er mit den Fingerspitzen darauf.

Wenn sich hinter *Peter, Paul and Mary* tatsächlich Peter Lindner aus Top 7 versteckt – und dessen ist sich Oskar fast sicher, denn es würde zu dem Jugendarbeiter passen (viel besser als Diebstahl und Hehlerei!) –, wer sind dann Paul und Maria?

3

Elf Fahrräder, ein Dreirad, zwei Tretroller und eine österreichweite Welle der Hysterie. Mittlerweile hat auch der Verursacher davon Wind bekommen, nun wartet er darauf, dass sich die Welt wieder weiterdreht. Gott sei Dank ist wenigstens darauf Verlass. Je höher die Flut an Information, desto schneller vergessen die Menschen. Peter weiß: Spätestens wenn der amerikanische Präsident seinen nächsten Tweet abfeuert, werden seine Räder in den Facebook-Chroniken nach unten rutschen (und zu Peters Glück zwitschert Donald gern und oft – auch wenn sein fröhliches Tirilieren eher dem Quaken einer falschen Ente gleicht).

Peters Kollegin sitzt auf der Küchenanrichte und lässt die Beine baumeln. Im Jugendzentrum kennt man die Spenden von *Peter, Paul and Mary* seit ein paar Jahren, immer wieder sind die Räder auch vor ihren Toren aufgetaucht.

»Glaubst du, dass sich die Gruppe jetzt endlich zu erkennen gibt?«, fragt Birgit, worauf Peter mit den Schultern zuckt.

»Warum sollten sie?«

»Na ja, halb Österreich sucht die drei, um sich bei ihnen zu bedanken!«

»Und was, wenn sie den Rummel gar nicht mögen?«, fragt Peter. »Vielleicht sollte man respektieren, dass sie anonym bleiben wollen.«

Auch bei *No Waste!* ist man begeistert von der Weihnachtsaktion.

»Sag mal, Paul?«, fragt Lydia grinsend. »Kann es sein, dass du die Fahrräder im Müll gefunden hast?«

Paul nimmt sich ein Keks, kaut, schluckt und setzt zu einer längeren Rede an. Dass es nicht so einfach sei, wie sie sich das vorstelle, dass er die Dinge, die er im Müll finde, nicht so einfach mitnehmen und verschenken dürfe, dass es vor allem für herren-(und damen-)lose Fahrräder eine eigene Sammelstelle gebe, dass diese dort zuerst lange aufbewahrt und schließlich ganz offiziell an wohltätige Vereine abgegeben würden.

»Ist schon gut«, sagt Lydia, »war ja nur so eine Idee!«, worauf sich Paul ein weiteres Keks in den Mund schiebt.

Hat er gelogen? Nein, er hat nur nicht alles verraten. Wenn Wien will, dass es die Räder von *Peter, Paul and Mary* weiterhin gibt, wird es die Jagd nach dem Spender schleunigst einstellen müssen. Paul kennt Peter, nichts schreckt ihn mehr als das gierige Maul des öffentlichen Tratsches.

In Zukunft werden sie noch vorsichtiger sein müssen, als sie es ohnehin schon sind. Wenigstens hat sie bei der Auslieferung niemand gesehen. Diesmal haben sie sogar bis drei Uhr in der Früh gewartet. Erst nachdem auch hinter Alices Fenster das Licht ausgegangen war (und sie eine weitere halbe Stunde angehängt hatten, zur Sicherheit), haben sie damit begonnen, die Räder so leise wie möglich an Alices Wohnungstür vorbeizuschieben, die Treppen hinunterzutragen und schließlich in den Wagen zu laden – stets in der Angst, dass der alte Mann gegenüber aufwachen und ans Fenster treten könnte.

Schlussendlich ist dann alles ziemlich knapp geworden. Als sie beim zweiten Wohnheim ankamen, brannte hinter einigen Fenstern bereits Licht, und auch die Straßenbahnen drehten schon bimmelnd ihre ersten Runden.

4

Alice sitzt in der Bahn. Lässt die Landschaft auf sich zukommen und vorüberwehen. Die Äcker braun und nichtssagend, die Bäume kahl. Vor ihrer Abfahrt hat sie mit der Mutter über das Wetter gesprochen, dass es viel zu warm sei für die Jahreszeit, hat die Mutter gesagt, seit Jahren schon, im Dezember quasi Frühlingswetter, nur im Frühling gäbe es dann keinen Frühling mehr, weil es im April entweder dreißig Grad habe oder schneie. Alice hat noch ihre Stimme im Ohr. Die Stimme, die so enttäuscht geklungen hat, als der gepackte Rucksack im Stiegenhaus lehnte.

»Fährst du wirklich schon wieder ab?«

Früher hat sich Alice vorgestellt, dass sie eines Tages nicht mehr in den Zug steigen wird. Dass sich ihre Eltern mit den Geschenken ins Auto setzen und zu Weihnachten nach Wien fahren werden, um zu ihr zu kommen. Zu ihrer Familie. Zu ihren Kindern. Zu ihrem Christbaum.

»Du hättest doch deinen Freund mitnehmen können«, hat die Mutter es wieder versucht. »Ich versteh einfach nicht, wieso du ihn uns nicht vorstellen willst.«

Alice hat ihr nur ein einziges Mal von Henrik erzählt, ganz am Anfang, als sie sich in ihrer verliebten Euphorie verplappert hat. Seitdem fragt ihre Mutter nach ihm, und Alice lenkt das Thema auf andere Dinge. Auch diesmal wollte sie nicht über Henrik sprechen. Weder über ihn noch über die Auflösung ihrer War-eh-nie-eine-richtige-Beziehung. Auch das Thema *No Waste!* vermeidet sie, wenn sie die Eltern besucht, ebenso wie die Themen »Praktikum« und »Geld verdienen«.

Gestern Vormittag hat Alice ein Mail von Frau Schonemann erhalten. Zwei der Kapitel sind zu lang, die wird sie kürzen müssen. Darüber hinaus schlug die Lektorin vor, das Manuskript um einen praktischen Teil zu erweitern, da allen im Verlag Alices Blog sehr gut gefalle und auch der Verlagschef der Meinung sei, dass ein paar der Rezepte für umweltfreundliche Putzmittel und Hygieneartikel in das Buch Eingang finden sollten. Nun muss Alice eine Auswahl treffen. Bereits gestern Nachmittag hat sie ein paar Ideen gesammelt, im Arbeitszimmer des Vaters, während dieser vor dem Fernseher saß. Am Abend waren sie und die Mutter bei der Nachbarin eingeladen. Die Nachbarin öffnete eine Flasche Sekt und hob das Glas auf Alice und ihr Buch. Nach dem zweiten Glas begann Alices Mutter zu kichern und wie ein Wasserfall zu quasseln, nach dem dritten Glas wurde sie sentimental, begann zu weinen und umarmte die Tochter, was Alice vor allem vor der Nachbarin unangenehm war. Als sie nach Hause kamen, saß der Vater noch immer vor dem Fernseher. Auf seinem Pullover hüpften die Keksbrösel, auf seiner linken großen Zehe kämpfte der Schlapfen gegen die Schwerkraft an. Seitdem bekommt Alice das Bild nicht mehr aus dem Kopf.

Sie denkt an Henrik. Fragt sich, was er in den letzten Tagen wohl gemacht hat, ob es schon eine andere gibt, die jetzt neben ihm liegt. Dabei sollte sie aufhören, sich Gedanken über Henrik zu machen. Was er tut. Wen er trifft.

In vier Tagen feiert Wien (und der Rest der Welt) den Jahreswechsel. Kurz hat sie überlegt, bei den Eltern zu bleiben, dann wäre sie dem Silvesterwahn in der Stadt entkommen, doch dann hat sie festgestellt, dass sie die Stimmung zu Hause – den gelangweilten Blick des Vaters und die stumpfen Augen der Mutter – gar nicht so lange aushalten würde.

Plötzlich muss sie an Oskar denken. An seine Rührung, als sie ihm das Album überreicht hat. Auch Peter sieht sie vor sich. Seinen halb verschlafenen, halb überraschten Blick, als sie ihm den Stick auf die Hand legte.

Sie freut sich auf den Papaverweg. Auf ihre Wohnung. Auf ihr Sofa, ihren Schreibtisch, auf den großen Bildschirm, auf eine Tasse Tee. In den nächsten Tagen wird sie ihr Manuskript überarbeiten. Frau Schonemanns Mail hat ihr wieder Mut gemacht, jetzt freut sie sich auf die nächsten Tage. Auch Oskar will sie besuchen. Und vielleicht nimmt sie zu Silvester sogar Lydias Einladung an, mit ihr und Gernot zur Perchtoldsdorfer Heide zu fahren. Dass sie einen Tisch bestellt hätten und dass Alice doch mitkommen solle, schlug Lydia vor, als sie am Nachmittag des 24. Dezember anrief, um ihr und Henrik „Frohe Weihnachten" zu wünschen, und Alice ihr verriet, dass es Henrik und sie nur mehr getrennt gebe.

»Es ist wirklich eine nette, unkomplizierte Runde, mit der wir jedes Jahr feiern«, sagte Lydia.

Ja. Vielleicht klingt das ganz nett.

Die Bahn fährt in Wiener Neustadt ein. Alice schultert den Rucksack, legt das Manuskript in die Tasche und steigt aus. Wechselt den Bahnsteig und wartet auf den nächsten Zug. Bereits jetzt knallen die ersten Piraten auf den Straßen. Sie denkt an den Krieg, der in den Dokumentationen genauso klingt, denkt an Feinstaub, versengte Jacken und perforierte Trommelfelle. Sie hat noch nie nachvollziehen können, was den Menschen an diesem Lärm gefällt.

Wieder in ihrer Wohnung fährt sie den Laptop hoch. Liest in Ruhe die letzten Kommentare auf ihrem Blog, setzt Antworten darunter und überfliegt die Schlagzeilen auf *derstandard.at*. Dann klappt sie den Laptop wieder zu. Von Fahrrädern vor Flüchtlingswohnheimen bekommt sie an diesem Abend nichts mit. Erst am 31. Dezember, wenn sie mit Lydia, Gernot und den anderen (eine wirklich gemütliche

Runde) beisammensitzen, Activity spielen, Lachsbrötchen essen und rosafarbenen Sekt trinken wird, wird sie davon hören und auch kurz nachfragen, am Neujahrsmorgen jedoch wird sie die Räder wieder vergessen haben. Alice kennt zu viele Initiativen zur Müllvermeidung, zu viele nachhaltige und soziale Projekte, um *Peter, Paul and Mary* mehr als nur ein paar Sekunden lang ihre Aufmerksamkeit zu schenken.

5

Am 29. Dezember ist Oskar den ganzen Tag über seltsam zumute. Einmal ist ihm schwindlig, dann wieder schwitzt er, und am Nachmittag tanzen große Fledermäuse vor seinen Augen. Also beschließt er, in den Pyjama zu schlüpfen und sich ins Bett zu legen. Er starrt ein wenig in das *GEO*-Magazin, das ihm Lukas geschenkt hat, wegen der Flecken kann er jedoch keine einzige Zeile lesen. Also blättert er nochmals durch Alices Album und denkt über *Peter, Paul and Mary* nach. Stellt sich den Jugendarbeiter als heimlichen Weihnachtsmann vor, sieht ihn mit seinem Kapuzenpullover Räder durch die Nacht schieben. Schüttelt den Kopf. Nein, so kann es nicht gewesen sein. Oskar fragt sich, wer Herrn Lindner dabei geholfen haben könnte, die Fahrzeuge zu transportieren. Paul? Maria?

Den Rest des Nachmittags döst er vor sich hin. Als es kurz nach Einbruch der Dämmerung an seiner Tür läutet, bleibt er liegen. Ohnehin wüsste er nicht, wer das sein könnte. Der Rauchfangkehrer? Der Briefträger? Ja. Die wollen sich bestimmt ihr Neujahrsgeld abholen, denkt er. Für die Heiligen Drei Könige ist es noch zu früh, und sonst läutet nie jemand an meiner Tür.

Er atmet flach. Noch zwei Mal wird die Klingel an seinem Gartentor betätigt. Jetzt ärgert er sich. So frech muss der Briefträger auch nicht sein. Oder der Rauchfangkehrer. Er steigt aus dem Bett (nun hat ihn doch die Neugierde gepackt) und schleicht in Barbaras ehemaliges Kinderzimmer. Seitdem Ella in dem Zimmer gestorben ist, hat er es nur mehr betreten, um auf die Gasse zu schauen. Von hier aus hat er sein Gartentor im Blick, doch dort steht niemand. Erst als er im Augenwinkel eine Bewegung wahrnimmt, korrigiert er seinen Blick. Die rote Filzjacke und der helle Schal können nur Alice gehören. Sie quert die Gasse, tritt auf den Gehsteig, dreht sich um und schaut zu seinen Fenstern hoch. Geschwind huscht Oskar hinter den Vorhang. Sein Herz beginnt zu hämmern. Gott sei Dank hat er kein Licht gemacht, sie kann ihn nicht gesehen haben. Er bleibt starr hinter dem Vorhang stehen. Wenn sie ihn das nächste Mal fragt, wo er war, wird er ihr sagen, dass er nicht zu Hause gewesen sei. Oder dass er krank im Bett lag.

Er wartet noch zwei Minuten, dann geht er wieder ins Schlafzimmer und schlüpft unter die warme Decke. Schade, denkt er, dass ich heute so müde bin. Hoffentlich hat sie mich nicht gesehen, das wäre ganz dumm. Wenn sie denkt, dass ich mich vor ihr verstecke, wird sie nie wieder an meiner Tür läuten. Aber ich kann ihr unmöglich im Pyjama gegenübertreten. Ganz abgesehen davon, dass ich ihr nicht einmal einen Tee anbieten könnte, so schwach, wie ich mich heute fühle.

Er starrt auf den Kleiderkasten an der Wand und lauscht dem Ticken der Pendeluhr, das aus dem Nebenzimmer zu ihm herüberdringt.

Hinter dem Schlafzimmerfenster gehen die Straßenlaternen an und werfen helle Flecken auf den Plafond. Er knipst die Nachttischlampe nicht an. Zählt stattdessen die Schläge der großen Pendeluhr. Luises Pendeluhr. Sie haben sie damals in Doris' Kinderzimmer gehängt. Die Uhr und den Setzkasten hat Luise unbedingt mitnehmen wollen.

»Wo bist du?«, flüstert er, wie manchmal, wenn er die Uhr besonders laut hört, doch Luise gibt keine Antwort.

Wird er sie wiedersehen? Luise? Ella? Fritz? Gibt es das? Ein Wiedersehen im Himmel?

Er stöhnt. Das Schlagen des Pendels bringt die Erinnerungen zurück, und Oskar lässt sie zu.

6

An einem sonnigen Oktobermorgen des Jahres 1996, kurz nach halb neun Uhr morgens, steigt Fritz auf das Dach. In der Nacht hat der Sturm getobt, jetzt liegen ein paar der Dachziegel auf der Wiese. Fritz ist geschickt, er erledigt die Reparaturarbeiten am Haus selbst, deswegen sieht er auch diesmal nach.

»Vielleicht ist es ja halb so wild, vielleicht kann ich das sogar selbst reparieren«, sagt er, bevor er die Leiter gegen die Hauswand lehnt.

Luise steht in der Küche, gießt Milch über die Semmelwürfel und schlägt ein Ei hinein. Erst als sie den Schrei hört, hält sie inne, wischt sich die Hände ab, lauscht kurz und rennt dann nach draußen.

Zur selben Zeit, als Fritz vom Dach fällt, sitzt Oskar beim Frühstück. Ella liegt in Barbaras Zimmer, unansprechbar wegen der hohen Dosis Morphium, die sie seit ein paar Tagen bekommt.

Oskar hört den Krankenwagen, bevor er ihn sieht. Als er gegenüber hält, legt er das Marmeladebrot auf den Teller. Noch bleibt er sitzen und schaut. Nachbarn eilen herbei, bleiben an Luises Zaun stehen. Oskar sieht den Pichler, auch Gustl und Lotte Schneider stehen neben dem Krankenwagen.

Ein paar Minuten später kommen die Sanitäter aus dem Haus. Fritz liegt auf einer Bahre, Oskar sieht, dass er den Nachbarn zuwinkt. Luise geht mit der Handtasche, die sie sich gegen die Brust drückt, hinterdrein.

Jetzt steht er doch vom Küchentisch auf. Als er auf der anderen Seite der Straße ankommt, steigt Luise gerade in den Krankenwagen. Fritz liegt drinnen und schaut heraus, er winkt Oskar zu, wenn auch mit schmerzverzerrtem Gesicht.

»Ein Wunder!«, heißt es unter den Nachbarn, als der Krankenwagen mit Tatütata um die Ecke biegt. »Vom Dach ist er gefallen! Dass dem nicht mehr passiert ist!«

Oskar lässt die Nachbarn stehen. Geht wieder zurück ins Haus, setzt sich an den Tisch und isst sein Brot auf. Überlegt, ob er Ella etwas sagen soll, und entscheidet sich dagegen. Sie bekommt ohnehin kaum etwas mit, vergisst bei jedem Aufwachen, was er ihr vor dem Einschlafen erzählt hat. Wozu soll er sie beunruhigen?

Acht Stunden später – Oskar steht an Ellas Bett, um ihren Körper mit einem feuchten Lappen zu waschen – hört er das Klappern von Luises Gartentor. Er tritt ans Fenster.

Ella sieht ihn fragend an.

»Was ist denn los?«

Er sieht Luise vor der Eingangstür stehen und nach dem Schlüssel kramen.

»Was soll schon sein?«, sagt er.

Er tritt wieder an das Bett, trocknet Ellas Körper mit dem weichen Handtuch ab und cremt ihren Rücken ein. Wartet, bis sie eingeschlafen ist. Dann setzt er sich in die Küche, wo er eine Stunde lang überlegt, ob er hinübergehen soll. Ella wäre längst bei ihr, sagt er sich, aber Ella liegt verdorrt auf dem Krankenbett, im Kinderzimmer seiner ältesten Tochter, und atmet rasselnd.

Als er sich endlich aufrafft, ist es fast neun. Noch einmal geht er in den Oberstock, um nach seiner Frau zu schauen, dann steigt er die Stufen wieder hinunter und zieht sich die Schuhe an. Fühlt sich wie ein Eindringling, als er Luises Gartentor aufstößt. Bis jetzt ist sie es gewesen, die zu ihm ins Haus gekommen ist, um nach ihrer kranken Kusine zu sehen und ihm dabei zu helfen, die Bettwäsche auf dem Krankenbett zu wechseln.

Die Tür ist unversperrt.

»Hallo?«, ruft er leise und lauscht in die Stille. Als keine Antwort kommt, geht er am Garderobenspiegel vorbei.

Sie sitzt in der Küche. Hat nur das Wandlicht mit den Kristallperlen brennen und starrt auf die Tischplatte.

Er legt seine Hand auf die ihre und nimmt sie gleich wieder weg.

»Was ist passiert?«

Sie schweigt ein paar Sekunden. Ihr Kinn beginnt zu beben, als sie Luft holt und die Worte ausspricht. »Ein Blutgerinnsel im Gehirn. Sie haben noch versucht, ihn zu operieren, aber es ging alles so schnell.«

Nochmals legt er seine Hand auf die ihre.

Was wird jetzt aus uns?, denkt er.

Plötzlich sieht er sich und Luise hinter den beiden Särgen gehen. Rechts Ella, links Fritz. Vereint im Tod, auch wenn man sie in entgegengesetzten Ecken des Friedhofs begraben wird.

Luise holt die Hand unter der seinen hervor. Zieht eine Serviette aus dem Ständer, der auf dem Tisch steht, und faltet sie auseinander. Er bleibt stumm neben ihr sitzen und schaut dem Pendel der Wanduhr zu. Zählt die Sekunden, weil er nicht weiß, was er sonst tun soll. Luise weint ohne einen Laut, nur ihre Tränen tropfen auf das Wachstischtuch.

Fritz ist tot, denkt er, und Ella liegt im Zimmer und stirbt.

Wieder sieht er die beiden vor sich. Im Strandbad. Auf den gemeinsamen Wanderungen. Beim Heurigen. Sieht sich selbst fragende Blicke werfen, zu Luise, die es nicht zu bemerken scheint (oder es nicht bemerken will).

Jetzt erinnert er sich auch wieder an das Chanson, Mitte der Sechziger muss es gewesen sein, als er es das erste Mal im Radio gehört hat. *Et moi dans mon coin, si je ne dis rien ...*

Einmal hat er den Satz sogar ausgesprochen, aber weder Ella und Fritz noch Luise haben sich etwas dabei gedacht. Er war ja der Einzige, der den Text verstanden hat.

All die Bilder und Fragen, die sich in sein Gedächtnis gebrannt haben. Die Anwandlungen von Eifersucht, die er jahrelang hinuntergeschluckt hat, weil er weder seine Ehe noch die Nachbarschaft vergiften wollte. Was hätte er tun sollen? Frau und Kinder schnappen und wegziehen? In eine Wohnung? Nur um Fritz zu entkommen?

Jetzt ist alles wieder da. Bäumt sich vor ihm auf.

Ein einziges Mal nur hat er Ella damals Vorhaltungen gemacht.

»Ist das notwendig? Musst du ihm diese Blicke zuwerfen?«

Ella hat ihn ausgelacht. Hat ihn in die Wangen gezwickt, den Kopf zurückgeworfen und sich wie die Liz Taylor angehört, als sie rief: »Mein Ehemann ist eifersüchtig! Na, so was!«

Also hat er fortan geschwiegen. Dass Fritz jedem Rock hinterherrannte, war in der ganzen Gasse bekannt. Jeder wusste, dass er Luise nicht treu war. Ella jedoch war jede Nacht zu Hause. Den anderen Männern macht sie schöne Augen, aber unter die Decke schlüpft sie nur mit mir. Die Ella, die ich kenne, beruhigte er sich damals, bekommt kein anderer zu Gesicht. Die überforderte Mutter mit den geschwollenen Tränensäcken, die aufgelöst in der Küche sitzt, weil ihr permanent alles zu viel wird. Was weiß Fritz schon von meiner Frau? Die wahre Ella kennen nur ich und Luise.

Auch jetzt wird es so sein, denkt er. Luise und ich werden ihr die Schüssel unter den Leib schieben, wir werden sie eincremen, damit sie sich nicht wundliegt. Werden ihre Hand halten und ihr beim Sterben zusehen, so wie wir es schon seit Wochen tun. Und dann, wenn es so weit ist, werden wir sie waschen und hübsch anziehen. Bis dahin gehört sie zu uns. Bis dass der Tod uns scheidet, denkt Oskar, solange wirst du dich noch gedulden müssen.

Das Schlagen des Pendels. Luises Atem, der kurz stillsteht, bevor er mit einem leisen Schluchzen in der Brust wieder einsetzt. Er sieht auf ihre Hände, die die Serviette zerknüllen. Auf der Anrichte steht noch immer der Weitling mit der Knödelmasse.

Er schweigt. Fragt sich, was Ella an seiner Stelle tun würde. Ob sie die passenden Worte finden würde. Ob es für eine Situation wie diese überhaupt passende Worte gibt. Vielleicht würde Ella einfach nur aufstehen und die Küche sauber machen.

Wie gern er das Pendel zum Schweigen bringen würde. An die hölzerne Wanduhr treten und den Finger in die Bahn halten. Dennoch bleibt er sitzen. Zählt die Sekunden. Bis zweihundert. Bis dreihundert. Als Luise das Wort an ihn richtet, ist er so ins Zählen vertieft, dass er erschrocken hochfährt.

»Du solltest nach Ella schauen«, sagt sie. »Du darfst sie nicht so lange allein lassen.«

Also erhebt er sich, legt ihr kurz die Hand auf die Schulter, verlässt dann ihr Haus und geht hinüber auf die andere Straßenseite. Steigt in das Obergeschoß, bleibt eine Weile an Ellas Bett sitzen, nimmt ihre Hand zwischen seine beiden, führt sie an seine Wange.

Dann geht er ins Schlafzimmer, wo er aus der Hose schlüpft und sich in das große Ehebett legt, in dem er bis an sein Lebensende allein schlafen wird.

7

Wie haben sie die Tage damals überstanden? Im Nachhinein ist ihm die Zeit zwischen Fritz' Tod und Ellas Beerdigung wie eine einzige träge Schlammmasse vorgekommen. Jede Regung, jedes Gefühl blieb darin stecken. Luise und er haben sich darin so gut es ging bewegt, von einem Tag zum anderen. Haben einander gestützt, nach der Hand des anderen gefasst, haben sich aneinander festgehalten und am Arm des anderen gezerrt, wenn einer drohte, im Schlamm zu versinken.

Oskar bezog für Luise das Bett in Doris' Kinderzimmer. Damals ahnten sie noch nicht, dass es nicht das letzte Mal sein würde.

Während Oskar das Organisatorische übernahm (zur Bestattung fuhr, die Traueranzeigen in Auftrag gab, die Kränze bestellte und die Parten einkuvertierte), saß Luise an Ellas Bett. Redete, weinte, strich mit ihren Fingern über Ellas Handrücken, steckte ein Wattestäbchen in Vaseline und fuhr damit über Ellas spröde Lippen. Die Wege, die Oskar für Luise übernahm, taten ihm gut, sie zwangen ihn, wieder nach draußen zu gehen und weiterzuleben. Unterwegs hörte er das Stöhnen seiner Frau nicht, unterwegs bekam er nichts mit von ihren Schmerzen, die sie trotz des Morphiums hatte. Abends kam er wieder und setzte sich neben Luise, dann saßen sie eine Weile an Ellas Bett, wuschen sie gemeinsam und hockten sich anschließend in die Küche. Kauten müde an einer Scheibe Brot, tranken Hagebuttentee, gingen nacheinander ins Bad, schlüpften in Pyjama und Schlafanzug und wechselten sich dann mit der Wache ab. Während der eine schlief, saß der andere bei Ella. Nur am Tag von Fritz' Beerdigung kam Doris und hielt am Bett ihrer Mutter Wache, damit Oskar zum Friedhof gehen konnte.

Zwei Tage danach starb auch Ella. Am 23. Oktober 1996, zehn Minuten nach drei Uhr morgens, trat Luise an das Ehebett, auf das sich Oskar keine zwei Stunden zuvor gelegt hatte, und berührte ihn an der Schulter, um ihm zu sagen, dass seine Frau für immer zu atmen aufgehört hatte.

Oskar stöhnt. Im Zimmer ist es stockdunkel, er hat keine Ahnung, wie spät es ist. In seinem Kopf dröhnt es so laut, dass er sich fragt, ob das jetzt das Ende ist. Wenn es so kommt, soll es ihm recht sein. Ein bisschen Dröhnen im Kopf, ein Druck auf der Brust. Er hält den Atem an. Stellt sich vor, wie Doris in das Zimmer treten und ihn finden wird. Friedlich auf dem Bett wird er liegen, wie seine Mutter damals. Ein schöner Tod.

Er atmet flach und wartet angestrengt. Nach einer Weile – das Dröhnen in den Ohren hat ein wenig nachgelassen – setzt er sich auf und greift nach dem Wasserglas auf dem Nachtkästchen. Durstig sterben muss er jetzt auch nicht unbedingt.

Nach ein paar Schlucken und ein paar Atemzügen verschwindet auch der Druck auf der Brust allmählich. Oskar greift hinter den Kopf, um den Polster zu richten.

Wann hat Luise ihm den Brief von Fritz zu lesen gegeben? Ein paar Monate nach seinem Tod? Oder ist es überhaupt erst ein Jahr später gewesen? Oskar kann sich nicht mehr erinnern. Er weiß nur noch, dass sie auch damals in Luises Küche saßen. Noch heute sieht er das geblümte Wachstischtuch vor sich. Die Pendeluhr tickte, wie sie es immer tat.

An diesem Tisch, in dieser Küche hat alles begonnen, dachte er damals. Hier bin ich gesessen und habe Luise gebeten, sich wegen der Grundstücke zu erkundigen.

»Wir hätten nie hierherziehen dürfen«, sagte Luise, als spürte sie, woran er gerade dachte. (An Ellas Blick. An ihre vor der Brust verschränkten Arme – damals, als er und ihr Vater den Finanzierungsplan auf den Tisch gelegt hatten.) Nein, dachte er, wir hätten nie hierherziehen dürfen. Nicht, wenn es nach meiner Frau gegangen wäre.

Er nahm den Brief entgegen. Las ihn Zeile für Zeile, dreimal insgesamt. Dann zuckte er, um sie zu beruhigen, mit den Schultern.

»Und?«, sagte er. »Einer, der seit fast fünfzig Jahren unter der Erde liegt, wird uns doch keine Angst einjagen!«

Luise aber hatte Angst. Panische Angst hatte sie vor dem erschlagenen russischen Soldaten und seiner Rache.

Jetzt fragt er sich, wie das sein wird. Nach dem Tod. Zeit seines Lebens hat Oskar an Gott geglaubt. Nicht, dass er oft in die Kirche gegangen ist, aber zu Gott hat er manchmal gesprochen. Wenn es so weit ist, wird er sehen, was passiert. Ob es das Paradies gibt? Wenn ja, wird er Luise dort finden. Auch Ella. Und Fritz? Hat Luise ihren Fritz gefunden? Und wie sieht das mit den Tätern und ihren Opfern aus? Wo wird die Grenze gezogen zwischen den einen und den anderen? Zwischen den Eindringlingen und den Vätern, die zu Mördern wurden, um ihre Töchter zu beschützen?

Es ist das Telefon, das ihn aus seinen Erinnerungen reißt. Nicht sofort kann Oskar das Geräusch zuordnen. Schon wieder die Türglocke? Er reißt die Augen auf und starrt in die Dunkelheit. Abermals klingelt das Telefon.

Doris. Das muss Doris sein, bestimmt ist es jetzt sieben Uhr. In ein paar Minuten wird er sie zurückrufen müssen, sonst macht sie sich noch Sorgen.

8

Zur selben Zeit, als Oskar in seinen Dämmerschlaf sinkt und in die Vergangenheit abtaucht, verlässt Hamed El Sayed das Café Bräunerhof. Gerade hat er zwei Partien Schach gewonnen, deswegen ist er bester Laune. Jetzt spaziert er über den Graben. Bleibt vor einem Artisten mit roter Nase stehen, schaut seinen Mätzchen zu, lacht, greift in die Tasche seines Wintermantels, tastet nach einem Fünfzigcentstück, lächelt einem kleinen Mädchen zu, das ihn mit offenem Mund und einer riesigen Zahnlücke darin anstarrt, schneidet selbst lustige Grimassen, bis das Mädchen endlich zu grinsen beginnt, und lenkt dann seinen Rollator Richtung Haas-Haus, wo er in die Tiefe fährt, um sich vom Feierabendstrom Richtung U-Bahn-Gleise treiben zu lassen.

Hamed stören die Menschenmassen in der Innenstadt nicht, auch hat er keine Angst, mit seinem Rollator im Weg zu sein. Ganz im Gegenteil, die anderen behandeln ihn mit Rücksicht, fragen beim Einsteigen, ob sie helfen können, und wenn der Behindertenplatz besetzt ist, dann muss er nicht einmal die Augenbrauen heben. Hamed begegnet den Menschen mit Freundlichkeit und bekommt Freundlichkeit zurückgeschenkt. Nur manche kotzen böse Worte aus, aber Hamed hat gelernt, sie zu ignorieren. Der Mensch begeht zu oft den Fehler, sich am Ende eines langen Tages an die schlechten Dinge zu erinnern. Hamed weiß, was die Glücklichen von den Unglücklichen trennt: Es ist die Gabe, sich an die guten Momente zu erinnern und den schlechten keinen Raum zu geben. Deswegen hat er vor ein paar Jahren damit begonnen, den Fahrgästen in der U-Bahn zuzulächeln. Vielleicht erinnert sich ja einer an die nette Geste vor dem Schlafengehen. Vielleicht ist es ausgerechnet sein Lächeln, das einem Verzweifelten am Ende des Tages wieder neuen Mut schenkt.

Als Hamed eine halbe Stunde später an Oskar Zimmermanns Küchenfenster vorbeigeht, bemerkt er, dass kein Licht brennt.

Hamed weiß, dass der alte Mann oft einsam ist. Die, die allein sind, müssen aufeinander aufpassen. So, wie es Hamed sofort auffällt, wenn Herr Zimmermann nicht an seinem Küchentisch sitzt, würde es dem alten Mann bestimmt nicht entgehen, sollte Hamed seine Rollos nur ein einziges Mal nicht zur üblichen Zeit hochziehen. Nur aus diesem Grund steht Hamed an Tagen, an denen die Schmerzen beinahe unerträglich sind, zur gewohnten Zeit auf. Solange es jemanden gibt, der auf dich achtgibt, darfst du nicht aufgeben. Lange Zeit war Oskar Zimmermann der Einzige, der dafür sorgte, dass Hamed einen Grund zum Aufstehen hatte. Nun liegt es an ihm, zu schauen, ob bei dem alten Mann alles in Ordnung ist.

Er lenkt seinen Rollator zu dem Einfamilienhaus und sieht zu den anderen Fenstern. Alles dunkel. Hamed weiß, dass gestern Abend Licht gebrannt hat, und auch heute morgen hat er den alten Mann an seinem Küchentisch sitzen gesehen. Er kann also nicht mehr bei seiner Tochter auf Weihnachtsurlaub sein.

Er schaut auf die Uhr. Ob er anläuten soll? Er will den Nachbarn nicht in Verlegenheit bringen. Was, wenn er sich nur eine Weile schlafen gelegt hat?

Hamed lenkt seinen Rollator auf die andere Straßenseite. Er wird Oskar Zimmermanns Fenster im Blick behalten. Sollte der Pensionist morgen früh nicht an seinem Küchentisch sitzen, wird er die Polizei rufen. Hamed hofft, dass es bis dahin nicht zu spät ist.

Er schließt die eigene Wohnungstür auf, schlüpft aus der Straßenkleidung und setzt sich vor den Fernseher, wo er sich das Weltgeschehen auf CNN ansieht. Als im Haus gegenüber kurz nach viertel acht Uhr das Licht angeht, atmet er erleichtert auf. Dann geht er zum Kühlschrank, schenkt sich ein Glas Milch ein und greift nach der großen Packung mit den Datteln, die ihm seine Schwester Hebba vor ein paar Tagen aus München geschickt hat.

9

Am vorletzten Tag des Jahres fährt Doris mit ihrem Vater zum Arzt. Mehr als eine Stunde warten sie und hören den anderen beim Niesen, Husten und Röcheln zu. Dass es kein Wunder wäre, denkt Doris, wenn der Vater jetzt die Grippe bekäme.

Als Oskar ins Behandlungszimmer gerufen wird, bleibt sie sitzen. Blättert sich durch zuerst die *Bunte*, dann durch die *Woman* und schließlich durch die *Neue Post*. Die Alternative wären medizinische Zeitungen oder eine Broschüre über die Wechseljahre. Nein danke, sie hat genug damit zu tun, sich um den Gesundheitszustand des Vaters zu sorgen (seine Stimmungsschwankungen, seinen Schwindel, seine Gedächtnislücken, die sich langsam bemerkbar machen), sie kann sich nicht auch noch darum kümmern, ob ihre eigenen Hitzewallungen und Weinanfälle der Norm entsprechen.

Sie legt die Illustrierte wieder auf die Ablage. Wie lange ist er jetzt schon drinnen? Sie sieht auf die Uhr. Trommelt mit den Fingerspitzen auf die Handtasche. In dem Moment tritt die Sprechstundenhilfe an sie heran, sie möge ins Behandlungszimmer kommen.

Doris seufzt. Denkt an die Bitte des Vaters, die er im Auto geäußert hat. Eine Bitte, die wie ein Befehl klingen sollte, aber Befehle sind noch nie seine Stärke gewesen. (»Du bleibst im Wartezimmer, wenn ich drinnen bin ... ja?«)

Sie folgt der Sprechstundenhilfe. Sie kennt den Arzt nicht, der alte, der ihr als Kind einen dicken Antibiotikasaft nach dem anderen verschrieben hat und der dann später alle paar Tage nach der Mutter geschaut hat, ist vor mehr als zehn Jahren in Pension gegangen.

Sie reicht dem Arzt die Hand (auch er ist nicht mehr der Jüngste, denkt sie) und setzt sich neben ihren Vater. Sieht, wie dieser die Schultern hebt und wieder senkt. Tut mir leid, dass du jetzt hier sitzen musst, sagen seine Augen. Sie könnte heulen, so hilflos sieht er auf einmal aus.

»Ihr Vater hätte sich einen Termin beim Internisten ausmachen sollen, das hatten wir im Juni vereinbart«, erklärt der Arzt.

»Sie haben mich zum Augenarzt geschickt!«, protestiert Oskar.

»Auch«, nickt der Arzt. Den folgenden Satz spricht er langsam und sehr bestimmt aus, wie wenn er zu einem Kind sprechen würde: »Zum Augenarzt und zum Internisten, Herr Zimmermann.« Dann richtet er seinen Blick wieder auf Doris. »Leider ordiniert Dr. Stany, bei dem Ihr Vater bisher Patient war, nicht mehr. Ich habe Ihnen die Nummer von Dr. Kern aufgeschrieben. Am besten wäre es, wenn Sie so rasch wie möglich einen Termin vereinbaren. Sagen Sie der Sprechstundenhilfe, dass Ihr Vater Patient von mir ist.« Er überreicht ihr den Überweisungsschein und ein Rezept. »Bis zu dem Termin sollte Ihr Vater die gewohnte Dosis nehmen. Eine Kapsel morgens und eine abends. Und achten Sie bitte darauf, dass er das Medikament wirklich einnimmt. Mit dem Blutdruck ist nicht zu spaßen.«

Wieder im Haus des Vaters öffnet Doris die Lade mit den Medikamenten. Die Blutdrucktabletten nimmt er nun schon seit vielen Jahren, außerdem schluckt er jeden Morgen eine Knoblauchkapsel – »Fürs Hirn«, wie er sagt. Noch vor einem halben Jahr hat er ihr stolz seine Blutwerte gezeigt. Nicht einmal mit dem Cholesterin oder dem Zucker hat er Probleme. Und die Blutdruckwerte waren am Tag der Untersuchung auch unauffällig. Dass ihm der Arzt bereits damals geraten hat, wegen seines Schwindels zu einem Internisten zu gehen, hat er ihr verheimlicht. Oder hat er sich wirklich nicht daran erinnert?, fragt sie sich. Aber er hat mir doch vom Augenarzt erzählt.

»Und dein Schwindel?«, hat sie ihn damals gefragt.

»Ach was, der Kreislauf. Das ist nur das Wetter.«

Sie nimmt die Blister mit den Kapseln aus der Lade. Wie es da drin aussieht, alles hat er durcheinandergeworfen! Dabei ist er früher so ordentlich gewesen. (So ordentlich, dass er die Mutter damit in den Wahnsinn getrieben hat. Doris erinnert sich noch gut an ihre Beschwerden, damals, knapp vor ihrer Krebsdiagnose, als sie sich sogar mit dem Gedanken gespielt hat, sich vom Vater scheiden zu lassen, weil der nur noch seinen Garten und die Ordnung im Kopf hatte, während sie noch etwas erleben wollte …)

Sie räumt die Lade aus. Taschentücher, zwei Sudoku-Hefte, die Lupe, das Heft, Kugelschreiber. Sechs Blister findet sie, bei den meisten sind nur noch ein oder zwei Kapseln eingeschweißt. Laut Berechnungen des Arztes sollte es überhaupt keine mehr geben.

»Nimmst du die eigentlich täglich?«, fragt sie, worauf ihr Vater sie mit demselben Ausdruck in den Augen ansieht wie ihre Schüler, wenn sie die Hausübung nicht gemacht haben.

»Du musst die jeden Tag nehmen, hörst du? Auch wenn du dich gut fühlst.«

»Das weiß ich, ich bin nicht dumm!«, sagt er.

Sie gehen noch essen. Ein Schnitzel mit Erdäpfelsalat, oben im Gasthaus. Doris ruft Lilli an und teilt ihr mit, dass sie erst nach dem Abendessen nach Hause kommen werde. »Ja, mit dem Opa ist alles in Ordnung, er muss nur seine Medikamente nehmen, das ist alles.«

Oskar sieht es in ihren Augen. Sie vertraut ihm nicht mehr. Nicht, weil er sie anlügt und behauptet, seine Medikamente geschluckt zu haben, sondern weil sie ganz genau weiß, dass er nur deswegen lügt, weil er sich nicht daran erinnern kann, ob er seine Kapseln heute oder gestern eingenommen hat. Was soll er ihr sagen? Dass er aus Angst, zu viele zu schlucken, lieber auf sie verzichtet? Er weiß, dass mit seinem Hirn etwas nicht stimmt. Dass er vieles nicht mehr so schnell und zuverlässig abrufen kann wie früher. Dass er sich manchmal selbst an das, was erst vor ein paar Minuten geschehen ist, nicht mehr erinnern kann, so sehr er sich auch anstrengt. Hat er heute Morgen seine Tabletten eingenommen? Und gestern? Vorgestern? Kommen der Schwindel, die Kopfschmerzen und der Knödel im Hals wirklich nur daher, dass er seine Kapseln nicht regelmäßig schluckt?

Doris greift nach seiner Hand.

»Du kannst ja nichts dafür.«

Nein. Er kann nichts dafür. Das ist ja die Schweinerei! Wenn er wenigstens etwas dafürkönnte.

»SSPH!!«, hat Doris als Teenager gerufen.

»Was soll das heißen, SSPH?«

»Selber schuld, Pech gehabt!«

»Und wieso heißt es SSPH und nicht SSPG?«

Sie hat die Augen verdreht, wie nur Teenager es können. »Ist doch egal, es heißt halt so!«

An solche Dinge kann er sich erinnern. Aber ob er sein Medikament heute oder gestern geschluckt hat …

Er sieht aus dem Fenster. Draußen eilen die Menschen vorüber, junge Menschen in Daunenjacken, mit Einkaufssäcken und Kindern.

»Bei Luise hat es auch so begonnen«, sagt er.

Er hofft, dass ihm die Tochter widerspricht, dass sie sagt: »Aber bei Luise ist das doch etwas anderes gewesen!«

Doris sagt nichts. Stattdessen blickt sie ebenfalls aus dem Fenster. Starrt auf das Leben hinter der Scheibe, das plötzlich nichts mehr mit dem ihren gemein zu haben scheint. Dann richtet sie ihren Blick wieder auf ihn.

»Ich geh geschwind rüber zur Apotheke. Bleibst du inzwischen hier und trinkst aus? Ich bin in fünf Minuten wieder da.«

Er bleibt allein am Fensterplatz zurück. Der gespritzte Apfelsaft schmeckt ihm nicht, das Soda ist ausgeraucht. Er hätte sich vorhin nicht zu einem großen Glas überreden lassen dürfen, er hätte darauf bestehen sollen, dass er nur einen Vierteliter will, aber er hat Angst gehabt, dass ihm das kleine Glas dann doch nicht reichen könnte. Dann hätte er zugeben müssen, dass der Kellner seinen Durst richtiger eingeschätzt hat als er selbst. Dabei ist ihm das früher ständig passiert. Wie oft hat er sich geärgert, weil zwei kleine Gläser Apfelsaft mehr kosten als ein großes, obwohl es doch auf dieselbe Menge herauskommt. Wie oft hat er extra kein zweites Glas mehr bestellt, um Geld zu sparen. Und wie oft ist es auch Ella passiert, dass sie ihren Durst oder ihren Hunger falsch eingeschätzt hat.

Nicht alles kann man dem Alter in die Schuhe schieben.

Oskar sieht die Tochter die Straße queren. In der Gaststube stinkt es nach Gulasch, Bier und in die Jahre gekommenem Zigarettenrauch, der sich in die Polstermöbel gefressen hat.

»Kann ich Ihnen noch etwas bringen?«

Er hebt den Blick. Er kennt den Kellner nicht, der an seinen Tisch getreten ist, er sieht ihn heute zum ersten Mal.

»Nein, danke. Vielleicht bringen Sie mir inzwischen die Rechnung.«

Früher sind Ella, Doris und er manchmal in dieses Gasthaus gegangen. Das war zu einer Zeit, als Barbara und Michael das Haus bereits verlassen hatten. Oskar verdiente damals gut, und mit nur einem Kind konnten sie sich mehr leisten. Und später, als er bereits in Pension war, holte er Ella von ihren Frisörbesuchen ab und kam mit ihr hierher. »Eine schöne Frau muss man herzeigen!«, sagte er dann zu ihr.

Als der Kellner an seinen Tisch tritt, zieht Oskar seine Geldbörse hervor. Kurz hat er Angst, dass er nicht genügend Bargeld dabeihaben könnte, aber dann stellt er fest, dass sich mit den Scheinen, die in seiner Geldbörse stecken, noch etliche Gasthausbesuche ausgehen würden.

Er zieht einen Fünfer heraus.

»Passt so«, sagt er.

Der Kellner schaut betreten.

Oskar zwinkert dem jungen Mann zu. »So eine Räuberbande!«, ruft er und greift noch einmal in die Geldtasche, um einen Zwanziger hervorzuziehen. Der Kellner lacht auf.

In dem Moment tritt Doris an den Tisch. Skeptisch beobachtet sie das Geschehen, dann glättet sich ihre Stirn wieder. Sie schüttelt den Kopf und lacht leise. Wenigstens kennt sie meine alten Scherze noch, denkt Oskar.

Wieder in seiner Küche leert Doris den Inhalt des Plastiksacks auf den Tisch.

»Mit denen wird es leichter sein«, sagt sie und hält zwei blaue Schalen hoch. Dann greift sie in seine Lade, holt die restlichen Medikamente heraus und drückt Kapsel für Kapsel aus den Verpackungen, um sie in die Ausbuchtungen der Schalen zu legen. Für jeden Tag zwei Ausbuchtungen. Darüber ein durchsichtiger Schiebedeckel. Eine ebensolche Schale hat er damals für Ella bekommen, damit er nicht vergisst, ihr die richtigen Medikamente zur richtigen Zeit zu geben.

Er starrt auf die Buchstaben – M D M D F S S – und schluckt die Widerrede tapfer hinunter, so, wie er ab nun auch seine Blutdruckpulver schlucken wird. Tag für Tag. Morgen für Morgen, Abend für Abend. Solange, bis er auch mit den Buchstaben nichts mehr wird anfangen können.

10

Das neue Jahr bringt Eis und Ärger. Zuerst nieselt es, dann sinken die Temperaturen, dann fällt die Heizung aus, und schließlich, am Abend des 1. Januar, rutscht die sechzehnjährige Leonie auf den vereisten Platten aus und bricht sich das linke Bein (ein haarfeiner Riss, der sich durch das halbe Schienbein zieht).

Als die Hausverwaltung am Morgen des 2. Januar ihre Telefone wieder freischaltet, muss sich die Sekretärin sogleich die Drohungen eines Mieters mit dem Namen Engelmayr anhören. Ganze sieben Minuten plärrt er ins Telefon: Wozu er eigentlich Betriebskosten zahle, dass er klagen werde, dass das doch wirklich die Oberfrechheit sei, zuerst lasse man sie frieren und dann auch noch die Tochter auf dem Eis ausrutschen, dass das ein Nachspiel haben werde, dass man ja nicht glauben solle, dass er alles mit sich machen lasse.

Kein Wunder also, dass die Bürokraft noch am selben Vormittag beschließen wird, zu kündigen. Die besten Jahresvorsätze sind jene, die man spontan, aus der Situation heraus, fasst und sofort umsetzt. Aus diesem Grund geht die Angestellte noch am selben Abend zu ihrem Chef, in ihrer linken Hand hält sie das Kündigungsschreiben, dessen Text sie eine Stunde zuvor auf dem Firmencomputer verfasst, auf dem Firmendrucker ausgedruckt und mit dem Firmenkugelschreiber unterschrieben hat.

Nicht nur das Wetter, auch Frau Neuhold bringt Unruhe ins Haus. Die Altpapiercontainer seien zu voll, jammert sie (vielleicht um sich warmzureden), nichts habe darin mehr Platz.

Frau Neuhold mistet jeden Neujahrsmorgen aus, befreit sich von den Altlasten und dem Altpapier des Vorjahres.

Warum aber ist die Tonne in letzter Zeit so voll?

»Weil die Neue ständig ihr Verpackungsmaterial wegwirft und es nicht einmal ordentlich zusammenlegt!«

Ute Neuhold schnauft, Peter steht mit dem eigenen Müllsack ein wenig ratlos daneben.

»Schauen Sie sich das an!«

Aber ja, er sieht es, er ist ja nicht blind. Karton um Karton stapelt sich in den Tonnen, auf den Tonnen, neben den Tonnen.

»Man könnte glauben, dass die gerade erst eingezogen ist!«, empört sich Frau Neuhold, der die Spannung des Neuen, die Abwechslung der Fremde, das Unbekannte fehlen, weswegen sie sich ihren Kitzel im Haus suchen muss.

»Der pure Egoismus! Ich möcht wissen, was die sich die ganze Zeit bestellt. Die muss ja die Kaufsucht haben, anders gibt's das doch gar nicht. Oder was meinen Sie, was die sich so dringend im Internet bestellen muss, was es im Einkaufszentrum nicht gibt?«

Peter meint gar nichts, Peter wirft seinen Sack in den Restmüll und zuckt mit den Schultern. Die Brodkorb? Was die bestellt?

»Kinderspielzeug vielleicht?«

Es ist ihm egal, ob die Neue die Kaufsucht hat oder einen Onlinehandel im Dachgeschoß betreibt, Hauptsache, es bleibt weiterhin ruhig. Keinen Mucks vernimmt er von oben, kein Geplärr, kein Getrampel. Nur die Klospülung hört er ab und zu und das Auslassen der Wanne. Soll die Frau doch tun und lassen, was sie will, soll sie seinetwegen mit Hehlerware handeln, die sie sich über diverse illegale Kanäle schicken lässt, ihn geht das nichts an. Er will seine Ruhe haben. Von der

Brodkorb, von ihrem Kind und auch von Ute Neuhold. Man soll ihn endlich in Frieden lassen, er mischt sich ja auch nicht permanent in die Angelegenheiten der anderen ein und petzt alles aus. Wie wenn es nicht reicht, dass der Engelmayr seit Tagen von Tür zu Tür geht und Unterschriften für seinen Beschwerdebrief sammelt. Dass es die Aufgabe der Hausverwaltung sei, dafür zu sorgen, dass die Gehwege gestreut, das Stiegenhaus geputzt und die Heizanlagen gewartet würden, hat er Peter erklärt, als er gestern Abend vor seiner Tür stand. »Gemeinsam sind wir stärker«, hat er kampfeslustig mitgeteilt, immerhin zahlen sie Betriebskosten, und das nicht zu knapp, es sei ihr Recht, eine anständige Leistung zu verlangen.

Peter hat stumm genickt und seine Unterschrift unter die der Neuholds, der Bosićs und jene des Ägypters gesetzt. In Gottes Namen, dann schick deine Beschwerde ab, hat er sich gedacht. Beschwerden verpuffen bekanntlich mit dem Ärger, dem Engelmayr ein sofortiges Nein ins Gesicht zu knallen, hätte jedoch äußerst unangenehme Folgen für ihn haben können.

Nur Alice traut sich. »Nein, das will ich nicht unterschreiben«, sagt sie, als Engelmayr am selben Abend (gerade ist Peter der Neuhold entwischt) vor ihrer Tür steht. »So leid mir das mit Ihrer Tochter tut, man kann die Hausverwaltung nicht für alles verantwortlich machen.«

Sie wünscht »trotzdem noch einen schönen Tag« und schließt die Tür. Soll er so rot anlaufen, wie er will, soll er in Rumpelstilzchenmanier aufstampfen und mit Vergeltungsmaßnahmen drohen, sie lässt sich nicht aufhetzen. Heizsysteme fallen manchmal aus (Hauptsache, jetzt ist es wieder warm), und Jugendliche brechen sich hin und wieder das Bein. Sie selbst hat sich als Teenager den Knöchel sogar im

Deutschunterricht gebrochen, ganz ohne Eis und Stöckel am Schuh, ein einfacher Weg zur Tafel hat ausgereicht, um auszurutschen und dumm zu fallen.

Auch Frau Brodkorb unterschreibt nicht. Im Halbstundentakt klingelt Martin Engelmayr an ihrer Tür, doch nie geht sie für ihn auf, weder am Vormittag noch zu Mittag, noch am Nachmittag und auch abends nicht. Eine seltsame Frau ist das, das stellen sogar die Bosićs fest (und die Bosićs tun nur selten ihre Meinung kund).

Was ist los mit der Brodkorb und ihrem Kind? Man sieht sie nicht, man hört sie nicht, nur die Überbringer der vielen Päckchen dringen zu den beiden vor, aber auch für die macht die Mieterin die Tür nur einen Spaltbreit auf. Und ihren Müll trägt sie mitten in der Nacht hinaus, wie ein Vampir.

Na gut, dann halt nicht, denkt Martin Engelmayr, es geht auch ohne dich. Mit der Unterschrift vom Lindner sind sie jetzt immerhin zu siebent.

11

Na, so was!

Da sitzt sie. Weißes Poloshirt, weiße Hose, weiße Schuhe. Wie ein Engel, denkt Oskar.

Die Frau aus dem Dachgeschoß erkennt ihn nicht sofort. Sie sieht ihn erstaunt an, mit einer Grübelfalte auf der Stirn.

»Oskar Zimmermann, ich wohne gegenüber!«, sagt er, worauf ein Lächeln über ihr Gesicht huscht. Sie erhebt sich von ihrem Stuhl und streckt Oskar über das Empfangspult der Ordination hinweg die Hand entgegen. »Gudrun Sachs. Freut mich, Herr Zimmermann!«

»So klein ist die Welt, nicht wahr?«, sagt Oskar und lacht.

Gudrun Sachs nickt. »Ja, da haben Sie recht!«

»Komm, Papa«, flüstert Doris und berührt ihn am Ellenbogen. »Lass Frau Sachs ihre Arbeit tun.«

Oskar dreht sich um. Zwei Patienten stehen in der Warteschlange, sie haben ihre e-cards bereits gezückt. Natürlich. Die Nachbarin hat jetzt keine Zeit zu plaudern. Er zwinkert Frau Sachs zu, dann folgt er seiner Tochter.

»Die Welt ist ja doch noch so klein, wie sie es immer gewesen ist!« schmunzelt er, als er sich auf einen der Stühle im Wartezimmer setzt. »Da geht man zum Internisten, und wer sitzt an der Anmeldung? Die Frau vom Haarknödelmann! Sie wohnt gegenüber, weißt du?«

»Nein, das wusste ich nicht«, sagt Doris. »Aber vom *Haarknödelmann* hast du mir erzählt.«

»Eine Tochter haben sie auch«, sagt Oskar. »Ein hübsches Mädchen, muss so an die fünfzehn, sechzehn sein.«

Doris lächelt ihn an. Die Mieter am Papaverweg 6 sind ihr egal.

»Wieso interessieren dich die Leute dort drüben so?«, hat sie gefragt – vor einigen Monaten, als sie sein Heft in der Lade gefunden hat.

Ja, wieso eigentlich? Weil das Haus auf Luises Grund steht? Weil es normal ist, sich für seine Nachbarn zu interessieren? Oder hat es mit der Unruhe zu tun, die in dem Haus herrscht? Damit, dass er langsam doch zu glauben beginnt, dass Luise recht gehabt haben könnte? Ist der Grund am Papaverweg 6 verflucht?

Aber Doris weiß nichts von Fritz' Brief, und von dem erschlagenen russischen Soldaten unter der Rotbuche weiß sie auch nichts.

Oskar seufzt. Doris hat sich eine Illustrierte geschnappt und blättert lustlos die Seiten um.

Es ist gut, wenn Kinder nicht alles wissen. Nicht nur Fritz' Brief hat er ihr verschwiegen. Auch von seiner Eifersucht hat er ihr nie erzählt. Von den vielen Abenden, die Ella lieber mit Fritz und seinen Genossen verbracht hat, statt bei ihm und den beiden Kindern zu bleiben. Barbara hat es damals mitbekommen. Michael schlief tief und fest, aber Barbara kam manchmal spätabends zu ihm ins Zimmer.

»Wo ist denn die Mutti?«

»Die ist bei der Tante Luise«, sagte er und hob sie auf seinen Schoß.

Und wenn sie nicht schlafen gehen wollte, ließ er sie auf der Bettbank im Esszimmer Platz nehmen, wo der Fernseher lief, und ging in die Küche, wo er lauwarmen Tee in ein Glas schenkte und einen Löffel Honig hineinrührte. Dann holte er die Keksdose aus der Speis und ließ seine Tochter Kakaoschnitten und Butterkekse naschen. Das war seine heimliche Rebellion. Während Ella mit Fritz und seinen roten Genossen gegen die Regierung wetterte, saß Oskar mit seiner Tochter vor dem Fernseher und naschte.

»Geh dir noch kurz die Zähne putzen«, sagte er, wenn er Barbara wieder ins Bett schickte. »Damit sie nicht zu faulen beginnen.«

Ob Barbara ihrer jüngeren Schwester jemals davon erzählt hat? Sprechen die beiden über ihre Kindheitserinnerungen, wenn sie miteinander telefonieren?

Er sieht Doris von der Seite an. Ihre Augen huschen über bunte Bilder und Schlagzeilen. Als sie seinen Blick bemerkt, sagt sie: »Ich versteh nicht, warum die Ärzte nur Schundblätter auflegen. Wer interessiert sich schon für die Ehekrisen von Fußballstars und ehemaligen Models?«

Er lacht. Genau das hat Ella auch gesagt, wenn sie gemeinsam beim Arzt saßen.

»Herr Zimmermann?«

Der Arzt streckt seinen Kopf aus dem Behandlungszimmer.

Doris legt die Illustrierte zur Seite, und auch Oskar steht auf und folgt ihr ins Zimmer von Dr. Egidius Kern. Was für ein altmodischer Name, denkt er, als er die Zertifikate an der Wand hinter dem Arztstuhl hängen sieht.

»Und? Was führt Sie zu mir, Herr Zimmermann?«

Ja. Was eigentlich? Was führt ihn hierher? Gerade noch war er bei seinen Eheproblemen und heimlichen Kekseskapaden mit Barbara, und jetzt will dieser Fremde plötzlich Dinge von ihm wissen, die er gar nicht beantworten kann. Also überlässt Oskar das Reden seiner Tochter.

Fünfundzwanzig Minuten später stehen sie wieder an der Anmeldung. Die Frau vom Haarknödelmann (wie heißt sie noch?) blättert im großen Ordinationskalender. Im Sommer soll er wiederkommen, zur Kontrolle. Wie nett sie ihn anlächelt, als sie vom großen Kalender aufblickt. Hier arbeitest du also, während dein Mann auf dem Balkon steht und raucht, denkt Oskar. Seltsam. Jeden Morgen sieht er sie an seinem Fenster vorübergehen, aber noch nie hat er sie lächeln gesehen. Meist hält sie den Kopf gesenkt und huscht wie ein Geist die Gasse hinauf. Oder aber sie rennt wütend aus dem Haus. O ja, wütend kennt er sie auch!

»Wollen Sie lieber vormittags oder nachmittags?«, fragt sie.

»Die Vormittage sind mir angenehmer«, sagt er.

»Mir wäre ein Nachmittag lieber«, wirft Doris ein. »Am besten ab vier, ich bin Lehrerin und brauche eine Stunde nach Wien.«

Oskar lächelt. Lächeln ist in so einem Fall das Beste.

Die Sprechstundenhilfe lächelt zurück, dann wendet sie sich wieder seiner Tochter zu.

»Sollten in der Zwischenzeit Beschwerden auftreten, dann sprechen Sie bitte gleich vor Ordinationsbeginn auf Band. Dann kann ich schauen, dass ich Ihren Vater noch am selben Tag einschiebe.«

Einschieben, denkt er. Ich bin jetzt etwas, das man einschiebt.

Er stellt sich vor, wie Doris ihn der Frau aus dem Dachgeschoß übergibt, worauf diese ihn zwischen zwei Patienten quetscht. Er will, dass die Frau ihn anschaut! Sie soll mit ihm sprechen, nicht mit seiner Tochter!

»Wie alt sind Sie eigentlich?«, fragt er.

»Papa!«, quiekt Doris.

Die Frau überreicht ihm den Zettel mit dem Termin. Kurz schaut sie ihn aus ihren großen, haselnussbraunen Augen an, dann lächelt sie. »Ich bin neununddreißig, Herr Zimmermann. Nächsten Monat werde ich vierzig.«

»Ein herrliches Alter!«, sagt er. »Genießen Sie es, man bleibt nicht ewig jung!«

»Ich werd's versuchen.«

»Komm, Papa.« Doris schiebt ihn in Richtung Garderobe.

»Als ich vierzig war«, sagt er, »bist du noch ein kleiner Stöpsel gewesen.« Er lacht kurz und lässt sich in die Jacke helfen.

Sie steigen in den Aufzug. Im Spiegel sieht er sich hinter dem Rollator, daneben steht Doris mit ernstem Blick. Keine Tochter sollte den Vater in den Tod begleiten müssen. Er spricht den Satz nicht aus, er denkt ihn nur leise. So leise, dass Doris ihn nie hören wird.

12

Zuerst sind es nur zwei Tage in der Woche. Dann sind es drei, und schließlich sind es sogar vier. Beinahe täglich kommt Alice nun zu Oskar.

Vielleicht hat es mit seinem Küchenfenster zu tun, von dem aus sie in ihre eigene Wohnung schauen kann. Vielleicht ist es das Knistern der brennenden Holzscheite in dem kleinen Ofen. Vielleicht sind es die Haarbüschel in seinen Ohren, vielleicht ist es seine ruhige Stimme, mit der er von früher erzählt. Vielleicht sind es auch die Katzenfutterschüsseln, die nun nicht mehr hier stehen, weil es den Kater gar nicht mehr gibt. Mittlerweile hat Oskar Alice vom toten Sami erzählt. Seitdem Doris ihren Besuchstag von Sonntag auf Samstag verlegt hat, damit sie gemeinsam mit Oskar zum Supermarkt fahren kann, gibt es keine Katzenfutterdosen mehr. Die Reste, die Oskar noch in seinem Schrank hatte, hat der dicke Kater vom unteren Ende der Gasse bekommen, danach hat Doris die Futterschüsseln gewaschen und verräumt.

»Weißt du?«, sagt Oskar zu Alice. »Wenn du dich so an ein Tier gewöhnt hast, dann spielt dir das Hirn die seltsamsten Streiche. Manchmal wache ich mitten in der Nacht auf, weil ich träume, dass ich den Kater seit Wochen nicht mehr gefüttert habe.«

Alice kennt die gelben Zettel, die auf Oskars Telefon und seinem Kühlschrank kleben. Auch hat sie bemerkt, dass er manchmal den Teekessel auf den Herd stellt und vergisst, die Platte einzuschalten. Oder aber er dreht sie auf und fährt dann erschrocken hoch, wenn der Kessel ein paar Minuten später zu pfeifen beginnt. Auch die Zahlen, die er in das Sudoku einträgt, ergeben keinen Sinn. Außerdem schummelt Oskar beim Halma. Er schummelt, ohne es zu bemerken.

Vielleicht kommt sie, weil sie sich ein wenig Sorgen um ihn macht. Vielleicht kommt sie auch aus Eigennutz. Um die Leere, die sie in manchen Momenten empfindet, nicht so stark zu spüren. Muss sie den wahren Grund für ihre Besuche kennen? Sie kommt, weil sie sich in seiner Nähe wohlfühlt. Das, was es an Oskars Küchentisch gibt, hat es für Alice noch nie zuvor gegeben. Nicht bei den Eltern, nicht bei Mike, nicht bei Henrik. Vielleicht hat sie es bei Claudia ein bisschen gespürt. Aber dann zog Claudia nach Amsterdam.

An manchen Tagen kommt sie nur für eine Viertelstunde. Dann bringt sie Oskar seinen Dinkelstriezel (den kauft sie für ihn, wenn sie Dienstagabend das Gebäck abholt) und lässt ihn etwas aus ihren Taschen aussuchen. Oder sie überreicht ihm eine Plastikschüssel mit Selbstgekochtem, denn Oskar hat eine Mikrowelle, und Alice ist aufgefallen, dass er sich viel zu oft von Fertigprodukten ernährt. Sie bringt ihm Eintopf, Letscho, Suppe und auch gekochtes Kraut, denn Oskar mag Krautfleckerl. Gott sei Dank hat sie, seitdem sie die Reste eines Caterings geholt hat, genügend Schüsseln, denn wenn sie Oskar fragt, ob er die leeren für sie aufgehoben habe, kratzt er sich oft am Kopf. Oder im Ohr. Oder er zupft an seiner Weste.

Manchmal, wenn sie mit ihren Textaufträgen besonders früh fertig ist, bleibt sie länger an seinem Tisch sitzen. Dann holt Oskar das Halmabrett, und sie spielen ein paar Runden. Oder sie plaudern. Besonders spannend findet es Alice, wenn Oskar sein Heft aus der Lade zieht und von den früheren Mietern erzählt.

Nach ihren Besuchen bei Oskar geht sie wieder über die Straße, steigt in den ersten Stock und setzt sich an ihren Schreibtisch, um an ihrem Manuskript zu feilen. Ende Februar ist sie mit den Überarbeitungen fertig. Außerdem hat sie zwanzig Rezepte ausgewählt: Haushaltsreiniger ohne Chemie, diverse Alternativen für im Handel erhältliche Duschgels, Haarshampoos, Haarbalsams und Zahncreme, Badesalz, eine reinigende Gesichtspaste und zwei Hautcremes.

An einem Mittwochnachmittag lädt Alice zwei Word-Dokumente und einen Ordner mit nummerierten Fotos auf den ihr zugeteilten FTP-Server des Verlags. Danach steigt sie in die U-Bahn, um sich mit den Vorstandsmitgliedern von *No Waste!* zu treffen.

Henrik begegnet ihr wie allen anderen auch: offenherzig, charmant und unkompliziert. Als hätte es den weinenden, leidenschaftlich liebenden und verächtlich grinsenden Henrik nie gegeben. *Zewa, wisch und weg*, denkt sie, wie in der Werbung. Der echte Henrik lebt hinter der Milchglastür. Sie weiß nicht, ob es andere Frauen gibt, die mit ihm lachen und weinen, ihm gut zusprechen, ihn in den Arm nehmen und über seine Narben streichen. Sie nimmt es an. Wenn Henrik eines nicht aushält, dann ist es das Alleinsein.

Nachdem alles andere besprochen ist, teilt sie ihre Entscheidung mit. Dass sie weiterhin Mitglied des Vereins bleiben und Lebensmittel abholen werde, den Platz im Vorstand jedoch wolle sie abgeben.

»Ich brauche wieder ein bisschen mehr Zeit für mich«, sagt sie. »Außerdem kann ich nicht sagen, wie es mit meinen Zeitressourcen in Zukunft aussehen wird.«

Sie sieht in die Runde, von einem zum anderen. Nur Henrik lässt sie aus. Sie weiß, was er von Vierzigstundenjobs hält. Oder auch von Zwanzigstundenjobs. Oder Wörtern wie »Zeitressourcen«.

Paul nickt stumm.

»Ja, klar, das verstehen wir«, murmelt Gernot, auch Lydia wünscht ihr alles Gute.

»Ich hoffe, es hat nicht mit meiner Person zu tun?«, fragt Henrik, als Alice in die Jacke schlüpft und sie einen Moment allein nebeneinanderstehen. »Bist du böse auf mich?«

»Nein«, sagt sie. »Nimm dich nicht so wichtig. Es ist so, wie ich es sage: Ich will meinem Leben eine neue Richtung geben. Und dafür brauch ich jetzt Zeit für mich, okay?«

Sie lässt ihn stehen und winkt kurz in die Runde. Schnell und schmerzlos, es ist ja nicht so, dass es ein Abschied für immer ist. Zu den Festen wird man sie einladen und damit rechnen, dass sie kommt.

Eine halbe Stunde später steht sie in der U-Bahn-Station.

Und nun? Wie soll es jetzt weitergehen? Was willst du anfangen mit der Zeit, die du angeblich so dringend für dich brauchst? Wie soll diese neue Richtung aussehen, die du deinem Leben geben willst? Willst du weiterhin an Oskars Tisch sitzen und Halma spielen? Ist das dein tolles, neues Leben?

Und wenn schon, denkt sie trotzig. Henrik reist ein Jahr lang geldlos um die Welt, warum darf ich mich nicht zu einem alten Mann an den Küchentisch setzen?

Als sie wieder zu Hause ist, nimmt sie die Liste mit den Neujahrsvorsätzen von der Magnetwand. Zerknüllt sie und wirft sie in den Papiermüll. »Das ist doch alles Schwachsinn!«, schreit sie. Dann bleibt sie eine Weile an ihrem Schreibtisch sitzen. Trommelt mit den Fingerspitzen der rechten Hand auf die Tischplatte und wippt mit dem rechten Fuß. Sieht aus dem Fenster, hinüber zu Oskar, hinter dessen Scheibe es dunkel ist. Steht auf, geht ins Badezimmer, schaut eine Zeitlang in den Spiegel. Stellt fest, dass sie abgenommen hat, ihr Gesicht ist schon wieder schmaler geworden. Sie lässt Wasser in die Badewanne laufen (die Wanne war einer der Gründe, warum ihr die Wohnung so gut gefiel) und streut Malvenblüten hinein.

»Willkommen in deinem neuen Leben!«, flüstert sie.

Dann schält sie sich aus der Kleidung, setzt sich an den Wannenrand, betrachtet die Narben auf ihren Oberschenkeln und beginnt zu weinen.

13

Die Polizei? Schon wieder? Und jetzt hat sie bei der Neuen an der Tür geläutet? In jeder Ecke des Stiegenhauses wird geflüstert und getuschelt. Die Neuhold erzählt es Peter, und der gibt es ein paar Stunden später an Alice weiter. Die Neuhold erzählt es auch Hamed, doch der scheint sich nicht dafür zu interessieren.

»Ein armer Teufel«, flüstert die Neuhold Peter zu. »Hat einen Tumor im Gehirn gehabt. Haben Sie das gewusst? Seitdem gehorcht ihm die rechte Körperhälfte nicht mehr so, wie sie soll. Vor vier Jahren ist er sogar noch im Rollstuhl gesessen. Einen starken Willen hat er, der Herr El Sayed, das muss man ihm lassen. Bewundernswert, so ein Mensch!«

Beim Reden, so sagt man, kommen die Leute zusammen. Da kann er noch so sehr darauf achten, den Nachbarn aus dem Weg zu gehen, sie kommen zu ihm. Nicht nur die Neuhold, auch den Engelmayr trifft Peter im Stiegenhaus. Kaum ist er im ersten Stock angelangt, kommt der Nachbar auch schon vom Dachgeschoß heruntergerannt und beginnt zu labern. Als hätte er nur auf sein Heimkommen gewartet. Und vom Engelmayr höchstpersönlich erfährt Peter nun auch, dass er es gewesen sei, der die Polizei gerufen habe.

»Weil aus der Wohnung neben uns nichts mehr zu hören ist«, erklärt er leise und greift sich an den Haarknödel. Heute trägt er ein rotes T-Shirt mit einem großen grünen Hanfblatt.

»Was meinst du? Ist das nicht seltsam? Zuerst hört man das Kind wochenlang schreien und dann ist es auf einmal mucksmäuschenstill.« Vielsagender Blick.

»Und?«, fragt Peter. »Was hat die Polizei gemacht?«

Der Nachbar zuckt mit den Schultern. »Die haben bei ihr angeläutet, was sonst? Die Brodkorb hat ihnen die Tür aufgemacht und so getan, als würde sie die ganze Aufregung nicht verstehen. Den Bub hat sie auf dem Arm gehabt. Ist ganz schön gewachsen, der Kleine … Das Ganze ist mir jetzt unangenehm. Ich hetz normalerweise nicht so schnell jemandem die Polizei auf den Hals, aber dass die so gar nie an die Tür gegangen ist, ist mir seltsam vorgekommen. Weiß doch jeder, dass sie immer zu Hause ist … Da stimmt doch was nicht! Zuerst plärrt das Kind wochenlang und jetzt … Keinen einzigen Mucks hören wir durch die Wand, nicht einmal ein Lachen oder ein Quietschen. Außerdem lässt sich die alles liefern, sogar das Essen … Na ja. Hauptsache, dem Kind geht's gut. Die Polizistin hat gesagt, dass es recht fröhlich gewirkt hat. Dafür hab ich gleich einen Anruf von der Reiter bekommen. Warum die Polizei im Haus war, wollte sie von mir wissen. Die weiß ganz genau, was hier geschieht. Und weißt du auch warum?«

»Keine Ahnung«, sagt Peter.

»Die Neuhold! Sie ruft die Reiter alle paar Tage an und erzählt ihr jede Kleinigkeit. Die hetzt uns alle gegeneinander auf. Wird Zeit, dass sich das Waschweib endlich wieder nach Timbuktu schleicht!«

Die Menschen am Papaverweg sind wie die Katzen. Sobald man ihnen den Rücken zeigt, schmeicheln sie einem um die Beine. Wieso lassen sie ihn nicht in Ruhe? Zuerst nervt ihn die Neuhold, und nun hat er auch noch den Engelmayr am Hals. Peter sperrt die Tür hinter sich ab, schlüpft aus den Schuhen und der Jacke und stellt sich an den Vorhang im Wohnzimmer.

Der Alte von gegenüber geht ihm jetzt aus dem Weg. Der hat es kapiert. Schon seit Wochen hat Peter ihn nicht mehr gesehen. Nicht einmal, wenn er seinen Müll besonders langsam aus dem Haus trägt, geht gegenüber die Tür auf.

Peter steht ganz still hinter dem Vorhangspalt. Im Raum ist es dunkel, er hat das Licht absichtlich nicht eingeschaltet. Hinter dem Fenster des Alten sitzt Alice und gestikuliert mit den Händen. Dann hebt sie eine Tasse an ihre Lippen und trinkt.

»Worüber redest du mit dem eigentlich die ganze Zeit?«, hat er sie vor ein paar Tagen gefragt, als sie Joghurts und Gemüse in den FreeFoodFridge geschlichtet hat.

Sie hat mit den Schultern gezuckt. »Ach, über alles Mögliche. Meist erzählt er mir von seiner Frau und den alten Zeiten.«

»Deprimiert dich das nicht, über die Toten zu sprechen?«

»Wieso? Ich finde es schön, wenn er sich erinnert. Weißt du, was er einmal gesagt hat? Dass Ella seine ganz große Liebe gewesen ist.«

Er hat sarkastisch gelacht: »Ja, ja, das sagen sie alle, wenn ihre Frauen einmal unter der Erde liegen.«

Alice hat ihn böse angeschaut und sich, sobald sie die Lebensmittel in den Kühlschrank geschlichtet hatte, knapp von ihm verabschiedet.

Wie dumm er doch ist! Dumm und eifersüchtig. Weil er nicht verstehen kann, dass sie lieber bei einem wie Oskar sitzt statt bei ihm. Was will sie bei dem Alten?

»Vielleicht würde sie sich ja auch an deinen Tisch setzen, wenn du sie endlich auf einen Tee einladen würdest. Oder auf einen Espresso.«

Maria.

Sie stellt sich neben ihn und späht durch den Vorhangspalt.

»Vielleicht hat sie keine Angst vor den Toten«, flüstert sie. »Vielleicht mag sie nur keine Männer, die ihre Gefühle hinter einem großen, stinkenden Haufen namens Sarkasmus verstecken.«

14

An einem Nachmittag im März gehen Oskar und Alice über die drei Stufen, die von der Veranda in den Garten führen, dorthin, wo der Blauregen, der Flieder und die Rosen noch in ihrem Winterschlaf gefangen sind. Gerade hat die Forsythie zu blühen begonnen, und auch die ersten Frühlingsblumen entdecken sie. Oskar murmelt leise vor sich hin, zeigt auf Knospen und Blattspitzen. Stellt fest, dass die Sträucher und die Rosenstöcke einen Schnitt bräuchten, dass in den Beeten das Unkraut wuchert und sich hinter dem Gartenhaus die Brennnesseln ausgebreitet haben. Außerdem müsste der Zwetschkenbaum zurückgeschnitten werden, der Rasen gehört vertikutiert und – herrje, die Fichte oben an der Straße hat er komplett vergessen! Bereits vor Weihnachten hat er die Genehmigung erhalten, sie fällen zu dürfen, jetzt wachsen schon die ersten Primeln.

Betrübt steht er da und lässt die Schultern hängen.

Alice hingegen ist fasziniert von der Farbenpracht, die an allen Ecken und Enden explodiert. Von der Straße aus hat sie im Sommer nur die Kletterrosen und Prunkwinden gesehen, aber nun? Narzissen, Krokusse, Primeln, Himmelschlüssel, Rauchfangkehrer, Vergissmeinnicht … Wie es hier erst in einem Monat aussehen wird?

Vor vielen Jahren, denkt sie, hat Oskar diesen Garten mit sehr viel Liebe angelegt. Wie weh muss es ihm tun, dass nun alles verwildert. Natürlich, seine Tochter übernimmt die nötigsten Arbeiten, und Oskars Schwiegersohn kümmert sich um die Hecke, damit es keine Probleme mit dem Nachbarn gibt, aber Oskar ist es gewohnt, von Februar bis Oktober täglich nach seinen Blumen zu sehen. Bis vor zwei Jahren hat er sich um das meiste noch selbst gekümmert, nun steht er da und stützt sich traurig auf seine Gehhilfe, die Alice für ihn die drei Stufen hinuntergehoben hat.

Also fasst sie einen spontanen Entschluss.

»Dann schauen wir jetzt mal nach, wer so einen Baum fällen kann, und danach fangen wir mit der Arbeit an. Ich habe die Hände, du das Wissen.«

Er sieht sie mit zögernd fragendem Blick an. Hat er sie richtig verstanden? Meint sie es so, wie sie es sagt?

»Schau nicht so komisch!«, lacht sie. »Ein bisschen Bewegung an der frischen Luft tut mir bestimmt gut! Ich sitze sowieso viel zu oft vor dem Laptop.«

Eine Firma für den Baumschnitt, eine andere für die verstopfte Regenrinne. Nach und nach verschwinden die gelben Zettel auf Oskars Telefon. In der Gasse hört man die Säge, als der Baum fällt, klatschen Hamed und Li Sheng in die Hände. Was für eine Sensation!

Statt der Fichte muss nun eine Säulenheckenkirsche her. So hat es die Stadt befohlen, und Oskar ärgert sich. Das sei doch lächerlich.

»Warum ausgerechnet eine Säulenheckenkirsche?«

Alice lacht. »Was ist denn so schlecht an einer Säulenheckenkirsche?«

»Und wenn ich lieber eine Felsenbirne will?«, fragt Oskar. »Die behandeln mich wie einen Pflanzenmörder. Wenn du einen Baum fällst, weil er dein Haus und alle, die an deinem Zaun vorbeigehen, gefährdet, dann schreiben sie dir vor, dass du sofort wieder etwas Neues einsetzen musst. Nicht irgendetwas, nein. Eine Säulenheckenkirsche! … Und was ist mit den Silbertannen und dem Nussbaum auf Luises Grund? Das waren gesunde, starke Bäume! Als euer Haus gebaut wurde, hat keiner verlangt, dass auf dem Parkplatz eine Säulenheckenkirsche stehen muss! Nur die Rotbuche haben sie stehen gelassen. Ausgerechnet die Rotbuche!«

Alice muss lachen. Wie sehr Oskar sich über die Forderung der Stadt aufregt. Aber sie kann ihn ja verstehen. Sind das die Maßnahmen gegen das Baumsterben? Dass man einem Siebenundachtzigjährigen befiehlt, in seinem Garten eine Säulenheckenkirsche zu pflanzen, obwohl man weiß, dass sie nur so lange leben darf, bis auch dieser Grund irgendeiner Baufirma zum Opfer fallen wird? Aber gut. Sie haben nichts gegen Säulenheckenkirschen, also werden sie eben eine pflanzen.

Kurz nachdem die Sternmagnolie zu blühen begonnen hat, schließen Alice und Oskar einen Deal ab. Alice wird dabei helfen, den Garten auf Vordermann zu bringen, im Gegenzug darf sie über ihre Erfahrungen auf ihrem Blog berichten. Inklusive Fotos und Oskars Insiderwissen, an dem er sie teilhaben lässt. Auch ein Kräuterbeet möchte sie in Oskars Garten anlegen, und im Windschatten des Gartenhauses will sie Tomatenpflanzen ziehen.

Unter Oskars Anweisungen beginnt Alice, das Unkraut zu jäten. Davor stellt sie für Oskar einen Stuhl ins Gras.

»Und dir ist bestimmt nicht kalt?«, fragt sie.

Papperlapapp! Oskars Wangen glühen, endlich hat er wieder eine Aufgabe! Am Oberkörper trägt er die dicke Weste und eine Steppjacke, auf den Stuhl hat Alice zwei Sitzkissen gelegt, für die Knie gibt es Oskars alte Fernsehdecke, die darf ruhig schmutzig werden. So sitzt er zwischen Primeln und Krokussen und dirigiert sie mit seinem Wanderstock (den hat er in seinem Garten lieber als den Rollator).

Da Alice für jeden Schritt dreimal länger braucht, als ihm lieb ist, geht er schließlich doch ins Haus, wo er den Fernseher aufdreht. Vom Esszimmer aus kann er in seinen Garten schauen. Viel erkennt er trotzdem nicht, denn Alice werkt ganz unten, am anderen Ende des Grundstücks, wo sie mit dem Unkrautstecher gegen den Wildwuchs kämpft.

Am Wochenende ist Pause. Alice kümmert sich um einen liegen gebliebenen Textauftrag (eine Artikelserie über die Herstellung von Kräuterölen, diesmal hat sich der Auftraggeber direkt an sie gewandt), und auch ein paar Diktate des Psychiaters aus Würzburg stehen an.

Am Montagnachmittag kommt sie später als geplant zu Oskar, und das obendrein hungrig.

»Hast du schon zu Mittag gegessen?«, fragt sie ihn. »Ich nämlich nicht, aber ich hab uns was mitgebracht.«

Oskar hat keine Ahnung, wann er zuletzt gegessen hat, er ahnt, dass es etwas mit Marmelade war. Also wärmt Alice eine Schüssel Paprikafisolen in Oskars Mikrowelle und legt neben jeden Teller eine Semmel. Die Mikrowelle klingelt, Oskar schaut drein wie ein neugieriges Kind. Paprikafisolen hat er noch nie gegessen. (So gut schmecken sie ihm dann aber nicht.)

Nach dem Abwasch, den sie gemeinsam erledigen, bekommt Alice die Gartenschere in die Hand gedrückt. Sie sind spät dran für den Strauchschnitt, nur bei den Spätblühern darf sie noch Hand anlegen. Oskar dirigiert mit seinem Stock, zeigt ihr, wo sie schneiden soll.

Auch die Brombeerhecken befreit Alice von den alten Trieben, und im Vorgarten entfernt sie die braunen Blütenkronen der Hortensien. Die Erde in den Beeten gehört gelockert, und auch der Dünger muss eingearbeitet werden. Nur den Obstbaumschnitt überlassen sie einem über das Internet bestellten Gärtner, und auch das Vertikutieren des Rasens soll er übernehmen. Alices Aufgabe ist es, vorab das

Gras von alten Ästen zu befreien, damit die Maschine keinen Schaden nimmt.

Als sie am Freitagabend vom Biosupermarkt nach Hause kommt, ist sie fix und fertig. Dennoch teilt sie den Karfiol in Röschen, schneidet die Tomaten, die Paprika und zwei Äpfel klein und würzt den Eintopf mit Curry. Den Rest der Äpfel legt sie zur Seite. *An apple a day keeps the doctor away!*

Das gesamte Wochenende verbringt sie auf dem Sofa. Schaut Filme und Dokumentationen auf YouTube und liest in einem Buch. Diesmal fällt es ihr nicht schwer, sich zu entspannen. Erst Montagmorgen setzt sie sich an den Laptop und lädt einen Textauftrag herunter. Danach spaziert sie mit einer Schüssel Gemüsecurry über die Straße. Diesmal legt Oskar den Löffel nach ein paar Bissen weg. »Das ist, glaube ich, nicht so meins«, sagt er und zieht eine Tafel Schokolade aus der Tischlade.

Nach dem Essen sind die Rosen dran. Bald ist Alice an dem Punkt angelangt, an dem sie die Rosenschere am liebsten ins Gras werfen und den Garten verlassen würde, so sehr nervt Oskar sie mit seinem ängstlichen Gezeter. (»Nicht die, die ist doch gesund! Nimm die, wo die Augen nach innen zeigen … ja, die kann weg. … Und die Schere schräg ansetzen!«)

Als Alice an diesem Abend nach Hause kommt, ist sie das erste Mal nicht nur erschöpft, sondern wütend. Wieso ist er auf einmal so undankbar?

Eine Nacht lang wälzt sie sich in ihrem Bett. Was soll sie jetzt tun? Was, wenn ihr das mit Oskar doch zu viel wird?

Da sie nicht schlafen kann, steht sie mitten in der Nacht auf und setzt sich an den Schreibtisch. Schaut müde in ihre Mails (nichts Neues), wechselt zur ORF-Mediathek und sieht sich eine Diskussionsrunde über den Rechtsruck in Europa an. Denkt an Oskars Garten, in dem es diese Dinge nicht gibt, und geht dann wieder schlafen.

Am nächsten Tag hat sie ihren Ärger beinahe vergessen. Oskar ist gut aufgelegt und erzählt Anekdoten von früher, Alice holt die Tomatensamen aus ihrer Tasche und erinnert sich an das YouTube-Video, das sie sich am Morgen extra nochmals angeschaut hat. Ein Eierkarton, Anzuchterde, eine Sprühflasche. Oskar lacht, als er ihr dabei zusieht, wie sie die Samen einzeln in die Erde steckt und anschließend besprüht.

»Und du bist sicher, dass dich die hier nicht stören?«, fragt sie, als sie eine Stunde später den Eierkarton auf die Fensterbank im Zimmer hinter der Küche stellt.

Oskar hebt die Schultern. »Wen sollen sie da stören? Mein Sohn ist vor fünfunddreißig Jahren ausgezogen.«

Als Oskar Alice am Ende des Tages ein Kuvert mit Geld überreichen will (»Für die viele Arbeit«, meint er), schüttelt sie den Kopf.

»Wenn du das noch einmal versuchst, komme ich nie wieder zu dir!«, droht sie.

15

Der Frühling ist ein launiger Gast, der kommt und geht, wie er will. Kaum hat man die Winterjacken in den Kasten gehängt und die Sommergarderobe hervorgeholt, wird es wieder bitterkalt. Ganz Wien diskutiert das Wetter und den Klimawandel (beziehungsweise das geheime Geo-Engineering-Programm der Mächtigen).

Sobald die Temperaturen es zulassen, hockt Engelmayr auf dem Balkon. Ein Sessel, ein Aschenbecher, sein Handy und eine Cola-Dose. Tagein, tagaus sitzt er auf seinem Beobachtungsposten, starrt in den Himmel und analysiert die Chemtrails. Ein Spinner, ein Verschwörungstheoretiker der ersten Klasse. Das also steckt hinter seiner Freilufttätigkeit, denkt Peter, der die Gespräche mitbekommt.

Auch Peters Großvater hat gern in den Himmel geschaut. Täglich saß er auf seiner Bank vor dem Kellerstöckel und betrachtete die Wolkenformationen. Was dem einen die Wolken, sind dem anderen die Kondensstreifen, was dem einen der Wein, ist dem anderen das Coca-Cola. Das ist der Unterschied zwischen Ruhe und Hektik, zwischen Land und Stadt, zwischen dem 20. und dem 21. Jahrhundert. Früher saß man unter dem Klapotez und meditierte, heute hockt man zwischen Handysendern und Satellitenschüsseln und hysteriert. Ohne Angst, so scheint es, langweilt sich der Mensch zu Tode. Was er braucht, sind der Tratsch, das Gerücht, die Verschwörungstheorie. Was Peter nicht alles für einen Schwachsinn aufschnappt, wenn er auf seinem Balkon sitzt und sich die Zeit mit Kaffee, Honigsemmeln und geklauten Sonntagszeitungen vertreibt! Oben erklärt der Engelmayr dem *Gelatini*-Mädchen (deren Bein schnell und gut verheilt ist, sie geht schon wieder auf hohen Korksohlen) die geheimen Machenschaften der Illuminaten, unten tauschen die Tratschgänse (die Neuhold, die Reiter und die alte Schrumpelfrau vom oberen Ende der Gasse) lautstark ihr Wissen aus. Von osteuropäischen Handtaschenräubern ist die Rede, von amoklaufenden Islamisten und afghanischen Vergewaltigern, die selbst noch zahnlose Neunzigjährige zum Opfer ihrer Lust machen. So gern die Neuhold reist, zu Hause mag sie das Fremde nicht. Deswegen nickt sie jetzt eifrig zum Sermon der alten Schrumpelfrau mit der wippenden Feder am Hut. Türkenkrüppel, Afghaneng'sindel, falsche Syrer. Ganz zu schweigen von der Chinesenmafia, die ist die schlimmste, schlimmer noch als die sizilianische oder die russische! Und wenn es nicht die Chinesen sind, die den schönen Bezirk verschandeln, dann sind es die korrupten Machenschaften der Politiker, die sich von den Baufirmen schmieren lassen und die letzten Grünflächen opfern.

»Krank ist das!«, stellt Ilse Reiter fest, die ihr idyllisches Eibiswald für ein paar Tage verlassen hat. »Krank und krank machend. Kein Wunder, dass die Jungen unter einem Burnoutsyndrom leiden, wenn sie so wohnen. Da kann man doch nur depressiv werden!«

Peter sitzt auf dem Balkon und hört sich den keifenden Unsinn an, den der Frühlingswind in seine Gehörgänge weht. Im Radio geht es nicht besser zu, dort werfen sich der amerikanische Präsident und der nordkoreanische Diktator von Woche zu Woche immer hässlichere Scheußlichkeiten an den Kopf und drohen mit gegenseitiger Vernichtung, sodass selbst jenen, die nicht an Chemtrails, gelenkte Flüchtlingsströme und mafiöse Chinesen glauben, das Gruseln kommt. Vielleicht, denkt Peter, wäre es tatsächlich das Beste, wenn Donald auf den Kopf drückt. Reset, alles Leben ausgelöscht, Evolution 2.0.

Solcherart sind seine Gedanken, wenn er auf dem Balkon sitzt. Flutwellen, Erdbeben, Dürreperioden – das alles schreckt ihn weniger als die Menschheit selbst. Was glauben die Weiber unter seinem Balkon? Dass sie besser sind als die grün schillernde Schmeißfliege, die sich gerade auf seinen Tellerrand setzt, um Fäkalbakterien auf seiner Honigsemmel zu hinterlassen?

Er rollt die Zeitung zusammen und schlägt nach dem Insekt, doch es entkommt. Der Teller gerät ins Schlingern, die Semmelhälfte vollführt einen Salto und landet – angetrieben durch den Rotationsimpuls (das alles lernt man beim Radiohören) – mit der Honigseite auf den Steinfliesen. Klatsch! Herrlich, dieses Leben, einfach wunderbar!

Er bückt sich und hebt die Semmel auf.

»Na, sind wir noch grantig?«

Maria.

Ja, er ist grantig. Und wie!

Gestern hat sie ihn fertiggemacht, einen Vorwurf nach dem anderen hat sie ihm an den Kopf geknallt. »Wieso hockst du auf dem Balkon und starrst zu ihr hinüber? Wieso hebst du nicht endlich deinen Arsch und beginnst wieder zu leben?«

Hat ihn feige genannt und gemeint, dass sie es satthabe, stets als Ausrede herhalten zu müssen. Ob er nicht wahrnehme, wie konturlos ihr Gesicht bereits sei? »Was hat denn die Person, mit der du sprichst, noch mit mir zu tun?«

Was ist mit ihm und seiner (Phantasie-)Maria passiert? Alt sind sie geworden, alt, erschöpft und ausgelaugt. Alice hingegen ist jung und voller Farben. Statt des gelben Strickschals trägt sie jetzt ein buntes Tuch. Die Hose, mit der sie zu Oskar geht, ist violett, ihre halbhohen Gummistiefel sind rot. Die Stirnfransen hat sie mit einer Spange zur Seite gesteckt, und ja, verdammt, Maria hat recht, wenn er sich Alices Gesicht vor

Augen führt (die blaue Ader auf ihrer Stirn, die grünen und braunen Sprenkeln in ihren graublauen Augen, die Augenbrauen, die wie zwei dunkle Striche aussehen, als hätte sie jemand dorthin gemalt), dann ist da nichts Unklares, nichts Verschwommenes, dann sieht er die Konturen ganz deutlich vor sich.

Aber Alice verbringt ihre Zeit in Oskars Garten, und dort haben seine Augen keine Eintrittserlaubnis. Also muss er auf ihrem Blog nachschauen, was sie dort hinten treibt. Den Typ mit der hässlichen Jacke gibt es nicht mehr in ihrem Leben (das weiß er von Paul), aber wenn sie sich wieder verliebt, was früher oder später passieren wird, dann wird es ganz bestimmt ein anderer sein als er. Einer, der sich für dieselben Dinge interessiert wie sie, einer, der sich engagiert und positiv in die Zukunft blickt, nicht einer wie er, dem es mit dem totalen Umweltkollaps gar nicht schnell genug gehen kann.

Also sitzt er weiterhin allein auf seinem Balkon, hört Moustaki (*non, je ne suis jamais seul avec ma solitude!*), schnappt sich schließlich sein Fahrrad und fährt die Donau entlang, bis zur Lobau, wo er sich ins Gras setzt, aufs Wasser starrt und Grashalme zwischen den Fingern dreht. Dann steckt er sich die Kopfhörer des roten MP3-Players, den Maria ihm zu seinem zweiundzwanzigsten Geburtstag geschenkt hat, in die Ohren und hört Ana Moura. So geben sich die beiden Frauen in Peters Gedanken die Hand, während die ersten Gelsenbabys aus ihren Eiern schlüpfen.

Danach steigt er wieder aufs Rad, fährt bis nach Schwechat, beobachtet die Flugzeuge bei ihren Aufstiegen und Sinkflügen, denkt dabei an Engelmayrs Chemtrails (ganz Schwechat muss unter einer Giftwolke liegen) und fährt zurück in den zweiundzwanzigsten Bezirk, wo er sich noch eine Weile ans Ufer der Alten Donau setzt und der Sonne beim Untergehen zusieht.

An verregneten Sonntagen steigt Peter nicht aufs Rad, sondern in den Narrenturm, um sich das eingelegte Grauen anzuschauen. Oder er besucht das Haus des Meeres. Beobachtet verzweifelte Eltern, deren Kinder sich auf dem Boden wälzen und mit den Füßen gegen das Glas treten, und fragt sich, ob Maria und er das mit der Kindererziehung besser hinbekommen hätten. Er findet keine Antwort. Also stellt er sich vor die Piranhas und denkt daran, dass sein Sohn (oder seine Tochter) nun auch schon vierzehn Jahre alt wäre. Dass er mit ihm (oder ihr) wohl nicht hierhergekommen wäre, denn wer denkt schon in Graz an das zweihundert Kilometer entfernte Haus des Meeres?

»Entschuldigung!«

Der Bub (Peter schätzt ihn auf acht) hat ihm den Rucksack in die Seite gestoßen, der Vater sieht ihn mit mild lächelndem, leicht hilflosem Blick an und hebt bedauernd die Schultern, während der Piranha auf das Kind starrt und müde seine Zähne zeigt. Der Bub legt die Hand an die Scheibe, Peter tut es ihm gleich. Eine Minute stehen sie so da, dann gehen sie wieder getrennte Wege, der Bub zu den Haien, Peter an glücklichen Kleinfamilien und unglücklichen Großfischen vorbei hinaus ins Freie, wo er sich neben einen Straßenmusiker mit langen, weißen Haaren setzt und seinen Liedern lauscht.

There ain't no use in sit and wonder why, babe!

Wirft ein paar Münzen in den Hut, steht wieder auf, spaziert die Straße hinauf, fährt mit der Rolltreppe in den Tunnel, nimmt die U3 zum Stephansplatz, macht sich schmal, schlüpft an Touristen vorbei und steigt in die U1.

Als er in den Papaverweg einbiegt, sieht er hinter Alices Fenstern Licht. Er stellt sich an den Zaun des Alten (Soll er ruhig aus seinem Küchenfenster starren, soll er doch!) und schaut hoch. Entdeckt ihren Schatten hinten an der Küchenzeile und muss daran denken, wie sie vorgestern Abend in die Gasse eingebogen ist, den Rucksack auf dem Rücken, den Ikea-Sack um die rechte Schulter gehängt, den Trolley hat sie nachgezogen.

Auf der Internetseite von *No Waste!* hat er vor Kurzem ein Foto von ihr, dem Mann mit der hässlichen Jacke und Paul entdeckt. Vorne am Bild war ein altes Postrad zu sehen, auf dessen Ladefläche Kisten mit geretteten Lebensmitteln standen. Seitdem denkt er darüber nach, ob es für sie nicht angenehmer wäre, zu treten, statt ständig mit dem Trolley und dem großen Rucksack auszurücken. Aber so ein Postrad ist zu schwer, so eines wird sie nicht lenken können. Fährt sie überhaupt Rad? Er hat sie noch nie auf einem gesehen.

Er geht ins Haus und steigt in den ersten Stock. Bleibt vor ihrer Tür stehen und lauscht. Wenn er sich nicht täuscht, hört sie Ana Moura, das vierte Lied auf seinem Stick.

Er muss daran denken, wie er Maria einmal angeschrien hat. Dass er ihren Scheißsender mit seinem Scheißgedröhn in aller Herrgottsfrüh nicht aushalte, dass man bei dem Dreck wahnsinnig werde, dass einem die Gehirnzellen dabei abstürben.

Maria hat gelacht. Wie süß er doch sei, wenn er sich aufrege. Hat sich an ihn gedrückt und ihn auf die Nasenspitze geküsst.

Maria … Maria, Maria. Vielleicht hätten wir auf Dauer wirklich nicht zueinandergepasst.

Er geht nach hinten und sperrt die eigene Wohnungstür auf. Betritt die Wohnküche, schenkt sich ein Glas Wasser ein, setzt sich auf das alte Sofa, streicht über die Ölflecken und stellt fest, dass seine Wohnung nicht für Gäste geeignet ist, schon gar nicht für weibliche. Dann holt er sein Smartphone aus der Jackentasche, öffnet die Willhaben-App und beginnt, nach Fahrradanhängern zu suchen.

16

Ende April trägt der Nationalratsabgeordnete Zelechowski seine letzten Habseligkeiten aus der Wohnung am Papaverweg 6. Viel ist nicht mehr da, ein paar Socken, Krawatten, Hygieneartikel. Ganze vier Wochen vor Ablauf der Kündigungsfrist übergibt er Ilse Reiter die Schlüssel. Peter beobachtet das Geschehen von seiner Balkontür aus. Am Vormittag um zehn verlässt Jürgen Zelechowski zum letzten Mal das Haus, keine halbe Stunde später hält ein Möbelwagen der Firma LUTZ vor der Tür.

Was folgt, sind intensives Trampeln im Stiegenhaus und Hämmern. Als Peter die Wohnung verlässt, um zur Arbeit zu gehen, hat er gar keine andere Wahl, als der Neuen in die Arme zu laufen. Ein Körperbau wie eine Birne, große, runde Brillengläser. Die kennt er doch! Hat sie damals nicht Top 10 besichtigt? Hat er sie nicht ausdrücklich gewarnt?

»Jetzt bin ich doch noch hier gestrandet«, lacht sie mit rauer Stimme und sieht ihn aus zusammengekniffenen Augen an. »Wird schon nicht so schlimm werden. Sie sollten mal die anderen Wohnungen sehen, die ich besichtigt hab! Dagegen ist das hier ein Paradies!«

Hilflos lässt er sich von ihr (Gerda) in die Wohnung ziehen.

»Auf ein klitzekleines Gläschen, dann lass ich Sie wieder gehen.«

Ein fetter, getigerter Kater (Fantômas), ein gelb-grüner Zwergpapagei (Balduin) und ein Aquaterrarium mit drei Wasserschildkröten. (»Darf ich vorstellen? Louis, Germain und David!«) Ein riesiges, gerahmtes Bild des französischen Komikers lehnt auch schon an der Wand. (*Nein! Doch! Oh!*)

Verdammt, denkt Peter, die nächste Verrückte, und schon hat sie wieder einen Narren an mir gefressen. Wieso passiert das nur mir?

In Zukunft wird er wieder auf Geräusche im Stiegenhaus achten müssen, bevor er die Wohnung verlässt.

Tapfer schluckt Peter den Magenbitter des »Fräulein de Funès« (der schmeckt ein wenig verstaubt, aber das tun Magenbitter ja meist) und verabschiedet sich mit einem entschuldigenden Heben der Schultern. Er sei spät dran, stottert er, er müsse jetzt wirklich, die Arbeit, sie wisse ja …

Auf seinem flotten Gang zum Jugendzentrum fragt er sich, ob er sich nicht doch nach einer neuen Wohnung umschauen soll. Am besten nach einer in einem riesigen Bau mit mindestens dreißig Stiegen, irgendwo im zehnten Stock. Wird man ihn dort in Ruhe lassen? Ist es dort anonym genug?

Wieso plaudern alle ausgerechnet mit ihm so gern? Was hat er, was andere nicht haben?

»Du bist zu nett«, hat Alice diagnostiziert, als er sie vor einiger Zeit darauf angesprochen hat. »Du musst den Kopf senken und flott weitergehen. Das war das Erste, was ich in Wien gelernt hab. In der U-Bahn niemandem in die Augen schauen, und wenn man aus der Wohnung rausgeht, dann grüßt man knapp und verlangsamt den Schritt nicht. Sonst bist du sofort das Landei. Oder das Opfer einer Neuhold.«

Ein Landei. Da hat er es, das denkt sie von ihm. Er ist ihr zu wenig urban. Nett? Ist er das? Lässt man ihn deswegen nicht vorbeigehen und einfach nur seinen Müll raustragen? Weil er zu »nett« ist? Dabei werden doch alle vor ihm gewarnt! »Ein Psychopath! Nehmen Sie sich vor dem bloß in Acht, der ist wie eine tickende Zeitbombe!«, weiht die Reiter ihre Mieter ein, das hat ihn das Fräulein de Funès beim Anstoßen wissen lassen.

»Sind Sie wirklich so schlimm? Muss ich mich vor Ihnen fürchten?«, hat sie ihn mit einem kehligen Kichern gefragt.

Wenn es so etwas wie unsichtbar machende Tarnumhänge gäbe, würde er sich glatt einen zulegen. Hasch mich, ich bin der Nachbar!

Er fragt sich, wie lange ihm wenigstens Muggi erhalten bleiben wird. Zwar steckt der Zettel des Gerichtsvollziehers nicht mehr an ihrer Tür, auch hat sich die Polizei nicht mehr nach Peters Nachbarin erkundigt, doch ewig wird sie die Wohnung nicht behalten. Vielleicht auch nur das verpflichtende Jahr samt Kündigungsfrist, denkt Peter. Vielleicht hat sie ja gleich nach Unterschreiben des Mietvertrags den Traumprinzen kennengelernt, vielleicht hat der sogar die Schulden für sie getilgt.

Während Peter zum Jugendzentrum joggt und sich Gedanken über seine Nachbarinnen macht, steht Oskar im Badezimmer. Heute sind es die Fingernägel. Seit einer halben Stunde hantiert er mit dem Nagelknipser, mindestens zehn Mal ist ihm der jetzt schon entwischt und in die Luft gesprungen.

Er legt den Knipser auf die Waschmaschine und sieht aus dem Fenster. Gegenüber steht seit einiger Zeit ein Lieferwagen auf dem Parkplatz. Bekommt er vom Geschehen am Papaverweg schon so wenig mit, dass er nicht einmal gemerkt hat, dass eine Neue einzieht? War der Sucht wieder hier? Oder der junge Mann, der für ihn arbeitet?

Oskar schüttelt den Kopf. Im Dachgeschoß links beugt sich die junge Mutter über das Balkongeländer und schaut auf den Parkplatz. Hinter der angelehnten Terrassentür sieht Oskar den kleinen Buben durchs Wohnzimmer zischen. Für sein Alter läuft er schnell und sicher, das ist ihm schon ein paarmal aufgefallen. Auch mit dem Feuerwehrwagen fährt er schon durch die Wohnung, nur auf die Rutsche kommt er noch nicht allein.

Wieso geht die junge Frau mit dem Kind nie auf den Spielplatz? Es ist doch so ein herrliches Frühlingswetter! Oder verlässt sie das Haus, wenn er mit Alice hinten im Garten sitzt? So wird es wohl sein.

Oskar richtet seinen Blick wieder auf den Lieferwagen. Ein schwarzes Piano, drei Kratzbäume und etliche schwere Kartons. Arme Frau, denkt er. Glücklich wirst du dort drüben mit deinen Katzen und deinem Klavier nicht werden.

17

Oskar liebt das Süße. Jeden Tag Striezel mit Marmelade, und seinen Kaffee trinkt er mit drei Löffel Zucker. Auch den Tee mag er nicht ungesüßt, und die Schokolade ist sein bester Freund. Gesund kann das nicht sein, denkt Alice. Andererseits ist er siebenundachtzig, und die Werte seiner letzten Blutuntersuchung kennt sie auch, die hat er ihr bereits drei Mal gezeigt.

Noch lieber als Schokolade isst Oskar Kompott. Kompott mit Keksen habe es früher oft zur Nachspeise gegeben. Überhaupt spielt das Früher eine große Rolle, auch beim Mittagessen. Fisolen mit Zwiebeln und Paprika schmecken ihm nicht, Rahmfisolen mit Dill hingegen liebt er heiß. Seit Alice das weiß, hat sie begonnen, an den Freitagabenden ein wenig anders als üblich zu kochen. Kein Koriander, kein Kreuzkümmel, kein Curry, kein Chili. Zimt gehört in den Milchreis, und den Geschmack von Piment schätzt Oskar nur im Lebkuchen. Seitdem Alice sich daran hält, isst er seinen Teller mit Begeisterung leer. Und essen, das tun sie jetzt gemeinsam, jeden Tag um eins. Rahmfisolen, Krautfleckerln, Grenadiermarsch, Spinat mit Röstkartoffeln, Eiernockerln mit grünem Salat. Zur Nachspeise gibt es Kompott, überreifes Obst bleibt am Freitagabend im Biosupermarkt oft übrig. Nur die Äpfel isst Oskar ungekocht, *an apple a day keeps the doctor away!*

Seitdem sie gemeinsam zu Mittag essen, ist Alices Gesicht wieder runder geworden, und auch das Kochen macht mehr Freude. Obwohl, das Kochen selbst ist nie das Problem gewesen. Kochen entspannt Alice wie andere das Fernschauen. Was ihr manchmal schwerfällt, sind das Kauen und Schlucken. Sobald Alice sich allein an den Tisch setzt, verspürt sie keinen Hunger mehr. Allein essen klappt nur, wenn sie den Teller neben den Laptop stellt und arbeitet. Nicht selten hat sie am Ende einer Arbeitssitzung bemerkt, dass ihr Teller noch halb voll war und das Essen längst kalt. Gern gegessen hat sie nur, wenn sie mit ihren Schüsseln zu den Vorstandstreffen gekommen ist oder Henrik besucht hat. Aber wie oft ist das schon der Fall gewesen?

Zu Mittag eine Hauptspeise und eine Nachspeise, am Nachmittag Kaffee und ein Stück Marmeladestriezel oder Kuchen. Auch Oskar hat zugenommen, auch er isst lieber zu zweit. Und dann noch die frische Luft bei der Gartenarbeit – ihr Hausarzt (sie haben denselben) wäre stolz auf sie.

Neben der *Gartenecke* gibt es Auf Alices Blog nun eine weitere neue Kategorie. *Opas Hausmannskost – Rezepte von früher*. Seitdem sind Alices ältere Leserinnen auf dem Nostalgietrip, tauschen sich in den Kommentaren eifrig aus und teilen Alice ihre Lieblingsrezepte mit, inklusive *Geheimtipp von Mama.*

»Sag mal, wird dir das nicht zu viel?«, fragt Claudia über Skype. »Jetzt machst du ihm den Garten UND kochst für ihn?«

Zu viel? Ach was! So gut ist es ihr schon lange nicht gegangen! Auch ihre Textaufträge hat Alice wieder im Griff. Wird sie am Vormittag nicht fertig, nimmt sie den Laptop einfach zu Oskar mit. Dann sitzen sie in der Veranda, Oskar döst vor sich hin und Alice schreibt.

Schön ist es in Oskars Veranda. Jetzt, da nicht mehr so viel zu tun ist im Garten, können sie den Frühling so richtig genießen. Mittlerweile duftet der Flieder, und auch die Hortensien, Prunkwinden und Rosen blühen.

Ihre eigenen Eltern hat Alice seit Monaten nicht mehr gesehen. Wenn ihre Mutter anruft, hält sie sich kurz – dass sie viel Arbeit habe, sagt sie dann.

»Mit deinem Buch?«, fragt die Mutter.

»Ja«, lügt Alice. »Auch.«

Von Oskar erzählt sie nichts. Man stelle sich vor, ihr Vater fände heraus, dass sie, statt Bewerbungen zu schreiben, in Oskars Garten gräbt und Rahmfisolen kocht! (»Und dafür haben wir dich studieren lassen?!«)

Natürlich. In manchen Nächten stellt sich Alice dieselbe Frage, die sie von Claudia nicht hören will. Wie lange soll das noch gut gehen? Oskar ist ein alter Mann mit Erinnerungslücken, neulich hat sie seine zusammengefalteten Socken im Kühlschrank gefunden. Und dass er Probleme hat, sich zu merken, ob er seine Blutdruckkapsel schon geschluckt hat, hat sie auch längst mitbekommen. Zwar liegt in seiner Küche eine blaue Medikamentenschale mit Buchstaben für jeden Tag, aber wenn er wissen will, welcher Tag gerade ist, muss er auf die Nachrichten warten oder darauf, dass seine Tochter ihn anruft und es ihm verrät. Trotzdem hat er es eine Stunde später wieder vergessen. Nicht selten liegt, wenn Alice kommt, die Morgenkapsel des Tages noch unberührt in der Schale. Aus diesem Grund hängt sie nun jeden Montag den Speiseplan auf die Mikrowelle. Nach jedem Mittagessen streicht sie den Tag durch. Seitdem erkennt Oskar auf einen Blick, ob Mittwoch oder Donnerstag ist. Seitdem ist auch die Kapsel vom Morgen meist weg, wenn sie kommt. Trotzdem. Irgendwann werden auch diese Hilfen nichts mehr nützen. Irgendwann wird sie sich für eine Stelle bewerben, und Oskar wird Essen auf Rädern bekommen. Oder er wird in irgendeinem Altersheim sitzen und traurig auf den Grünstreifen vor seinem Fenster schauen. Wenn es dort überhaupt einen Grünstreifen geben wird.

18

Dass der FreeFoodFridge in so sauberem Zustand ist, hat Alice Peter und den Jugendlichen zu verdanken. Jeden Tag kontrollieren sie, ob die Lebensmittel, die darin liegen, noch in Ordnung sind, und wenn tatsächlich einmal etwas ausläuft oder Schimmel ansetzt, dann kommt sofort jemand mit einem Tuch.

In letzter Zeit wird der Kühlschrank von vielen genutzt. Mittlerweile gibt es drei Lebensmittelretter in der Nähe, auch bringen die Menschen aus den umliegenden Wohnungen die Reste, die sie selbst nicht essen können. Wie etwa eine ältere Dame, die sich gern ein Kiloschälchen Pfirsiche oder Weintrauben kauft, das für sie allein viel zu groß ist. Und auch von den zehn Eiern im Karton legt sie oft die Hälfte in den Kühlschrank.

Nicht selten, wenn Alice ins Foyer des Jugendzentrums kommt, ist der FreeFoodFridge gut gefüllt, dann nimmt sie mehr heraus, als sie hineinlegt. Jetzt, da sie für Oskar kocht, freut sie sich vor allem über die Eier und das Obst.

»Wird das wirklich alles abgeholt?«, fragt sie skeptisch, wenn sie geht.

»Morgen Abend ist alles wieder weg«, grinst Peter. »Wir haben jetzt ein junges Pärchen, das alle zwei Tage vorbeischaut und sich fleißig bedient, und ein großer, hagerer Mann kommt auch regelmäßig und nimmt sich was raus. Und unser Vladi versorgt seit Monaten seine Schwestern mit Obst und Gemüse. Ich glaub, der schreibt seiner Mutter den Speiseplan vor, seitdem es den Kühlschrank hier gibt.«

»Du bist ein Schatz, weißt du das?«, sagt Alice, worauf Peter sich räuspert und rot anläuft.

»Na ja. Fanny ist eigentlich diejenige, die regelmäßig in den Kühlschrank schaut und alles sauber wischt.«

»Fanny?«

»Das Mädchen mit den rosa Zöpfen.«

»Oh!«

»Die ist ein heimlicher Fan von dir.«

»Von mir?«, fragt Alice.

»Ja. Sie findet deinen Blog so toll, dass sie jetzt sogar einen Anti-Plastik-Rap verfasst hat.«

»Einen Anti-Plastik-Rap?«

»Ja! Fanny rappt nicht schlecht. Leider interessiert sich kaum einer dafür. Ihre Eltern schauen nur auf ihre Noten, und Fanny steht in vier Fächern auf Fünf.«

»Vielleicht ist sie ja an der falschen Schule«, vermutet Alice.

»Natürlich ist sie das! Ihre Eltern haben sie in ein Elitegymnasium gesteckt. Aus Fanny soll mal ›was Besseres‹ werden. Die rosa Haare allein sind dort schon ein Riesenproblem. Das Mädchen aus unserem Haus geht übrigens auch in Fannys Klasse.«

»Die Tochter vom Engelmayr?«

»Die Tochter von Engelmayrs Freundin.«

»Ah. Und wie tut sich die im Elitegymnasium?«

»Die hat laut Fanny Spitzennoten. Und sie ist Teil einer ziemlich unsympathischen Clique. Die *Gelatinis* nennen sie sich.«

»*Gelatinis*? Wie das Eis oder wie die schleimige Gelatine?«

Peter lacht. »Ich nenne sie die sizilianische Mädchenmafia.«

»Und was machen die *Gelatinis* so?«

»Das, was gemeine Mädchen am liebsten tun. Andere über Instagram und Facebook mobben.«

»Und da unternimmt keiner was dagegen?«

Peter zuckt die Schultern. »Du weißt ja, wie brav die aus dem Dachgeschoß ausschaut. Und gute Noten haben die vier auch. Was soll jemand wie Fanny schon gegen die Lieblinge aller Lehrer ausrichten?«

»Also doch. Schleimige Gelatine. Sag Fanny, sie soll sich von denen nicht fertigmachen lassen. Und sie soll das Rappen auf keinen Fall aufgeben! Ich finde es spitze, dass sie sich mit ihren Texten für den Umweltschutz engagiert.«

»Ich werd es ihr ausrichten. Ihre Eltern haben ihr erst vor ein paar Tagen wieder an den Kopf geknallt, dass es wichtigere Dinge gibt als den Plastikteppich im Meer.«

Als Alice an diesem Tag nach Hause geht, ärgert sie sich. Natürlich. Der Klimawandel, die weltweite Ressourcenverschwendung durch Überproduktion, die Plastikberge … Das alles sind Themen, die zwar jeder diskutiert, aber letztendlich geht es dann doch wieder um »wichtigere Dinge«. Um den passenden Haarschnitt, die richtigen Buchstaben am richtigen Fleck und die Erfüllung irgendwelcher Erwartungshaltungen. Solange du dich daran hältst, ist jedem egal, was du sonst machst. Da darfst du dann sogar andere mobben …

Alice im Wunderland! Hast du wirklich geglaubt, dass sich die Welt jemals ändern wird?

Zu Hause setzt sie sich sofort an den Schreibtisch und verfasst einen Blogartikel. Über Mädchen, die für den Umweltschutz rappen und trotzdem eine Fünf in Deutsch schreiben, über Eltern und Lehrer, die nicht kapieren, dass man Talente fördern soll, anstatt sie zu bekämpfen, und über eine Leistungsgesellschaft, in der nur Anerkennung bekommt, wer gut aussieht, gute Noten hat und viel Geld verdient. Im Gegensatz zu Fannys Eltern ist Alice nicht der Meinung, dass sich Mädchen, die andere Probleme haben als den Plastikteppich im

Meer, nicht genau um diesen kümmern sollten. Vielleicht tut es Fanny ja gut, dem eigenen Sumpf zu entsteigen, sich die Lara-Croft-Stiefel anzuziehen und für eine größere Sache zu kämpfen. Nach den *Gelatinis* wird bald kein Hahn mehr krähen. Spätestens nach der Matura werden sie in der Masse der BWL-Studentinnen untergehen und damit beschäftigt sein, nicht Teil der Drop-out-Rate zu werden.

Selbst am folgenden Nachmittag, als sie in Oskars Veranda sitzt, ist ihr Ärger noch nicht verraucht. Oskar hört ihren Schimpftiraden zu und nickt mit dem Kopf.

»Die Kinder haben es heute nicht leicht«, sagt er. »Obwohl, ich denke, früher war es auch kein Honig, ein Kind zu sein.«

Sie lächelt. Es sind die kleinen Schnitzer in seinen Sätzen, die sie so mag. Die ihr selbst an miesen Tagen ein warmes Gefühl einflößen.

»Nein«, sagt sie. »Ich glaub, es war schon bei den Römern kein Honig, ein Teenager zu sein.«

»Oh!«, lacht Oskar. »Bei den Römern ganz bestimmt nicht!«

Sie hebt die große Gießkanne hoch und steigt die drei Stufen hinunter. Die Tomaten sind ihr größter Stolz. Mittlerweile sind die Stauden schon kniehoch. Sie füllt die Kanne mit Wasser und gießt die Erde. Dann bleibt sie eine Weile stehen, schließt die Augen und hält ihr Gesicht der Sonne entgegen. Als sie wieder in die Veranda kommt, ist ihr Ärger endlich verflogen. Oskar legt den Finger an die Lippen. »Hörst du?«, flüstert er und zeigt auf das Vogelhäuschen in der Veranda. »Die Meisen werden schon flügge!«

Alice legt den Kopf in den Nacken und sieht das Vogeljunge ängstlich seinen Kopf aus dem Loch stecken. Dann trägt sie ihren Stuhl so leise wie möglich an eine Stelle, von der aus sie die Meisen gut im Blick hat.

Hier, im Windschatten der täglichen Hektik, ist der schönste Ort der Welt, denkt sie. Soll sich die Scheibe des Wahnsinns draußen weiterdrehen, ich muss auf dieses Karussell nicht unbedingt aufsteigen.

19

Es ist Lilli, die herausspringt und sie an Oskars Gartenzaun abholt. Heute hat Alice auf die Klingel gedrückt und ist nicht einfach in den Garten spaziert, wie sie es sonst tut. Heute ist der Tag, an dem sie Oskars Familie kennenlernen soll.

Doris hat den großen Tisch im Esszimmer gedeckt. Gmundner Keramik, Servietten mit Fliedermotiv. Ella, denkt Alice. Bestimmt war sie diejenige, die das Service damals ausgesucht hat. Bis jetzt haben sie und Oskar von einfachen weißen Tellern mit falschem Goldrand gegessen.

»Ist es okay für dich, wenn wir du zueinander sagen?«, fragt Jan.

Der Psychologe, denkt Alice. Sie grinst. Natürlich ist es okay.

Es gibt Risotto mit Pilzen, dazu hat Oskars Schwiegersohn Garnelen in Knoblauchbutter angebraten. Jan ist nicht nur Spezialist für ausgefallene Marmeladekreationen, er ist auch ein exzellenter Koch.

Während des Essens fragt Lilli Alice Löcher in den Bauch. Will wissen, seit wann sie Essen rette, wie oft sie es mache, wie sie es mache.

»Könnt ihr wirklich alles retten, was am Abend übrig bleibt?«

»Lass Alice doch mal essen«, sagt Oskars Tochter, doch so leicht lässt sich Lilli nicht stoppen. Alice ist froh, dass Lilli so viel fragt, sie findet es angenehm, dass sie das Gespräch am Laufen hält.

Obwohl Doris und Jan im selben Alter wie Alices Eltern sind, kommen sie ihr viel jünger vor. Hier ist alles ungezwungener, weniger steif als zu Hause. Alle plappern durcheinander,

Lilli redet sowieso viel, aber auch Doris und Jan plaudern gern. Doris erzählt von ihrer Klasse, Jan verrät Alice das Rezept seiner Lieblingsmarmelade (die er allerdings nur im Kuchen esse), und Lilli führt das Thema wieder auf Alices Blog zurück.

Nach dem Essen hilft Alice, das Geschirr in die Küche zu tragen. Niemand hindert sie daran, niemand bittet sie, sitzen zu bleiben. »Stell es einfach auf die Ablage«, sagt Doris, während sie Wasser in Oskars Kaffeemaschine füllt. »Du trinkst doch noch einen Kaffee mit uns? Oder halten wir dich auf?«

Das Kaffeegeschirr tragen sie gemeinsam in die Veranda. Jan und Lilli klappen den Tisch auf (Alice hat gar nicht gewusst, dass man ihn vergrößern kann), danach werden die restlichen Plastikstühle aus dem Keller geholt und abgewischt. Ein paar Sitzauflagen, und schon ist es gemütlich.

Doris und Jan bestaunen den Garten und loben Alices Arbeit. »Toll, wie du den hinbekommen hast«, sagt Jan.

Alice lacht. Dass es eigentlich Oskar gewesen sei, sagt sie, sie habe ihm nur ihre Hände geliehen.

Zum Kaffee gibt es Jans Mohnkuchen mit Marillen-Marzipan-Marmelade und Zitronenglasur. Man spricht jetzt über Alices Studium, Alices Buch, Alices Zukunft. Aus Doris' und Jans Mund kommen Fragen, die auch Alices Vater stellt, und doch klingen sie anders. Das Fragezeichen am Ende ihrer Sätze klingt nach Interesse, nicht wie ein Vorwurf, denkt Alice.

»Willst du in die Forschung gehen?«, fragt Jan.

»Ich weiß noch nicht«, sagt sie. »Ich will mir noch ein bisschen Zeit lassen, um in Ruhe darüber nachzudenken.« Wundert sich selbst, mit welcher Leichtigkeit sie den Satz ausspricht. Auch sieht sie niemand skeptisch an, ganz im Gegenteil.

»Ein Buch ist ja auch nicht gerade wenig Arbeit«, sagt Doris. »Und so ein Blog ist sicher auch zeitintensiv.«

»Mir ist aufgefallen, dass es auf deinem Blog keine Werbung gibt«, wirft Jan ein. »Ist das nicht ungewöhnlich, zumal du ja ganz schön viel Traffic vorweisen kannst?«

Dass Jan sich über die fehlenden Werbebanner Gedanken macht, schmeichelt Alice. Den wenigsten fällt auf, dass sie auf *alice-im-warenland.at* bewusst auf Werbeeinnahmen verzichtet.

Während Alices Rede hat Oskar seine Augen geschlossen. Er kann dem Gespräch nicht folgen, aber das stört ihn nicht. Er ist glücklich, dass sie alle um ihn herum sitzen. Wenn es so zu Ende geht, denkt er, dann ist das das Beste, was mir passieren kann. So wohl wie in den letzten Wochen hat er sich schon seit Jahren nicht mehr gefühlt.

Er blickt in den Garten. Auf den Flieder, die Pfingstrosen und den Klatschmohn, der am Maschendrahtzaun blüht. Vor ein paar Tagen hat Alice die Tomatenstauden an die Nägel gebunden, die er einst (vor vielen, vielen Jahren) in die Seitenwand des Gartenhauses geschlagen hat.

Alice ist ein bisschen wie ich, denkt er. Ella hat nie verstanden, warum mir der Garten so viel bedeutet hat. Ihr gefiel es, wenn im Frühling alles aus der Erde brach, auch mochte sie die Tulpen und Narzissen, weil sie bunt waren, und für die Hortensien galt dasselbe. Aber wenn ich gesagt habe, dass mir im Sommer mein Garten der liebste Ort ist, dass ich nicht mehr in die Provence oder sonst wohin fahren möchte, weil es dort nur heiß und voller Touristen ist, hat sie mir vorgeworfen, dass mir meine Rosen wichtiger sind als sie.

Oskar schaut seine Tochter an. Auch Doris und Jan sind keine Gartenmenschen. Sie haben einen kleinen grünen Fleck hinter dem Haus. Eine Terrasse mit einem Oleander, dahinter ein gestutzter, halb verbrannter Rasen, an dessen Rand ein paar vereinzelte Sträucher wachsen. Links und rechts ein zwei Meter hoher, blickdichter Zaun, um sich vor den Blicken der Nachbarn zu schützen. Bequeme Liegen und einen riesigen gemauerten Grill haben sie, aber keinen Flieder, keine Prunkwinde und keine Rosen. Nur eine einzelne Hortensie haben sie neben der Eingangstür – die hat er ihnen damals geschenkt.

Doris möchte, dass er zu ihnen zieht. Seit einigen Wochen spricht sie davon, aber er bricht das Gespräch jedes Mal ab.

»Wenn es so weit ist, geh ich in ein Heim«, hat er vor ein paar Tagen zu ihr gesagt, worauf sie zu weinen begonnen hat.

Er schüttelt den Kopf. Was macht er? Endlich sind alle um ihn herum versammelt, und was tut er? Trübsal blasen.

Er seufzt und wendet sich wieder dem Gespräch zu. Sieht Jan nachsichtig lächeln (er trägt jetzt sein Psychologengesicht, Oskar kennt es gut) und Alice erklären. Er runzelt die Stirn. Sie sprechen über Werbung. Jetzt beginnt Lilli zu plappern. »Ich finde es super, dass du dich nicht bestechen lasst!«

Hat er doch gewusst, dass sich die beiden verstehen werden. Er lehnt sich entspannt zurück. Alice hat den Test bestanden. Seltsam, denkt Oskar. Früher war ich es, der wissen wollte, mit wem sich Doris herumtreibt, jetzt ist es umgekehrt, jetzt ist sie diejenige, die sich Sorgen macht, dass ich an die falschen Menschen gerate und mich ausnutzen lasse.

Er greift nach einem weiteren Stück Kuchen. Mohnkuchen hat er besonders gern, und auch Alice scheint er zu schmecken.

Am Ende des gemeinsamen Nachmittags sind sich Doris und Jan einig: Der jungen Frau kann man vertrauen, sie wirkt verantwortungsvoll, gehört zu den Engagierten, den Träumern, den Phantasten dieser Welt, nicht zu jenen, die alten Männern Geld aus der Tasche ziehen.

»Die ist so korrekt, dass es wehtut«, flüstert Jan seiner Frau in einer ruhigen Minute zu.

»Aber Lilli ist doch auch so«, entgegnet Doris.

»Lilli ist siebzehn und redet groß. Aber schau dir Alice doch mal an. Sie rettet Lebensmittel, kocht sie stundenlang ein, teilt ihr Mittagessen mit einem alten Mann und macht ihm dann auch noch den Garten. Und wenn sie die Chance hat, mit dem, was sie ausfüllt, ein paar Euro zu verdienen, sagt sie ›Nein, danke‹ und setzt sich lieber an irgendeinen dummen Textauftrag, der ihr höchstwahrscheinlich weniger einbringt als ein klitzekleiner Werbebanner für natürlichen Lippenstift.«

»Und was sagt der Psychologe dazu?«, lacht Doris.

»Dass sie, wenn sie so weitermacht, mit einer Erschöpfungsdepression im Krankenhaus landen wird.«

Alice bekommt von dem Gespräch nichts mit. Sie kommt nach Hause und wirft sich aufs Sofa. Warum können meine Eltern nicht so sein wie Doris und Jan?, denkt sie.

20

Am Sonntag, dem 20. Mai, fährt Peter mit der U-Bahn in den fünfzehnten Bezirk und besucht seinen Freund Paul. Dort trinkt er drei Espressi, spielt mit Pauls vierjährigem Sohn zwei Stunden Mit-einem-Gummiringerl-Playmobilfiguren-von-der-Burg-Schießen, lässt sich von Pauls Frau noch einen Imbiss auf einen Teller legen und steigt anschließend auf das Damenrad, das Paul ein paar Tage zuvor für ihn aufgetrieben hat. Damit fährt er in den neunzehnten Bezirk und sucht nach der Adresse, die ihm die ältere Dame, deren Anhänger er kaufen will, über die Willhaben-App mitgeteilt hat. In der Einfahrt eines alten, mit Efeu umrankten Hauses inspiziert er den roten Fahrradanhänger, befindet ihn für stabil genug und überreicht der Dame (die beschlossen hat, ihren an Altersschwäche verstorbenen Pudel durch keinen neuen zu ersetzen und ihre Sommer am Wörthersee in Zukunft allein zu verbringen) die geforderten fünfunddreißig Euro.

Da er mit dem Anhänger nicht gerade straßentauglich ist, sucht Peter auf Google Maps nach Nebengassen. Auf Umwegen erreicht er die Spittelau, von wo aus er zuerst den Donaukanal, dann die Donau und schließlich noch die Neue Donau überquert. An der Alten Donau setzt er sich auf eine Bank, holt ein dickes Buch aus seinem Rucksack (Dostojewskis *Schuld und Sühne* – das Buch hat ihm Maria am Weihnachtsmorgen des Jahres 2001 geschenkt), liest bis zum Einbruch der Dunkelheit und bleibt dann noch eine weitere halbe Stunde sitzen.

Kurz nach viertel zehn biegt er in den Papaverweg ein. Am Haus der Shengs hält er an. In der Küche des Alten ist es finster, und auch Engelmayr steht nicht auf seinem Balkon.

Vorsichtig schiebt Peter das Rad die Gasse hinauf. Hinter den Fenstern der Neuholds läuft der *Tatort*, der Ägypter schaut CNN. So riesig sind die beiden Plasmabildschirme, dass Peter von draußen mitschauen kann.

Aus Alices Fenstern dringt nur ein schwacher Lichtschein in die Dunkelheit. Ihre Schreibtischlampe ist heute nicht an, das ist gut. Peter hält die Luft an und schiebt das Rad mit dem Anhänger am Geländewagen vorbei. Dann öffnet er das Gartentor so langsam wie möglich (bitte nicht quietschen!) und biegt auf den gepflasterten Weg ein, wo er das Fahrrad neben der Hecke abstellt und den Anhänger entkoppelt. Nachdem er die Tür aufgesperrt hat, lauscht er ein wenig in die Dunkelheit. Dann schiebt er den Holzkeil unter die Tür und trägt zuerst das Rad und schließlich den Anhänger in sein Kellerabteil.

Vom Treten und vom Spiel mit Pauls Sohn ist er so müde, dass er beschließt, keinen Espresso mehr zu trinken. Er stellt sich unter die Dusche und legt sich augenblicklich ins Bett, wo er sich von Maria überschwänglich für seine Heldentat loben lässt und ihr verspricht, mit der Reinigung und dem Umbau des Pudeltransporters zu beginnen, sobald er den Dostojewski fertiggelesen hat.

»Das dauert ja noch ewig!«, stöhnt Maria.

»Gar nicht«, sagt Peter, »ich bin schon auf Seite zweihundertsiebenunddreißig.«

»Letztes Jahr hast du drei Monate für den Roman gebraucht. Und vorletztes Jahr waren es sogar fünf. Du weißt doch ohnehin, wie er ausgeht.«

»Darum geht es doch bei Dostojewski nicht«, sagt er.

Dann knipst er die Nachttischlampe aus und fällt augenblicklich in einen tiefen Schlaf.

21

Plötzlich findet er den Weg nicht mehr. Als wäre er in Rom, in Venedig oder in Paris auf Urlaub. Als wäre er den halben Tag auf den Beinen gewesen und fände nun das Hotel nicht mehr.

Er kennt die Gegend, er weiß, hier ist er schon einmal gewesen, aber fix noch einmal, es will ihm einfach nicht einfallen, muss er jetzt nach links oder nach rechts? Die Füße tun ihm weh, vor allem die eine Stelle mit dem Hühnerauge. Dabei hat er doch nur Lust auf Erdbeeren gehabt. Hat das Haus verlassen, ist zum Supermarkt gegangen, hat den Weg problemlos gefunden (wieso auch nicht?), nur jetzt steht er da und weiß plötzlich nicht mehr, wo er ist. Was soll er tun? Fragen? Verzeihung, wie komme ich nach Hause? Und wenn Doris davon erfährt? Wenn es der eine dem anderen erzählt, und der andere dann der Schneider, und die Schneider seiner Tochter? Dann kann er sein Haus vergessen. Dann schicken sie ihn ins Heim, oder noch schlimmer, dann holen sie ihn nach Pitten und geben ihr Leben auf, um sich nur noch mit ihm zu beschäftigen.

Oskars Herz hämmert. Auch bei Luise hat es so begonnen. Irgendwann hat sie vom Park nicht mehr zurückgefunden.

»Weißt du, wo wir lang müssen?«, hat er sie damals gefragt.

»Aber ja!«

Und doch ist sie in die falsche Richtung gegangen, felsenfest davon überzeugt, dass sie den richtigen Weg einschlug.

Wieso kann er sich an das alles erinnern? Nur den Namen der Gasse, in der er steht, kann er nicht mehr zuordnen. Aber ja, natürlich war er schon hier! Aber wo entlang geht es jetzt nach Hause?

Er schiebt den Rollator ein Stück weiter, bis zur Ecke. Wenn es hier wenigstens eine Bank gäbe, dann könnte er sich ein bisschen ausrasten. Dann könnte er die Erdbeeren essen und sich beruhigen. Es fällt ihm ja nur nicht ein, weil er so nervös ist! Wenn er für ein paar Augenblicke rasten könnte, würde er sich bestimmt wieder erinnern.

Aber da ist keine Bank. Nicht einmal ein Mäuerchen, auf dem er Platz nehmen könnte. Da steht er jetzt mit seinem blöden Rollator und den Erdbeeren und schaut dumm auf die Gärten der anderen, auf deren Blumen und Sträucher. Hinter dem Zaun gegenüber rupft eine Frau das Unkraut, aber er will nicht zu ihr hinübergehen und fragen, die ruft am Ende noch die Polizei und sagt: Hören Sie, hier steht ein alter Mann, der nicht mehr nach Hause findet, den kann man doch nicht allein lassen! Freilich, er könnte nach der Adresse fragen … So tun, als sei er nur auf Besuch hier. Er kennt die Frau dort drüben nicht, woher soll sie wissen, dass er hier ganz in der Nähe wohnt? Blöd nur, warum fällt ihm ausgerechnet jetzt der Name seiner Gasse nicht ein? So verkrampft ist er schon, dass ihm nur der Mohnweg einfällt. Wie heißt denn der Mohn? Er selbst ist es doch gewesen, der damals den lateinischen Namen vorgeschlagen hat, weil es den Namen Mohnweg bereits gegeben hat und sie einen anderen Namen finden mussten …

Also weiter. Am besten wieder dorthin zurück, von wo er gekommen ist. Aber natürlich! Er muss nur umkehren, irgendwann wird er sich wieder auskennen.

Oskar wendet seinen Rollator in einem großen Halbkreis und geht die Gasse hinauf. Heiß ist es. Viel zu heiß. Er freut sich jetzt schon auf ein Glas Mineralwasser und die Erdbeeren.

Er muss daran denken, wie Ella und er sich verlaufen haben, damals, als sie in Südfrankreich waren. Gelandet sind sie in der Zigeunersiedlung am Stadtrand von Avignon. Weit und breit kein Hotel, keine Gaststätte, nicht einmal Häuser gab es dort. Nur ein stinkendes Gewässer, in dem die Frösche quakten. Ella hat sich nicht irritieren lassen. Ist zu den Wohnwagen gegangen, hat sich vor eine der offenen Tür gestellt und Oskar in die Seite geboxt. »Frag jetzt endlich nach dem Weg, wozu hab ich einen Französischlehrer als Mann?«

Aber was bringt ihm die Erinnerung an die Zigeunersiedlung in Avignon? Mittlerweile schmerzen ihn die von der Hitze geschwollenen Füße so sehr, dass er sich am liebsten auf den Gehsteig setzen würde. (Aber so einfach wäre das gar nicht, selbst wenn er es tatsächlich wollte …)

Er darf jetzt nicht in Panik geraten. Er hat die falsche Gasse genommen, das ist alles, das hat nichts zu bedeuten.

Er schiebt den Rollator weiter. Schritt für Schritt, Haus um Haus geht er die Straße entlang, die nicht enden will und ihm nach jedem Meter nur noch unbekannter vorkommt. Ist er hier schon einmal gewesen? Er biegt jetzt doch nach links. Dort vorne ist zumindest eine Bushaltestelle. Eine Bank, auf die er sich setzen kann.

Als er bei der Haltestelle ankommt, ist er vollkommen durchgeschwitzt. Er greift in den Hosensack, zieht ein Taschentuch hervor, lässt sich auf die Bank fallen und trocknet sich die Stirn. Stellt fest, dass er auf die Erdbeeren keine Lust mehr hat. Eine Frau setzt sich neben ihn und zieht ein Päckchen Zigaretten aus der Handtasche.

»Einen schönen guten Tag«, sagt er.

Sie fährt erschrocken hoch, murmelt einen knappen Gruß und rückt dann ein Stück weiter weg. Raucht ein paar Züge, wirft die Zigarette auf den Boden und steigt in den Bus, der seine Türen sofort wieder schließt und schnaufend die Station verlässt.

Oskar bleibt sitzen. Zwei Schuljungen lassen sich neben ihn auf die Bank plumpsen (kurz bebt alles) und spielen dann jeder für sich ein Spiel, bei dem man Goldmünzen fressen muss. Teilen sich gegenseitig ihren Punktestand mit, ohne dabei die Köpfe zu heben. Dann steigen auch sie in den Bus. Nun greift Oskar doch nach den Erdbeeren. Steckt sich eine nach der anderen in den Mund und starrt auf die Straße. Ein Wind kommt auf, jetzt ist es nicht mehr so heiß. Angenehm ist das, so zu sitzen.

Abermals bleibt ein Bus stehen. Leute steigen aus und ein.

»Herr Zimmermann?«

Zuerst sieht er nur ihre Beine. Die Jeans, die Stiefelchen mit den Fransen.

»Gudrun Sachs«, erinnert sie ihn, als er sie schweigend ansieht. »Ich bin die Sprechst…»

»Weiß ich doch!«, sagt er und lächelt. »Ich war spazieren. Ich hab nur eine Pause eingelegt, um ein paar Erdbeeren zu essen. Wollen Sie auch eine?«

Ein paar Minuten sitzen sie nebeneinander. Fischen die letzten Erdbeeren aus dem Plastikkörbchen, dann stehen sie auf und gehen gemeinsam die Straße hinunter. Nehmen die zweite Gasse links, dann nochmals rechts und biegen in den Papaverweg ein.

22

Gudrun Sachs hat den Geschmack der Erdbeeren noch auf der Zunge, als sie am nächsten Tag in die Ordination kommt und den Computer hochfährt. Sie öffnet das Programm mit den Patientenkarteien und sucht nach Oskar Zimmermann. Sie weiß, dass sie damals auch die Nummer seiner Tochter in der Kartei abgespeichert hat. Sie überlegt kurz, ob sie auf ihren Chef warten soll, und entscheidet sich schließlich dagegen. Doktor Kern hat ihr immer vertraut. Er würde auch diesmal sagen, dass sie tun solle, was sie für richtig halte.

Sie wählt die Handynummer und lässt es läuten. Als nur die Mobilbox anspringt, legt sie auf. Hat sie nicht gesagt, dass sie Lehrerin ist? Gudrun will die Frau nicht durch eine Nachricht auf dem Anrufbeantworter beunruhigen, sie wird es am Nachmittag nochmals versuchen. Denkt sie. Nimmt sie sich vor. Trotzdem wird sie zwölf Patienten später ihr Vorhaben vergessen haben. Am späten Vormittag bekommt Gudrun nämlich einen Anruf. Es ist Leonies Klassenvorstand, der sie bittet, am nächsten Tag um neun Uhr zu einem Krisengespräch zu kommen.

»Ich nehme an, Ihre Tochter hat Sie nicht informiert?«

Informiert?, denkt Gudrun alarmiert. »Nein, sie hat mir nichts gesagt. Worum geht es denn?«

Sie geht mit dem Handy in den Nebenraum. Dort hört sie, was die Lehrkraft ihr zu sagen hat. Ihr Herzschlag flattert. Daher also weht der Wind, denkt sie. Deswegen will Leonie auf einmal zu ihrem Vater ziehen und die Schule wechseln.

Sie lässt das Handy sinken.

Mobbing? Hat die Frau gesagt, dass es um Mobbing geht? Wenn Gudrun es richtig verstanden hat, ist Leonie nicht das Opfer.

In der Anmeldung klingelt das Telefon.

Gudrun geht wieder zurück an ihren Arbeitsplatz. Nimmt e-cards entgegen, füllt Zeitbestätigungen aus, scannt Befunde ein, beantwortet Mails, telefoniert, notiert Termine.

Als im Warteraum nur noch ein Patient sitzt, schließt sie die Glastür und greift nach ihrem Handy. Wählt die Nummer ihres Exmannes, erreicht jedoch nur seine Freundin.

»Sag ihm, dass es dringend ist«, sagt sie, obwohl sie weiß, dass Simone ihm ihre Nachricht im besten Fall nach zwei Stunden ausrichten wird. (»Ach übrigens, deine Ex hat angerufen, als du unter der Dusche warst …«)

Sie setzt sich wieder an den Computer. Öffnet das Mail eines Patienten und lädt die angehängten Befunde auf den Desktop, um sie anschließend in der Patientenkartei abzuspeichern. Als sie wieder vom Schreibtisch aufsteht, um sich ein Glas Wasser einzuschenken, hat sie ihre Begegnung mit Oskar Zimmermann vergessen. Gudrun Sachs ist jetzt mit ihren eigenen Problemen beschäftigt.

23

Kein Streit, kein Getrampel, keine Bohrgeräusche, keine durchs Treppenhaus flirrenden Schimpfwörter. Richtig friedlich ist es neuerdings im Haus am Papaverweg 6. Sogar Martin Engelmayr benimmt sich so, wie es seinem Namen entspricht: lieb, friedlich, und ja, fast schon engelhaft sanft. (Wer fragt schon nach dem wahren Grund? Niemand. Auch nach Leonie, die jetzt bei ihrem leiblichen Vater wohnt, fragt man nicht.)

Im Stiegenhaus ist es still. Nur die Neuhold keift manchmal leise vor sich hin, immer noch sind die Altpapiercontainer so voll, dass selbst die Zeitungen der letzten Woche keinen Platz darin haben, aber der Mensch ist bekanntlich ein anpassungsfähiges Tier. Frau Neuhold zuckt mit den Schultern und öffnet die Klappe des Restmüllcontainers. In anderen Ländern gibt es nicht einmal einen Altpapiercontainer, denkt sie.

Ohnehin planen sie und Horst bereits die nächste Reise. Papua-Neuguinea soll es diesmal werden, bis dahin gibt es noch viel zu tun, da kann sie sich jetzt nicht auch noch bei der Hausverwaltung über das Verpackungsmaterial beschweren. Dass das Außenministerium vor Raubüberfällen, Einbrüchen, Vergewaltigungen und Autodiebstählen warnt, ist den Neuholds egal, Papua-Neuguinea kann auch nicht gefährlicher sein als Paris, Brüssel, Graz oder die Wiener U-Bahn. Terror, Amok, Vergewaltigungen, das alles gibt es hier auch. Und da soll sie das Dengue-Fieber schrecken? Die Giftschlangen? Die Menschenfresser? Ach, was, papperlapapp! Der Mensch muss auch etwas erleben, kann nicht nur zwischen vier Wänden hocken und vor sich hin schimmeln. Langleinenfischen wollen sie, Kanufahren, an Sing Sings teilnehmen und die Kriegsbemalungen fotografieren. Das Visum ist bereits beantragt, die notwendigen Impfungen sind bestellt, in Top 3 lebt man bereits in hellster Vorfreude.

Freude, Wonne, Sonne, Mai. Auch das Kind in Top 10 hört man jetzt manchmal quieken, an besonders schönen Tagen, wenn die Balkontüren offen sind. Das beruhigt selbst jene, die sich Gedanken gemacht haben. Zumal man den kleinen Buben nur selten und nur sehr leise hört, gerade so, dass man sich am quietschfidelen Leben erfreuen kann, ohne von ihm gestört zu werden.

So vergehen die letzten Frühlingstage, heiß und trocken legt sich der erste Anflug von Sommer auf die Stadt. Der DHL-Wagen liefert pünktlich sein Päckchen, Martin Engelmayr fotografiert traurig und einsam Kondensstreifen, Azra und Emir Bosić schlendern Hand in Hand die Gasse entlang. Die Sonne schmeichelt den Wangen und lässt alle ein bisschen gesünder und weniger bleich aussehen.

Schön ist das, wenn sie alle so brav sind, denkt sich Ilse Reiter beim Betreten des Hauses. Endlich einmal keine Beschwerden, keine Probleme, nicht einmal einen kaputten Boiler hat es in den letzten Monaten gegeben. Nur das mit Frau Klein – sehr traurig, die ganze Geschichte. Dass sie das all die Zeit über nicht mitbekommen hat? Nun ja, man kann schließlich nicht all seine Mieter kennen! Arme, alte Frau, da nimmt sie sich mit ihren achtzig Jahren extra noch eine Wohnung, will ihre letzten Jahre genießen und bricht sich dann glatt den Oberschenkelhals. Liegt monatelang im Krankenhaus und dann auf einer Pflegestation und will die Hoffnung dennoch nicht aufgeben, in ihr altes Leben zurückzukehren.

Vorige Woche hat Ilse Reiter einen Anruf bekommen: Frau Klein sei friedlich eingeschlafen, niemand habe so schnell damit gerechnet.

Sie seufzt, denkt an das eigene, fortschreitende Alter und steckt den Schlüssel ins Schlüsselloch.

Alles leer. Gespenstisch. Als wäre Muriel Klein schon zu Lebzeiten nicht mehr als ein Geist gewesen. Nur eine Rolle Klopapier und ein feuerrotes Haar der Tochter, die manchmal in die Wohnung gekommen ist, findet Ilse Reiter auf den Badezimmerfliesen. Sie hebt das Haar auf und wirft es in die Klomuschel. Die hat nun auch keine Sorgen mehr, denkt sie. Wie sich herausgestellt hat, hat Muriel Klein vorgesorgt und ihre Tochter ist nun mit einem Schlag all ihre Schulden los. Aber das ist eine andere Geschichte. Peter wird sie nie erfahren und auch Oskar nicht. Nicht einmal der Immobilienmakler Herbert Sucht wird die Details kennenlernen. Nur eines wird er erfahren: Die Wohnung im ersten Stock ist wieder frei und soll so schnell wie möglich vermietet werden. Das Leben geht weiter, die Welt steht nicht still, nur weil jemand stirbt.

24

Eigentlich wollte sie nur einen Teil der Bananenschnitten einfrieren, die sie gebacken hat, damit Oskar nicht alle auf einmal isst. Jetzt steht sie vor seinem Tiefkühlschrank und bekommt die Laden kaum auf. Alles bis oben hin vollgestopft.

Alice hat keine Ahnung, ob Doris weiß, wie es in Oskars Tiefkühler aussieht. Sie vermutet, dass sie ihrem Vater manchmal etwas in die Laden geschlichtet und sich darauf verlassen hat, dass er es in die Mikrowelle schiebt. Doch dann gab es ihre Schüsseln. Alice sieht die Szene direkt vor sich: Oskar, der seiner Tochter erklärt, dass er jetzt kein Chefmenü mehr brauche. (»Alice bringt mir jetzt immer was vorbei!«)

Ja. Und beinahe alles, was sie ihm jemals in die Hand gedrückt hat, findet sie jetzt in seinen Tiefkühlladen. Das Letscho, den Linseneintopf, das gedünstete Süßkraut. Sie öffnet die nächste Lade. Semmeln, Mohnweckerln, Kornspitze, sogar Joghurtbecher hat er eingefroren, und auch zwei Dinkelstriezel findet sie, dabei hat er sie schon zwei Mal an einem Freitag zur Bäckerei geschickt, weil ihm angeblich sein Frühstücksstriezel ausgegangen sei!

Oskar steht hinter ihr und kratzt sich im Ohr.

»Hat Doris mir das hineingelegt?«, fragt er.

Alice ist sich nicht sicher, ob er es wirklich nicht weiß oder ob er nur so tut, weil es ihm peinlich ist. Jetzt wird ihr auch klar, warum er ihr die leeren Plastikschüsseln so gut wie nie zurückgegeben hat.

Sie holt zwei Schüsseln Süßkraut heraus. Krautfleckerln. Oskars Leibspeise. Weil er ihr davon erzählt hat, hat sie ihm damals extra viel von dem Süßkraut mitgebracht. Die für den Tag geplanten Schinkenfleckerln kann sie auch ein anderes

Mal kochen, Schinken kommt bei Oskar immer weg. Wenigstens hat er die Sachen eingefroren und nicht in den Müll geworfen.

Nach dem Essen sitzen sie wie jeden Nachmittag in der Veranda. Alice ist kribbelig, sie wippt mit dem Fuß, und Oskar, der nicht schlafen kann, sagt: »Du bist sehr aufreibend, wenn du so wackelst. Geh lieber zu deinen Tomaten, dort wirst du ruhiger.«

Also steht sie auf, dreht eine Runde durch den Garten, rollt den Schlauch auf, gießt die Sträucher und Stauden und sieht nach den Tomatenpflanzen. Sie seufzt. Fragt sich, was sein wird, bis die Tomaten reif für den Salat sind. Kommt es ihr nur so vor, oder wird Oskar tatsächlich von Woche zu Woche vergesslicher? (Oder ist er schon im Winter so gewesen? Ist es ihr bloß nicht aufgefallen?)

Als sie vom Gießen zurückkommt, ist Oskar eingenickt. Alice feilt an einem Blogartikel, doch immer wieder schweift sie in Gedanken ab. Als Oskar aufwacht, liest sie ihm den Beitrag vor (das tut sie nun sehr oft) und geht dann zurück in ihre Wohnung.

»Ist das normal, dass es auf einmal so schnell geht?«, fragt sie Claudia, nachdem sie die Freundin per Skype angewählt und ihr von Oskars Tiefkühlschrank erzählt hat. Doch auch Claudia kann ihr keine Antwort geben. Claudia kennt sich im Recruiting von Führungskräften aus, nicht mit den Symptomen einer Alzheimer-Demenz.

»Vielleicht bekommt man es einfach nur lange nicht mit«, sagt sie. »Wenn ich an seiner Stelle wäre und bemerken würde, dass mein Gedächtnis nachlässt, würde ich es auch nicht jedem unter die Nase reiben. Und wer rechnet schon damit, dass ein anderer in seinen Tiefkühler schaut?«

25

Basilikum, Koriander und Salbei. Liebstöckel für ihre Suppen und Petersilie. Vor ein paar Tagen ist sie auch mit dem Kräuterbeet fertig geworden. Daran, was aus ihren Beeten und den Blumen werden soll, wenn Oskar einmal nicht mehr hier wohnt, will Alice nicht denken. Vielleicht ist das alles eine riesige Dummheit.

Gerade hat ihr Oskar erzählt, dass seine Tochter und sein Schwiegersohn möchten, dass er im Herbst zu ihnen zieht. Dass die beiden bereits ein Zimmer für ihn hergerichtet hätten, dass seine Tochter im nächsten Schuljahr keine eigene Klasse mehr übernehmen wolle und bereits um Stundenreduktion angesucht habe.

»Ich will nicht weg von hier«, sagt Oskar. »Ich will auch nicht, dass meine Tochter sich das antut.«

Sie greift nach seiner Hand. Was soll sie schon sagen? Dass er hierbleiben darf? Das wäre eine Lüge, das wissen sie beide.

Bis jetzt hat sich Alice manchmal gefragt, wie es sein kann, dass Oskars Tochter so ruhig schläft. Hat sie keine Angst, dass er irgendwann vergisst, den Herd auszuschalten?, hat sie sich gefragt.

Sie hat ihr unrecht getan. Doris hat bereits alles vorbereitet, nur Oskar weigert sich, den Papaverweg zu verlassen.

Also ist es wirklich so, wie ich vermutet habe, denkt sie. Oskar hat Alzheimer. Dabei wirkt er noch so klar. Gut, manchmal findet er die richtigen Worte nicht. Na und? Geht es ihr manchmal nicht genauso? Und hat nicht auch sie manchmal zwei verschiedene Socken an den Füßen? Aber natürlich. Bei Oskar ist es etwas anderes. An manchen warmen Tagen trägt er viel zu viel Kleidung und zieht sich erst aus, wenn sie ihn fragt, ob ihm nicht heiß sei. (Und manchmal bestreitet er es auch, dann behauptet er, dass ihm kalt sei, und schwitzt weiter.)

Trotzdem kennt er sämtliche Pflanzen in seinem Garten. Er weiß, was wann zu tun ist, und lässt keine Widerrede zu.

»Warte noch bis nach den Eismännern«, sagte er, als sie die Tomaten nach den ersten heißen Tagen ins Freie stellen wollte.

Und auch seinen Rasen darf sie nur mähen, wenn der Wetterbericht passt. Lieber lässt er ihn ein wenig höher wachsen, bevor er ihn zur falschen Zeit mäht. Ohnehin sei sein Garten kein Fußballfeld, sondern ein Futtertrog für die Bienen.

»Siehst du den Rasen von meinem Nachbarn?«, fragte er erst vor ein paar Tagen, als er unter dem Zwetschkenbaum saß und sie mit der Gießkanne an ihm vorbeitrabte. »Manche haben so viel Angst vor der Natur, dass man sie entgarten sollte!«

Das Grundstück von Oskars Nachbarn besteht zum großen Teil aus einer breiten Garageneinfahrt und einem Pool, den eine riesige betonierte Fläche umgibt. Rund um das Haus wurde vor ein paar Jahren ein Rollrasen verlegt.

Den Streifen am Zaun des Nachbarn hat Oskar vor ein paar Jahren extra mit Wiesenblumen besät. Seitdem wachsen dort die Mohnblumen, Margeriten und Glockenblumen.

»Damit ein bisschen Leben zu denen dort hinüberweht!«, hat er gekichert.

All das weiß er. Für all das interessiert er sich noch.

In den letzten Wochen hat Alice alle Dokumentationen, die sie auf YouTube zum Thema Alzheimer finden konnte, angesehen, und auch die Angehörigenforen hat sie durchforstet.

Oskar zieht sich nicht zurück, wie andere es tun. Er freut sich auf ihr Kommen, und noch immer erzählt er ihr, was er an seinem Fenster beobachtet hat. Dass die neue Mieterin eine Menge Katzen haben muss, hat er ihr mitgeteilt, dass das Mädchen aus dem Dachgeschoß mit drei Koffern in das Auto eines Mannes gestiegen und seitdem nicht mehr zurückgekommen sei. Auch von dem kleinen Buben im Dachgeschoß erzählt er ihr gern. Dass er wie ein Wiesel durch die Wohnung laufe und dass er eine Menge Spielsachen habe. Nur seinen Namen vergisst er jedes Mal aufs Neue, aber dafür gibt es das Heft in seiner Lade. Oder aber er fragt sie.

»Vitus«, sagt sie dann.

»Wie das Leben!«, strahlt Oskar.

Wenn er von früher erzählt, scheint es, als könne er sich an jedes Detail erinnern. Wie eine Gämse klettert er von Jahr zu Jahr. Sie weiß nicht, ob es auch in seiner frühen Erinnerung Lücken gibt. Ob es stimmt, was er ihr erzählt. Seine Geschichte geht sie nichts an, sie glaubt ihm einfach. Wozu soll sie das Unkraut im Gebirge jäten? Schlimm genug, dass es im Alltag nicht wuchern darf. Das Vergessen im Alltag ist wie das Unkraut im Gemüsebeet. Es breitet sich aus und verdrängt alles andere.

Lange werden sie nicht mehr hier sitzen. Spätestens im Herbst wird Oskar zu seiner Tochter ziehen. Dann wird er in Pitten wohnen, weit weg vom Papaverweg.

Aber noch ist es nicht so weit. Noch steht der Sommer vor der Tür. Zwei gegen den Rest der Welt, denkt Alice. Zwei, die hinter dem Haus sitzen und sich weigern, die Realität anzuerkennen.

Sie reicht Oskar ihre Sonnencreme (Schutzfaktor fünfzig) und lacht, als sie sein weißes Gesicht sieht. Seit Monaten ist Alices Welt auf ein paar Quadratkilometer zusammengeschrumpft. Dass sie überhaupt so groß ist, hat nur damit zu tun, dass der Biosupermarkt ein paar U-Bahn-Stationen entfernt liegt.

26

Er ist nicht dumm, er ist nicht senil, er hat Alzheimer. Oskar kennt die Krankheit. Luise hatte sie auch.

Wann hätte er es damals erkennen müssen? Als sie permanent das Essen zu salzen vergaß? Als sie zum Kaffee das Mehl auf den Tisch stellte, statt die Zuckerdose? Wann weiß man es? Wann kann man sich nicht mehr vormachen, dass man nur ein bisschen durcheinander ist?

Anfänglich hat er Luises Verwirrtheit auf die Trauer geschoben. Und später dann? Auf ihre Panikattacken?

Es war nicht die Einsamkeit, deretwegen sie ein Jahr nach dem Tod ihres Mannes zu ihm gezogen ist. Auch war es nicht ihre Alzheimererkrankung. Es war das Wissen um das Unrecht, das in ihrem Haus geschehen war. Jede Nacht stand der russische Soldat, dessen Namen sie nicht kannte, an ihrem Bett und hauchte ihr seinen fauligen Atem ins Gesicht. Viele Jahre nach dem Geschehen, von dem sie selbst all die Jahrzehnte nichts geahnt hatte, begann Luise Schuld zu empfinden.

»Jede Mutter hat doch ein Recht zu wissen, wo ihr Sohn begraben liegt. Egal, was er getan hat«, sagte sie zu Oskar, nachdem sie ihm Fritz' Brief zu lesen gegeben und von ihren nächtlichen Panikattacken erzählt hatte.

Für Luise war das Vergessen ein Segen. Luise ließ sich in das Vergessen sinken, wie andere in die schützenden Arme einer Mutter.

Warum hat Fritz, der Depp, sein Geheimnis damals nicht mit in sein Grab genommen? Was wäre schon passiert? Im schlimmsten Fall hätte man ein altes Skelett gefunden. Mit einem Loch im Schädel. Ein junger Mann, russischer Herkunft, hätte es geheißen. Heute gibt es Analysen, heute findet man schnell heraus, woher einer kommt und wie lange einer tot ist. Als Fritz' Großvater dem Eindringling den Schädel eingeschlagen hatte, war der Krieg gerade vorbei gewesen. Im Frühjahr 1945 war Luise noch keine elf Jahre alt gewesen. Keiner wäre sechzig Jahre später auf die Idee gekommen, ihr die Schuld zu geben, selbst wenn man das Skelett gefunden und untersucht hätte. Vielleicht hätte sich Luise Gedanken gemacht. Vielleicht wäre sie von allein draufgekommen, was damals geschehen sein musste. Dass es einen Zusammenhang geben musste zwischen dem Skelett und der Tante, die nach dem Tod von Fritz' Großvater in eine winzige Wohnung gezogen war.

Aber sie haben den Toten nie gefunden. Fritz hätte seiner Frau das Wissen ersparen können. Ohne den Brief, den Fritz seinem Testament beigelegt hatte, ohne seine Warnung, nach seinem Tod in keinem Fall an der Rotbuche zu rühren, da unter ihr ein Skelett begraben lag, wäre Luise vielleicht bei klarem Verstand geblieben.

Oskar seufzt. Er steht in der Veranda, es ist ein lauer Abend, Alice ist gerade gegangen. Er fährt mit den Fingern über die klebrigen Blütenblätter der Petunien. Entdeckt ein paar vereinzelte Blattläuse und fragt sich, ob er eingreifen soll. Unten, neben dem Gartenhaus, steht ein Kübel mit Brennnesselsud, er könnte hinuntergehen und die Blumenspritze damit füllen. Er reibt sich die Läuse von den Fingern und wischt die Hand an der Hose ab.

Wäre Luises Erkrankung weniger schnell vorangeschritten, wenn es den Brief nicht gegeben hätte? Als sie ihre Aussetzer auch vor ihm nicht mehr verbergen konnte, war sie gerade einmal sechsundsechzig. *Mit sechsundsechzig Jahren, da fängt das Leben an!* Für Luise begann es aufzuhören.

Nicht nur einmal hat er sie damals angeschrien. »Wenn du dich nicht dagegen wehrst, ist es kein Wunder, dass du immer blöder wirst!«

An manchen Tagen hat er einen unglaublichen Zorn auf sie gehabt. Weil sie einfach nur dasaß. Weil sie die Dinge geschehen ließ und sich nie wehrte, auch gegen ihn nicht, wenn er ihr unrecht tat.

Bei Luise platzte ihm permanent der Kragen, anders als bei Ella, die ihm ihre ganze Ehe hindurch Paroli geboten hatte. Ella war unendlich aufbrausend, und ja, auch unfair gewesen, nicht nur ihm, sondern auch den Kindern gegenüber. Gegen Ellas aufbrausendes Temperament war er nur angekommen, indem er ruhig geblieben war. Deswegen ist er, wann immer es ihm möglich war, in den Garten gegangen. Dorthin, wo alles nach Plan lief, dorthin, wo nie etwas Unvorhergesehenes geschah. Die Blumen wuchsen an den Plätzen, die er für sie ausgesucht hatte, die Sträucher wurden jedes Jahr zur selben Zeit zurückgeschnitten, und bis auf den Mehltau, den Rost und die Schnecken auf Ellas Salat gab es kaum Widersacher. Alles hatte seine Methode, alles hatte seinen Sinn. Nur der Hagel kam ab und zu und köpfte seine Rosen.

Im Garten hat er sich von Ellas Launen erholt. Und doch sind es dann ausgerechnet ihre Launen gewesen, die ihm nach ihrem Tod am meisten gefehlt haben. Im Gegensatz zu Ella war Luise immer sanft. Kein Fünkchen Protest steckte in ihr. Luise saß stumm beim Tisch und ließ seine Schimpftiraden über sich ergehen. Hielt die Tränen zurück, um ihm nicht noch weiter zur Last zu fallen, und provozierte ihn gerade dadurch bis aufs Blut.

Er greift nach der kleineren der beiden Kannen. Füllt sie mit Wasser und gießt die Erde in den Blumenkisten. Im Sommer brauchen die Blumen viel Wasser.

Warum nur dieser verfluchte Brief? Warum?

Als das Haus am Papaverweg 6 abgerissen wurde, als die Bagger kamen und alles aufgruben – Luise lebte zu dieser Zeit bereits im Pflegeheim und erkannte selbst Oskar nicht mehr –, stand er am Fenster und wartete auf den Moment, der ihm unvermeidlich erschien. Er trat nicht ein. Der Keller wurde geschalt und betoniert, das zweistöckige Mehrfamilienhaus stand binnen ein paar Monaten, und niemand ahnte auch nur im Geringsten, dass auf dem Grundstück ein Mensch begraben lag.

Heute gibt es hinter dem Haus einen schmalen Grünstreifen. Susa hat sich eine Zeitlang unter die Rotbuche gesetzt, um zu lesen. Aber dann hat sie sich dort nicht wohlgefühlt. »Ich weiß nicht«, sagte sie einmal, als sie an Oskars Zaun stand. »Ich fühl mich dort so … ausgeliefert. Vielleicht, weil ich die Leute hier nicht besonders leiden kann. Da legt man sich halt nicht gern dorthin, wo einen alle sehen können.«

Obwohl er nie daran glauben wollte, dass ein paar Knochen einen Unterschied machen, war er froh, als sie ihren Klappsessel wieder auf den Balkon trug.

Wie wäre sein Leben verlaufen, wenn Luise gesund geblieben wäre? Wäre sie ohne die Panikattacken und ihre Aussetzer überhaupt zu ihm gezogen?

Oskar erinnert sich an den Tag, an dem Doris Luises Vorhänge in seine Waschmaschine steckte und sie vor die Fenster ihres ehemaligen Kinderzimmers hängte. Danach bezogen sie gemeinsam das Bett, in dem Doris als Kind geschlafen hatte, mit Luises Bettwäsche und hängten den Setzkasten mit den Porzellanfigürchen an jene Stelle, an der bis dahin noch David Bowie gehangen hatte. Auch die Pendeluhr holten sie ins Haus. Luise wollte sie unbedingt in ihrem Zimmer haben. Noch immer sieht Oskar Doris' skeptisches Gesicht vor sich, als wäre das erst gestern gewesen. (»Wie kannst du bei diesem Lärm einschlafen?«)

Doris wusste nichts von Luises Angst, sie kannte weder den Brief, noch hatte ihr Oskar erzählt, dass Luise die ersten Anzeichen einer Demenzerkrankung zeigte. Sie und Jan waren damals gerade nach Pitten gezogen, weswegen sie froh war, dass ihr Vater nicht allein zurückblieb. Weder damals noch später hat sie ihn nach seinem Leben mit Luise gefragt. Auf Oskars Nachtkästchen stand ein Bild von Ella, neben Luises Bett stand eines von Fritz. Ein einziges Mal nur hat er versucht, etwas zu erklären, doch Doris wollte es nicht hören. »Das geht mich nichts an, Papa«, sagte sie. »Du musst dich doch nicht dafür rechtfertigen, dass du sie gerngehabt hast.«

Gern. Ja, er hat sie gerngehabt. Manchmal griff er nach Luises Hand. Wenn sie auf einer Bank beim Wasser saßen und von früher sprachen. Und manchmal, vor allem später, als Luise aufgrund ihrer Krankheit immer anhänglicher wurde, nahm er sie in den Arm. Drückte sie an sich und genoss es, so still mit ihr zu sitzen.

Heute sprechen alle über ihre Sexualität, selbst die Alten. Sobald man den Fernseher aufdreht oder eine Illustrierte aufschlägt, geht es nur um den Sex. Als gäbe es nichts Wichtigeres im Leben.

Als Ella und Fritz starben, waren Luise und er Mitte sechzig. Nach Sex hat es ihn nie verlangt. Und Luise? Oskar glaubt nicht, dass sie sich jemals etwas in der Richtung von ihm erwartet hat.

Es war eine schöne Zeit. Eine warme, harmonische Zeit, trotz Luises Krankheit. Zumindest solange sie noch wusste, was sie mit dem Messer neben ihrem Frühstücksteller und der Tasse anfangen sollte. Dass man mit dem Kaffee nicht den Gummibaum goss.

Eines Morgens, ein knappes Jahr, nachdem sie zu ihm gezogen war, saß sie auf dem Boden und versuchte, ihre Schuhe zu schnüren. »Ich kann es einfach nicht!«, schluchzte sie. Also ging er in die Knie und half ihr.

Noch am selben Abend, als Luise vor dem Fernseher saß, verräumte Oskar alle Schuhe mit Schuhbändern. Stellte fest, dass nur noch Sommerschuhe übrig blieben, draußen aber hatte längst der Herbst begonnen. Also fuhr er tags darauf mit ihr ins Einkaufszentrum und kaufte ein Paar wasserdichte, gefütterte Schuhe mit weichem Fußbett und Klettverschluss.

Wann hat er aufgegeben? Als Luise vergaß, aufs Klo zu gehen? Als sie sich weigerte, sich von ihm waschen zu lassen? Als er mit den Windeln nicht zurechtkam? Als Doris ihm befahl, in den Spiegel zu schauen? (»Schau dich doch mal an, Papa, wie dünn du bist! Du machst dich doch selber kaputt, und Luise tust du auch keinen Gefallen damit.«)

Im Heim hörten Luises Weinkrämpfe auf. Wenn er kam, sah sie ihm entspannt entgegen, und selbst später noch, als sie nicht mehr wusste, wer er war, lächelte sie, wenn er nach ihrer Hand griff. Im Gegensatz zu anderen Patienten attackierte sie weder das Personal, noch geisterte sie durch die Gänge. Luise lebte in ihrer eigenen Welt, zu der Oskar keinen Zugang mehr hatte. Einer Welt, in der es keine Probleme gab und keine alten Geschichten, die in ihrem Garten begraben lagen.

Die letzte Etappe. Der letzte Weg. Nun ist es auch bei ihm so weit. Oskar weiß, dass er gegen das, was mit seinem Gedächtnis passiert, nicht viel ausrichten kann. Er ist jetzt siebenundachtzigeinhalb Jahre alt. Zwanzig Jahre älter als Luise damals. Wenn er Glück hat, versagen seine Organe, bevor sein Verstand gänzlich flöten geht.

Er stellt die Gießkanne ab. Die drei Stufen von der Veranda in den Garten sind eine Herausforderung. Normalerweise reicht ihm Alice die Hand, aber Alice ist nicht da. Er seufzt. Wieso hat er nicht rechtzeitig ein Geländer anbringen lassen? Dann könnte er sich jetzt anhalten. Er setzt den linken Fuß auf die nächste Stufe und holt den rechten nach. Das rechte Knie ist beweglicher, im linken spürt er jedes Mal einen Stich, wenn er es im abgewinkelten Zustand belastet.

Geschafft! Alice hat ihm den alten Plastikstuhl an die niedrige Steinmauer gestellt, zwischen die Sternmagnolie und den Zwetschkenbaum.

Diesen Sommer will ich noch hierbleiben, denkt er. Will den Zwetschken beim Reifen zusehen und Alice sagen, dass sie das Gartenbett hervorholen soll, auf dem einst meine Töchter gelegen sind.

Er blinzelt gegen die Abendsonne. Diesen einen Sommer habe ich noch. Danach soll sich Doris um einen Heimplatz kümmern. Und bis einer frei ist, werde ich zu ihr und ihrer Familie ziehen, so wie sie es sich wünscht.

27

Die Schulen spucken lachende Kinder auf die Straßen, über den Autodächern flimmert die Luft. Der Sommer 2018 wird sich als »Jahrhundertsommer« entpuppen. Ein Sommer wie in Südeuropa, heißt es, dennoch zieht es manche noch weiter fort.

An einem Mittwochmorgen – es ist der 4. Juli 2018 – steigen die Neuholds in ein Taxi. Sechs Wochen Papua-Neuguinea, zuerst in der Gruppe und dann noch eine Weile allein. Hamed wird sich um ihre Blumen und ihre Post kümmern, auf den Ägypter ist Verlass.

Auch die Bosićs packen ihre Koffer. Drei Wochen Urlaub am Stück, und das zu zweit, nicht jedes Jahr haben sie das Glück. Bosnien? Von wegen! Nach Gran Canaria geht es, dort haben die Bosićs gemeinsam mit Bekannten ein Appartement.

Während die einen die Koffer packen, sich in Autobusse und Flugzeuge quetschen und in der Ferne schwitzen, bleiben andere lieber daheim. Peter etwa. Er lässt den Kollegen den Vortritt. »Fahrt ihr nur auf Urlaub«, sagt er, »ich geh dann wieder außerhalb der Saison.« Ferienzeit im Jugendzentrum, die genießt er besonders. Er selbst wird seinen Urlaub konsumieren, wenn Birgit ihn dazu zwingt. (»Du kannst doch nicht immer deine Wochen sammeln und verfallen lassen!«, wird sie wieder raunzen, spätestens zu Halloween.)

Auch Alice bleibt am Papaverweg. Gibt es einen schöneren Ort als den unter dem Zwetschkenbaum? Sie hat das alte Gartenbett mit dem orangefarbenen Leinenstoff aufgeklappt, den Laptop hat sie auf den Oberschenkeln liegen. Vor ein paar Tagen hat sie ein Mail von Theo Mander erhalten. Ob sie sich vorstellen könne, für sein Ökomagazin zu schreiben?

Und was genau soll ich für Ihr Magazin schreiben?, hat sie ihn gefragt.

*Was immer Sie möchten! Wählen Sie die Themen, die Ihnen am Herzen liegen, ich bin mir sicher, unsere Leser*innen interessiert alles. Von Ihren Erfahrungen als Lebensmittelretterin angefangen bis hin zu dem wundervollen Garten, den ich auf Ihrem Blog gesehen habe. Lassen Sie Ihrer Kreativität freien Lauf! Und blieben Sie bitte bei Ihrem herzlichen, lockeren Stil!*

Also schreibt sie. Über die Bienen in Oskars Garten und echte Wiesen. Über den Müll in modernen Haushalten und den Müll zu Urgroßmutters Zeiten. Über die Ingwerpflanze, die sie in Oskars Veranda zieht, und das Stück Ingwerwurzel im eisgekühlten Zitronenwasser. Auch über die Einsamkeit in der Großstadt schreibt sie, und das Glück, mit seinem Nachbarn Tisch und Garten zu teilen und die ersten Himbeeren zu pflücken. Ob das in ein Ökomagazin passt?, fragt sie sich, als sie das erste Textpaket an Theo Mander schickt.

Keine drei Stunden später bekommt sie Antwort.

Wo haben Sie bis jetzt gesteckt? Außer auf Ihrem Blog habe ich Ihren Namen nirgendwo gefunden …

Ich war ein Geist, schreibt sie zurück.

Ein Geist?

Ghostwriterin.

Im Ernst? Sie? Warum?

Theo Mander sucht keine Ghostwriter, Theo Mander sucht Autoren mit frischen, neuen Ideen. Von Dumpingpreisen hält er ebenso wenig wie von vorgegebenen Keywords und inhaltsleerem Blabla. Und von Textern, die ihre Recherche im Internet betreiben und nicht einmal ihren Namen preisgeben, hält er noch weniger. Eine junge Frau, die sich am Morgen Haut und Haare mit Erde wäscht und am Nachmittag im Garten eines alten Mannes Tomaten hegt und Ingwer zum

Blühen bringt, hat er noch nie kennengelernt. Genau nach einer wie Alice Winter hat er gesucht.

Zwei Artikel die Woche soll sie für ihn schreiben. Vorerst. Das ist natürlich nicht die ganze Miete, aber es ist ein Anfang. Vor allem aber stellt Alice fest: Für Theo Mander zu schreiben macht wesentlich mehr Spaß als für irgendeinen anonymen Auftraggeber, für den am Ende nur die richtige Zeichenanzahl und die eingestreuten Keywords zählen.

Während Alice den Sommer in vollen Zügen genießt, verbringt Oskar seine Nachmittage im kühlen Zimmer. In den Garten geht er am Morgen und am Abend, wenn die Hitze noch nicht so schlimm ist oder bereits ein wenig nachgelassen hat. An den Abenden setzt er sich auf den gepolsterten Lehnstuhl. Schaut Alice beim Gießen der Pflanzen zu und hört sich an, was sie geschrieben hat. Während der Hitzestunden sitzt er im Esszimmer. Dort schaut er fern, hört eines von Lillis Hörbüchern oder dreht das Radio auf. Oft erinnert er sich jetzt an Ella. Oder an Luise. Manchmal denkt er auch an Fritz und seinen Großvater, dessen Schaufel einst auf den Schädel des russischen Soldaten niedergegangen ist.

Alice ahnt von seinen Gedanken nichts. An den ersten heißen Tagen hat sie ihm geholfen, das Zimmer umzustellen. Den Esstisch hat sie ins Eck geschoben, damit Ellas bequemer Lesestuhl neben das Fenster passt. Um ihn vom ersten Stock hinuntertragen zu können, hat sie ihn zerlegen müssen. Natürlich hätte Oskar auch Jan fragen können. Aber Jan hätte eine Diskussion begonnen. Jan hätte gesagt, dass er den Lesesessel auch mit nach Pitten nehmen könne ....

Jetzt, da Alice in seinem Garten sitzt, braucht Oskar das Fenster seiner Küche nicht mehr. Wenn er in Ellas altem Lesesessel sitzt, braucht er nur den Kopf zu drehen, schon sieht er das orangefarbene Gartenbett in seinem Garten. Alices Pferdeschwanz, den aufgeklappten Laptop und ihre zwei Beine, an deren Ende die Füße wackeln.

Jetzt aber schaut er nicht hinaus. Jetzt döst er. Träumt ein wenig vor sich hin und wacht, als er Alices Schritte in seiner Küche hört, wieder auf. Gleich wird sie kommen und mir mein Glas auffüllen, denkt er. Und dann wird sie mit mir schimpfen, weil ich nichts getrunken habe. Jedes Mal, wenn Alice sich ein Glas Ingwerwasser mit Zitrone holt, schenkt sie ihm kalten Hagebuttentee nach.

Sie lächeln einander zu, als sie mit dem Krug hereinkommt.

»Ich muss kurz weg«, sagt sie. »Noteinsatz beim Mittagsbuffet. Ein Kollege von mir ist krank geworden, also hab ich versprochen, dass ich die Reste abhole. In einer Stunde bin ich wieder da.«

Er lächelt. Ganz klar wird ihm nicht, wovon sie spricht, aber das ist nicht so wichtig.

Als sie das Zimmer wieder verlässt, gähnt er, steht auf und schaltet den Fernseher ein. Drückt so lange auf den Programmknopf am Gerät, bis er etwas findet, das ihm gefällt. Auf dem Kinderkanal läuft *Pumuckl.* Da schau her, von dem hat die Doris doch alle Schallplatten gehabt!

Er setzt sich wieder in den Lesesessel und greift nach dem Glas mit dem Hagebuttentee. Auch der Meister Eder und sein Kobold trinken. Keinen Eistee, sondern Bier. Einen Pumuckl zu haben muss schön sein, denkt Oskar. Und schon wieder fließt ihm eine Träne über die Wange, so gerührt ist er, als der Schauspieler Gustl Bayerhammer seinem Kobold das Bier in einen Eierbecher schenkt.

28

Obwohl er erst auf Seite fünfhundertsiebenundsechzig angelangt ist, hat er den Dostojewski für eine Weile zur Seite gelegt. Hat das Bremsseil des Damenrads getauscht und die Speichen nachgezogen. Hat den hinteren Schlauch ersetzt, und für den Sattel hat er sogar einen Überzug aus Lammfell gekauft, weil ihm aufgefallen ist, dass Alice, sobald es draußen ein bisschen kühler wird, einen Schal trägt. Nur für eine passende Farbe hat er sich noch nicht entschieden. Vor allem aber wird er den Anhänger vom Pudelgeruch befreien müssen. Vorhin hat er zwei Flaschen Milchsäure und Febreze gekauft. Er wird den Anhänger ausbürsten, mit Milchsäure desinfizieren, mit Waschpulver abreiben und in seinem Kellerabteil trocknen lassen. Am Schluss wird er sicherheitshalber noch Febreze sprühen.

Er fragt sich, wo er das Rad abstellen soll, wenn es fertig ist. Bis jetzt hat er die Erwachsenenfahrräder, die er nicht mit Paul ausgeliefert hat, stets an irgendwelche Radständer gelehnt. Wer sie letzten Endes finden würde, ist ihm egal gewesen.

Er könnte das Rad ins Foyer des Jugendzentrums stellen, neben den FreeFoodFridge. Dort wäre es sicher, bis Alice kommt. Oder er bringt es zu *No Waste!* Für Alice, die Lebensmittelretterin, könnte er auf eine Karte schreiben.

Nein. *No Waste!* ist eine dumme Idee, dann wird man wieder Paul ins Visier nehmen. Das Rad mitsamt dem Anhänger einfach vor die Postkästen stellen? Dann ruft die Neuhold die Reiter an, und die lässt es abtransportieren, bevor Alice es überhaupt sieht. Oder der Engelmayr klopft an ihre Tür und verlangt, dass sie das Gefährt, das eindeutig ihr gehört (»Steht ja auf der Karte!«) gefälligst von den Allgemeinflächen fernhalten soll.

Was tun? Die ganze Aktion abbrechen? Das Rad an irgendeinen Fahrradständer stellen und Alice weiterhin mit ihrem Trolley durch die Gassen laufen lassen? Aber wozu hat er den roten Anhänger besorgt? Zumal er sich bereits die Innenausstattung bis ins kleinste Detail überlegt hat. An den Seiten wird er Ösen anbringen, damit sie die Stoffbahnen von einem zum anderen Ende spannen kann. Dann hat sie die Möglichkeit, die Lebensmittel zu schlichten. Vor ein paar Tagen ist er im Baumarkt gewesen, hat Klettbänder, Ösen und eine starke Plane besorgt. Auch eine Kühltasche wird er mittels Klettverschluss auf dem Boden befestigen.

Er ist komplett in seine Gedanken versunken (rechnet sich gerade aus, in welchen Abständen er die Ösen anbringen wird), als es an seiner Tür läutet.

Verdammt!

Er steht auf und wischt sich die Hände an der Hose ab. Soll er so tun, als sei er nicht da? Er schleicht auf Zehenspitzen ins Vorzimmer, um durch den Türspion zu lugen. Sein Herzschlag setzt kurz aus und rast dann umso schneller.

»Moment!«, ruft er. Rennt zurück und schließt die Tür zur Wohnküche. (Wer hat eigentlich Türen mit Glaseinsatz erfunden?)

Er öffnet die Wohnungstür nur einen Spalt. Durch den schlüpft er auf den Gang hinaus.

»Hallo«, sagt er dann und versucht es mit einem unschuldigen Lächeln.

Nicht Martin Engelmayr, nicht Ute Neuhold und auch nicht das birnenförmige Fräulein de Funès steht vor seiner Tür. Nein, es ist Alice, höchstpersönlich, nicht nur als Geist. In gepunkteten Socken steht sie da. Mit einer blauen Spange im Haar. Lilafarbene Hose, gelbes T-Shirt. Zerkratzte Arme, das müssen die Rosen sein, denkt Peter. Oder die Brombeeren. Oder sonst irgendein Strauch in Oskars Garten.

»Schmecken dir Piroggen?«, fragt sie.

Er sieht sie ratlos an.

»Piroggen?« Meint sie die polnischen Nudeltaschen? (Die hat er einmal gegessen, bei einem seiner Dates … Haben ihm die geschmeckt?)

»Ich habe gerade die Reste von einem vegetarischen Mittagsbuffet abgeholt. Weil Gernot, einer unserer Lebensmittelretter, ausgefallen ist. Himbeerschnitten hab ich auch. Wenn du schon gegessen hast, kein Problem, dann bring ich alles zum FreeFoodFridge. Ich dachte nur, vielleicht hast du ja Hunger. Oskar schmecken keine Piroggen, und Himbeerschnitten hatte er schon genug.« Sie lacht.

»Also … ja. … klar«, stottert er. »Ich nehm gern was!«

Er sieht auf ihre Hände. Leer. Sie wird doch jetzt hoffentlich nicht mit ihm essen wollen? In seiner Wohnung? Zwischen Lackdosen und stinkendem Pudelanhänger? Oder will sie, dass er zu ihr kommt?

»Super! Wart kurz, ich bring dir alles rüber.«

Dir. Ich bring *dir* alles rüber. Er atmet aus. Ein bisschen enttäuscht, weil sie ihn nicht einlädt, mehr als ein bisschen erleichtert, weil sie die Piroggen nicht in seine Wohnung trägt. Hoffentlich.

Er sieht ihr nach, wie sie über den Gang geht, dabei steht er starr und rührt sich nicht. Noch immer klopft dieses verdammte Herz wie wahnsinnig.

»Du bist ein Hirsch!« Maria. (Eh klar, dass sie ausgerechnet jetzt auftaucht.) »Wie lange willst du das Spielchen eigentlich noch spielen? Willst du dich ewig hier verstecken und an deinen Rädern herumbasteln?

Er protestiert. (In seinem Hirn.) »Es ist doch gut so, wie es ist!«

»Gut?«, zischt Maria. »Gar nichts ist gut. Zuerst hängst du dir Vorhänge vor die Fenster, und dann hockst du tagelang auf deinem Balkon und kränkst dich, weil nicht du derjenige bist, an dessen Tisch sie sitzt. Und was machst du, wenn sie wirklich mal zu dir kommt? Dann ziehst du noch extra deine Tür zu und stehst steif wie ein Besenstiel!«

»Bist du fertig?«, fragt er (leider laut). Gerade kommt Alice auf ihn zu.

»Hast du mit mir gesprochen?«, fragt sie, als sie ihm einen Kuchenteller und zwei Schüsseln in die Hand drückt.

»Nein. Ich hab nur laut gedacht. Passiert mir manchmal.«

»Kenn ich.« Sie grinst ihn an. »Ich rede auch manchmal mit mir selbst. Das ist das Singleleben, das lässt einen ein bisschen seltsam werden.«

»...«

»Jetzt lad sie schon ein!«, flüstert Maria.

»In den Piroggen ist übrigens Kohl drinnen. Und das in der zweiten Schüssel ist Karottensuppe. Mit Kokosmilch und Curry.«

»Ah! Okay ...«

»Also gut, dann schönen Abend noch. Und guten Appetit!« Sie dreht sich um und lässt ihn mit dem Essen auf dem Gang stehen. Er schluckt.

»Danke!«, ruft er ihr nach.

Hundertachtziggraddrehung ihrerseits. »Gerne! Du kennst mich ja. Ich freu mich, wenn das Essen gegessen wird.«

Sie dreht sich wieder um.

»Alice?«

»Ja?« Nochmals Hundertachtziggraddrehung.

»Ich hab dir doch von Fanny erzählt.«

»Klar! Das Mädchen mit dem Anti-Plastik-Rap! Wie geht es ihr?«

»Gut! Hab ich dir erzählt, dass die *Gelatinis* aufgeflogen sind?«

»Nein, hast du nicht.« Sie kommt zurück, er balanciert Kuchenteller und Schüsseln und senkt die Stimme, als er weiterspricht.

»Die fliegen jetzt sogar von der Schule. Angeblich haben sie es dann doch zu wild getrieben auf Instagram. Diesmal ging es gegen einen der Lehrer.«

»Und Fanny? Hat sie die Prüfungen geschafft?«

»Ja. Gott sei Dank. Und sie wird ab September die Schule wechseln. Meine Kollegin hat sich ziemlich für sie eingesetzt. Berufsberatung, Psychologen, Elterngespräch, das ganze Programm. Aber was ich eigentlich sagen wollte: Fanny und ihre Freundin wollen nächsten Mittwoch bei einem Poetry Slam mitmachen. Weil Fanny sich allein nicht auf die Bühne traut, werden sie als Team auftreten. Mit Fannys Anti-Plastik-Rap.«

»Wirklich? Das finde ich toll!«

»Wir … also meine Kollegin, ein paar der Jugendlichen und ich gehen auch hin. Falls du mitkommen willst … natürlich nur, wenn du Zeit hast. Fanny würde sich bestimmt freuen.«

»Klar, ich komm gern!«

»Wir fahren um sieben vom Jugendzentrum los. Du könntest mit uns mitfahren, wenn du willst. Also mit der U-Bahn.«

»Super. Dann komm ich um sieben zu euch. Nächsten Mittwoch. Vielleicht sehen wir uns ja auch noch davor.«

»Fein. Und danke nochmals fürs Essen.«

»Gern!«

Husch, und weg ist sie. Er bleibt eine Weile stehen, mit den Piroggen, der Suppe und den Himbeerschnitten in der Hand. Dann dreht auch er sich um und stößt mit dem rechten Fuß die angelehnte Tür auf. Hinter ihm steht Maria und kichert.

»Bist du jetzt zufrieden?«, fragt er.

»Fürs Erste schon. Aber vielleicht solltest du ihr irgendwann sagen, dass du Kohl wie die Pest hasst und dass du auch kein Fan von Kokosmilch im Essen bist.«

29

Am Papaverweg wispern die Rasensprenkler, es ist kurz nach halb zehn. Mirko Čolaković betritt in Begleitung einer älteren Dame das Haus am Papaverweg 6. Oskar bekommt davon nichts mit, er sitzt vor dem Fernseher. Auch Alice und Peter werden erst Wochen später feststellen, dass eine neue Mieterin einziehen wird – in die Wohnung mit der Nummer 6, an deren Tür vor neun Monaten noch das Schreiben des Gerichtsvollziehers hing.

Johanna Knoll ist achtundsechzig Jahre alt. Sie trägt ihr graues Haar kurz und hat eine Lesebrille auf dem Kopf. Als ehemalige Buchhändlerin liebt sie gute Literatur, Bachs *Goldberg Variationen* und schnurrende Katzen. Der Papaverweg ist ihr sofort sympathisch. So schön ruhig ist es in der Gasse! Als sie auch noch leises Klavierspiel von nebenan durch die Wände sickern hört (wenn auch Chopin statt Bach), hat sie sich eigentlich schon entschieden. Der Rest ist Formsache. Das Mietanbot, so sagt sie dem freundlichen jungen Herrn mit dem Mäppchen, möchte sie dennoch in Ruhe durchlesen. Sie wird es dann faxen.

Nachdem der Makler sich von ihr verabschiedet hat, spaziert sie die Gasse bis ganz hinunter und von unten wieder hinauf. Herrlich, diese Prunkwinde!, denkt sie, als sie vor Osakas Gartenzaun stehen bleibt. Dann dreht sie sich um, geht abermals die Steinfliesen entlang zum Eingang des Mehrfamilienhauses, atmet einmal tief durch und drückt auf den Knopf der Gegensprechanlage. Wartet auf das Summen (es kommt ohne Frage) und steigt nochmals in das erste Stockwerk. Makler erzählen einem bekanntlich das Blaue vom Himmel, aus diesem Grund hat sich Johanna geschworen, niemals zu unterschreiben, bevor sie nicht mit den Nachbarn gesprochen hat.

Eine Minute später betritt sie die Wohnung von Gerda Schmidt. Als Erstes springt ihr das E-Piano ins Auge. Als Zweites das große Bild mit Louis de Funès darauf. Als Drittes (als sie bereits im Sofasessel sitzt) bemerkt sie den dicken Kater. Schon springt er ihr auf den Schoß, wo er ein wenig keckert, sich dreimal im Kreis dreht und schnurrend einrollt.

»Das ist Fantômas«, sagt Gerda.

»Oh! Das war der Lieblingsfilm meines verstorbenen Mannes«, sagt Johanna und streichelt über das Fell des Katers. »Mir hat *Hasch mich, ich bin der Mörder* besser gefallen.«

»Mein Exmann mochte die furzenden Bauern und ihre Kohlköpfe. Die waren ihm nicht so unähnlich.«

»Wer? Die furzenden Bauern oder die Kohlköpfe?«

»Beide.«

Sie lachen.

»Ein Gläschen?«

»Ist es nicht ein bisschen früh?«

»Ist doch nur Magenbitter.«

Zuerst ein Gläschen Magenbitter. Dann Kaffee, Mineralwasser und ein Stück Nussstrudel. Dazu ein Walzer von Chopin. Damit es keine Beschwerden gibt, hat Gerda den Ton ihres E-Pianos noch leiser gedreht. Aus dem Aquaterrarium glotzen die Schildkröten. Gerda spielt, Johanna hört. Dann, ein wenig später, sitzen sie einander gegenüber. Sie lachen. Essen Strudel, hören Bach (diesmal ist es eine CD) und erinnern sich kichernd an den Restaurantkritiker Charles Duchemin. Streicheln Fantômas abwechselnd übers Fell und sehen dem Zwergpapagei Balduin dabei zu, wie er mit seinem Schnabel den Deckel der Zuckerdose zum Klappern bringt.

Sprechen von früher, von ihrer Arbeit (Gerda war Musiktherapeutin, das gefällt Johanna) und ihren insgesamt fünf Kindern, die jetzt alle erwachsen sind. Auch von ihren Ehemännern erzählen sie – der eine ein toter Schuft, der andere noch am Leben und ein viel größerer Schuft. Sie schimpfen auf die modernen Zeiten und bemitleiden sich gegenseitig wegen ihrer Falten, Speckrollen und Gelenkschmerzen. Bald vertrauen sie einander Geheimnisse an, die sie seit Jahren allein mit sich herumgetragen haben. Was das Leben so alles mit sich bringt. Freude, Kummer, Leid, Liebe, Hass.

»Und Langeweile!«, ruft Gerda. »Die Langeweile ist das Schlimmste. Nicht der Liebeskummer, nicht die Trauer, nicht einmal die Einsamkeit, sondern die Langeweile. Wenn du einen ganzen Nachmittag bei Regenwetter drinnen hockst und nicht weißt, wie du die Zeit totschlagen sollst.«

In Gerdas Wohnküche steht eine Vitrine. Darin ein Haufen seltsamer Püppchen: Bugs Bunny, Mickey Mouse, Cinderella, die Schlümpfe. Figuren aus dem Überraschungsei, erklärt Gerda, die sammle sie ebenso wie Postkarten von Louis de Funès.

»Ich bin ein bisschen gewöhnungsbedürftig«, sagt sie.

»Macht nichts«, sagt Johanna – und weiß in diesem Moment, dass sowohl der junge Mann, der ihr vorhin die Wohnung gezeigt hat, als auch sein Chef recht haben: Hier gibt es noch so etwas wie echte Nachbarschaft. Sie hat es für leeres Gerede gehalten, nun stellt sie fest, dass sie tatsächlich angekommen ist. Nach vier Monaten intensiver Suche ist Johanna fündig geworden. Hier und nirgendwo sonst will sie wohnen.

Sie seufzt behaglich.

»Noch ein Gläschen?«, fragt Gerda.

»Aber nur ein kleines. Zur Feier des Tages.«

»Auf uns.«

»Auf den Papaverweg 6«, sagt Johanna.

Sie stoßen an, unbemerkt von den anderen Mietern im Haus und froh, einander gefunden zu haben.

30

Den ganz normalen täglichen Wahnsinn gibt es ihn jedem Wohnhaus auf der ganzen Welt. In den meisten Häusern bekommen die Menschen vom Wahnsinn der Nachbarn nichts mit. Von Kindern etwa, die das Gymnasium verlassen müssen. Vor ein paar Wochen wurden die *Gelatinis* von der »Antimafia« enttarnt – in diesem Fall war es der Direktor höchstpersönlich. Schüler via Facebook und WhatsApp bloßzustellen, ist eine Sache, eine andere ist es, dem Religionslehrer auf Instagram vorzuwerfen, heimlich auf wachsende Busen zu schielen. Solche perfiden öffentlichen Verleumdungen duldet kein Direktor, kein Klassenvorstand und schon gar kein Religionslehrer.

»Das ist eine Verschwörung!«, wiederholt Martin Engelmayr, der die Tochter seiner Freundin als Opfer sieht. Wie ein Mantra wiederholt er den Satz, fast täglich, seit Wochen: »Alles wird unter den Teppich gekehrt, alles wird vertuscht!«

An allem ist die Schule schuld, die hat die Kleine weggefegt, mit einem Wischmop. Gemoppt, im wahrsten Sinne des Wortes. Jetzt ist sie weg. Lebt bei ihrem Vater und wird ab September in eine neue Schule gehen. Mit neuen Klassenkameradinnen. In einem neuen Leben. Mit neuen Eltern.

Wieso hat Gudrun die Tochter so einfach gehen lassen? Wieso hat sie nicht gekämpft?

Gudrun selbst sieht die Sache ein wenig anders, sie kennt ihre Tochter schon länger als er. Leonie hat sich oft mit den falschen Mädchen eingelassen, schon im Kindergarten war das so. Und wenn sie jetzt meint, dass bei ihrem Vater und seiner neuen Freundin alles besser ist, dann muss Gudrun sie ziehen lassen. *If you love somebody set them free.* Sang Sting im Radio, damals, als Gudrun noch nicht einmal so alt war wie ihre Tochter es heute ist.

Während Martin auf dem Plastikstuhl sitzt und schimpft, steht Gudrun am Balkongeländer und blickt auf die Gasse. Als sie an den Papaverweg gezogen sind, hat sie gehofft, dass hier alles besser wird. Der Blick vom Balkon, direkt auf die Blumen am Zaun des alten Mannes, hat ihr so gut gefallen. Jetzt sind die Träume vom Neuanfang wie ein Kartenhaus in sich zusammengefallen.

Das Gartentor quietscht. Gudrun schaut nach und sieht Herrn El Sayed in Trippelschritten auf den Gehsteig treten. Bevor er seinen Rollator zur großen Straße lenkt, hebt er seine Hand und winkt, hinüber zum Fenster des alten Mannes.

Gudrun mag den Mieter aus dem Erdgeschoß. Vor ein paar Tagen hat sie ihn näher kennengelernt. Als sie im Treppenhaus saß und bitter weinte, hat er sie in seine Wohnküche auf ein Glas Dattelmilch eingeladen. Da hat sie ihm von ihrer Tochter erzählt, die monatelang ihre Klassenkameradinnen via Facebook gemobbt haben soll, ohne dass sie selbst etwas davon mitbekam.

»Weil ich viel zu sehr mit mir selbst beschäftigt war«, verriet sie Herrn El Sayed. »Martin und ich wollten ein gemeinsames Kind, wissen Sie? Aber es hat nicht geklappt. Drei Mal war ich schwanger. Während Martin und ich mit unserer Trauer beschäftigt waren, hat sich meine Tochter ihre Aufmerksamkeit anderswo geholt.«

Der Nachbar gab keine Antwort. Stumm ließ er sie weinen. Was hätte er sagen sollen? Das Leben hält keine Antworten parat. Es wirft jeden Tag neue Fragen auf, um die Lösungen müssen wir uns dann ganz allein kümmern, denkt Gudrun. Beim Lösen deiner Probleme kann dir niemand helfen. Kein Partner, kein Exmann und ein fremder Mann schon gar nicht. Aber er kann dir Dattelmilch einschenken und zuhören. Und er kann dir etwas aus seinem Leben erzählen, um dich von deinem eigenen abzulenken.

Nachdem sie die süße Milch ausgetrunken hatte, erzählte ihr Hamed von dem Tumor, den man aus seinem Hirn operiert hatte. Dass es danach aus gewesen sei mit seinem Beruf. Dass er gerne Taxifahrer gewesen sei. Das Taxifahren sei kein schlechter Beruf gewesen, vor allem früher nicht, in den Neunzigern, als es noch keine Smartphones gegeben habe und kein Uber. »Damals sind Leute am Straßenrand gestanden und haben Hand gehoben. Ich haben jede Straßen gekannt. Jede Gassen. Vielleicht Chirurgen haben bei OP damals eine Stadtplan in meine Hirn entdeckt«, lachte er.

Und dann, beim zweiten Glas Dattelmilch, erzählte er ihr von seiner jüngeren Schwester. Für die er Extraschichten eingelegt habe, damit sie das Gymnasium besuchen konnte, und die dann trotzdem früh geheiratet habe und zu ihrem Mann gezogen sei.

»Hebba will, dass ich endlich komme nach München.«

Kurz sieht es jetzt so aus, als würde er sich umdrehen. Gudrun hebt die Hand und winkt – aber nein, sie hat sich getäuscht, Herr El Sayed hat sie nicht gesehen. Nur der alte Mann von gegenüber schaut zu den Balkonen hoch. Als er sie winken sieht, hebt auch er die Hand. Gudrun schmunzelt und denkt an Erdbeeren. Da fällt ihr ein, dass sie damals vergessen hat, seine Tochter nochmals anzurufen.

Sie klappt die Flügel des Wäscheständers auf und holt zwei Socken aus dem Wäschekorb. Wie sagte Herr El Sayed, nachdem er ihr das zweite Glas Dattelmilch eingeschenkt hatte? »Leben geht immer irgendwie weiter, Frau Sachs. Eine Mal hinauf und andre Mal hinunter. Eine Mal scheiße, eine Mal gut.«

Ein zweistöckiges Mehrfamilienhaus in einer idyllischen Gasse. Drei Fensterreihen, zehn Balkone. Vereinzelt sieht man Blumentöpfe, hier und da einen aufgeklappten Wäscheständer. Das Blechdach wird von der Sommersonne angestrahlt. Ein hüfthohes, quietschendes Gartentor, ein mit Steinplatten ausgelegter Weg, der nach hinten zum Eingang führt. Zehn Namensschilder auf der Gegensprechanlage, es ist der oberste Knopf, den er jedes Mal drückt. Farid Ahmadi ist Fahrer eines DHL-Lieferwagens. Er kennt das Haus am Papaverweg gut, schon seit ein paar Monaten liegt es auf seiner Route. Auch heute steigt er in den letzten Stock und geht nach hinten, wo er das Päckchen auf der grünen Matte mit dem Frosch ablegt und läutet. Die junge Frau öffnet die Tür nur einen Spaltbreit, um zu unterschreiben. Manchmal sieht Farid zwischen ihren Beinen den Kopf eines kleinen Kindes. Heute sieht er ihn nicht. Die Frau unterschreibt, nimmt das Paket entgegen und verabschiedet sich wie immer im Flüsterton. Als die Wohnungstür ins Schloss fällt, schaut Farid auf den Fußabstreifer. *Tritt ein und küss mich!* steht darauf.

31

Sie schläft. Die Nase im Polster vergraben, unter den Augenlidern ein Zucken. Sie hat die Stirnfransen nachgeschnitten, jetzt liegen die Augenbrauen wieder frei, zwei lange, gerade, dunkle Striche. Den Mund hat sie ein wenig geöffnet, wenn er genau hinsieht, kann er einen nassen Fleck auf dem Polster erkennen. So also sieht sie aus, wenn sie schläft, denkt Peter, der neben ihr liegt. Ganz starr liegt er. Er atmet flach, aus Angst, sie zu wecken und das Bild zu zerstören.

Alice hat sich die Decke zwischen die Beine geklemmt. Den Zipfel des Überzugs hält sie in der Faust, knapp unter dem Kinn. Das obere Bein ist angewinkelt, das untere liegt ausgestreckt unter der Decke. Dort, wo er jetzt nicht hinsehen kann, überziehen kleine weiße Narben die Haut ihrer Oberschenkel. Er hat nicht nachgefragt. Auch hat er es tunlichst vermieden, sie an dieser Stelle zu berühren. Es geht ihn nichts an. Noch weiß er nicht, ob sie auch morgen hier liegen wird. Ob sie überhaupt jemals wieder hier liegen wird, in seinem Bett, in seiner Wohnung, am hinteren Ende desselben Ganges, von dem aus man auch in ihre Wohnung gelangt. Nur weil sie sich in sein Schlafzimmer hat tragen lassen, heißt das noch lange nicht, dass sie es beim Aufwachen nicht bereuen wird.

Er streicht ihr sachte über den Handrücken. Unter der Haut sieht er die Adern liegen, ein zartes blaues Schimmern. Er fährt die Linien mit dem Finger entlang, dann nimmt er seine Hand wieder weg und lässt seine Augen über ihren Körper gleiten. Steht auf, knipst die Nachttischlampe aus und geht aus dem Raum. In der Wohnküche schenkt er sich ein Glas Wasser ein, dann geht er zu den Boxen, schiebt die Lautstärkeregler fast bis ganz nach links, um sie nicht zu wecken.

Setzt sich auf das Sofa und hört Georges Moustaki. Vorgestern noch hat er die CD wieder aus dem Stapel gezogen, vorgestern noch lag die Einsamkeit in seinem Bett. Jetzt sitzt er hier und wartet. Hinter den Fenstern klettern Schatten übers Balkongeländer, als ein Auto über den Asphalt kriecht.

Er denkt daran, wie sie in den ersten Stock gestiegen sind. Gestern, nach dem Poetry Slam. Ohne Fannys Anti-Plastik-Rap gäbe es keine Alice in seinem Bett.

Beim Nachhausekommen waren sie vor ihrer Tür stehen geblieben und unterhielten sich noch eine Weile. Über Fannys großartigen Auftritt, ihren Einzug ins Finale und den lustigen Mundartdichter mit dem weißen Zwirbelbart, der den ersten Platz ergattert hatte. Über ihre Überraschung, den ägyptischen Nachbarn unter den Zusehern zu sehen – mitten unter jungen Leuten saß Hamed El Sayed auf seinem Rollator und klatschte laut in die Hände, als der Mundartdichter die Bühne betrat. Sein Schachpartner, erklärte der Nachbar, als sie ihn in der Pause begrüßten und Worte wie »Zufall« und »small world« in den Mund nahmen.

»Hättest du gedacht, dass Herr El Sayed einen Poetry Slam besucht?«, kicherte Alice (leise, damit der Nachbar es nicht mitbekam), als sie vor ihrer Wohnungstür stehen blieben, um den Abschied hinauszuzögern.

Er hat kaum mitbekommen, was sie sagte. Sah nur ihre Lippen, die sich bewegten, die roten Flecken auf ihren Wangen, die Iris, die im Weiß schwamm (Blau, Braun, Grün – alle Farben sah er darin) … trat schließlich einen Schritt nach vor, fing die roten Flecken mit beiden Handflächen ein und brachte die plappernden Lippen mit den seinen zum Schweigen.

Noch jetzt spürt er die leichte Flatterbewegung an seinen eigenen Lippen, weil es eine Sekunde lang dauerte, bis sie ihr

Sprechen unterbrach. Ihr kurzes Zögern, und schließlich ihre Zunge in seinem Mund, zuerst noch zaghaft, unsicher forschend, dann gierig und fordernd.

Das Prickeln, das seinen ganzen Körper erfasste. Das Zittern seiner Hände und seiner Knie, sodass er sie allein schon aus dem Grund an sich pressen musste, um nicht zu fallen. Das Verlangen war plötzlich so stark, dass er alles andere vergaß. Also hob er sie hoch und trug sie nach hinten, sperrte hastig seine Tür auf und trug sie dann direkt in sein Schlafzimmer, wo er sie liebte (oder auch fickte, denn so fühlt es sich im Nachhinein an, zärtlich ist er nicht gerade gewesen).

»Und jetzt?«, fragt er in die Stille, doch er bekommt keine Antwort. Maria erscheint nicht aus dem Nichts heraus, wie sie es sonst tut. Kein Lachen klingt in seinem Kopf. Kein Weinen. Auch spürt er nichts, so sehr er sich auch darum bemüht, sich ihre Anwesenheit einzubilden.

Was ist mit dir?, schreit es in ihm. Wo ist das weiße Licht, he? Wo die Geigenmusik? Bist du jetzt erlöst? Hat man dich jetzt endlich auffahren lassen, wie in diesen verfluchten Filmen?

Verdammt, eine Zigarette wäre jetzt gut. Andere sind so gescheit und heben sich das letzte Päckchen auf, mit einer einzigen, letzten Zigarette darin, nur er hat damals die leere Packung zerknüllt und weggeworfen.

Er geht zur Balkontür und schiebt den Vorhang zur Seite. Jetzt fällt ihm ein, dass er die Rollos im Schlafzimmer nicht heruntergelassen hat. Vielleicht, denkt er, ist der Alte vorhin im Bad gestanden (zahnlos, mit offenem Mund) und hat zu uns herübergeglotzt.

Peter öffnet die Tür und steigt mit den nackten Füßen auf die Balkonfliesen. Stellt sich ans Geländer und blickt auf die Gasse. Es ist zehn nach drei, die Letzten sind längst schlafen gegangen und die Ersten noch nicht aus ihren Betten gekrochen.

In irgendeiner Sendung hat er einmal gehört, dass die Alten und Kranken häufig zwischen zwei und drei Uhr morgens ins Jenseits hinüberwechseln. Vielleicht, weil es sich in der Stille leichter stirbt als im lauten Alltagstrubel.

Er geht wieder hinein. Schaltet den CD-Player ab und trinkt ein Glas Wasser. Muss an das Fahrrad und den Anhänger denken, die noch immer in seinem Keller stehen.

In der kommenden Viertelstunde verräumt er (leise, mit sachten Bewegungen) die Lackdosen, auch schließt er den Werkzeugkoffer und stellt ihn in die Ecke. Fährt mit einem Schwamm über die Arbeitsfläche der Küche und die Tischplatte, legt die alte Häkeldecke, unter die er manchmal beim Musikhören schlüpft, über die fleckige Sitzfläche seiner alten Couch und putzt sich die Zähne.

Als er wieder ins Schlafzimmer tritt, sieht er, dass sie sich auf die andere Seite gerollt hat. Er legt sich neben sie. Rückt sachte an sie heran. Schiebt seine Knie in ihre Kniebeugen und umschließt ihre Pobacken mit seinem Bauch. Ihr Kopf in seiner Halsbeuge.

Er schließt die Augen. Fängt ihren Duft ein. Ihr Haar riecht ein klitzekleines bisschen nach Essig, ihre Haut hat einen angenehmen, unaufdringlichen Duft. Langsam lässt er seinen Arm auf ihrer Taille schwerer werden. Seine Schulter sinkt herab. Kurz zuckt er hoch, als sie sich ein wenig dreht, doch als sie wieder still liegen bleibt, schließt auch er die Augen. Zwei Minuten später ist er in einen tiefen Schlaf gesunken. Es ist knapp vor vier Uhr morgens, Donnerstag, der 26. Juli 2018.

32

Strahlender Sonnenschein, kein Wölkchen trübt den Himmel. Es wird wieder ein heißer Badetag werden, bereits beim ersten Öffnen des Fensters hat man es gespürt, fast schon hat man den Geruch von Sonnencreme in der Nase gehabt.

Im Nachhinein wird man fragen, wieso ausgerechnet an diesem Tag. Wieso zu dieser Stunde. Wieso überhaupt. Zu letzterer Frage wird es mehrere Antwortversuche geben. Journalisten, Psychiater und Philosophen werden ihre Meinungen in Diskussionsrunden und Themensendungen kundtun und sich gegenseitig an Spekulationen überbieten.

Im Moment jedoch ist es am Papaverweg noch ruhig. Friedlich. Vogelgezwitscher, Taubengurren.

Es ist kurz vor dreiviertel sieben. Die Rollos der Bosićs sind geschlossen, sie werden erst in zwei Tagen aus dem Urlaub zurückkommen. Auch in den anderen Wohnungen ist es noch ruhig. Nur im ersten Stock, am vierten Fenster von links, steht eine Frau mit Brillengläsern. Oskar kennt sie nicht. Und auch sonst ist etwas anders an dem Tag. Im Nachhinein wird er nicht sagen können, was genau es gewesen ist.

»Ich habe es in meinem Kopf, aber ich finde die richtigen Worte dafür nicht«, wird er Alice erklären – ein paar Stunden später.

Jetzt aber steht er an seinem Küchenfenster. Noch ahnt er nichts Böses. Ein bisschen verschlafen ist er, weil er wieder einmal viel zu früh aufgewacht ist, kurz nach vier Uhr ist es gewesen, als er auf den Wecker geschaut hat. Diesmal ist er liegen geblieben und hat sich geärgert. Irgendwann nach fünf ist er wieder für eine Stunde eingeschlafen.

In seinem Rücken gurgelt die Melitta-Maschine. Der Striezel liegt schon auf dem Teller, die Butter und die Marmelade stehen bereit. Auch ein Glas Mineralwasser hat sich Oskar eingeschenkt.

Soeben geht im Dachgeschoß rechts die Balkontür auf. Die junge Mutter tritt auf den Balkon und schaut zu ihm herüber.

Oskar fällt ihr Kleid auf. Ein hübsches Kleid, als hätte sie sich extra herausgeputzt. Hellblau mit bunten Blumen. Vielleicht ist es ein bisschen altmodisch. Eher aus seiner Zeit, so ein Kleid hat er schon lange nicht mehr gesehen. Das Kleid erinnert ihn an die beiden jungen Kusinen, von denen er eine geheiratet hat. Später hat er sie beide in den Tod begleitet.

Das Haar trägt die Frau heute offen. Auch kommt es ihm so vor, als hätte sie sich geschminkt, obwohl er es auf die Distanz unmöglich sehen kann. Sie bewegt sich, als hätte sie sich extra schöngemacht.

Judith. Plötzlich ist der Name da. Judith. Heißt sie nicht so?

Die Kaffeemaschine schweigt. Oskar nimmt den Blick vom Fenster und öffnet einen der Oberschränke. Holt das große Kaffeehäferl heraus, das ihm sein Enkelsohn geschenkt hat (*31777 Tage alt – aber wer zählt schon mit?*) und geht zur Maschine. Schenkt sich ein, öffnet dann den Kühlschrank und nimmt die Milch heraus. Ein Schluck Milch, zwei Löffel Zucker. Nein, lieber drei. Er rührt um, legt den Löffel in die Abwasch und trägt das Häferl zum Tisch.

Als er aus dem Fenster blickt, sieht er die Frau auf dem Balkontisch stehen. Sie trägt ihr Kind auf dem Arm. Er sieht, wie sie ganz nach vorn tritt, direkt an das Geländer, an das sie den Tisch geschoben hat. Wie sie ihren Blick nach unten richtet. Das Kind an ihrer Hüfte hält ein Stofftier an sich gepresst, es trägt einen blauen Schlafanzug.

Das alles nimmt er wahr. Das alles dringt im Bruchteil einer Sekunde zu ihm durch. Kurz wundert er sich, er kann mit dem Bild nichts anfangen, eine Frau und ein Kind auf einem Balkontisch.

Erst dann sieht er den Schatten hinter der Glastür. Da ist jemand im Raum, hinter ihr. (Das wird ihm später sofort einfallen bei der Befragung. Dass er etwas gesehen hat.)

Sein Herz beginnt zu rasen. Jemand muss ihr helfen, jemand muss den Russen aufhalten! Zu viele hat er schon auf dem Gewissen, und jetzt will er sich die junge Frau mit dem Kind auch noch holen.

Die Mutter steht auf dem Balkontisch, ganz nahe am Abgrund steht sie jetzt, das Kind mit dem Stofftier fest an ihren Körper gedrückt. Oskar löst sich aus seiner Starre. Panisch eilt er zum Telefon. Ein Springtuch, kommt es ihm in den Sinn, er muss die Feuerwehr rufen, oder vielleicht doch besser die Soldaten, es fällt ihm nicht ein, nichts fällt ihm ein. Er steht vor dem Telefon im Vorzimmer, hebt den Hörer auf. Welche Tasten soll er drücken? Er kennt weder die Nummer der Soldaten noch die der Feuerwehr. Er schaut auf die Ziffern. Auf dem Gehäuse des Telefons klebt ein gelber Zettel mit einer Nummer. *ALICE* steht darüber. Mit zitterndem Zeigefinger tippt er, dreimal muss er auflegen, weil er glaubt, sich verwählt zu haben, dann endlich hat er es geschafft. Das Freizeichen ertönt, dann hört er ihre Stimme, sie klingt ein wenig metallen.

»Hallo, Alice Winter hier, ich bin gerade nicht erreichbar.«

»Das wäre jetzt aber dringend wichtig!«, unterbricht er, doch sie hört ihm nicht zu, sondern spricht einfach weiter, »… rufe ich Sie gerne zurück«.

Er legt den Hörer auf die Gabel. Geht wieder zum Fenster, das Bild hat sich nicht verändert. Starr steht die Frau auf dem Tisch und blickt hinunter, das Kind tut es ihr gleich. Oskar schaut auf die Balkontür im Rücken der Frau. Der Russe steht noch immer am selben Fleck. Wenn Oskar ganz genau hinsieht, erkennt er, dass er sich ein wenig bewegt, als würde er ungeduldig von einem auf den anderen Fuß treten.

Er muss hinaus, er ist jetzt der Einzige, der helfen kann. Und wenn ich dir den Schädel noch einmal einschlagen muss!

Den Rollator kann er nicht mitnehmen, bis er mit dem draußen ist, ist es zu spät. In der Garderobe lehnt einer der beiden Wanderstöcke. Oskar greift danach. Mit dem kann er notfalls zuschlagen. Wenn die Frau nur auf ihn wartet, wenn sie nur dem Kind und sich nichts antut, bis er drüben ist.

Hastig dreht er den Schlüssel. Er muss die Tür kräftig nach innen ziehen, der Schlüssel steckt nach der halben Drehbewegung fest. Er legt den Stock zur Seite. Komm schon, denkt er, dann endlich hat er den Widerstand überwunden. Er schnappt sich den Wanderstock und geht die paar Meter zum Gartentor.

»Ich komme!«, ruft er mit belegter Stimme. Räuspert sich und überquert die Gasse. Geht an dem Geländewagen und dem blauen Renault vorbei, bis zu dem schmalen Rasenstreifen. Er muss steil hinaufschauen, er steht jetzt direkt vor ihrem Balkon.

»Hören Sie«, ruft er, diesmal lauter, aber dann fällt ihm nichts ein. Was soll er sagen? Dass sie keine Angst haben soll? Weil der Mann, den sie in ihrem Wohnzimmer sieht, gar nicht mehr lebt? Weil er in Wirklichkeit unter der Rotbuche liegt und längst verfault ist?

»Da ist nichts, glauben Sie mir!«, ruft er. »Sie werden sich verletzen, wenn Sie da hinunterspringen. Wir haben kein Springtuch hier, Sie müssen aushalten.«

Sie sieht ihm jetzt direkt in die Augen. Er spürt, dass ihm ein bisschen schwindlig wird vom Hinaufschauen, lange kann er nicht mehr so hier stehen. Er stützt sich fest auf seinen Stock, den er ins Gras rammt.

In dem Moment packt ihn eine Hand am Ellenbogen.

Er dreht sich erschrocken um, dann atmet er erleichtert auf. Ein Amerikaner? Ja, das muss ein Amerikaner sein, nur die Amerikaner haben so dunkle Leute. Gott sei Dank. Der wird ihm helfen, der kann den Russen aus ihrer Wohnung vertreiben.

Der Amerikaner spricht in sein Funkgerät.

»Papaverweg 6, beeilen Sie sich … Ja, ich werde versuchen, aber ich …«

»Sagen Sie Ihren Kameraden, dass Sie ein Springtuch mitnehmen sollen«, sagt Oskar, doch der Amerikaner scheint ihn nicht zu verstehen. Oskar kann kein Englisch, er kann nur Französisch.

In dem Moment nimmt er die Bewegung wahr. Die Frau fliegt nicht. Sie versucht es nicht einmal. Kerzengerade springt sie hinunter, direkt auf den Grünstreifen zu. Dabei gibt sie keinen Ton von sich. Nur der dumpfe Aufprall ist zu hören. Oskar stützt sich auf seinen Stock und steht wie eingefroren da. Der Amerikaner lässt von ihm ab und humpelt los. Wahrscheinlich eine Kriegsverletzung, denkt Oskar.

Er sieht sich um. Was ist passiert? Er hört ein Kind brüllen. Und dann den Schrei einer Frau aus einem der oberen Fenster. Als er hinaufschaut, stellt er fest, dass er die Frau nicht kennt. Wo ist er überhaupt?

III

1

Es steht in allen Onlinezeitungen. In den Abendausgaben der Printmedien. Man berichtet in den Lokalnachrichten und schließlich in der *Zeit im Bild.*

DRAMA AM PAPAVERWEG

DRAMATISCHE SZENEN IN MEHRFAMILIENHAUS

MUTTER WOLLTE EINJÄHRIGEN SOHN MIT IN DEN TOD NEHMEN

DAS WUNDER VOM PAPAVERWEG – Frau springt mit Kind vom Balkon, beide sind nur leicht verletzt

Die Schlagzeilen ähneln einander, die Berichte ebenfalls. Die Polizei hat Augenzeugen befragt, auch bei Oskar sind sie gewesen. Keiner weiß, was Judith Brodkorb zu der Tat veranlasst haben könnte, doch alle stellen Vermutungen an.

»Armes Ding«, schüttelt Ilse Reiter den Kopf, als sie das Haus betritt. Natürlich hat sie sich ins Auto gesetzt. Natürlich ist sie sofort gekommen, um sich zu »kümmern«.

»Wie schlimm muss man sich fühlen, wenn man keinen Ausweg mehr weiß!«, sagt sie nun, als sie einen ihrer Mieter im Stiegenhaus trifft.

»Ich hab ja gleich gesagt, dass mit der was nicht stimmt«, antwortet Martin Engelmayr knapp. »Aber mir hat ja keiner geglaubt.«

Die Eiterbeulen sind aufgebrochen. Jetzt stinkt es im Haus nach Fäule und Verderben. Die Menschen schleichen durch die Gänge und sprechen mit leisen Stimmen, das Entsetzen hängt im Stiegenhaus, der Schock sitzt tief.

Durch die Medien erfahren nun auch jene, die Wand an Wand gewohnt haben, das Ausmaß der Katastrophe. An den Wänden von Top 10 klebt Schaumstoff. Styropor an der Decke, auf dem Fußboden drei dicke Teppiche. In den Räumen Spiellandschaften und unzählige Regale mit Lebensmitteln: Gläser mit Babynahrung, Säfte aus biologischem Anbau, Dosen mit Bohnen, Mais, gewürfelten Tomaten und Spaghettisugo. Klopapierrollen, Duschgels, Haarshampoos, Bücher …

Die Verzweiflungstat der jungen Mutter stopft das Sommerloch. Eifrig werden Experten zu Diskussionsrunden und Themensendungen geladen: Psychologen, Psychiater, Philosophen. Die einen sprechen von Agoraphobie, die anderen von Verfolgungswahn, die dritten von einer vereinsamten Gesellschaft, in der die Menschen verlernt haben, miteinander in Kontakt zu treten. Es wird diskutiert, spekuliert, getwittert, gepostet. Ein ganzes Land verharrt in Entsetzen, in den Social Media weinen die Emoticons.

»Dass die junge Frau ihre Wohnung seit Monaten nicht verlassen hat, ist den Mietern im Haus nicht entgangen«, spricht der Reporter einer beliebten Themensendung mit trockener Stimme ins Mikrofon. »Einer der Nachbarn hatte bereits vor Ende Februar die Polizei eingeschaltet, da ihm aufgefallen war, dass keine Geräusche durch die Wände drangen. Die Beamten haben daraufhin bei Frau B. an der Tür geläutet. Da es sowohl der Mutter als auch ihrem Kind gut zu gehen schien, haben sich die Nachbarn nicht mehr weiter eingemischt, aus Angst, in die Privatsphäre der Frau zu dringen. Nun stellt sich die Frage: Kann eine solche Tragödie überhaupt verhindert werden? Wie weit sollen und dürfen wir uns in das Leben unserer Nachbarn einmischen? Wo liegt die Grenze zwischen dem Recht auf Anonymität und fahrlässigem Wegsehen?«

Auch Hamed sitzt vor dem Fernseher. Anders als der langhaarige Mann aus dem Dachgeschoß hat er sich geweigert, vor die Kameras zu treten. Noch immer sieht er das Bild der fallenden Mutter vor sich. Noch immer hat er die Stimme des Polizeibeamten im Ohr, die in jenem Moment, als die junge Frau sprang, durch sein Handy drang. Noch immer spürt er auch den knochigen Oberarm des alten Nachbarn, der ihn nicht einmal erkannt hat. »You are American?«, hat er gefragt, und von »Russian soldiers« und »Springtuch« gesprochen.

Seit jenem Tag kann Hamed nicht mehr schlafen. Seit jenem Tag hat er keinen Bissen mehr hinuntergebracht.

Vielleicht hat Hebba recht, denkt er. Vielleicht sollte ich Wien verlassen. Meiner Traumstadt den Rücken kehren und dorthin gehen, wo man Weißwürste, Weizenbier und Brezen verschlingt. Ein Café Bräunerhof wird es dort zwar nicht geben, und auch einen Erich Wondrasch werde ich in Deutschland nicht finden. Dafür werde ich in der Nähe meiner Schwester sein, und auch meine Neffen werde ich wieder öfter sehen.

In diesem Moment, als Hamed seine eigene Gasse ein weiteres Mal im Fernseher sieht, fasst er einen Entschluss. Jetzt gleich wird er sich an den Schreibtisch setzen, ein Kündigungsschreiben aufsetzen und an die Hausverwaltung schicken. Und dann, irgendwann in den nächsten Wochen, wird er seinen Mut zusammennehmen und versuchen, mit Frau Brodkorb Kontakt aufzunehmen. Wenn sie das überhaupt zulässt. Das hat ihm der Psychologe vom Krisendienst empfohlen. »Wenn Sie ihr gegenübersitzen, werden Sie das Bild der springenden Mutter gegen ein neues tauschen können.«

Mittlerweile weiß Hamed, dass Frau Brodkorb auf der neurologischen Station des SMZ Ost betreut wird. Bis auf einen gebrochenen Arm und zwei angeknackste Rippen hat ihr Körper keinen Schaden genommen. Das hat ihn am meisten gewundert. Er hatte damals das Gefühl gehabt, dass sie kerzengerade nach unten gesprungen ist. Hat sie sich in letzter Sekunde doch noch gedreht, um ihr Kind zu schützen? Wenn ja, hat sie ihm das Leben gerettet. Dem Kleinen ist nichts passiert, er wohnt jetzt bei einer Pflegefamilie, dort soll er bleiben, bis es Frau Brodkorb wieder besser geht.

Wird es ihr jemals wieder gut genug gehen?, fragt sich Hamed.

Es ist nicht seine Aufgabe, darüber nachzudenken. So, wie es auch nicht seine Aufgabe war, sie aufzufangen. Er sagt es sich immer wieder vor – so, wie es ihm der Psychologe vom Krisendienst vorgesagt hat. Er hatte kein »Springtuch«. Er hatte nichts. Nicht einmal die richtigen Worte hatte er, um sie aufzuhalten, dafür wäre auch gar keine Zeit gewesen. Und selbst wenn ihm rechtzeitig welche eingefallen wären – wer sagt, dass sie nicht trotzdem gesprungen wäre?

»Wenn jemand auf einen Tisch steigt, um von einem Balkon im zweiten Stock auf einen Rasen zu springen, dann ist das ein verzweifelter Hilferuf«, hat ihm der Psychologe erklärt. »Und Hilfe bekommt die Frau jetzt, Herr El Sayed. Hören Sie auf, sich Vorwürfe zu machen.«

Hamed greift nach der Fernbedienung und schaltet den Fernseher aus.

Jetzt gleich wird er seine Wohnung kündigen. Und dann wird er ins Einkaufszentrum fahren und ein großes Stofftier besorgen. Ein Kamel. Ein Kamel vom Ägypter für den kleinen Vitus und seine Mama. Und wenn es ihr ein bisschen besser geht – vielleicht nicht morgen oder übermorgen, aber in zwei Monaten, bevor er nach München übersiedelt –, wird er sie besuchen und ihr raten, dass sie es machen soll wie er. Die Wohnung kündigen, irgendwo neu anfangen und die Hoffnung nicht aufgeben. Das ist das Allerwichtigste. Dass man nicht aufgibt. Niemals.

2

Kann es sein, dass das Glück und die Verzweiflung nur eine einzige Betonwand trennt?

Als Judith Brodkorb sprang, lag Alice in Peters Armen und schlief. Löffelchenstellung. Wärme. Geborgenheit.

Auch Jahre danach wird sie sich an das Geräusch der Sirenen erinnern, das sie an jenem Morgen geweckt hat. Und trotzdem. Das Erste, was sie in diesem Moment empfand, war tiefes, warmes Glück. Ein Gefühl von Ankommen.

Die Sirenen im Ohr und Peters warmer Atem im Nacken. Sein Arm, der sie umschlungen hielt. Der sie fest umklammerte, als sie sich lösen wollte.

Der altmodische Wecker auf dem Nachtkästchen. Ein Ikea-Modell, wie man es in jeder dritten Wohnung findet. Zehn vor sieben.

Küsse in ihrer Nackenbeuge. Abermals Sirenen. Und dann plötzliche Stille, aus der sich Menschenstimmen herausschälten.

»Was ist denn da los?«

Sie kroch unter seinem Arm hervor, kichernd, weil er sie nicht freigeben wollte.

»Neugierige, du!«

Sein Blick, der ihr zum Fenster folgte. Ihr Blick, der aus dem Fenster floh. Ein Rettungswagen. Zwei Polizeiwagen. Und dann sah sie ihn auf dem Grünstreifen neben dem Parkplatz stehen.

»Oskar?«

Zuerst dachte sie, dass die Polizei und die Rettung seinetwegen gekommen waren. Er hatte seinen Rollator nicht dabei, stützte sich auf den Wanderstock, den er normalerweise in den

Garten mitnahm. Stand da und starrte auf etwas, das sie nicht erkennen konnte.

»Ich muss nachschauen, was da los ist. Ob es Oskar gut geht«, sagte sie, mit Blick zu Peter, der auf dem Bett saß und sich den Schlaf aus den Augen rieb. Knapp vor sieben Uhr, nicht seine Zeit, dachte sie. Trotz des mulmigen Gefühls im Magen kam ihr das in den Sinn.

Sie fischte nach ihrer Kleidung. Musste erst suchen, bis sie auch das T-Shirt gefunden hatte. Einer ihrer Schuhe lag halb unter dem Bett. Auf dem Gang dann die neue Mieterin. »Entsetzlich!«, hörte Alice im Vorbeilaufen, aber sie hatte keine Zeit, sie musste zu Oskar. Fräulein de Funès. Der Name, den Peter der Frau verpasst hatte, wisperte in ihrem Kopf, als sie die Stiegen hinuntereilte. Wie viele nebensächliche Gedanken einem in ein paar Sekunden durch den Kopf schießen.

Als sie unten ankam, stand Oskar noch immer am selben Fleck. Mittlerweile war Herr El Sayed neben ihm, hielt ihn am Arm.

»Was ist passiert?«

Oskar sah sie aus großen Augen an.

»Er hat Schock. Er hat direkt gesehen, wie sie ist gesprungen.«

Gesprungen? Wer war gesprungen? Von wo gesprungen?

Erst da fiel ihr der Tumult auf. Erst da hörte sie das Weinen des Kindes. Erst da nahm sie wahr, dass der Rettungswagen seine Türen schloss und abfuhr.

»Was ist hier überhaupt los?«

Sie sah Herrn El Sayed an. Erinnerte sich an den Slam. An den Mundartdichter mit dem weißen Zwirbelbart. War das wirklich erst vor ein paar Stunden?, dachte sie, als der Ägypter die Ereignisse zusammenfasste. Der steht ja selbst unter Schock. Warum kümmert sich niemand um ihn und Oskar?

»Geht es Ihnen gut, Herr El Sayed?«

»Ja, ich kommen klar. Kümmern Sie sich um Herr Zimmermann, Frau Alice.«

Nicht in die Küche, er soll nicht auf das Haus schauen. Ins Esszimmer? Ja.

Sie drehte den Fernseher für Oskar auf. Danach kochte sie Tee. Vielleicht war ihm ja kalt. So schlimm sah er zwar nicht aus, aber sie kennt sich nicht aus mit Schockzuständen. Dann rief sie Doris an.

Als sie ein paar Minuten später mit dem Tee ins Zimmer kam – Doris hatte versprochen, sofort zu kommen –, schaute Oskar auf die Fernbedienung.

»Wie drücke ich weiter?«, fragte er.

Sie zeigte ihm die Taste, obwohl sie sie erst vor ein paar Tagen für ihn markiert hatte.

Ungeduldig sprang Oskar von einem Kanal zum nächsten.

»Das werden sie noch nicht bringen. So schnell geht das nicht.«

Er sah sie fragend an. »Ich will den Pumuckl sehen.«

»Den Pumuckl?«

Seit wann sieht Oskar den Pumuckl? Ist das der Schock?

Sie nahm ihm die Fernbedienung aus der Hand und suchte nach dem Kinderkanal, aber Oskar interessierte sich nicht für den Zeichentrickfilm.

»Schade«, sagte er nur.

Als Zeuge taugte Oskar nicht. Zwar beantwortete er die Fragen der Polizeibeamtin in klaren Sätzen, doch etwas passte mit dem Inhalt nicht. Oskar sprach von einem russischen Soldaten – der und niemand sonst sei schuld, sagte er.

»Sie haben jemanden gesehen? Sind Sie sich sicher?«, fragte die Beamtin.

»Ich bin nicht so senil, wie Sie glauben!«

Die Beamtin sah zu Alice.

»Wohnen Sie hier?«

»Nein. Ich wohne … ich wohne drüben, in dem Haus. Ich habe noch geschlafen, als es passiert ist, ich bin erst durch die Sirenen aufgewacht.« Sie fasste die Ereignisse kurz zusammen. Dass sie Oskar vor dem Haus stehen gesehen habe.

Die Polizeibeamtin wandte sich wieder Oskar zu. Wo er diesen »Russen« gesehen habe. »Ein Augenzeuge hat ausgesagt, dass die Frau mit dem Kind gesprungen sei.«

»Natürlich ist sie gesprungen!« antwortete Oskar ungehalten. »Er wird alle in den Wahnsinn treiben, bis niemand mehr da ist.«

Dann wandte er sich wieder dem Fernseher zu.

»Alzheimer?«, fragt die Polizistin, als Alice sie zur Tür begleitete.

»Das muss der Schock sein. So kenne ich ihn nicht. So verwirrt war er noch nie …«

Als Doris und Jan eintrafen, war Oskar wie immer. Sie saßen auf den Gartenstühlen und sahen den Amseln beim Baden zu, gerade hatte er Alice von den Pumuckl-Schallplatten seiner Tochter erzählt.

»Kannst du dich erinnern?«, fragte er Doris, als sie die Veranda betrat. »Den Pumuckl hast du so gerngehabt. Und der Lilli hat er auch gefallen, viel besser als der moderne Blödsinn.«

Alice verabschiedete sich und ging auf die andere Straßenseite. Es war noch nicht einmal halb zehn. Ein paar Sekunden lang blieb sie unschlüssig vor ihrer Wohnung stehen, dann ging sie nach hinten und klopfte.

»Ist alles in Ordnung mit Oskar?«, fragte Peter, als er die Tür öffnete.

Sie schüttelt den Kopf. Nickte. Ja. Nein. Ja.

»Er redet vom Pumuckl.«

»Und was ist mit dir? Wie geht es dir?«

Er nahm sie in die Arme. Ließ sie weinen und sagte kein Wort. Hielt sie fest und reagierte nicht einmal, als sein Handy läutete.

»Das ist kein guter Beginn«, sagte sie tonlos, als sie sich von ihm löste.

3

Das Wohnhaus mit der Nummer 6 feiert still seinen sechzehnten Geburtstag. Ein Jahr ist vergangen, seitdem Judith Brodkorb das Haus am Papaverweg 6 zum ersten Mal betreten hat. Seit Tagen schon stehen Umzugskartons im Haus. Kaum ist Johanna Knoll in die Wohnung mit der Nummer 6 gezogen, tragen Martin Engelmayr und Gudrun Sachs ihre Möbel nach unten. Auch Hamed El Sayed bereitet sich für den Umzug nach München vor.

»Haben Sie schon gesehen? Jetzt rennen alle davon«, tuschelt die Neuhold, als sie Peter an den Postkästen trifft. »Der Herr Engelmayr war eigentlich ganz in Ordnung. Der hat als Einziger von uns reagiert.« Sie seufzt. »Man kann halt in keinen hineinschauen … Haben Sie gewusst, dass die beiden ein ungeborenes Kind verloren haben? So etwas wünscht man keinem. Gut, die Sachs ist nicht mehr die Jüngste, außerdem hat sie doch schon eine Tochter, die ihr davongelaufen ist. Aber leid tut sie mir trotzdem. Sie ist ja eine ganz nette Person … Sehen Sie: Während sich die einen unbedingt noch ein Kind wünschen, nimmt die daneben das ihre auf den Arm und springt. Da soll noch einer die Welt verstehen!«

In diesem Moment platzt Peter der Kragen.

»Sie hässliche, alte Schabracke, halten Sie doch endlich Ihr verdammtes Maul!«, brüllt es aus ihm heraus.

Das war jetzt lauter als geplant. Viel lauter.

Erschrocken fährt die Neuhold zusammen. War das wirklich Peter Lindner?

Die Türen fliegen auf – bei Hamed El Sayed ebenso wie beim Fräulein de Funès. Und auch die Bosićs hören Peters

Satz, gerade eben haben sie ihre Wohnungstür zugesperrt, um mit ihren Einkaufstaschen zum Supermarkt zu gehen.

»Was war das?« Azra Bosić bleibt am Treppenabsatz stehen.

»Was ist eine Schabracke?«, fragt Emir Bosić, worauf seine Frau in einen Lachkrampf ausbricht.

»Was ist denn in Sie gefahren?«

Starr steht die Neuhold und schaut Peter ins Gesicht. Fassungslos. Als gäbe es eine Erklärung, die er ihr jetzt – nett wie er ist – gleich liefern wird.

»Ja, hat Sie die Reiter nie vor mir gewarnt?«, fragt er. »Ich bin ein Psychopath, Frau Neuhold! Passen Sie nur auf, dass ich Sie nicht erwisch!«

Beugt sich vor und faucht wie ein wild gewordener Kater. Ein Fantômas!

Und schon rennt sie. An Peter vorbei, an Hamed vorbei, bis ganz nach hinten zur Tür mit der Nummer 3. Ein Knallen, dann Stille.

Und dann: Klatschgeräusche (von Hamed El Sayed).

Ein Schulterklopfen (vom vorbeigehenden Herrn Bosić).

Ein Kichern (von Frau Bosić).

Nun wird es Peter doch zu viel. Mit roten Flecken auf den Wangen sperrt er seinen Postkasten auf (nichts drin, nicht einmal Werbung, die er herausziehen könnte). In seiner Aufregung hebt er fast noch die Klappe vom Postkasten mit der Nummer 6, besinnt sich in letzter Sekunde.

Der Held steigt die Treppen hoch, mit gesenktem Kopf. Gott sei Dank ist Alice nicht da, das wäre ihm jetzt wirklich unangenehm.

»Ein Gläschen?«

Das Fräulein de Funès, da ist jetzt kein Vorbeikommen. Soll er nochmals? Wieso eigentlich nicht? Er hebt den Blick: »Haben Sie auch Wodka? Ich hasse Magenbitter wie die Pest.

Und ab heute bin ich auch nicht mehr nett!«

»…«

»Ich hab einen Marillenschnaps zu Hause«, kichert es aus der Wohnung heraus. Und dann tritt die Neue auf den Gang. Was macht die bei der de Funés?

»Johanna Knoll. Ich bin Ihre direkte Nachbarin. Der Schnaps ist aus der Wachau, und nett müssen Sie auch nicht sein. Wenn Sie lieber allein trinken, schenk ich Ihnen die Flasche. Zur Feier des Tages.«

Zwei Stunden später steigt Peter in den Keller. Vor ein paar Tagen hat er den Anhänger aus der Reinigung geholt (weil all das Febreze nichts geholfen hat) und sich endlich um den Innenraum gekümmert. Auch das Fahrrad hat er lackiert. Dummerweise hat er sich jetzt bei den Nachbarinnen verplaudert. Hoffentlich erwischt ihn Alice nicht im Treppenhaus, sonst war's das mit der Geburtstagsüberraschung.

Eilig trägt er das Rad und den Anhänger nach oben. In seinem Kopf trällert Maria, sie hat einen noch größeren Schwips als er, wie es scheint. Überhaupt ist sie recht ausgelassen in letzter Zeit.

»Ist das nicht ein bisschen zu kitschig?«, fragt er, als alles bereitsteht.

»Kitschig?«, entgegnet Maria. »War mir jemals etwas zu kitschig?«

Sie ist aber nicht wie du, denkt er leise. (So leise, dass selbst Maria in seinem Kopf es nicht hört, wie er hofft.)

Manche Veränderungen kommen auf leisen Sohlen. Oder in schmalen, braunen Päckchen. Sie machen keinen Lärm. Nur der Postbote hat an der Tür von Herrn El Sayed geklingelt. Und danach klingelte Herr El Sayed bei Alice. Überreichte ihr das Päckchen und ließ sich zu einem Teller Karottensuppe überreden. Mit Curry und Kokosmilch.

Jetzt liegt auf Alices Nachtkästchen ein quadratisches Buch. Ein Produkt mehr, denkt Alice, eines von vielen. Und doch: Sie ist jetzt kein Geist mehr. Klar und deutlich, mit großen grünen Buchstaben, steht ihr Name auf dem Cover.

Alice kuschelt sich an Peter. Er liegt neben ihr, in ihrem Bett, und liest. Das Buch habe ihm die neue Nachbarin aus Top 6 gegeben. Dass sie sehr nett sei, hat er gesagt. »Johanna Knoll. Eine ehemalige Buchhändlerin. Und die de Funès heißt eigentlich Gerda Schmidt.«

Alice schmunzelt. Seit Peter bei den Nachbarinnen war, riecht er ein wenig nach Schnaps, dagegen hat selbst seine Zahnpasta nicht geholfen. (Colgate – noch ist er nicht so weit, sich Zahnpulver mit weißer Erde in den Mund zu stecken.)

Sie denkt an Oskars Heft. Johanna Knoll und Gerda Schmidt. Sie wird die Namen auf eine neue Seite schreiben. Auch wenn sie für Oskar keine Bedeutung mehr haben werden.

Von oben dringen die Fernsehgeräusche der Bosićs nach unten, Spannungsmusik und quietschende Autoreifen. Irgendein Krimi, vermutet Alice.

Sie schließt die Augen.

Ist es wirklich erst zwei Wochen her, dass Judith Brodkorb auf den Balkontisch gestiegen ist, um mit ihrem Vitus in die Tiefe zu springen? Was geschieht jetzt mit der Wohnung im Dachgeschoß? Wer wird das Styropor und den Schaumstoff von den Wänden und Decken reißen? Und wohin wird Judith gehen, wenn man sie aus dem Krankenhaus entlässt?

Einsam. So hat Oskar die Menschen in ihrem Haus genannt.

Einsam war Judith Brodkorb mit Sicherheit.

Und sie?

Alice sieht zu Peter hoch. Denkt an die Frau in dem Silberrahmen, deren Gesicht er in jener Nacht, in der sie bei ihm schlief, zur Wand drehte, und das sie (in einem heimlichen Moment, als er das Zimmer verließ) ganz genau betrachtet hat. Mittlerweile weiß sie, dass sie Maria hieß und vor sechzehn Jahren bei einem Autounfall ums Leben kam. Noch weiß Alice nicht, was sie von Marias Bild, das nun in der Lade seines Nachtkästchens liegt, halten soll. Wenn ein achtunddreißigjähriger Mann seit sechzehn Jahren das Bild seiner verstorbenen großen Liebe auf dem Nachtkästchen stehen hat, macht es keinen Unterschied, ob er es in eine Schublade legt. Sechzehn Jahre, das ist ein so großer Abstand, dass sie entweder keine Angst mehr haben muss oder aber sehr viel.

4

An einem Sonntagnachmittag Anfang September feiert Alice ihren siebenundzwanzigsten Geburtstag. Oskar, Doris und Lilli sind übers Wochenende aus Pitten angereist, und auch Gernot, Lydia und Paul sind gekommen.

Sie haben sich in Oskars Veranda versammelt. Die Idee kam von Oskar selbst – ein Geburtstag muss gefeiert werden, hat er gemeint, und der beste Ort für Sommerfeiern sei nun einmal sein Garten. Dumm nur, dass er sich ausgerechnet jetzt nicht mehr an seine eigene Idee erinnern kann …

»Wer sind denn Sie?«, fragt er, als Paul ihm die Hand reicht.

»Das ist Paul. Einer meiner Gäste. Wir feiern doch heute meinen Geburtstag!«, sagt Alice mit einem leichten Anflug von Panik in der Stimme.

»Ach ja?«, sagt Oskar und kratzt sich im Ohr.

Gott sei Dank ist er nicht menschenscheu. Neugierig sieht er von einem zum anderen. Steckt sich abwechselnd Kuchen, Käsestrudel und mit Alkohol getränkte Erdbeeren in den Mund. Döst ein wenig vor sich hin und genießt das Geplauder der anderen. Wie in einem Bienenstock summt es hier, denkt er.

Als er wieder die Augen öffnet, sieht er Herrn Lindner an seinem Gartentisch sitzen. Die Unterhaltung fließt, Lachen klirrt gegen die Schüssel mit der Erdbeerbowle.

»Herr Lindner!«, ruft er, um gegen das Plappern der anderen eine Chance zu haben. »Lackieren Sie noch in Ihrem Wohnzimmer, oder benützen Sie endlich meine Garage?«

Das Gespräch am Tisch verstummt.

Alice schaut fragend, Peter sitzt steif da. Doris schüttelt unmerklich den Kopf, Paul blickt zu Boden.

»Lack?«, fragt Alice, weil sie Oskars Frage nicht unbeantwortet lassen will.

Oskar kratzt sich an der Stirn. Im Ohr. Zupft an seiner Weste. Wieso sehen ihn alle so seltsam an? Hat er schon wieder einen Blödsinn gesagt?

Er verstummt. Eine Zeitlang fühlt er sich unwohl, dann hat er auch dieses Gefühl wieder vergessen.

Schön ist das, wenn alle um den Tisch sitzen. Aber auch anstrengend. Ein paar seiner Enkelkinder erkennt er nicht mehr. Ist das dort drüben Gregor? Er blinzelt gegen die Sonne und richtet den Blick auf den jungen Mann. Das hat er nun davon, dass Ella nie nach Hamburg will, jetzt erkennt er nicht einmal mehr seinen eigenen Enkelsohn.

Ein wenig später steht er auf. Geht die drei Stufen hinunter, Schritt für Schritt. Spürt die fragenden Blicke in seinem Rücken. Herrgott, kann er nicht einmal mehr in seinem eigenen Garten herumgehen, ohne dass sich die anderen Sorgen machen?

Er setzt sich auf den Stuhl. Im Hintergrund das Murmeln der Gäste. Schön ist es hier. Schön war es hier immer. Er hebt den Kopf und schaut in die Blätter des Zwetschkenbaums, der trägt jetzt schwere, violette Früchte. Er steht auf, greift nach einer Frucht, teilt sie in zwei Hälften und steckt sich eine in den Mund.

»Ist alles in Ordnung?«

Alice. Ein liebes Mädchen ist sie. Alice hat er gern, sie hat ihm den Garten so schön gemacht.

»Aber ja«, sagt er. »Was soll denn nicht in Ordnung sein?«

Er greift nach ihrer Hand. In seinen Augen sammeln sich Tränen, schon wieder.

»Du wirst auf das alles hier schauen müssen, hörst du? Wenn ich nicht mehr hier bin, muss sich jemand um den Garten kümmern.«

Sie greift nach seiner Hand. »Natürlich«, sagt sie, obwohl sie weiß, dass sie das Versprechen nicht wird halten können. »Ich werde auf deinen Garten aufpassen.«

Irgendwann, denkt sie, wenn er es nicht mehr mitbekommt, werden die Bagger kommen und alles umgraben. Weder Lilli noch Lukas wollen in das Haus ziehen, sie sind jung, wollen beide in eine Wohnung. Wollen sich nicht um den Strauchschnitt kümmern, wollen kein Unkraut jäten, keinen Rasen mähen und keine Rosen pflegen. Von verrutschten Dachziegeln, gebrochenen Terrassenfliesen und verstopften Regenrinnen ganz zu schweigen.

Sie seufzt.

»Gehen wir wieder zu den anderen?«, fragt sie.

»Geh du nur. Ich bleib noch eine Weile hier sitzen.«

Vier Stunden später schlendern Alice und Peter auf die andere Straßenseite. Alices Gäste sind vor einer Stunde gegangen, danach haben sie alle gemeinsam sauber gemacht. Oskar sitzt vor dem Fernseher, er wird den *Tatort* schauen, und danach wird er schlafen gehen. Morgen werden Doris und Lilli ein paar Sachen zusammenpacken, um sie nach Pitten zu bringen. Die Pendeluhr wünscht er sich, hat Doris erzählt. Und das alte Radio mit den Drehknöpfen und den guten Lautsprechern.

»Hat er Gernot für seinen Enkelsohn gehalten?«, fragt Peter, als sie in den ersten Stock hinaufsteigen.

»Ich glaube, ja. Er kennt seinen ältesten Enkel kaum, weißt du?«

Als sie an ihrer Wohnungstür ankommen, nimmt er sie an der Hand. Führt sie nach hinten, zu seiner Tür.

»Ich hab noch ein Glas Sekt im Kühlschrank.«

Sie sagt, dass sie bereits betrunken sei, von der Bowle, dass sie Alkohol nicht so gut vertrage. Dennoch folgt sie ihm kichernd. »Besser Sekt als ein Stamperl Magenbitter«, sagt sie, als er ihr die Hände vor die Augen legt und sie ins Wohnzimmer dirigiert.

Und dort steht es. Ein Damenrad mit breitem, weißem Rahmen und roten Punkten darauf. Ein Anhänger, rot, mit großen weißen Punkten und Bildern darin (Paprika, Tomaten, Karotten, Melanzani). Um den Lenker eine riesige rote Schleife, daran eine große Karte in Herzform.

Sie lacht. »Was ist denn das?«

Sie geht zu dem Rad. Greift nach der Karte und dreht sie um.

»Greetings from Peter and Paul?«

Er hält ihr ein Glas Sekt hin.

Rosafarbener Sekt. Peter and Mary. Da war doch was.

Vielleicht wäre ihr ohne das Glas Sekt der Silvesterabend auf der Perchtoldsdorfer Heide nicht eingefallen. Vielleicht würde sie sich ohne das Bild der Silvesterrunde, das ihr plötzlich wieder vor Augen steht, nicht an das Gespräch erinnern. *Peter, Paul and Mary.* Die Räder vor dem Flüchtlingswohnheim, von denen Lydia und Gernot begeistert erzählt haben. Dass sie sogar Paul im Verdacht gehabt habe, hat Lydia gesagt.

Peter and Paul.

Paul, der Peter wie einen alten Bekannten begrüßt hat.

Und dann Oskars seltsame Frage, ob er noch in seinem Wohnzimmer lackiere. (Jetzt weiß sie auch endlich, wonach es hier riecht!)

Peter, Paul and Mary.

Das Bild in Peters Nachtkästchen. Maria.

Mary fehlt auf ihrer Karte.

Sie geht neben dem Anhänger in die Knie. Öffnet den Reißverschluss und zieht den Stoff zur Seite.

»Da drin gibt es ja sogar eine Kühltasche«, sagt sie. »Und Stoffregale!«

Sie steht auf und geht zu ihm. Küsst ihn lange.

»Ich nehme an, Paul ist der Paul, der heute auf meiner Party war?«, flüstert sie.

Er nickt.

»Und ihr wart das zu Weihnachten? *Peter, Paul and Mary*?«

Er hebt die Schultern und grinst.

»Und Mary? Warum steht sie nicht auf meiner Karte?«

»Sie fand es ein bisschen unpassend. Aber zu Weihnachten wäre sie gern wieder dabei. Wenn es dich nicht stört.«

EPILOG

Schon seit Tagen wird er das Gefühl nicht los, dass er vielleicht doch noch etwas zu erledigen hat. Es ist, wie wenn man in ein Taxi zum Flughafen steigt. Die Koffer sind verstaut, die Frau sitzt schon im Wagen, man selbst ist gerade dabei, einzusteigen. Man weiß, dass man den Pass mithat, das Geld, die Scheckkarten, den Schlüssel … aber verdammt, irgendetwas hat man vergessen. Die Zahnbürste? Das Duschgel? Hat man genug Unterhosen eingepackt? Auf die Socken nicht vergessen? Egal, sagt man sich, alles keine Tragik. Das kann man alles kaufen. Außerdem ist es ohnehin nur ein vages Gefühl, bestimmt ist alles da, wenn man die Taschen am Ziel auspackt. Also steigt man ein, gibt dem Taxi ein Zeichen.

Genauso fühlt es sich an. Oft ist er nicht geflogen, einmal nach Frankfurt, einmal nach Paris, dann noch vier- oder fünfmal nach Hamburg, zu seiner Tochter. Dort hat es ohnehin alles gegeben, Zahnpasta und Duschgel und Handtücher, und als er einmal den Pyjama vergessen hatte, schlief er in der ersten Nacht im T-Shirt des Schwiegersohnes und ließ sich am nächsten Tag zum Einkaufszentrum bringen.

Jetzt aber ist er nicht auf dem Weg nach Hamburg. Er wird nie wieder nach Hamburg fliegen.

Ist es das, was er zu erledigen hat?

Seine Kinder und Enkelkinder will er noch einmal sehen. Alle auf einem Haufen, vielleicht sollte er darauf bestehen. Er will nicht auf Barbaras Pensionierung warten, und Michaels Ausreden reichen ihm auch. Jetzt will er sie alle hier haben, noch dieses Jahr. Bevor sein Haus zur Gänze ausgeräumt ist, will er, dass alle in einen Flieger oder in ihre Autos steigen und sich mit ihm an einen Tisch setzen. An den Tisch, an dem sie früher beisammengesessen sind. Er ist alt, er darf ein bisschen seltsam werden und Wünsche äußern, die ihnen nicht in den Kram passen.

Aber das ist es nicht, was er zu erledigen hat. Da ist noch etwas. Und jetzt weiß er auch, was.

Er steht vom Küchenstuhl auf. Jetzt ist die perfekte Zeit, das Wetter passt, es ist seit Tagen trocken, und er fühlt sich stark wie ein Bär. Auch ist es nicht mehr so heiß, das perfekte Arbeitswetter. Deswegen mag er den Herbst. Das letzte Aufbäumen der Natur. Die kräftigen Farben.

Er steigt die Stufen hoch und tappst an den beiden Kinderzimmern vorbei. Die Mädchen schlafen noch, er muss schnell sein. Das, was er erledigen will, will er fertig haben, bevor sie aufwachen.

Er öffnet den Kleiderschrank. Ein altes Hemd, eine alte Weste. Die alte Arbeitshose ist ihm zu groß, mit der kann er nicht hinaus, die wird ihm, sobald er die Straße überquert, über den Hintern rutschen. Also bleibt er in der Hose, die er jeden Tag trägt. Schön ist die ohnehin nicht mehr, am Abend wird er sie in die Waschmaschine stopfen.

Das Hemd. Die Weste. Ach ja, die Kappe, die sollte er auch aufsetzen, er ist immer schon empfindlich gewesen auf dem Kopf.

Ein kurzer Blick in den Spiegel – perfekt. Dann hinunter zum Gartenhaus. Langsam, die drei Stufen. An den Rhododendren vorbei. An den Tomatenstauden hängen auch schon wieder reife Früchte, da schau her! Hat Alice nicht erst gestern eine Menge geerntet?

Er schiebt den Riegel zur Seite. Rasenmäher, Rechen, Besen … die Gartenkralle liegt auf dem Boden, zwischen Erdbrocken. Besonders ordentlich ist Alice nicht, jetzt ärgert er sich doch ein wenig über sie. Das muss er ihr sagen, dass sie ein bisschen mehr achtgeben soll auf seine Gartenwerkzeuge.

Der Spaten steht ganz hinten. Oskar sieht ihn im Eck lehnen. Er wird zuerst den Rechen und die Besen hervorholen müssen. Vorsichtig, sagt er zu sich, dass du jetzt ja nicht stürzt und dir den Kopf stößt.

Stück für Stück räumt er den Weg frei. Zieht den Bauch ein, quetscht sich am Rasenmäher vorbei, greift nach dem Spaten, spürt die Spinnweben. Früher hat er noch regelmäßig Ordnung gemacht und gewischt. Wann hat er hier das letzte Mal sauber gemacht?

Mit dem Spaten in der Hand wieder aus dem Gartenhaus hinaus. Er verlässt sein Grundstück und überquert die Straße. Das Gartentor öffnen (Ui, das gehört dringend geölt!), den Steinplatten folgen, dann über die Wiese, bis ganz nach hinten.

Jetzt geht's dir an den Kragen! Jetzt kommt die Wahrheit ans Licht! Wenn du mal draußen bist, werden sie schon herausfinden, wer du bist. Vielleicht darfst du dann endlich nach Hause.

Vor der Rotbuche kratzt er sich im linken Ohr. Dann setzt er den Spaten auf und beginnt zu graben.

SCHLUSSBEMERKUNG

Zwar hat mich eine jener kleinen, fast dörflich anmutenden Gassen, die ich bei meinen Spaziergängen in der Nähe des Rennbahnwegs entdeckt habe, zu meinem Roman inspiriert, der Papaverweg selbst sowie auch alle Personen in meinem Roman sind jedoch frei erfunden. Ein Haus wie das mit der Nummer 6 könnte es in jedem Wiener Bezirk, in jedem Bundesland und wohl auch in vielen anderen europäischen Ländern geben.

Auch einen Verein *No Waste!* gibt es nicht. Das Projekt Food Sharing existiert wirklich – mittlerweile gibt es viele verschiedene Initiativen, die sich darum kümmern, dass Lebensmittel am Ende des Tages nicht in Container geworfen, sondern unter die Menschen gebracht werden.

Die *Fair-Teiler* – jene öffentlichen Kühlschränke, die man heute nicht nur in Wien und Graz, sondern an vielen anderen Orten findet, dienten mir als Vorlage für meinen FreeFood-Fridge. Die Lebensmittelretterinnen und Lebensmittelretter in meinem Roman entspringen meiner Phantasie, ebenso wie das Vereinslokal im Souterrain.

Auch das im Roman genannte Jugendzentrum bezieht sich auf kein bestimmtes.

Bei allen real existierenden »Träumern« und »Freaks«, die durch ihr unermüdliches Engagement unsere Welt mehr als nur ein bisschen wärmer machen, möchte ich mich an dieser Stelle ganz herzlich bedanken!

Ich danke außerdem allen, die mich während der Entstehung des Romans unterstützt haben. Allen voran meinem Partner, der mir nicht nur unermüdlich Mut zugesprochen, sondern sich für das Coverbild vor die Staffelei gestellt hat, um meinen Oskar auf Leinwand zu zaubern.

Ich danke von ganzem Herzen meinen Freundinnen und Freunden, die mir stets ein offenes Ohr leihen und mir dennoch meine oft wochenlangen Rückzüge nachsehen.

Ganz besonders bedanken möchte ich mich bei Martina und Bettina für das wertvolle Feedback zu Beginn, ohne das ich mich heillos verheddert hätte. Ich danke meiner GRAUKO-Kollegin Isolde für ihre häppchenweise Kritik während des Schreibprozesses, die vielen Gespräche und auch ihren Fotoapparat. Ich danke Andreas für seine wertvollen Korrekturen und Anmerkungen in letzter Sekunde, und ich danke meiner Lektorin Rosemarie Konrad für das Auffinden von sprachlichen Schnitzern, inhaltlichen Widersprüchen und die fast schon psychologische Betreuung, die sie mir angedeihen ließ. Gern möchte ich mich auch bei meinem Verleger Wolfgang Hölzl bedanken, der meinen Ideen für die optische Gestaltung viel Raum gelassen hat. Für die Realisierung des Projekts bedanke ich mich vielmals bei der Steiermärkischen Sparkasse und den Initiatorinnen und Initiatoren des Literaturpreises »Schreiberei«.

Die Preisträgerin des Literaturpreises

SCHREIBERE
Literaturpreis
Steiermärkische SPARKASSE

der Steiermärkischen Sparkasse 2016 Gudrun Fritsch

Gudrun Fritsch, Ich wird fällig

120 Seiten | gebunden mit Schutzumschlag | ISBN 978-3-7011-8034-9

Top 8
Emir + Azra BOSIĆ
Top 9
Top 4
Alice WINTER
Top 5
Gerda SCHMIDT
(Fräulein de Funès)
Top 1
Ilse REITER